Bethan Roberts

DAS KIND DER ANDEREN

Das Buch

An einem warmen Junimorgen kommt die junge, einsame Maggie Wichelo in dem gemütlichen Haus an, wo sie als Nanny arbeitet. Es ist das Haus ihrer Kusine Nula, die wieder angefangen hat zu arbeiten und Maggie den zweijährigen Samuel anvertraut. Maggie ist konsequent, effizient und liebevoll, eine bessere Nanny gibt es nicht – so sieht sie sich selbst, und Nula und ihr Mann sehen es auch so.

Aber heute wird Maggie Samuel einfach mitnehmen. In ein Bootshaus auf der Insel Anglesey, wo für Maggie alles angefangen hat: Das ist der schöne, bedrohliche Ort, wo sie mit fünfzehn den Sommer verbracht hat, wo ihr Bruder Joe und ihre Kusine Nula sich verliebt, ihre Eltern sich getrennt haben und ihr Onkel die großartige Menai Strait gemalt hat. Auf dieser Insel ist Maggies Leben zerbrochen, und hier versucht sie, es wieder zusammenzusetzen – während Nula um das Leben ihres Sohnes bangt …

Die Autorin

Bethan Roberts, geboren 1973 in Oxford und aufgewachsen in Abingdon, unterrichtet Kreatives Schreiben an der Universität Chichester und an der Open University. Für ihr Debüt *Stille Wasser* wurde sie mit den Jerwood/Arvon Young Writers' Prize ausgezeichnet. Sie lebt in Brighton.

Bethan Roberts

DAS KIND DER ANDEREN

Roman

Aus dem Englischen von Astrid Gravert

DIANA

Von Bethan Roberts sind im Diana Verlag erschienen:
Köchin für einen Sommer
Der Liebhaber meines Mannes
Das Kind der Anderen

FSC
www.fsc.org
MIX
Papier aus verantwortungsvollen Quellen
FSC® C014496

Verlagsgruppe Random House FSC® N001967

Taschenbucherstausgabe 03/2018

Die Originalausgabe erschien 2014 unter dem Titel
Mother Island bei Chatto & Windus, Random House UK, London

Umschlaggestaltung: t. mutzenbach design, München
Umschlagmotiv: © Shutterstock/stocker1970, CS Stock, seaton, Calavision
Satz: Leingärtner, Nabburg
Druck und Bindung: GGP Media GmbH, Pößneck

Printed in Germany
ISBN 978-3-453-35969-7

www.diana-verlag.de
Besuchen Sie uns auch auf www.herzenszeilen.de

Für meinen Vater.

Dies Geschöpf der Finsternis, ich nenn es mein.

Der Sturm, Fünfter Akt, 1. Szene

PROLOG

IN DER NACHT, BEVOR SIE DAS KIND HOLT, hört sie die Stimme ihres Bruders.

»Maggie, *Maggie.*«

Es ist mitten in der Nacht und warm im Zimmer von seinem heftigen Atem.

»Wach auf. Ich bin es.«

Sprach er wirklich wieder mit ihr? War er wirklich hier in dieser völligen Dunkelheit?

»Joe?«

Aber sie kennt die Antwort schon, als sie fragt. Denn sie kann ihn riechen. Sie setzt sich im Bett auf und reibt sich die Augen. »Was ist los?«, fragt sie. »Was willst du?«

»Nichts.« Sie kann ihn nicht sehen, aber seine Stimme ist ganz nah, genau wie früher, wenn sie in dem alten Haus hinter den Gardinen spielten.

»Ich wollte nur nachsehen«, sagt er.

»Was nachsehen?«

»Nach dir sehen.«

Sie legt sich wieder hin und schließt die Augen, denn es scheint, dass er am Morgen da sein wird, dass er tatsächlich zurück ist. Sie ist bald wieder eingeschlafen. Aber als sie am nächsten Morgen in ihrer kahlen Wohnung erwacht, ist ihr Bruder nirgends zu sehen. Wie könnte er auch? Trotzdem, für einige Minuten, nachdem sie aufgewacht ist, ist sie sich nicht sicher, ob es wirklich geschehen ist oder ob sie fantasiert hat.

Während sie sich für die Arbeit fertig macht, wie immer schwarze Jeans und T-Shirt anzieht, hört sie wieder die Stimme ihres Bruders. Auch als sie den alten, leicht angerosteten Schlüssel aus der Küchenschublade nimmt und in die Tasche steckt. Und sie begleitet sie, als sie, ohne zu frühstücken, eilig die Wohnung verlässt, wobei sie die ganze Zeit an die Insel denkt und wie sie dort hinkommt.

Ein heißer Morgen Ende Juni. Auf der Straße vor dem großen viktorianischen Haus der Shaws herrscht Berufsverkehr. Maggies Mietwagen, ein blauer Fiat Punto, ist an der Ecke geparkt, gerade außer Sichtweite. Samuel, auf dem Arm seiner Mutter, beobachtet Maggie vom Fenster aus. Als Maggie den beiden zuwinkt, hellt sich seine Miene auf. Nula öffnet die Tür, ihr Körper angespannt vor Müdigkeit. Schon vor der Begrüßung erzählt sie Maggie, dass sie bereits seit vier Uhr wach sind. Maggie macht ein mitfühlendes Gesicht und berührt Nulas Schulter, während sie in die Kühle des Hauses mit den vertrauten Gerüchen nach Bienenwachs, Windeln und Lachs vom Vorabend tritt.

»Warum gehst du nicht wieder schlafen? Wir kommen schon klar oder, Samuel?«

Samuel lacht.

Nulas Schulter entspannt sich bei Maggies Berührung. »Bist du sicher?«, fragt sie, mit einem Fuß schon auf der untersten Stufe der polierten Treppe.

»Natürlich«, antwortet Maggie und streckt die Arme nach dem Kind aus. »Du brauchst Schlaf.«

Nula nickt müde. Das hat Maggie schon so oft gesagt, seit sie vor eineinhalb Jahren zu Nula gekommen ist, und es stimmt immer noch. Nula dreht sich um und berührt Samuels Wange, aber er hat jetzt nur noch Augen für Maggie und sagt: »Gi-Gi.«

»Was würde ich nur ohne dich machen?«, fragt Nula. Das sagt sie immer, aber Maggie weiß, dass es ehrlich gemeint ist.

»Mach schon«, sagt Maggie.

Spucke, klar und zäh, läuft in einer Spur aus Samuels Mund und über Maggies Hand, während er beobachtet, wie seine Mutter mit jeder Stufe weiter verschwindet. Als sie den Treppenabsatz erreicht hat, winkt er wild und grinst Maggie an.

Sobald Nula verschwunden ist, hat Maggie keine Eile mehr. Ihr Herz schlägt nicht schneller, und ihr Atem bleibt ruhig. Sie weiß, dass sie das Richtige tut. Sie trägt den Jungen nach oben, um ein paar Sachen in eine Stofftasche zu packen. Einen Schlafanzug. Ein paar langärmelige T-Shirts und Hosen. Windeln. Tücher. Sein Lieblingsspielzeug – Leggy Monkey.

Sie spielen eine Weile zusammen auf dem Fußboden, und sie lässt zu, dass er mit seinem Plastikbagger gegen die hölzernen Beine seines Kinderbetts kracht. »Krach!«, ruft er jedes Mal, während er es wieder und wieder tut, wobei er sich besonders freut, wenn der Spielzeugmann in der Fahrerkabine von seinem Sitz auf den Teppich fällt.

»Nicht so laut«, sagt Maggie aus Angst, Nula könnte aufwachen. Samuel lacht nur und wiederholt das Ganze noch lauter. Sie legt den Finger an die Lippen. Er versucht, sie nachzuahmen, bläst durch seine gespreizten Finger und produziert ein feuchtes Schnauben. »Mach mir keinen Ärger«, sagt Maggie lächelnd. Sicherheitshalber schließt sie die Schlafzimmertür.

Es ist wichtig, denkt Maggie, so lange wie möglich ihre Routine beizubehalten. Deshalb gehen die beiden wie immer an diesem Tag zur Krabbelgruppe im örtlichen Gemeindehaus. Während sie dort sind, versucht sie, nicht auf die Uhr zu sehen, und vermeidet es, sich mit den anderen Frauen zu unterhalten.

Samuel weint, als ein anderer Junge ihn von seinem Lieblingsspielzeugtoaster wegschubst. Normalerweise lächelt Maggie dann die Mutter des Jungen resigniert an, sagt etwas wie, dass sie »alle gleich« sind, und versucht, Samuel abzulenken. Aber an diesem Morgen entreißt sie dem anderen Jungen den Toaster, der ihn fest in seinen verschwitzten Händen hält, gibt ihn Samuel und setzt sich schützend zwischen die beiden.

Die Mutter drückt laut ihre Missbilligung aus und bringt ihren Sohn weg, damit er woanders spielt. Maggie bleibt, wo sie ist, ohne jede Reue, nur ein bisschen atemlos.

Auf dem Rückweg schläft Samuel beinahe in seinem Buggy ein. Ein Schläfchen würde ihren Plan durchkreuzen. Er soll im Auto schlafen. Es gelingt ihr, ihn mit einer Tüte Pfirsichsaft und lautem Singen wach zu halten.

»Three little ducks went swimming one day, over the hills and far away. Mummy duck said quack-quack-quack-quack, and only two little ducks came back …« Als sie merkt, was sie da singt, stimmt sie unvermittelt *»The Grand Old Duke of York«* an.

Im Haus ruft Maggie die Treppe hinauf nach Nula für den Fall, dass sie noch nicht zur Arbeit gefahren ist.

Stille.

Es ist Viertel nach zwölf.

Auf dem Küchentisch liegt wie immer ein Zettel. »M – Danke für diesen Vormittag. Du hast mich gerettet. Viel Spaß heute! N. PS: Im Kühlschrank ist noch Frittata – bedien dich. Vielleicht isst S. auch zu Mittag davon?!«

Maggie ignoriert es und macht Käsebrote. Während Samuel isst, nimmt sie ein paar Bananen, zwei Kindermüsliriegel, ein Sechserpack Joghurt, zwei Dosen Peter-Rabbit-Tomatensoße und eine Packung Muschelnudeln und stopft alles in seine

Wickeltasche. Maggie hat immer wieder gehofft, Nula würde sie einmal ausleeren und waschen. Sie ist voller angekauter Strohhalme, Rosinen und Reiskekskrümel und riecht schon. Aber egal. Bald kann sie die Tasche selbst säubern und in Ordnung bringen.

Sie gestattet sich einen Blick auf die Uhr. Halb eins. Sie sieht Samuel beim Essen zu, ihr eigenes Brot rührt sie nicht an.

Als er fertig ist, wischt sie gründlich den Tisch ab und räumt wie immer das Geschirr in die Spülmaschine.

Wieder ein Blick zur Uhr. Viertel vor eins.

Sie wischt ihm Hände und Gesicht ab und nimmt ihn auf den Arm. »Wollen wir noch mal rausgehen?«, fragt sie.

Einen Moment scheint er verwirrt zu sein. Normalerweise muss er jetzt zu Mittag schlafen.

»Samuel? Wollen wir Auto fahren?«

»Auto! Auto!«, ruft er. Sie lässt ihn runter, und er läuft zur Haustür und wirft sich gegen die Glasscheibe, schlägt mit den Fäusten dagegen, um hinausgelassen zu werden.

Als sie nach den Taschen greift, bemerkt sie, dass sie vergessen hat, ihr Armband umzumachen. Während sie an ihr nacktes Handgelenk greift, überlegt sie, kurz noch schnell einen Umweg zu ihrer Wohnung zu machen, um es zu holen. Sie stellt sich vor, wie sie es nimmt und überstreift, wo es hingehört. Dann kommt sie zu dem Schluss, dass es nicht die Mühe wert ist, sie kann das Armband auf ihrem Nachttisch liegen lassen. Jetzt, da sie zur Insel zurückkehrt, braucht sie es nicht mehr zu tragen.

Maggie wirft die Taschen in den Buggy, balanciert Samuel auf ihre Hüfte, schiebt den Buggy mit einer Hand und verlässt das Haus.

Seine süßen Beine. So rundlich und weich. Die Knie mit Grübchen wie ein Puppengesicht. Unbekümmert hängen sie über dem Rand von Maggies Autositz, den sie am Morgen in den Mietwagen eingebaut hat. Während der Fahrt ist er brav, bleibt erst noch eine Weile wach, aber ruhig und schläft dann mit dem Kopf zur Seite und offenem Mund. Alle paar Minuten sieht Maggie im Rückspiegel nach ihm, und jedes Mal ist er noch da, immer noch perfekt, immer noch schlafend. Jeder Zentimeter seiner Haut ist perfekt, dank des Öls, mit dem sie ihn bei jedem Windelwechsel einreibt. Es sei ein Wunder, wie Maggie ihr Kind verwandelt habe, sagt seine Mutter manchmal. Am liebsten würde Maggie antworten: Er ist das Wunder. Samuel.

Sie fahren über eine Stunde, ohne dass er einen Ton von sich gibt. Als Maggie zum Tanken hält, vermeidet sie es, jemanden direkt anzusehen. Nur als der Mann an der Kasse sagt: »Sie haben hoffentlich abgeschlossen. Die Kleinen müssen doch sicher sein, was?«, lächelt sie und dankt ihm.

Während sie weiterfährt, denkt sie an das Ziel ihrer Reise. Um hinzukommen, müssen sie übers Wasser, das dort eine starke Strömung in alle Richtungen hat. Das macht das Schwimmen schwierig, es sei denn, man kennt das Wetter und die Gezeiten und weiß, wo die Sandbänke sind. Man muss sich mit alldem genau auskennen, wenn man ins Wasser gehen will. Wenn nicht, dann helfe dir Gott. Bald wird Samuel den Ort auch kennen, und sie werden zusammen am Kiesstrand spielen.

Als sie noch Kinder waren, hat Joe immer zu ihr gesagt: »Diese Insel ist die Mutter von Wales.« »Wie kann eine Insel eine Mutter sein?«, hat sie gefragt. »Weil sie fruchtbar und lebensspendend ist«, sagte er wichtigtuerisch. Das hatte er in einem Buch gelesen. Maggie musste verwirrt ausgesehen haben, denn er fügte hinzu: »Du weißt schon. Gut, um Getreide anzubauen,

Menschen zu ernähren.« Sie nickte, als hätte sie verstanden. »Aber ich glaube auch, weil die Leute in den Ferien hierherkommen«, fügte er hinzu. »Sie kommen her, wenn sie sich ausruhen müssen.«

Die schönen spitz zulaufenden Brückenpfeiler sausen vorbei. Dort, wo sie hinfahren, denkt Maggie, werden sie wenig Komfort haben. Aber sie werden in Sicherheit sein. Komfort, wie Samuels Mutter ihn gewöhnt ist, gibt einem lediglich das Gefühl, in Sicherheit zu sein, während man in Wirklichkeit nicht sicher ist.

ES IST 19.30 UND NULA IST ALLEIN ZU HAUS und versucht, Maggie auf dem Handy zu erreichen. Sie hat sich ein großes Glas Cabernet Sauvignon geholt und sitzt auf dem Sofa. Während sie in Gedanken alle Möglichkeiten durchgeht, versucht sie, ruhig zu bleiben. Es ist über eine Stunde vergangen, seit sie wiedergekommen ist, und ihr zweijähriger Sohn und sein Kindermädchen sind immer noch nicht zu Hause, und sie hat keine Ahnung, wo sie sind. Ihre Füße, die noch in den zebragestreiften Pumps stecken, kochen, ihre Hände sind eiskalt. Manchmal verspäten sie sich abends wegen des Verkehrs, aber nie so sehr. Halb sieben war das Späteste. Maggie weiß, dass Samuel spätestens um sechs essen soll, am besten eine Stunde früher. Nula versucht, sich keine Autounfälle vorzustellen. Lastwagen, die auf den Standstreifen ausschwenken. Von Metall eingequetschte Körper. Sie durchsucht die Lokalnachrichten nach Unfallmeldungen in Oxford und Umgebung. Nichts. Als sie wieder nur Maggies automatischen Anrufbeantworter erreicht, zieht sich ihr der Magen zusammen vor Angst. Sie kaut an der Nagelhaut ihres Daumens herum, bis ein Tropfen Blut ihr Handgelenk hinunterläuft.

Ihr fällt ein, wie Samuel sich einmal den Kopf an den Stufen im Garten aufgeschlagen hat und sie vor Schreck gelacht hat. Sie hatte den hellen, schrillen Klang ihres eigenen Lachens gehört und war froh gewesen – froh, dass sie noch lachen konnte, statt zu schreien oder zu weinen, während sie hinstürzte, um seinen kleinen Arm zu packen. Sie spürte, wie er sich wie gewöhnlich dagegen wehrte, hochgenommen zu werden, und sah eine lange halbe Stunde des Schreiens auf sich zukommen, des Kampfes mit Blut und Pflastern, Taschentüchern und Wischtüchern, bevor die Wunde sich so weit geschlossen hatte, dass das Schlimmste gestillt war. Er würde sich die ganze Zeit in ihren Armen winden, mit der Faust an der Wunde reiben und Blut über seine Wange und ihre Bluse schmieren.

Blut und Schweiß. Kindergroßziehen hat viel mit Blut und Schweiß zu tun, denkt sie. Sie kann sich genau vorstellen – egal, wo sie sind –, wie Samuels Rücken schweißdurchnässt ist von Maggies Autositz, weil Maggie sein Lammfell nicht mitgenommen hat. Das beunruhigt Nula am meisten und lässt sie um die Sicherheit ihres Sohnes fürchten. Maggie ist nicht der Typ, der aus Gedankenlosigkeit vergisst anzurufen. Nula weiß, ihre Cousine ist manchmal ein bisschen – sonderbar wäre zu viel gesagt. Eigenartig. Exzentrisch. Einsam vielleicht. Doch mit Samuel ist sie immer liebevoll, fürsorglich gewesen.

Aber diese Unachtsamkeit – das Lammfell in seinem Buggy zu lassen – macht Nula Angst. Was wird Maggie noch alles vergessen, wenn schon dies? Welche Kleinigkeit nicht beachten?

Sie hat ein paarmal versucht, Greg anzurufen, kann ihn aber ebenfalls nicht erreichen. Wahrscheinlich fährt er gerade nach Hause, sagt sie sich. Andererseits … Vielleicht, überlegt sie, vielleicht sind sie ja zusammen. Vielleicht haben sie das geplant. Vielleicht ist es die Strafe für ihre diversen unverzeihlichen Sünden. Vielleicht hat Greg mit Maggie vereinbart, Samuel wegzuschaffen, damit er seine Trennungsansprache halten kann. Sie hofft, dass das der Fall ist. Sie hofft, dass Maggie mit Samuel irgendwo in Sicherheit ist – vielleicht in einem Hotel in den Cotswolds – und darauf wartet, dass Greg mit der erfreulichen

Nachricht seiner bevorstehenden Scheidung kommt. Sie hofft, die beiden werden zusammen glücklich und sie bekommt ihren Jungen zurück. Sobald Greg seine »Wir-wissen-beide-wir-sollten-getrennte-Wege-gehen«-Rede gehalten hat, kann sie Samuel zurückholen, und alles ist in Ordnung. Wenn Greg denkt, er könnte ihn behalten, täuscht er sich, mehr als sie gedacht hatte. Aber all das wird keine Rolle spielen, denn ihr Sohn wird bei ihr sein.

Sie überlegt sich, was sie sagen wird. Sie würde nichts bestreiten. Ganz ruhig würde sie zugeben, unrecht zu haben. Es wäre unbedacht, ihn zu reizen. Sie würde nicht das Misstrauen erwähnen, unter dem sie jahrelang gelitten hatte. Die Flirt-SMS mit verschiedenen Frauen. Sie würde nicht erwähnen, was sie letzte Woche gesehen hatte, als sie von der Arbeit nach Hause gekommen war und die beiden im Wohnzimmer gesessen hatten. Sie hielten sich vielleicht nicht an den Händen, waren sich aber sehr nah. Und sie sah den Blick ihres Mannes, als er Maggie zuhörte. Sie wusste, was der Blick bedeutete. Sie konnte Maggies Gesicht nicht sehen, aber der Kopf ihrer Cousine war zu Gregs geneigt, und ihre Haare sahen viel gesünder und dicker aus als sonst. Sie musste irgendeine Glanzkur benutzt haben, was ihr überhaupt nicht ähnlich sah. Es war ihr über die Schulter gefallen, als sie sich umdrehte. Samuel hatte am Kamin gesessen und seine Plastikfeuerwehr gegen die Fußbodenleiste geknallt. Nula marschierte hinein, riss ihren Sohn an sich und küsste ihn. Er hatte sich an ihren Hals geklammert und *Mummy, Mummy, Mummy* gesagt. Ohne einen der beiden anzusehen, hatte sie ihn weggetragen.

Sie würde nicht erwähnen, dass sie in diesem Moment gewusst hatte, dass sie fein raus war. Dass auch Greg die Verantwortung für seine Mitschuld übernehmen musste.

I

NULA HATTE GREG BEI DER ARBEIT kennengelernt. Er war ins Büro gekommen, um die Erstellung einer Website für ihre Firma zu besprechen, und sie hatte gesehen, wie er zum Zimmer ihres Chefs hinaufgesprungen war. Als sie hörte, dass Greg wieder herunterkam, immer zwei Stufen auf einmal nehmend, war sie absichtlich aus ihrem Büro zum Kopierer auf dem Flur gegangen und hatte kurz einen Blick auf seine breiten Schultern im hellgrünen Hemd und den hübsch geformten Kopf werfen können. Seine Haare waren kurz geschoren, aber anders als die meisten Männer, die diesen Schnitt probieren, konnte Greg es tragen, denn seine Gesichtszüge waren vollkommen regelmäßig. Ein bisschen zu regelmäßig, fand sie mittlerweile. Doch damals sauste er vorbei wie eine Hockney-Zeichnung, lässig und doch männlich, und sie hatte beschlossen, vorzeitig zu Mittag zu essen. Ohne genau zu wissen, was sie tat, schnappte sie ihren Mantel und ihre Tasche und folgte ihm hinaus auf die Straße. Er ging plattfüßig und mit unglaublich geradem Rücken, warf gelegentlich einen Blick in die schimmernden Schaufenster. Sie hielt ihre Handtasche an sich gedrückt, denn es war ein kühler Maivormittag und hatte stark geregnet, als sie sich auf den Weg ins Büro gemacht hatte. Sie achtete darauf, in einigem Abstand hinter Greg zu bleiben, und redete sich ein, dass sie ihm nicht folgte, sondern auf dem Weg zur Markthalle war, um sich ein Sandwich zu kaufen, und dass der Webdesigner Greg Shaw ganz zufällig schnell vor ihr ging.

Die Uhr der Kapelle des Exeter Colleges schlug zwölf, und ihr Magen rebellierte, aber das war nur Hunger, beruhigte sie sich. Sie spürte, wie ihr von der Anstrengung, mit ihm Schritt zu halten, wärmer wurde. Viele Leute trugen schon Sommersachen – Studentinnen kurze geblümte Kleider, Ballerinas und Cardigans oder Schals –, aber Nula hatte ihren schweren grauen Mantel und schwarze Stiefel an. In dieser Stadt ist ihr oft kalt. Ihr Vater nennt sie ein feuchtes Loch. »Das ist kein Ort der Lehre«, pflegt er zu sagen, »sondern ein feuchtes Loch, in dem man wegen der verdammten Türme nicht atmen kann.« Trotzdem hat sie den Nebel, der die Parks und Rasenflächen der Collegehöfe umgibt, immer geliebt. Und ihr gefällt es, von Türmen und Glocken umgeben zu sein, denn es gibt ihr ein Gefühl der Geborgenheit. Als ihre Familie einmal in den Ferien nach Norfolk fuhr, hatte sie die flache Weite der Landschaft, den endlosen Himmel, die Monotonie der endlosen erdigen Felder gehasst. Es war ihr lieber, wenn irgendwo eine Grenze war, so wie an der Südküste von Anglesey, dachte sie, wo die Bergketten von Snowdonia die Aussicht begrenzen, wie ein Rocksaum. Hier hört das eine auf, und etwas anderes beginnt, sagen sie. Komm rüber, wenn du dich traust.

Greg bog in die Markthalle ein. Es war klar, dass er ebenfalls etwas essen wollte, und sie wusste, dass jetzt alles ganz einfach sein würde. Sie musste sich nur in seiner Nähe anstellen und sagen: »Waren Sie nicht eben gerade in unserem Büro?«

Wie sie gehofft hatte, hatte er gelächelt und sie aufgefordert ihm Gesellschaft zu leisten.

Nula war neunundzwanzig, als sie Greg heiratete. Die Heirat schien ihren Kinderwunsch freizusetzen. Selbst während der Flitterwochen versuchte sie, ihren Menstruationszyklus zu berechnen, und fragte sich ständig, ob die Aktivitäten der vorangegangenen Nacht den richtigen Zeitpunkt getroffen hatten. Denn Nula wusste, dass es genau der richtige Zeitpunkt sein musste.

Greg hatte in dem etwas enttäuschenden römischen Hotel ihr Liebesspiel geradezu zu einem Projekt gemacht. Sein Ziel war, es jedes Mal absolut richtig zu machen. »Komm ins Bett«, sagte er jeden Abend, als ob sie die Wahl gehabt hätte, etwas anderes zu tun. Dann packte er sie, noch vollständig bekleidet, zog sie an sich und küsste mit bewusst dramatischer Hemmungslosigkeit ihren Hals.

In jenem Hotelzimmer dachte sie manchmal an die Stelle am Strand von Plas Coch, wo die Menaistraße, die schneller floss als jedes andere Gewässer, das sie jemals gesehen hatte, blau und grün glitzerte, dort, wo sie mit Joe zusammen gewesen war in jenem Sommer vor vielen Jahren und sich vollkommen befreit gefühlt hatte; manchmal sehnte sie sich nicht nach Liebe, sondern danach, sich einem Mann so zu öffnen, für einen Moment nicht nur ihre Kleider abzulegen, sondern auch ihre Nägel, ihr Make-up, ihre Frisur und ihre Vergangenheit – alles –, sodass er sie im reflektierenden Licht des Wassers sah, zum ersten Mal vollkommen sie selbst.

Die Monate nach der Hochzeit vergingen, und Nula spürte, wie die Blicke ihrer Familie zu ihrem Bauch wanderten, und bei Gesprächen mit Freundinnen, die schon Mütter waren, bemerkte sie die Pausen. Sie sagten nichts, aber aus ihrem Schweigen las Nula den Wunsch zu fragen: wann? Wann wirst du wie wir sein? Wann wirst du wissen, wie es ist, ein Kind auszutragen? Wo wird dein Platz unter uns sein? Ihre Kinder erschienen Nula beängstigend – so bedürftig, so hemmungslos, so fremdartig mit ihren riesigen Gesichtern und kleinen Händen. Dennoch spürte sie zu ihrer Überraschung diesen starken Wunsch, die berühmte Sehnsucht. Sie hatte gedacht, das alles wäre uninteressant für sie. Sie hätte das alles hinter sich gelassen, damals in der diskreten Summertown-Klinik. Sie würde sich bestimmt nicht für Mothercare oder Nackenfalten oder Stillen interessieren. Aber jetzt sehnte sie sich danach, wie ihre Freundinnen zu werden, eine von diesen Frauen zu werden.

Was sie wirklich wütend machte, war, wie enttäuschend die Erfahrung war, schwanger zu sein. Sie hatte erwartet, dass Wörter wie »euphorisch« und »strahlend« ihren Zustand beschrieben. Schließlich war sie »guter Hoffnung«. Was bedeutete, dass alles vor ihr lag, oder nicht? Es lässt an einen Zustand ständiger freudiger Erwartung denken, wie bei einem Kind, das auf Weihnachten wartet. Und war die Schwangerschaft nicht ein unmittelbarer physischer Beweis dafür, dass Nula zu etwas nütze war, für ihre Fähigkeit, ihre Rolle als Frau zu erfüllen? Und war sie jetzt nicht wie ihre Freundinnen? Vor der Schwangerschaft hatte sie sich zu ihrer eigenen Überraschung darauf gefreut, dicker zu werden, Umstandskleidung zu kaufen und pralle Brüste zu haben – sie in einem solchen Überfluss zu haben –, dass Milch aus ihnen tropfte, oder so etwas wie Milch. Aber tatsächlich war alles sehr enttäuschend. Nachdem sie festgestellt hatte, dass sie schwanger war, fühlte sie sich wochenlang wie auf einer schrecklichen Seereise, ständig musste sie mit Wellen von Übelkeit und Müdigkeit fertigwerden. An einem windigen Tag machte sie einen Ausflug ans Meer, und es tat gut, es zu riechen und die feuchte Gischt des Salzwassers auf der Haut zu spüren. Zumindest für ein paar Stunden ergab es Sinn, wie sie sich fühlte. Und dann war ihr Körper außer Kontrolle geraten. Sie hörte auf, sich im Spiegel anzusehen, weil sie die aufgedunsene

Frau, die er gnadenlos zurückwarf, mit geröteten Gesichtszügen, die durch zusätzliches Fleisch weicher und undefinierter geworden waren, kaum wiedererkannte.

Nach Monaten des Wartens ging alles erschreckend schnell. Eines Tages kurz vor dem errechneten Termin fühlte Nula sich nicht gut und suchte ihren Hausarzt auf, den zurückhaltenden Dr. Grigson. In ruhigem Ton forderte er sie auf, sofort ins Krankenhaus zu fahren und eine Reisetasche mitzunehmen. Wahrscheinlich kein Grund zur Sorge, man sollte die Sache jedoch beobachten. Sobald sie dort war, wurde ihr mitgeteilt, der Herzschlag des Kindes sei etwas unregelmäßig geworden. Sie wurde an einen Herzton-Wehenschreiber angeschlossen, aus dem seitenweise Papier herausströmte. Eine Nadel zeichnete den Herzschlag des Kindes auf, und sie beobachtete das Auf und Ab der Linien wie eine Art religiöses Zeichen. Sie verstand nicht, was sie bedeuteten, wusste aber, dass sie das einzig Wichtige in dem weißen Krankenhauszimmer waren. Die Bewegung von Linien auf einem Monitor, nichts sonst. Als die Bewegung nach weniger als einer Stunde, nachdem sie aufgenommen worden war, unregelmäßig wurde, drückte sie den Knopf, um die Schwester zu rufen. Innerhalb von Minuten wurde sie in einen Operationssaal geschoben.

Es war laut im Krankenhaus, und im Operationssaal war es am lautesten. Sieben Menschen befanden sich darin, Nula nicht mitgezählt, und alle redeten über ihren Unterleib. Sie stellten das Bett schräg, damit die Nabelschnur nicht zusammengedrückt wurde. Von da an sah sie alles aus einem Winkel. Der Anästhesist hatte ein sanftes, freundliches Gesicht mit einem komischen schwarzen Bart. Er zeigte ihr dauernd das Daumenhoch-Zeichen, und unwillkürlich konzentrierte sie sich auf ihn, unterhielt sich sogar mit ihm darüber, wo er herkam (Kairo) und wo sie herkam und was ihn hierher verschlagen hatte. Es war eine Wohltat, die Aufmerksamkeit auf etwas anderes zu lenken. Hinter dem Vorhang zerrten einige Männer an ihrem Leib. Sie spürte, wie ihre Hände sich in ihr zu schaffen machten, und hörte, wie einer zum anderen sagte: »Gott, gute Arbeit«, als sie das Kind schließlich herauszogen.

Erst später wurde ihr klar, dass das Rote, das sie in der riesigen Deckenlampe gesehen hatte, ein Spiegelbild ihrer Eingeweide gewesen war. Greg saß neben ihr und hielt ihre Hand. Sein Gesicht hinter dem Mundschutz war grau, wie zu lange gekneteter Teig. Sie wandte den Blick nicht von seinen Augen, denn sie wusste, dass sie sofort verrieten, wenn irgendetwas nicht in Ordnung war. Greg versuchte, äußerlich immer ruhig zu bleiben, und viele Leute ließen sich durch seine scheinbare Coolness täuschen, aber in Wirklichkeit konnte er unter emotionalem Druck seine Gefühle viel schlechter verbergen als Nula. Wenn er log, begann er fast augenblicklich zu schwitzen, und seine Adern an der Stirn traten stark hervor. Zum ersten Mal hatte sie das gesehen, als er ihr am Anfang ihrer Beziehung stolz erzählt hatte, dass seine Firma fünf Angestellte hätte. Er tat ihr leid, denn sie wusste, dass er versuchte, sie mit einer Lüge zu beeindrucken. Das hatte ihn ihr zum Teil sympathisch gemacht: dass er verletzlich war und kaum etwas verbergen konnte.

Dann ein Schrei, wunderbar laut und lebendig, so animalisch und gänzlich unpassend in dem sterilen weißen Operationssaal, dass Nula laut auflachte, während ihr aufgeschnittener Leib noch blutete und sie durch die Epiduralanästhesie an den Operationstisch gefesselt war.

»Sie haben einen Jungen, Mrs. Shaw«, sagte der Arzt. »Herzlichen Glückwunsch.«

Sie hatte sich ein Mädchen vorgestellt, mit dem sie Geheimnisse und Kleider und das Wissen, »wie die Männer wirklich sind«, teilen konnte. Aber das spielte jetzt keine Rolle.

Der Freude darüber, dass er lebte, folgte schnell Panik. Sie wusste nicht, wo im Raum er sich befand. Sie wusste nur, dass er nicht mehr ein Teil von ihr war. »Wo ist er? Wo ist er?«, fragte sie Greg, aber der stand jetzt auf, um zu sehen, wie sein Sohn in der Ecke des Raumes gewaschen und gewogen wurde. »Alles in Ordnung«, sagte er, »er ist da. Da drüben.« Da drüben war viel zu weit weg für Nula, und sie fing an zu weinen. »Wo ist er?«, fragte sie flehend. Als ihr das Kind endlich gezeigt wurde, war es in eine grüne Decke gewickelt und wurde ihr von der strahlenden Schwester präsentiert wie ein Paket, das Nula erwog zu kaufen. Sein Gesicht war so rot und schmerzverzerrt, dass Nula wusste, ihr Sohn wollte auch nicht hier sein.

»Er ist klein, deshalb müssen wir ihn ordentlich wärmen, in Ordnung?«, sagte die Schwester. »Sie können ihn später halten.«

Nula wollte unbedingt seine Haut berühren, aber er schien ein so empfindliches, kostbares, fremdartiges Ding zu sein, das man unmöglich anfassen konnte.

»Er sieht Ihnen ähnlich«, sagte die Schwester. »Dieselben Augen.«

Für Nula sah er einmalig aus.

»DU MUSST ETWAS UNTERNEHMEN, NULA. Du musst dir selbst helfen, Liebling«, sagte Greg und berührte die Hand seiner Frau. Sie saßen im Garten und hielten die Gesichter ins warme Sonnenlicht. Vor drei Wochen hatten sie Samuel aus dem Krankenhaus geholt.

Das »Liebling« überraschte sie. Es war ungewöhnlich, ja, aber es war auch anklagend. »Du bist immer noch mein Liebling«, wollte er damit sagen. »Deshalb bist du es mir schuldig. Du schuldest mir, psychisch stabil zu sein. Unter dieser Bedingung bleibst du mein Liebling.«

Andererseits, Greg hatte nie passende Kosenamen benutzt. Manchmal nannte er sie »Kätzchen«, dabei war sie weder klein noch besonders katzenhaft. Er war einfach nicht aufmerksam genug, das war das Problem. Er war immer zu sehr mit der Arbeit beschäftigt. Seine Firma war in letzter Zeit unerhört erfolgreich gewesen, regelmäßig kam er gegen Mitternacht nach Hause und erwartete, dass sie darauf brannte, sich Geschichten über Dinner und Drinks mit Kunden und anstehende große Aufträge anzuhören. Am liebsten würde sie zu ihm sagen: Sieh mich an. Ich bin fast so groß wie du. Mein Haar ist zwar seidig und meine Nase kürzer als deine, aber putze ich mich hinter den Ohren oder rolle ich mich schnurrend auf deinem Schoß zusammen? Ich erkenne mich in deiner Bezeichnung nicht wieder.

Seitdem das Baby da war, hatte Greg überhaupt kein Kosewort mehr benutzt, als wäre er unsicher, was aus seiner Frau geworden war. Mütter, dachte Nula, waren keine Kätzchen. Mütter waren eher große schreiende Miezen. Oder bissige Hunde. So war es vielleicht. Aus ihr war eine Hündin geworden, die alles biss, was ihr Junges bedrohte, aber das gierige Mäulchen auch unbedingt von ihren schmerzenden Zitzen wegstoßen wollte.

»Liebling« war neu. Greg war immer stolz darauf gewesen, dass er nicht aus einer Familie kam, in der das Wort leichthin gesagt wurde. Es war ein zu großes, zu überschwängliches Wort. »Liebste« oder »meine Liebe« schien für Greg merkwürdigerweise die sichere Variante: weniger romantisch, weniger aufgeblasen. Zahmer und beherrschter, wie seine Mutter Lilly, deren Küche, wie Greg immer sagte, »das Herz des Hauses« war. Sogar jetzt noch, nachdem ihr Sohn das Haus verlassen hat, steht außer Frage, dass bei Lilly alles selbst gemacht ist. Es ist eine unbezweifelbare Tatsache.

Greg bewegte sich unruhig auf seinem Stuhl, denn es war unbequem auf den Metallgartenstühlen, die Lilly ihnen zur Hochzeit geschenkt hatte. »Liebling?«

Die Terrasse war sandig unter Nulas Fuß, als sie mit dem Unterschenkel vor- und zurückschwang und versuchte, einen klaren Gedanken zu fassen.

»Wie fühlst du dich?«, fragte Greg.

»Schwach.«

»Das ist ganz normal, am Anfang.«

Aber sie meinte es wörtlich. Ihre Hände zitterten. Ihre Augenlider schienen zu flattern. Ihr Magen zog sich zusammen und drehte sich. Ihre Beine waren weich wie Pudding. Es schien, als könnte sie sich nicht auf ihren Körper verlassen. Selbst der Garten schien zu schwanken, der Wind wehte in unregelmäßigen Abständen Zweige und Sand umher, ließ die Blütenblätter der Rosen zittern.

Als sie ihr Spiegelbild in Gregs Sonnenbrille sah, die einer Skibrille ähnelte, wandte sie sich ab und blickte zur Rückseite des Hauses durchs Küchenfenster. Nach einigen Runden um den Block hatte sie es geschafft, den Kinderwagen dort abzustellen, ohne Samuel zu wecken. Sie befahl sich, sich zu entspannen. Es war ein warmer Tag, das Baby schlief, und sie hatte einige Augenblicke für sich. Ihr Mann saß neben ihr. Entspann dich. Entspann dich einfach. Sie versuchte, sich zu erinnern, wie man das machte. Irgendetwas mit Muskeln locker lassen. Aber Greg redete von Ärzten und Zeiten der Eingewöhnung, und wie lange schlief Samuel jetzt schon? Ungefähr zwanzig Minuten, dachte sie, sie hatte also vielleicht noch zwanzig Minuten, bevor es wieder Zeit zum Stillen war. (Wie oft heute schon? Drei- oder viermal? Sie wusste es nicht.) Als sie Greg sagen hörte: »Du scheinst nicht besonders gut zurechtzukommen«, war tatsächlich jeder Muskel ihres Körpers angespannt, auf dem Sprung zum Haus, falls Samuel schrie.

Während sie sich auf Gregs Mund konzentrierte, um nicht ihr Spiegelbild in seiner Sonnenbrille sehen zu müssen, entdeckte sie einen Brotkrümel auf seiner Unterlippe und streckte die Hand aus, um ihn mit dem Daumen wegzuwischen. Geschickt ergriff er ihre Hand und hielt sie in der Luft fest. »Nula. Liebling.«

»Du hast da was –«

»Ich versuche, mit dir zu reden.« Er schob sich die Sonnenbrille auf den Kopf. »Du sagst doch immer, dass du das willst. Dass wir mehr reden.«

Sie konnte sich nicht erinnern, darum gebeten zu haben.

Madeleine könnte so etwas gesagt haben. Gregs und Madeleines fünfjährige Ehe war zu Ende gewesen, bevor er Nula traf, und manchmal tat Nula ihr Mann leid, weil er jedes Mal, bevor er den Mund aufmachte, gezwungen war, so viele Erinnerungen und Vorlieben durchzugehen, um sicher zu sein, dass er sich auf die richtige Frau bezog. Aber heute hatte sie kein Mitleid mit Greg, sondern fragte bissig, beinahe hämisch: »Bist du sicher, dass du mich nicht mit Madeleine verwechselst?«

Er reagierte nicht auf die Herausforderung. »Ich versuche nur zu reden –«

»Es wäre nicht das erste Mal.«

Greg seufzte.

Nula machte weiter. »Es passt einfach nicht zu mir. So etwas würde ich nicht sagen.«

Greg knallte seine Sonnenbrille auf den Tisch. »Aber so was sagen Frauen doch, oder?«

»Dann ist es also typisch. *Ich bin* typisch.«

Ein Jammern aus der Küche. Zuerst leise, dann schnell zu einem wilden Schrei anschwellend. Nula sprang von ihrem Stuhl auf, dem anfänglichen Schreck folgte sofort ein Gefühl der Erleichterung. Darauf hatte sie gewartet, und jetzt war es geschehen. Nun, da sie zu ihrem Baby gehen konnte, spürte sie tatsächlich, wie sie sich entspannte, zumindest ein bisschen. An der Rasenkante blieb sie noch einmal stehen, drehte sich halb zu ihrem Mann um und murmelte: »Tut mir leid«, bevor sie ins Haus eilte.

Wenn Nula und Samuel in diesen ersten paar Wochen alleine waren, sah sie nur dies: Fäuste und Füße, eingedreht, in der kalten Luft zusammenzuckend. Erschrockene Augen, die jeden Lichtspalt suchten, alles, was sich bewegte. Ein geöffneter

Mund, rosa und zornig, immer nach ihrer Brust suchend. Wenn sie ihn im Arm hielt, arbeitete er sich dorthin, rieb das Gesicht an ihrer Schulter, ihrer Achselhöhle, fand mit der Nase den Weg zu ihrer Milch. Und sie machte eine verstörende Erfahrung: Ihre Gedanken waren blockiert – beinahe gelähmt –, sodass sie nun zu wissen glaubte, was Frauen meinten, wenn sie sagten, ihr Hirn sei nach der Geburt »zu Brei« geworden. Bevor sie Samuel bekam, hatte sie gedacht, dieser »Brei« bedeutete eine Art Glückseligkeit, dass fieberhafte Sorgen einem wohligen Durcheinander wichen. Aber so war es nicht. Sie erledigte die für das Wohlergehen des Kindes notwendigen Dinge, die sie gelernt hatte – Windeln wechseln, stillen, in den Schlaf wiegen, Windeln wechseln, stillen, in den Schlaf wiegen –, ohne an etwas anderes zu denken. Aber das lag nicht daran, dass ihre Gedanken frei von anderen Dingen waren, sondern daran, dass sie sich ausschließlich auf Samuel fixiert hatten und keine Luft zum Atmen hatten oder Raum, sich zu entfalten. Es gab nur dies: Windeln wechseln, stillen, in den Schlaf wiegen. Es war wie ein tödlicher Würgegriff und brachte sie zum Weinen. Noch nie in ihrem Leben hatte sie so viele Tränen vergossen. Ohne Vorwarnung und ersichtlichen Anlass stiegen sie ihr in die Augen und rannen ihr mit schamloser Leichtigkeit über die Wangen. Sie weinte, wenn sie Samuels Windeln wechselte, und versuchte, dabei zu singen: »*Baa, baa black sheep, have you any wool?*«, denn sie dachte, man könne unmöglich gleichzeitig Kinderlieder singen und weinen. Wenn sie nicht mehr singen konnte, entschuldigte sie sich bei Samuel. Es gab einen Teil von ihr, der sie in diesem Zustand sehen konnte, Windeln wechselnd und heulend, und ein Teil von ihr, der dachte: wie jemand in einer Soap, aber sie konnte nichts dagegen tun. Manchmal weinten Nula und Samuel zusammen, sie hob ihn hoch und hielt ihn nah an ihr Gesicht, sodass sich ihre Tränen auf ihrer Wange vermischten, und sie war dankbar für den schrecklichen Lärm, den er machte, denn er übertönte ihren eigenen.

Manchmal sah sie ihn an und fragte sich: Liebe ich dich schon genug? Oder: Warum liebe ich dich nicht genug, um das hier zu genießen?

Die Hebamme, eine dünne Frau Mitte vierzig mit blond gefärbten Haaren, empfahl Nula »in die Gruppe zu kommen«. Es kam ihr vor wie die Aufforderung, einer Sekte beizutreten. »Kommen Sie in unsere Müttergruppe und teilen Ihre Erfahrungen mit uns«, sagte die Hebamme. »Die meisten finden es hilfreich zu wissen, dass sie nicht allein sind.«

Aber ich bin allein, dachte Nula. An einem Nachmittag in Samuels erster Woche zu Hause hatte sie gehört, wie Greg mit Besuchern in der Küche lachte. Da hatte sie plötzlich gerufen: »Ich bin ganz alleine hier!«, denn wie immer stillte sie gerade Samuel auf dem Sofa. Greg steckte den Kopf durch die Tür. »Du bist nicht allein«, sagte Greg. »Du hast Samuel.«

Vor Samuel hatte Nula Stillen als eine Sache des Lebensstils betrachtet, die man akzeptieren oder ablehnen konnte. Aber Nula stellte fest, dass es sie in seinen Bann zog. Wenn ich sonst nichts für ihn tun kann, dachte sie, so doch zumindest dies. In gewisser Hinsicht fiel es ihr leicht: Sie hatte genug Milch und blieb von Unannehmlichkeiten wie eingerissenen Brustwarzen oder Brustentzündungen verschont. Da ich genug Milch habe, sagte sie sich, muss ich sie ihm geben. Nichts anderes ist Mutterliebe. Nahrung. Worum sollte es dabei sonst gehen?

Sie hatte sich einen bequemen Stuhl ans Schlafzimmerfenster gestellt, dazu gedämpftes Licht und ein Radio. Ihre Stillstation, hatte Greg gescherzt. Das Stillkissen war bereit, Papiertücher und ein Glas Wasser in Reichweite. Im Radio war BBC World Service eingestellt. Als sie den Platz hergerichtet hatte, bevor das Baby kam, hatte sie gedacht, dass sie sich nicht so einsam fühlen würde, wenn sie frühmorgens eine andere Stimme hören würde. Aus Angst, Samuel zu stören, traute sie sich jedoch nicht, die Lautstärke aufzudrehen, und musste sich anstrengen, jedes zweite Wort zu verstehen, auch wenn das Programm sie nicht im Geringsten interessierte. Und später, nach ungefähr fünf Minuten *The Strand* oder *Hardtalk*, würde Nula es am liebsten ausstellen, ohne das Kind an ihrer Brust zu stören, denn sie hasste die selbstbewussten Stimmen der Moderatoren, konnte nicht ertragen, dass sie in hell erleuchteten Studios saßen und redeten, während sie selbst in einem abgedunkelten Zimmer saß und stillte. Sie stellte sich ihre mit Pappkaffeebechern, Merkzetteln und Lippenpflegestiften bedeckten Schreibtische vor, ihre leuchtenden Handys, die Nachrichten von Geliebten und Freunden anzeigten.

Auf der Stillstation spielte sich immer Folgendes ab: Samuel trank ungefähr zwanzig Minuten und schlief dann ein. Dann steckte Nula sanft den kleinen Finger in seinen Mund, wie die Hebamme es ihr gezeigt hatte, um ihn von ihrer Brust zu lösen. Zehn Minuten im Sitzen wiegen, anschließend zehn Minuten mit ihm im Zimmer auf und ab gehen. Dann begann der schwierige Prozess, ihn durch die kalte, mutterlose Luft zu befördern und ins Kinderbett zu legen. Manchmal wachte er nicht schon beim Berühren der Matratze auf, sondern stieß erst, wenn sie die Hand unter seinem Rücken wegzog, einen entsetzten Schrei aus. Aber meistens wachte er bereits auf, wenn sie sein erhitztes Gesicht von ihrer Schulter löste. Dann begann alles von vorn: stillen, wiegen, gehen, loslösen, ablegen, schreien. Wieder. Und wieder. Und wieder. Manchmal dauerte es eine Stunde, manchmal zwei. Wenn sie endlich wieder in ihrem kalten Bett war, dachte sie darüber nach, wie viel Zeit ihr möglicherweise bis zum nächsten Stillen blieb, überlegte, wie lange es her war, dass Samuel getrunken hatte, wie lange er schon geschlafen hatte und wie die durchschnittlichen Abstände zwischen den Stillzeiten in den letzten drei Tagen gewesen waren. Manchmal dachte sie daran, aufzustehen und eine Tabelle anzulegen, um die Daten genau zu erfassen. Selten schlief sie ein und wurde eine Stunde oder so nicht geweckt. Mehrmals lag sie keine zehn Minuten hellwach im Bett, bevor Samuel wieder aufwachte.

Herrgott, es war Folter.

In einer Nacht in der sechsten oder siebten Woche dieser anstrengenden Zeit, als Nula ihren Sohn von ihrer Schulter gelöst und schon halb ins Kinderbett gelegt hatte, öffnete er plötzlich die Augen und sah sie an. Es war drei Uhr morgens, und sie hatte überhaupt noch nicht geschlafen. Seine Augen waren wach und, so schien es ihr, triumphierend. Deshalb ließ sie ihn fallen. In ihrer Vorstellung war es weniger ein Fallenlassen als vielmehr ein Werfen, bei dem sie das Baby zuerst an die Brust hielt wie einen Korbball kurz vor dem Korbwurf. Am liebsten hätte sie ihn aus dem Fenster auf die Straße geschleudert, den herumstreunenden Füchsen zum Fraß oder zum In-Stücke-Reißen, wie sie wollten. Das alles stellte sie sich vor, als sie die Hände öffnete. Es war ein Fall aus ziemlicher Höhe – ungefähr dreißig Zentimeter, schätzte sie. »Schlaf jetzt einfach, verdammt!«

Wenn Greg, der im Gästezimmer schlief, nicht schon von diesem Schreien geweckt wurde, so mit Sicherheit davon, dass Nula die Treppe hinunterstolperte und schrie »Verdammt noch mal verdammt noch mal verdammt noch mal«, dann gegen das

Geländer trat und die Badezimmertür zuknallte. Sie knallte sie zweimal zu, weil es schwierig war, den altmodischen Glasknauf, den Greg als Griff ausgesucht hatte, schnell zu sich heranzuziehen, ohne dass er einem aus der Hand rutschte. Während sie sie zuknallte, fragte sie sich, warum sie sich Gregs Wünschen nicht widersetzt und den hässlichen Messinggriff gekauft hatte. Dann hätte sie das Ding richtig gut zuschlagen können.

Das Baby schrie natürlich. Während Nula, immer noch laut fluchend, auf den Boden glitt, konnte sie sich ihren Sohn genau vorstellen, das Gesicht, rot wie eine Blase, die erhobenen Fäuste, den aufgerissenen Mund, die Zunge herausgestreckt wie eine Eidechse.

Wortlos ging Greg an der zusammengesackten Gestalt seiner Frau im Badezimmer vorbei und nahm das Kind hoch. Samuel beruhigte sich ein bisschen, erschöpft von dem Schock. Nula wartete, griff sich in die Haare, packte eine Handvoll und zog, bis es wehtat. Vielleicht würde physischer Schmerz ihr das Recht geben zu schlafen. Vielleicht könnte sie sich auf die Badematte legen und die Augen schließen, jetzt, da Greg sich um das Baby kümmerte. Vielleicht könnte sie Greg auch erzählen, dass sie das Kind aus dem Fenster werfen wollte. Dann würde er sie einweisen müssen. Sie hatte schon von solchen Fällen gehört, von Müttern, die zur Sicherheit von ihren Kindern getrennt worden waren. Für Nula klang das nicht schrecklich, die Vorstellung, ein paar Wochen auf einer Station in Littlemore oder einer ähnlichen Einrichtung für psychotische Frauen zu verbringen. Ein paar Wochen allein.

Sie spürte, dass Greg von oben auf sie herunterstarrte, das Baby wie eine Drohung über ihren Kopf haltend. »Was ist passiert?«

Sie packte wieder eine Handvoll Haare.

»Nula? Warum hatte Sammy solche Angst? Warum hast du geschrien?«

Ihre Angst würde also kein Thema sein.

»Ich bin durchgedreht«, murmelte sie.

Greg schob Samuel auf seine andere Schulter. Der Junge war jetzt schläfrig, Mund und Körper schlaff.

»Geh wieder ins Bett. Du brauchst Schlaf.«

»Ich muss ihn füttern.«

»Ich mach es. Lass mich es machen.«

»Das geht nicht. Ich hab nichts abgepumpt.«

»Wir haben das Pulver. Mach schon. Schlaf ein bisschen. Geh ins Gästezimmer.«

Es war ein Befehl, kein Vorschlag, aber sie konnte sich nicht bewegen.

»Ich bin durchgedreht«, sagte sie noch einmal. »Tut mir leid, ich bin durchgedreht.«

Es hatte etwas mit Verlust zu tun, das war ihr jetzt klar. Sie hatte sich nicht vorgestellt, dass ein Kind zu bekommen solchen Verlust bedeuten würde. Sie hatte gedacht, sie würde nur gewinnen. Schwanger werden. Mutter werden. Eine Familie gründen.

»Herrgott«, sagte Greg leise. Seine Wangen waren gerötet und seine Augen müde, aber er sah aus, als wäre er bei klarem Verstand. Er sah aus wie ein Vater, der sein Kind gerettet hatte. Nula überkam plötzlich Eifersucht. Sie hatte Greg gerade Gelegenheit gegeben, die Bindung zwischen sich und seinem Sohn zu festigen, während sie auf dem Boden herumkroch und sich an den Haaren riss, wie eine Frau auf der Straße, die vor langer Zeit ihr Kind verloren hatte.

Sie rappelte sich auf, folgte Greg ins Schlafzimmer und sah zu, wie er den schnarchenden Samuel ins Kinderbett legte. Das

Kind schlief ruhig weiter. Sie betrachtete sein hübsches Gesicht, das jetzt keine Falten mehr hatte, und begann zu weinen. Greg legte eine Hand auf ihre Schulter. »Schlaf jetzt«, befahl er.

Ein paar Wochen später schliefen Nula und Samuel fünf Stunden am Stück. Zwischen ein und sechs Uhr morgens schliefen sie beide durch, und Nula wachte mit einem ungewohnten Gefühl der Leichtigkeit in den Gliedern auf. Sie holte Samuel, der gerade anfing zu wimmern, aus dem Kinderbett und setzte sich auf den Stuhl am Fenster, um ihn zu stillen. Sie streichelte seine Stirn, und er sah sie mit wachen, klaren Augen an. Nachdem er ein paar Minuten gierig getrunken hatte, hörte er auf zu saugen und ließ ihre Brustwarze aus dem Mund fallen. Ein gelblicher Milchfluss rann von seinen Lippen über ihr Handgelenk, und sie bekam Panik: Er hatte noch nicht genug, nachdem er stundenlang geschlafen hatte. Wenn er jetzt nicht genug trank, würde er quengelig sein, und sie hätte nicht wie sonst zwischen neun und zehn Zeit, die Küche aufzuräumen und ihre Mails zu checken. Da er ihr unverwandt in die Augen blickte, zwang sie sich jedoch, nicht die Stirn zu runzeln. Und da geschah es plötzlich, er zog die Mundwinkel nach oben. Ein Lächeln. Samuel lächelte seine Mutter an. Als sie sagte: »Du lächelst mich an«, lächelte er noch mehr. Sie konnte die Augen nicht von seinem Lächeln wenden. Schließlich war es Samuel, der sich abwandte, ihre Brustwarze wiederfand und zu trinken begann. Während er vollkommen aufs Trinken konzentriert war, betrachtete Nula sein Gesicht und suchte nach Zeichen der Veränderung. Die Belohnung war nur ein Augenblick gewesen, aber er ließ sie sitzen bleiben, selbst als Samuel schon schlief. Ihr schossen die Dinge durch den Kopf, die sie stattdessen hätte tun können, aber sie rührte sich nicht von der Stelle, streichelte das Gesicht ihres Jungen, der sie gerade angelächelt hatte, während er schwer in ihren schmerzenden Armen lag und schlief. Für ein paar Minuten reichte es zu denken: Vielleicht machen wir später einen Spaziergang in den milden Augustnachmittag, und er wird mich wieder anlächeln.

MAGGIE KAM AN EINEM HELLEN Dezembermorgen zum ersten Mal zu Nula. Als sie den glänzenden schwarzen Geländewagen wie eine riesige Küchenschabe vor dem Haus sah, dachte sie: Hier bin ich richtig. Hier kann ich Gutes tun. Hier ist Platz für mich.

Die glasierten roten Ziegelsteine der Auffahrt klackten unter ihren Füßen. Die meergrün gestrichene Haustür war breit, der lange Glaseinsatz glänzte. Sie musste zweimal klopfen. Nula hatte am Telefon überrascht geklungen, als Maggie gesagt hatte, ja, sie hätte Lust, für Nula zu arbeiten, und, nein, es gab keinen Grund, warum sie sich nicht sehen sollten. Es wäre schön, sich wieder kennenzulernen. Nula hatte hörbar ausgeatmet und gesagt: »Ich bin ja so froh«, und als Maggie gerade auflegen wollte, hinzugefügt: »Ich kann es kaum erwarten, dass du Samuel kennenlernst.«

Ein Mann mit einem ungefähr sechs Monate alten Baby auf dem Arm öffnete die Tür. Das Gesicht halb dem geröteten Hals des Mannes zugewandt, sah das Baby Maggie an. Es hatte blonde Locken und hellgrüne Augen mit grauen Flecken, die von beunruhigender Klarheit waren und etwas Erwachsenes hatten. Maggie erinnerte sich, vor Jahren etwas Ähnliches in den Augen seiner Mutter gesehen zu haben.

»Du musst Maggie sein«, sagte der Mann und streckte die Hand aus. Seine langen Finger fühlten sich etwas feucht an. »Ich bin Greg. Komm rein.« Er hielt inne und sah sie verwirrt an. »Entschuldige«, sagte er. »Ich hatte irgendwie angenommen, dass du jünger wärst.«

Da sie nicht wusste, was sie darauf antworten sollte, lachte Maggie. »Zweiunddreißig ist doch jung, oder?«

Er schien es nicht gehört zu haben. »Nula!«, rief er und führte Maggie hinein. »Nula! Deine Cousine ist hier.«

Maggie blickte auf, und da kam sie die Treppe herunter.

Sechzehn Jahre waren vergangen – Maggie hatte jedes einzelne gezählt –, seitdem sie sich zum letzten Mal gesehen hatten, aber es überraschte Maggie nicht, dass ihre Cousine immer noch genauso elegant aussah wie damals. Groß und dünn, mit kunstvoll zerzausten schulterlangen Haaren und kindlichen Augen. Zu strahlend. Durch die dunklen Schatten, die sie umgaben.

»Hier ist sie«, sagte Greg.

Nula lächelte. Das Baby streckte die Arme aus, und sie hob es in die Luft und küsste es überschwänglich. »Und das ist Samuel«, sagte sie. »Sag hallo, Samuel.«

»Ich lass euch beide mal allein. Ihr habt euch sicher viel zu erzählen«, sagte Greg und verschwand.

Nula führte Maggie ins Wohnzimmer, wo alles cremefarben war außer dem Spielzeug des Kindes, das in einer mit Heißluftballons bemalten Holzkiste aufbewahrt wurde. Der Boden war mit glänzendem Parkett ausgelegt und erinnerte Maggie an die Aula einer alten Schule, ein riesiger Flachbildschirm, bei dessen Anblick Samuel ein lautes »Ah!« von sich gab, war ausgeschaltet.

»Jetzt ist keine Fernsehzeit«, sagte Nula und setzte ihn auf eine hellgrüne Decke mit Spielzeug, das von gepolsterten Bögen herunterhing. »Zeit fürs Dschungeltraining!« Sie verdrehte die Augen Richtung Maggie und ließ sich auf dem Sofa nieder.

»Setz dich. Es ist total – schön, dich zu sehen.« Sie berührte leicht Maggies Unterarm. »Es ist zu lange her, oder?«

»Ja«, sagte Maggie und zog den Arm weg.

Maggie setzte sich auf den Boden neben Samuel und schnippte eine herunterhängende Giraffe an. »Er kann schon alleine sitzen«, bemerkte sie. »Das ist gut.«

Nula lächelte stolz. »Ganz das kleine Genie, was?« Sie gab Maggie ein paar Kissen. »Trotzdem am besten, ihn abzustützen. Für alle Fälle.«

Während Maggie die Kissen um Samuel platzierte, sagte Nula: »Du siehst noch genauso aus wie früher.«

»Du auch.«

Nula seufzte. »Das glaub ich nicht. Nicht, nachdem ich ihn bekommen habe.«

»Du siehst großartig aus«, sagte Maggie. »Das hast du immer.«

Nula räusperte sich. »Also. Ich war erstaunt, als Mum mir erzählte, dass du wieder in Oxford bist.«

Maggie hatte ihre Tante Eleanor zufällig bei einer Krabbelgruppe getroffen, wo Eleanor freiwillig half. Eleanor hatte erwähnt, dass Nula eine Kinderbetreuung suchte. »Es wäre doch perfekt, oder?«, hatte sie gesagt. »Eine berufliche Beziehung, aber auch eine persönliche.« Maggie war zuerst geschockt gewesen und dann fasziniert. Wieder Kontakt zu Nula zu haben schien plötzlich eine gute Idee, vielleicht sogar der erste Schritt zu einer Art Versöhnung der Familie.

»Eigentlich bin ich schon ewig hier.«

Nula nickte. »Mum hat's mir erzählt.« Sie machte eine Pause. »Und wie geht's zu Hause?«

Langsam und mit Bedacht antwortete Maggie: »Gut, glaube ich. Ich höre nicht viel. Du weißt, wie das ist, sobald man weggezogen ist …«

Nula strich sich über den Haaransatz im Nacken und wollte offenbar etwas sagen. Um ihr zuvorzukommen, fügte Maggie schnell hinzu: »Ich bin zum Studieren hergekommen.«

Nula hob die Augenbrauen. Obwohl sie zu einem ordentlichen Bogen gezupft waren, waren sie immer noch kräftig und ausdrucksvoll.

»Englische Literatur«, sagte Maggie. »Jesus College.«

»Donnerwetter«, sagte Nula und lachte schallend. »Das ist mehr, als ich zustande gebracht habe … Bei mir hat's nur für Medienwissenschaften in Kent gereicht.«

Maggie zuckte mit den Schultern. »Sieht aber so aus, als hättest du das Richtige gemacht.«

Sie betrachtete immer noch das ausladende Sofa, die weichen Teppiche, die winzige Stereoanlage, und war das ein DVD-Projektor, was da von der Decke hing? Und wie ruhig es war: Maggie hörte keinen Laut von irgendwelchen Nachbarn, abgesehen vom gelegentlichen Aufheulen eines Motors, wenn wieder ein Auto die Temposchwellen auf der Straße draußen überquerte.

»Na ja«, sagte Nula. »Das stimmt vermutlich.« Sie starrte Samuel an, der jetzt wie wild gegen einen klingelnden Löwen schlug. »Maggie, sei mir nicht böse, wenn ich frage, aber wie kommt es, dass du –«

Maggie sah sie ausdruckslos an und wartete, dass sie es aussprach.

»Wieso arbeitest du als Kindermädchen, wenn du einen Oxford-Abschluss hast?«

»Ich habe keinen Oxford-Abschluss. Ich hab's nicht beendet. Es war nichts für mich.«

Nula lächelte und schien erleichtert. »Na ja. Was zählt, ist Erfahrung, oder? Abschlüsse sind heutzutage wertlos.«

»Sagt man.«

Maggie gab Samuel einen roten Stoffelefanten mit rosa Ohren. Er steckte ein Ohr in den Mund und sah sehnsüchtig seine Mutter an.

»Aber ich arbeite gerne mit Kindern«, sagte Maggie.

»Was gefällt dir daran?«

Maggie erstarrte; das Treffen wurde immer mehr zu einem Verhör, damit hatte sie nicht gerechnet. »Na ja. Sie verändern sich von Tag zu Tag. Eigentlich ständig. Das ist spannend, oder? Es ist anstrengend, aber man bekommt so viel zurück. Und sie sind lustig. Samuel ist lustig, stimmt's, Samuel?«

Das Kind blinzelte sie an.

»Oh«, sagte Nula. »Samuel ist irrsinnig komisch.«

»Und es ist toll, mit Menschen zu arbeiten. Ich könnte nicht in einem Büro sitzen und auf einen Bildschirm starren.«

»Genau das mache ich«, sagte Nula mit einem scheinbar schuldbewussten Kopfschütteln. »Oder habe ich gemacht – und werde ich wieder machen, falls ich – falls du – falls wir beschließen ...«

»Was genau machst du?«

»Oh, ich arbeite ein bisschen fürs Fernsehen – nichts Weltbewegendes. Für eine private Firma. Wir machen Sendungen über alles Mögliche, aber meistens mit geringem Budget und für einen kleinen Kanal.«

Unerwartet griff Samuel nach Maggies Armband.

»Samuel, nein –«

»Ist schon in Ordnung«, sagte Maggie, streifte es ab und gab es dem Jungen. »Er kann es sich ansehen.«

»Aber ist es nicht zu klein?«

Maggie hatte das Armband selbst gemacht, aus klobigen Plastikperlen und einer kleinen Muschel vom Strand in Llanidan.

Es war die Art Schmuck, die sie normalerweise nicht mochte. Aber die Muschel hatte einmal Joe gehört, und deshalb trug sie sie. Jeden Tag dachte sie, ich muss das Ding abnehmen. Aber jeden Tag behielt sie es an.

»Ist schon okay«, sagte sie, »es ist ziemlich stabil. Es wird nicht reißen. Ich passe auf.«

Samuel kaute auf dem Armband, und Spucke rann ihm aus dem Mund. Maggie wünschte, sie hätte die Muschel auch im Mund. Wünschte, sie könnte das harte, salzige Ding auf ihrer Zunge hin und her rollen.

Nula beugte sich vor und versuchte, dem Jungen das Armband zu entwinden. Aber er widerstand. Sie zog daran, und er biss die Zähne fest zusammen und starrte sie an. »Samuel, Liebling«, sagte sie. »Gib Mummy das Armband.«

Er stieß einen Protestschrei aus und schlug mit den Armen wild um sich.

Nula sah Maggie hilflos an. »Komm schon, Schatz«, sagte sie, und während sie ihm auf die Schulter klopfte, wand sie ihm das Armband aus dem Mund. Er stieß einen langen, lauten Heulton aus.

»Tut mir leid«, sagte sie und gab Maggie das durchweichte Armband zurück. »Tut mir leid, ich war besorgt. Es gibt so vieles, um das man sich Sorgen machen muss, oder?«

Samuels Geschrei wurde lauter, und sein Gesicht war dunkelrot angelaufen. Seine Mutter nahm ihn hoch und wiegte ihn, aber er stemmte sich gegen ihre Schulter und schrie noch lauter.

»Soll ich's mal versuchen …?«, fragte Maggie.

»Ist ja GUT«, sagte Nula.

Samuel bog sich in Nulas Armen schreiend nach hinten.

»Oh, Sammy. Sammy … Beruhige dich, Liebling …« Nulas

Augen füllten sich mit Tränen, während sie mit ihrem Sohn auf und ab ging und ihn zu beruhigen versuchte.

Schließlich hielt sie den Jungen Maggie hin und sagte: »Vielleicht solltest du es lieber mal versuchen.«

Der Schreck, bei jemand anders zu sein, unterbrach Samuels Schreirhythmus. Maggie steuerte mit ihm aufs Fenster zu. »Sieh mal!«, rief sie. »Sieh mal, der Vogel, Samuel! Wow! Jetzt fliegt er!«

Und zum Glück flog in dem Moment eine Taube vorbei. Samuel holte tief Luft.

»Sieh mal!«, sagte Maggie wieder. »Wo fliegt er jetzt hin?« Sie wippte den Jungen auf den Hüften auf und ab. »Husch! Der Vogel fliegt!«

Er hörte auf zu weinen und starrte still aus dem Fenster.

Hinter Maggie atmete Nula auf. »Gut gemacht«, sagte sie und klopfte ihr auf die Schulter. »Gut gemacht.«

Sie beschlossen, dass Maggie sofort anfangen sollte. Während einer Probezeit von zwei Wochen würde Nula die meiste Zeit in der Nähe sein. Ihre Firma sei sehr flexibel, erzählte sie Maggie, sie würden sie von zu Hause aus arbeiten lassen, während Maggie sich eingewöhnte. Nach der Probezeit wäre Maggie jedoch mit Samuel allein und müsste montags bis freitags von halb neun bis halb sieben arbeiten. »Ich bin so froh, dass Samuel von jemand aus der Familie betreut wird«, sagte Nula und gab Maggie einen ausgedruckten Vertrag, den sie beide unterschrieben. Er legte fest, dass *die Angestellte einen anregenden, an den Bedürfnissen des Kindes orientierten Tagesablauf mit altersgemäßen Aktivitäten organisieren sowie für eine sichere Umgebung sorgen und auf mögliche Gefahren im und um das Haus herum aufmerksam machen* müsse. Nula erklärte, dass sie den Vertrag aus dem Internet heruntergeladen habe, es wäre ein Mustervertrag, den Maggie gerne ergänzen könnte, wenn sie wollte. Sie müssten auch gar keinen Vertrag abschließen, wenn Maggie unwohl dabei wäre, sagte sie. »Ich will nur, dass du auf ihn aufpasst«, erklärte sie lächelnd und fügte hinzu: »Sorg dafür, dass er glücklich ist.« Aber Maggie war froh über die Formalitäten, denn wenn man bei jemandem zu Hause arbeitete, war es wichtig, dass alles klar geregelt war.

Schon bald begann Maggie, Nula Fragen zu stellen. Nicht Fragen über die Vergangenheit, sondern Fragen übers Mutterwerden. Das war es ihrer Erfahrung nach, was junge Mütter wollten: erzählen, wie schwierig es gewesen war, ihre Last teilen. Es begann in der zweiten Woche, als Nula noch von zu Hause aus arbeitete. Samuel schlief, und Nula machte Maggie Tee und erzählte ihr von der Geburt, ihrer plötzlichen Einweisung ins Krankenhaus und dem Notkaiserschnitt. Alle Mütter, für die Maggie gearbeitet hatte, waren über ihre sogenannte »Geburtserfahrung« enttäuscht gewesen. Sie hatten sich auf eine natürliche Geburt vorbereitet, zu Hause, ohne Medikamente. Aber keine von ihnen hatte es so erlebt. Stattdessen Schmerzen, ein Krankenhausbett, Nähte und so viele Medikamente, wie sie vertrugen. Bei jeder Mutter, für die sie gearbeitet hatte, war es das Gleiche gewesen: Sie war enttäuscht, dass ihre Pläne durchkreuzt worden waren, es war ihr privates Trümmerfeld.

Die beiden Frauen saßen in der Küche, und Maggie nahm drei Vollkornkekse aus der Dose, denn sie wusste, ihr würde keine Einzelheit erspart bleiben. Sie waren am Tag zwei von Nulas Krankenhausaufenthalt angelangt, sie war so richtig in Fahrt, die Augen weit aufgerissen, die Armreifen klimperten auf dem Tisch, während sie mit den Armen herumfuchtelte und ihre Meinung sagte. »Mein Gott!«, sagte sie. »Darauf kannst du dich unmöglich vorbereiten. Nicht, dass ich dich abschrecken will, Maggie. Aber lieber Himmel, lieber Himmel!« Sie starrte wortlos auf den Tisch.

Ein Schrei Samuels bewahrte Maggie vor dem Rest der Schreckensgeschichte.

Gegen Ende der zweiten Woche bei den Shaws nahm Greg Maggie beiseite und sagte: »Hör mal, Maggie. Nula ist seit einiger Zeit nicht ganz sie selbst. Baby-Blues. Wenn du sie weinen siehst, mach dir also keine Sorgen, okay? Ich bin mir sicher, es wird ihr bald besser gehen, da du jetzt hier bist.«

Maggie wusste, dass der Baby-Blues eigentlich nicht länger als eine Woche oder so nach der Geburt dauern sollte, und sie hatte Nula nie für jemanden gehalten, der leicht weinte. Sie konnte sich nicht erinnern, dass ihre Cousine während des Sommers auf Anglesey geweint hatte. Dieser Kratzer in Nulas glänzender Oberfläche machte sie neugierig, und sie begann, nach Anzeichen des Unbehagens zu suchen.

Als Maggie am nächsten Morgen bei den Shaws eintraf, in der Erwartung, dass Nula von zu Hause arbeitete, öffnete niemand die Haustür. Sie schaute durchs Erkerfenster ins Wohnzimmer. Samuel saß durch Kissen abgestützt auf dem Teppich, hatte seinen Lieblingsaffen in den Mund gestopft und starrte fasziniert auf den Fernseher. Als sie noch einmal an die Tür klopfte, drehte Samuel seinen großen Kopf und saugte noch stärker an dem Affen. Noch immer öffnete niemand die Tür. Also schloss Maggie mit ihrem Schlüssel auf. Der Fernseher war sehr laut. Justin Fletcher rief gerade: »YOU SIGN! DOG BASKET. DOG BASKET.« Sie rief die Treppe hinauf, aber es kam keine Antwort. Sie hob das Kind hoch und sagte hallo. Er zog an ihrer Lippe und lächelte. »Wollen wir das ausmachen?«, fragte sie und drückte die Fernbedienung. Dann hörte sie deutlich das Schluchzen: heftiges Weinen gefolgt von keuchendem Luftholen. Maggie setzte sich mit Samuel auf dem Schoß aufs Sofa. Der Junge sah nach oben in die Richtung, aus der der Lärm kam, und runzelte die zarten Augenbrauen. Maggie stellte den Fernseher wieder an, setzte Samuel auf den Teppich, stützte ihn wieder mit Kissen ab und versprach, gleich wiederzukommen.

Der Lärm kam aus dem Badezimmer. Zögernd blieb Maggie vor der Tür stehen, bevor sie klopfte.

»Nula?«, fragte sie behutsam. »Alles in Ordnung mit dir?«

Das Weinen hatte nachgelassen; sie hörte, wie ihre Cousine nach Luft schnappte, Toilettenpapier abriss und sich die Nase putzte.

»Nula?«, fragte Maggie noch einmal. »Kann ich reinkommen?«

Keine Antwort. Vorsichtig öffnete sie die Tür. Es war ein wunderschönes Badezimmer mit handgemalten Kacheln mit exotischen Vogelarten, deren Namen Maggie nicht kannte, und einer Dusche, die wie ein medizinisches Gerät aussah. Nulas Gesicht war geschwollen und glänzte, die Augen rot, als hätte sie getrunken. Aber sie sah Maggie direkt an und sagte: »Geht's Sammy gut?«

Maggie nickte. »Er guckt *Something Special.*«

Es entstand eine Pause.

»Alles in Ordnung mit dir?«, fragte Maggie noch einmal.

Nula schnäuzte sich. »Tut mir leid«, sagte sie, »tut mir leid.«

»Kann ich irgendwas für dich tun?«, fragte Maggie. »Eine Tasse Tee?«

Nula schüttelte den Kopf und wischte sich mit einem Finger unter den Augen entlang, wie um das ruinierte Make-up noch zu retten.

»Danke«, flüsterte sie und räusperte sich. »Ich sollte mich lieber zusammenreißen. Ein bisschen weiterarbeiten.«

»Vielleicht solltest du heute nicht arbeiten …«, begann Maggie.

»Mir geht's gut«, sagte Nula. »Ich hab nur meine Tage, das ist alles.« Sie versuchte zu lächeln. »Das ist der Nachteil, wenn man mit dem Stillen aufhört.«

Die beiden Frauen sahen sich einen Moment lang an. Dann ging Nula den Flur hinunter.

Als Maggie sich umdrehte, um wieder zu Samuel zu gehen, rief Nula ihr zu: »Maggie? Erzähl Greg nichts davon, okay?«

Es geschah nicht lange bevor Nula die meiste Zeit des Tages im Büro verbrachte, was Maggie viel lieber war.

Noch immer überraschte Greg sie manchmal. Eines Mittags, als sie nicht wusste, dass er im Haus war, fuhr sie ein bisschen zusammen, als er in der Küche auftauchte. Seine Haare waren so kurz geschoren, dass er aussah wie ein Strafgefangener, fand sie. Was schade war, denn er hatte weiche Gesichtszüge. Seine Kragen waren so hoch und steif, dass sie sich fragte, wie er den Kopf bewegen konnte. Aber es waren Hemden in leuchtenden Farben, Orange, Violett, Türkis. Als ob Greg hoffte, sein Hemd würde für ihn sprechen.

»Schläft Samuel noch?«, fragte er. Heute war sein Hemd malvenfarben.

Maggie nickte. »Er hat einen guten Schlaf.«

»Bei dir vielleicht. Du kommst großartig mit ihm zurecht.« Greg beugte sich über sie und nahm sich einen Keks aus der Dose.

Greg hatte Maggie schon oft gesagt, dass sie gute Arbeit leistete. »Danke, Maggie, für deine Hilfe«, pflegte er zu sagen, wenn sie das Haus verließ. »Danke, dass du dich um unseren Jungen kümmerst.« Er bedankte sich immer wieder, als ob sie eine Art Göttin wäre, dachte sie. Aber selbst während er sich bei ihr bedankte, beobachtete er sie. Maggie spürte, wie er nach einem Hinweis suchte, dass er hoffte, sie würde auf eine Weise reagieren, die ihm etwas von ihr verriet. Sie hatte jedoch nicht die Absicht, Greg etwas von sich preiszugeben.

Jetzt fragte er: »Kaffee?«, und ging zur funkelnden Kaffeemaschine hinüber. Greg war nicht besonders groß, ging aber so, als ob er es wäre.

Sie verneinte, sie hatte schon Tee gehabt. Er zuckte mit den Achseln und fummelte an den Knöpfen und Hebeln der Maschine herum. Sie hatte das Gefühl, als wollte er sie damit beeindrucken, dass er ohne die Hilfe seiner Frau Cappuccino machte.

Mit einer mattschwarzen Tasse mit weißem Schaum setzte er sich neben sie. »Ich brauche Schokolade«, stellte er fest und verharrte einen Augenblick mit dem Streuer in der Hand, »obwohl ich nicht sollte.« Wenn die Shaws nicht zu Hause waren, hatte Maggie sich angewöhnt, den Tisch von Samuels Hochstuhl mit Kakao zu bestreuen, bis er komplett mit braunem Pulver bedeckt war. Während sie ihn anschnallte, ermunterte sie ihn, mit den Händen hineinzuschlagen, während sie mit den Fingern Linien durch den Kakao zog und sie zwischendurch ableckte. Zusammen zeichneten sie Eisenbahnen, Bäume, Menschen, Masten, Läden. Sie malten, bis sie eine ganze Stadt auf dem Tisch hatten. Hinterher beseitigte sie immer gründlich alle Spuren, denn sie wusste, dass die Shaws nichts davon hielten, dass unter Einjährige Schokolade bekamen.

Greg sah Maggie an und sagte: »Ich wollte mit dir sprechen.«

Maggie nippte an ihrem Tee. Greg rührte in seinem Kaffee, bis die Milch überschwappte. »Wie kommst du zurecht?«

»Gut«, sagte sie. »Danke.«

Er nickte. »Das denkt Nula auch. Hat sie mir erzählt. Maggie ist ein Engel – sagt sie.«

»Nula ist sehr großzügig.«

»Wie lange bist du jetzt hier?«

»Sechs Wochen.«

Er hob die Augenbrauen. »Mein Gott! Schon?« Es entstand eine kleine Pause, bevor er hinzufügte: »Und wie, meinst du, geht's ihr in letzter Zeit?«

Maggie stellte ihre Tasse hin. Sie hatte eine Frage über Samuel erwartet oder über sich. Keine Frage über seine Frau.

»Nula?«, fragte sie, um Zeit zu gewinnen.

Sie wusste aus anderen Familien, für die sie gearbeitet hatte, wie es lief. Der Mann fing an, das Kindermädchen über seine Frau auszufragen. Die Frau fing an, das Kindermädchen über ihren Mann auszufragen. Und dann konnte niemand irgendwem noch irgendetwas erzählen, außer vielleicht über sich selbst. Und dann war alles verloren. Maggie wollte nicht, dass das wieder passierte. Es war sehr anstrengend, auf die Ansprüche und Gefühle der Eltern Rücksicht nehmen zu müssen, wenn man sich um ein Kind kümmerte. Bei all ihren Arbeitsstellen als Kindermädchen – und es waren viele gewesen, seit sie die Universität verlassen hatte – hatte Maggie immer versucht, dass die Kinder an erster Stelle standen. Aber manchmal machten die Eltern das schwer.

Maggie wusste, dass sie sich nicht darauf einlassen sollte. Aber es war nicht zu verhindern, sagte sie sich. Und schließlich hatte sie sich schon von Nula ins Vertrauen ziehen lassen.

Deshalb sagte sie: »Wenn du meine Meinung hören willst, sie scheint … durcheinander zu sein.«

»Durcheinander?«

»Was meinst du damit?«

»Unruhig.«

»Wie das Baby.«

Maggie lächelte. »Samuel ist fast acht Monate alt. Er ist kein Baby mehr.«

»Vermutlich nicht.« Greg zupfte sich am Ohr. »Kannst du mir ein Beispiel geben? Für das, was du meinst?«

Maggie nahm einen großen Schluck von ihrem Tee und beschloss, dass er es verkraften konnte. »Ich hab sie weinen gehört. Sie geht ins Badezimmer und weint. Oft.«

Greg ließ sein Ohr los und sah Maggie an. »Das habe ich befürchtet. Danke, dass du es mir gesagt hast.« Er sah sehr müde aus.

II

ANGLESEY WAR ALLES DAS: die rauschenden Bäume. Die Sternchen der Knoblauchblüten im Frühling. Der Blick auf die Menaistraße durch die Blätter, wenn sie die Straße in Llanidan entlangging. Die Flut, die bis ans Bootshaus heranreichte, das weite, blaue Wasser. Das Watt, das auftauchte und verschwand. Die Geräusche von Schafen und Vögeln und Booten und der Schrei des weißen Hahns im Garten des alten Pfarrhauses.

In der Schule sagte Miss Bagshave immer: »Mach deinen Abschluss, Maggie, und blick nicht zurück. Du kannst tun, was du willst.« Was hieß: Geh weg von hier.

Zu Hause sagte ihr Bruder immer: »Du hast Glück. Ich kann nirgendwo hingehen.« Was hieß: Geh weg von hier.

Im Garten sagte Maggies Vater: »Mach's nicht wie ich. Ich hab nie gemacht, was ich wirklich wollte.« Was hieß: Geh weg von hier.

In der Küche sagte ihre Mutter: »Was soll ich tun, wenn du gehst? Was soll ich bloß tun?« Was hieß: Geh weg von hier, aber ich werde es dir nie verzeihen. Aber geh. Geh, denn wenn du es nicht tust, werde ich es mir nie verzeihen.

Bevor ihre Mutter den Anlass dafür gegeben hatte, dass die Familie auseinanderbrach, hatte Maggie nicht viele Gedanken an sie verschwendet. Fiona war eine kleine, zarte Frau mit üppigen Haaren in der Farbe von Siruppudding. Sie trug meistens Jeans, Sandalen und Seidenblusen. Als sie nur ein paar Stunden in der örtlichen Gemeindeverwaltung gearbeitet hatte, war sie meistens zu Hause gewesen, in ihrem Reihenhaus im ärmeren Teil von Summertown. Sie war allgegenwärtig, Maggie so nah, dass sie sie nie richtig wahrnahm.

Fiona sprach viel von ihrer Kindheit auf Anglesey. Sie erzählte von ihrem Hausschwein und wie sie geweint hatte, als ihr Großvater es zum Markt bringen musste. Wie sie sich eine Woche geweigert hatte, Schweinefleisch zu essen, mit der Zeit jedoch weniger empfindlich wurde, was Tiere anging, wenn es nichts anderes zu essen gab. Und wie der Handrücken ihres Vaters dabei nachgeholfen hatte. Maggie stellte sich vor, wie ihr Ohr von dem Schlag die ganze Nacht wehgetan hatte, ihr Kopf noch in ihren Träumen gedröhnt hatte. »Sei dankbar«, hatte Fiona zu ihrer Tochter gesagt, »dass dein Vater anders ist. Er ist vielleicht schwierig, aber zumindest ist er nicht wie manche Männer.«

Aber Maggie wollte auch ein Hausschwein haben und die Geschichten, für die so ein Schwein sorgen würde. Sie hatte sich immer eigene Geschichten gewünscht, denn zu Hause war sie von Geschichten umgeben, die nichts mit ihr zu tun hatten. In Oxford hatte sie jeden Freitagnachmittag mit ihrer Mutter, deren Freundin Jess und der Nachbarin Rita in der Küche gesessen. Jess war gebildet, sie rauchte längere Zigaretten als die anderen und trug Rollkragenpullis aus glänzendem Stoff. Rita war dick – ihre Pullover rutschten am Rücken hoch und zeigten Fleisch, das an klumpigen Kartoffelbrei erinnerte –, aber sie kannte die meisten Geschichten und konnte ungeheuer treffend Stimmen nachahmen. »Sie hätte zur Bühne gehen sollen«, sagte Jess immer, nachdem Rita gegangen war, um für ihre beiden nichtsnutzigen Söhne Abendessen zu kochen. Den ganzen Freitagnachmittag rauchten und redeten die Frauen. Maggie und ihr Bruder hörten zu, während sie ihre Spielzeugautos über die Dielen fahren ließen. In der Nähe des Platzes ihrer Mutter war ein Spalt zwischen den Dielen, und wenn Maggie nah genug dran war, konnte sie die Dunkelheit darunter sehen, gesprenkelt mit alten Rice Krispies und Kekskrümeln. Sie starrte durch den Spalt und tat so, als würde sie spielen, aber in Wirklichkeit saugte sie die Worte und den Rauch ein und wusste, Joe tat es auch. Sie liebte den Geruch ihrer entzündeten Streichhölzer, der Funke, mit dem so oft eine neue Geschichte begann. Es waren Geschichten über ihre eigene Kindheit, über ihre Mütter, ihre Kinder, ihre Männer. Aber die meisten Geschichten handelten von Frauen aus der Nachbarschaft. Martha, deren Ehemann ihr jeden Samstagnachmittag nach Witney folgte, weil er herausgefunden hatte, dass dort ihr Geliebter wohnte. Dolly, deren Mutter wieder bei ihr eingezogen war und mit dem Handstock auf den Fußboden ihres Zimmers klopfte, um sich bemerkbar zu machen. Cathy, deren Sohn Darren wegen Ladendiebstahls von der Polizei abgeholt wurde. Er hatte sich hinterm Sofa versteckt, als er das Scheinwerferlicht durchs Fenster sah. Als ob seine Mutter ihn schützen könnte. Dummer Kerl.

Einmal hatte sie so viel Rauch und Geschichten eingesogen, dass sie schrie: »Haltet den Mund! Könnt ihr nicht mal für einen Moment aufhören zu reden?« Alle schwiegen erschrocken. Aber anstatt das Mädchen ins Bett zu schicken, hatten die Frauen gelacht. Alle hatten sie gelacht, Joe am lautesten.

Für Maggie war es jedoch schlimmer, nicht ernst genommen als bestraft zu werden. Sie war eifersüchtig. Wann würde sie Geschichten zu erzählen haben? Sie wusste, sie war zu jung, um mitzureden. Vielleicht behauptete sie deshalb hinterher, dass es eine Zeit gegeben hatte, in der sie älter war als er. Sie ersann Geschichten, die begannen: »Als ich älter war als du …«, und erzählte, was passiert war, als sie über mehr Wissen, Erfahrung und Erinnerungen verfügte als ihr großer Bruder. Sie behauptete, dass sie sich an Dinge erinnerte, die Joe nicht wissen konnte. In ihrer Fantasie waren das geheime Frauensachen.

Ihr Bruder hatte wunderschöne Haare. Sie waren fast schwarz, glänzten wie Öl und hingen ihm lockig um die Ohren. Ihre Mutter und ihre Freundinnen waren sich einig, dass solche Haare Verschwendung bei einem Jungen waren. Joe selbst schien sich jedoch über seine Haare zu ärgern, ständig schielte er zu seinem Pony und runzelte finster die Stirn. Einmal stahl er die scharfe Schere seiner Mutter und schnitt sie sich selbst, worüber sie weinte.

Obwohl Joe zwei Jahre älter war, hatte es Zeiten gegeben, in denen es so schien, als brauchte er Maggie mehr als sonst jemanden. Als er acht war und Maggie sechs, begann er, bei Wörtern, die mit Verschlusslauten begannen, zu stocken. Seine Mutter fragte die Lehrer und ihren Hausarzt um Rat, ohne Ergebnis, während Maggie einfach wartete. Sie sagte den Laut nicht vor, sondern wartete, bis Joe so weit war zu sprechen. Schon bevor er stotterte, hörte sie das Klicken seiner Zunge im trockenen Mund, als ob die Wörter ihm im Mund stecken blieben, sich sträubten, herausgebracht zu werden. Schließlich kamen sie dann doch: »G-Gardine«, sagte er. »Versteck dich hinter der G-Gardine.« Das spielten sie oft: eine Art Einakter unter Joes Regie, in dem er der Lehrer und sie die Schülerin war. Meistens im kleinen Arbeitszimmer ihres Vaters. Auch dabei spürte Maggie, dass es wichtig war zuzuhören, Joe Zeit zu geben, sich auszudrücken. Sie musste nur darauf achten, wann er sein langes Holzlineal auf sie richtete und ihr befahl, aus ihrem Versteck hinter dem Vorhang hervorzutreten und ins Klassenzimmer zu kommen. Sobald sie hinter dem Vorhang hervorgekommen war, wurde das Spiel chaotisch. Sie verwandelten sich beide in ungezogene Schulkinder und warfen die Papiere ihres Vaters im Zimmer herum. Nachdem Joe sie für ihr schlechtes Benehmen ausgiebig getadelt hatte (manchmal fürchtete sie, er würde sie mit dem Lineal auf den Handrücken schlagen, aber er tat es nie), musste immer Maggie die Papiere wieder in Ordnung bringen.

Sie beobachteten zusammen ihren Vater und wunderten sich über ihn. Jeden Tag zog er seine »Arbeitsstreifen« an, wie er es nannte: einen dreiteiligen grauen Nadelstreifenanzug und eine ziemlich auffällige Krawatte (häufig wählte er Rot oder Violett), nahm seinen ramponierten ledernen Aktenkoffer und fuhr mit dem klapprigen französischen Familienauto zu seiner Arbeit als Buchhalter des St. Hugh's College. Eines Morgens nahm Maggie die Packung Clairol-Haarfarbe oben vom Badezimmerschrank und trottete damit in die Küche, wo ihr Vater gerade eine Scheibe Vollkorntoast aß und einem Klassiksender lauschte.

»Darf ich das ausprobieren?«, fragte sie.

Alan legte seinen Toast hin und drehte das Radio leiser. »Frag deine Mutter. Aber ich glaube, sie wird nein sagen. Du bist noch viel zu klein für so was.«

»Aber es gehört doch dir, oder?«

Ein Lächeln huschte über seine Lippen. »Wie kommst du auf die Idee, Maggie-May?«

Irgendetwas hinderte Maggie daran zu sagen: weil es die Farbe auf deinem Kopf ist.

»Muss deiner Mutter gehören«, sagte er und aß seinen Toast weiter.

Joe, der gegenüber am Tisch saß, sagte: »Aber ich hab d-dich g-gesehen, D-Dad. Ich habe g-gesehen, wie d-du …«

Maggie wartete, dass er es aussprach.

»... d-die Farbe in d-deine Haare g-getan hast.«

Ihr Vater schloss kurz die Augen und holte tief Luft. Dann verzog er schrecklich die Lippen, als er seinen Sohn nachahmte. »Ich b-benutze k-keine Haarfarbe, Joe.«

Sobald Joe seinen Stuhl zurückstieß, begann Alan sich zu entschuldigen. Aber Joe rannte aus dem Raum, bevor sein Vater aufgestanden war.

Als Maggie ihrem Bruder nachwollte, hielt ihr Vater sie am Arm fest.

»Lass ihn«, sagte er. »Er muss nur ein bisschen härter werden, das ist alles.«

Am nächsten Tag war die Haarfarbe nicht mehr oben auf dem Badezimmerschrank, wo Maggie sie wieder ordentlich hingestellt hatte. Joe vermied es von da an, soweit es ging, mit seinem Vater zu sprechen. Offenbar sonderte er sich lieber von der Familie ab, als noch einmal gedemütigt zu werden, und gewöhnte sich an, bei Mahlzeiten fast vollkommen zu schweigen. Schließlich vermied er es sogar, mit seiner Schwester mehr als nötig zu sprechen. Eine Zeit lang steckte er ihr Zettel zu. »Kannst du Dad um etwas Geld bitten?« Oder: »Denk dran, mir Freitag dein KitKat zu geben.« Er schob sie ihr unterm Tisch in den Schoß oder unter ihrer Zimmertür hindurch. Wenn Maggie die Zettel auseinanderfaltete, stellte sie sich vor, dass Joe vielleicht geschrieben hatte: »Willst du Fahrrad fahren?« Oder vielleicht sogar: »Ich vermisse es, mit dir zu reden.« Das tat er nicht, aber Maggie hob die Botschaften ihres Bruders trotzdem auf, bewahrte sie in der blauen Schachtel unter ihrem Bett auf und hoffte, dass der Tag kommen würde, an dem ihr Bruder sie wieder brauchte.

An einem Samstagmorgen brachte ihre Mutter Joe zu einem frei praktizierenden Sprachtherapeuten. Maggie ging mit.

Es regnete, und Maggie freute sich, dass sie auf dem Weg zum Bus ihren neuen karierten Schirm aufspannen konnte. Alles schien unter dem farbenfrohen Regendach heller, sogar die grauen Pflastersteine. Joe trug seine Gummistiefel und einen Parka mit geschlossenem Reißverschluss und weigerte sich, den Schirm mit ihr zu teilen. Er hielt den Kopf gesenkt und sagte nichts, während Maggie hinter ihm hertrabte, bemüht, mit ihm Schritt zu halten, ohne ihn mit den Spitzen des Schirmes zu stechen. Im Bus zwängte sie sich auf den Sitzplatz neben ihm und ließ den Regenschirm absichtlich auf seine Jeans tropfen, in der Hoffnung, irgendeine Reaktion hervorzurufen, aber er starrte regungslos aus dem Fenster.

Das Büro des Therapeuten war im obersten Stockwerk eines alten Gebäudes, das aus dem gleichen Stein gebaut war wie die Colleges. Ihre Mutter klingelte, und sie wurden eingelassen und klapperten und tropften die eiserne Wendeltreppe hinauf. Am Empfang wurden sie von einer Frau mit einem festen Haarknoten und verfärbten Zähnen aufgefordert zu warten. Fiona blätterte die *Oxford Times* durch, während Joe in seinen Gummistiefeln auf und ab ging und schmutzige nasse Streifen auf dem Linoleum hinterließ. Durchs Fenster konnte Maggie die Kuppel der Radcliffe Camera sehen. Joe deutete auf den Ausblick. »D-die verträumten T-Türme«, sagte er. »T-total d-dämlich.« Es war das Erste, das er an dem Tag gesagt hatte, und das erste Mal seit Wochen, dass er etwas zu ihr gesagt hatte.

»Warum träumen sie?«, fragte Maggie.

Bevor Joe antworten konnte, sagte ihre Mutter: »Vielleicht träumen sie davon zu fliehen. Das wäre gar nicht so dumm, oder?«

Joe und Maggie sahen sich an. In dem Moment wollte sie ihn am Arm fassen und etwas sagen, das ihn wissen ließ, dass sie auf seiner Seite war, dass sie bereit war, ihm zu helfen, aber da rief jemand kurz »Joseph Wichelo«, und Joe musste einem Mann mit roter Fliege durch eine breite Tür folgen.

Während sie warteten, bot die Frau mit dem Haarknoten Maggie einen Becher mit frischem Orangensaft an, aber sie lehnte ab. Sie versuchte zu hören, was hinter der Tür vor sich ging, schnappte aber nur ein gelegentliches tiefes Lachen auf, das von dem Mann mit der Fliege kommen musste. Ihre Mutter befahl ihr, sich hinzusetzen, aber Maggie blieb am Fenster stehen und beobachtete, wie der Regen stärker wurde. Er klatschte gegen die Scheibe, da der Wind ihn erst in die eine und dann in die andere Richtung trieb. Maggie war davon so gefangen genommen, dass es eine Weile dauerte, bis sie bemerkte, dass ihre Mutter etwas Merkwürdiges tat. Fiona hatte sich in ihrem Stuhl vorgebeugt, die Ellbogen auf die Knie gestützt und den Kopf tief in den Händen vergraben.

Ohne etwas zu sagen, setzte Maggie sich auf den Plastikstuhl neben sie. Weil ihr nichts anderes einfiel, lehnte sie ihren Kopf an den nassen Arm ihrer Mutter. Ihre Mutter versuchte zu lachen. »Kümmer dich nicht um mich«, sagte sie, richtete sich auf und stieß einen tiefen Seufzer aus. »Ich mach mir nur ein bisschen Sorgen um unseren armen alten Joe. Wir müssen uns um ihn kümmern, ja?«

Maggie nickte.

»Braves Mädchen. Wir machen es zusammen, ja?«

Wieder nickte Maggie und wurde mit einer langen Umarmung belohnt. Die nächsten zehn Minuten verharrte sie im Schutz des warmen, feuchten Körpers ihrer Mutter.

Als Joe etwas später aus dem Sprechzimmer kam, hatte er

feuerrote Wangen und trug seinen Parka über der Schulter. Sein T-Shirt sah komisch aus, es war ausgeblichen und zu klein und schlackerte über seinem Gürtel.

Ihre Mutter stand abrupt auf, sodass Maggie fast von ihrem Stuhl fiel, und fragte ihn, wie es war.

Ohne sie anzusehen, sagte er ausdruckslos: »Super.«

Der Therapeut empfahl, dass Joe für weitere zwölf Sitzungen kommen sollte. Maggies Mutter warnte ihren Vater, sich über die Kosten zu beklagen, und sagte, es wäre besser für Joe, wenn Maggie zu Hause blieb. Im Laufe der Wochen ließ Joes Stottern nach. Aber zu Maggies Enttäuschung sprach er nicht viel mehr mit ihr. Im Gegenteil, die Besserung schien Joe noch distanzierter, noch unnahbarer zu machen, und Maggie noch einsamer als vorher.

Als Maggie fünfzehn war, kaufte ihre Mutter sich ein Paar gelbe hochhackige Schuhe und begann, alleine auszugehen.

Eines Abends, als Maggie lange wach war und *Vom Winde verweht* las, hörte sie eine Tür schlagen. Sie richtete sich im Bett auf und sah auf ihren Wecker. Halb eins. Später, als sie gedacht hatte. Sie hatte den fesselnden Roman als Entschuldigung benutzt, wach zu bleiben, bis ihre Mutter wieder zu Hause war.

Jetzt hörte sie Geschrei. Maggie konnte zwar die Worte nicht verstehen, hörte aber die atemlose Wut in der Stimme ihrer Mutter, die plötzlich von ihrem Vater übertönt wurde, der nur ein Wort bellte: »GENUG.«

Maggie sprang aus dem Bett und schlich nach unten. Sie presste ein Ohr an die Wohnzimmertür.

»SAG'S MIR«, schrie ihr Vater.

Ihre Mutter stieß einen kurzen Wutschrei aus, und Maggies

Hand flog zum Türgriff, bereit, ihn umzudrehen, falls ihr Vater noch einmal schrie.

»SAG'S MIR!«

Maggie ging hinein und rechnete damit, dass der Anblick ihrer Tochter im rosa Schlafanzug (zwei Nummern zu klein) ihre Eltern davon abhalten würde weiterzustreiten.

Ihr Vater hatte seine Krawatte – türkis, mit Paisley-Muster, die er immer donnerstags trug – fest um seine Faust gewickelt. Er war nicht groß, aber als er über ihrer Mutter stand, die mit dem Kopf in den Händen auf dem alten Laura-Ashley-Sofa saß, wirkte er plötzlich riesig. Falls einer von ihnen Maggie bemerkte, schenkten sie ihr keine Beachtung, und ihre Gegenwart hinderte weder Alan daran, das lose Ende der Krawatte auf die Schulter ihrer Mutter niedersausen zu lassen, noch ihre Mutter, ein bösartiges Lachen auszustoßen, gefolgt von den Worten: »Wenn du glaubst, dass du mir mit dem Ding wehtun kannst, irrst du dich.«

Maggies Vater ließ die Krawatte auf den Boden fallen und sah seine Tochter an. »Geh wieder ins Bett«, sagte er. »Es ist alles in Ordnung. Geh wieder ins Bett.«

Maggie blickte den Rücken ihrer Mutter an und rührte sich nicht. Schließlich sagte Fiona, ohne sich umzudrehen: »Tu, was er sagt, Liebes.«

Von da an war Maggie wachsam, was Geheimnisse ihrer Mutter anging. Sie wollte wissen, was es war, das ihr Vater wissen wollte und das preiszugeben sich der bewegungslose Rücken ihrer Mutter geweigert hatte. SAG'S MIR, dachte sie. SAG'S MIR. Wenn sie aus der Schule kam, hatte sie eine halbe Stunde für sich allein im Haus, bevor Fiona um vier wiederkam. (Joe kam nie vor sechs nach Hause. Was er in den Stunden nach der Schule machte, war ihr ein Rätsel und, soweit Maggie wusste, allen anderen auch.) In dieser Zeit ging sie ins Schlafzimmer ihrer Eltern und suchte nach Hinweisen. In der Unterwäscheschublade ihrer Mutter fand sie nur die üblichen Schlüpfer und Büstenhalter, so oft gewaschen, dass die Etiketten weich und die Spitzenkanten grau und häufig ausgefranst waren. Am Boden des Kleiderschranks die übliche Ansammlung alter Schuhe und Handtaschen. Sie untersuchte die mit den winzigen goldenen Perlen, die allmählich ihren Glanz verloren. Als kleines Mädchen hatte sie oft damit gespielt, ihren Lippenbalsam und den Schildpattkamm hineingetan, den sie von ihrer Tante Sandra, der Schwester ihrer Mutter, die nie geheiratet hatte und stattdessen nach Kanada ausgewandert war, geschenkt bekommen hatte. Tante Sandra war einmal in Oxford zu Besuch gewesen, und die ganze Woche war für Maggie voller Sorge und Aufregung gewesen. Sandra rauchte selbst gedrehte Zigaretten und beklagte sich, dass es im Badezimmer keine Duschkabine gab. Stundenlang hatte sie auf Maggies Bett gesessen und ihre Haare zu einem französischen Zopf geflochten und dabei die ganze Zeit über die Vor- und Nachteile kanadischer Männer geredet – richtige Männer in karierten Hemden, die mit Äxten umgehen konnten. Bei ihrer Abreise hatte sie Maggie ans Kinn gefasst und gesagt: »Besuch mich mal, wenn du älter bist und von den Jungs hier genug hast.« Fiona hatte Maggie an der Schulter festgehalten, und Maggie hatte das Bedürfnis zu weinen unterdrückt.

Aber nicht beim Herumschnüffeln fand Maggie etwas Schreckliches, vielmehr war es gar nicht versteckt.

Es war ein paar Wochen nach dem Schreien, Maggies Mutter war wie immer zur Arbeit gefahren, kurz bevor Maggie zur Schule ging. Sie hatte sie auf die Stirn geküsst, gesagt: »Schließ ab, ja?«, ihre Tasche und die Schlüssel vom Küchentresen genommen und in einer Wolke von Poison das Haus verlassen. Das war immer der Moment, in dem Maggie daran dachte, dass sie eigentlich zu Hause bleiben und den ganzen Tag fernsehen könnte, ohne dass es jemand merkte. Schon in Schuhen und Mantel, nahm Maggie ihren kalten Toast vom Tisch und biss davon ab. Sie wollte gerade die Hintertür öffnen, als ihr ein cremefarbener Umschlag oben auf dem Kühlschrank ins Auge fiel. Als Adresse stand »Liebling« drauf, geschrieben in der großen, geschwungenen Schrift ihres Vaters. Als sie ihn umdrehte, sah Maggie, dass er unverschlossen war. Also nahm sie den Inhalt – einen kurzen Brief – heraus und las.

Fiona, Liebling,
ich bin so froh, dass wir alles geklärt haben und gemeinsam nach vorn blicken können. Was ich gesagt habe, ist wahr, mein Schatz. Ich kann vergeben und vergessen. Ich hoffe, wenn ich zurückkomme, gibt es ein gemeinsames Leben als Familie für uns.
Für immer
dein Alan

Wieder und wieder gingen Maggie an dem Tag die Worte des Briefes durch den Kopf. *Vergeben und vergessen. Alles geklärt. Nach vorn blicken.* Auf dem Nachhauseweg von der Schule trödelte Maggie absichtlich, machte einen Umweg und ging um den Park herum. Ihre Mutter hatte gesündigt, und ihr Vater vergab ihr. So herum hatte Maggie es sich nicht vorgestellt. Ihr ganzes Leben war sie bereit gewesen, ihrem Vater zu vergeben. Ihre Mutter hatte oft gesagt: »Lass Daddy in Ruhe. Er hat nicht geschlafen.« Die Familie nahm immer Rücksicht auf Alan, verzieh ihm sein Schweigen, seine Offenheit, seine regelmäßig wiederkehrende Unfähigkeit, an ihren Leben Anteil zu nehmen.

An vielen Sonntagen mussten sie »still sein, damit Daddy schlafen kann«. Viele Abende wunderten sie sich, was Daddy in seinem »Arbeitszimmer« machte (eine Abstellkammer unter dem Dach, deren Wände mit Büchern bedeckt waren). Viele Familienurlaube, die sie in einem mit Stuck verzierten Ferienhaus auf Anglesey verbrachten, liefen nach dem gleichen Schema ab. Jeden Tag bereitete Fiona ein Picknick vor, verfrachtete die beiden Kinder ins Auto und fuhr zum Strand, wo sie Joes Schlauchboot und Maggies Eimer und Schaufel auspackte und beiden versicherte, dass ihr Vater später nachkommen würde, dass er nur ein paar Stunden Schlaf nachholen müsste. Er hätte bei der Arbeit unter Druck gestanden und bräuchte ein paar Tage, um sich davon zu erholen. Gebt ihm etwas Zeit, dann wird er nur für euch da sein. Für gewöhnlich gesellte er sich erst die letzten beiden Ferientage zu ihnen und warf dann häufig die Pläne ihrer Mutter vollkommen über den Haufen zugunsten von etwas »Passenderem« für die Kleinen. Conwy Castle wurde gestrichen, und es ging zum Pier in Llandudno. An einem dieser Tage kaufte Maggies Vater ihr alles, was sie wollte: einen mit Smarties gefüllten Plastikspazierstock und Zuckerwatte auf dem Pier, zum Mittag einen Hotdog an einem übel riechenden Stand im Einkaufszentrum, am Nachmittag Schokoladen-Eclairs in einem feuchten, farnbedeckten Tearoom, eine Dose Coke am Strand und zum Abendessen, als sie wieder im Ferienhaus waren, gab's Fisch und Chips. In der Nacht musste sie sich heftig übergeben, über das ganze Doppelbett, das sie sich mit ihrem Bruder teilte. Am nächsten Tag hatte die Familie in Newborough Warren mit Vollkorn-Sandwiches und Mandarinen gepicknickt und trotz des bewölkten Himmels hatte ihre Mutter eine große Sonnenbrille getragen, die dunkle Anklagen in Alans Richtung schickte. Maggie hatte bei jeder Gelegenheit die Hand ihres Vaters gehalten, weil sie nicht wollte, dass er das Gefühl hatte, dass es falsch war, sich und seiner einzigen Tochter etwas zu gönnen.

In jenen Ferien, sie war zehn und ihr Bruder zwölf, trat Joe mit seinem Vater in totalen, wenn nicht offenen Kriegszustand. Auf Fionas Versicherungen, dass ihr Vater bald kommen würde, hatte Joe häufig mit einem dramatischen Augenrollen reagiert. Und wenn Alan tatsächlich bei ihnen war, ging Joe immer ein paar Schritte hinter der Gruppe, wobei er entweder auf den Boden starrte oder mit beängstigender Treffsicherheit nachmachte, wie ihr Vater sich bewegte und sprach. Joe hob Dinge hervor, die für Maggie so alltäglich waren, dass sie sie kaum bemerkte: Wie ihr Vater sich übers Ohrläppchen strich, wenn er überlegte, was er sagen wollte, wie er die Stimme hob, wenn er ihren Namen sagte, das leichte Nachziehen des rechten Fußes, wenn er ging. Am Ende der Ferien hatte Joe alle diese Dinge gestohlen und sich zu eigen gemacht.

Als Maggie endlich ihr Haus erreichte – die Worte ihres Vaters in dem Brief dröhnten immer noch in ihrem Kopf –, sah sie, dass ihre Mutter aus dem vorderen Fenster starrte und auf sie wartete. Maggie überlegte, einfach weiterzugehen, geradeaus die Straße hinunter und weiter und weiter, bis sie irgendwo zum Stehen kam – irgendwo anders. Aber ihre Mutter hatte schon die Tür geöffnet und rief sie.

»Du kommst spät. Wo warst du?«

Maggie zuckte mit den Schultern. Ihre Mutter trug ein neues Kleid, blau und eng anliegend. Sie sah merkwürdig aus, silbergrauer Lidschatten auf den Augenlidern, die Haare absichtlich verwuschelt und mit Haarspray fixiert, als hätte sie Stunden vor dem Spiegel verbracht. Sie folgte ihrer Tochter den

Flur entlang und sagte: »Dein Vater schläft heute woanders. Kurzfristiger Termin.«

Maggie hängte ihre Schultasche über die Lehne eines Küchenstuhls. Zu ihrer Überraschung stand Joe an der Hintertür. Er hatte seine Schuluniform bereits gegen Jeans und ein Oberteil mit Kapuze getauscht und starrte die Bodenfliesen an. Maggie öffnete den Kühlschrank und bemerkte, dass der Umschlag weg war.

»Also ich dachte, wir könnten ausgehen«, fuhr ihre Mutter fort. »Nur wir drei.«

Ganz langsam goss Maggie sich ein Glas Apfelsaft ein. Nachdem sie es fast ausgetrunken hatte, wischte sie sich mit der Hand über den Mund und fragte: »Ist es nicht noch ein bisschen früh?«

»Wie wär's mit ein bisschen Begeisterung?«

»Wirf dich in Schale, Maggie«, sagte Joe. Auf seine Jeans und Turnschuhe deutend, fügte er hinzu: »Hab ich auch.«

Sie parkten in der Broad Street und gingen, wie Maggie erwartet hatte, zu Brown's. Es war sechs Uhr und das weitläufige Restaurant ziemlich leer. Die großen Fenster, die Palmen in Kübeln und die dunklen Holztische verliehen dem Ort eine irgendwie kontinentale Atmosphäre, was die drei vor ein paar Jahren mehr beeindruckt hätte. Aber sie waren vor Kurzem im Urlaub in der Bretagne gewesen und wussten, dass dergleichen in Frankreich alltäglich und wesentlich billiger war. Trotzdem bedankte sich ihre Mutter zu viele Male, als ein junger Kellner sie zu einem Tisch führte.

Nie zuvor hatten sie einen Abend zusammen ohne Alan verbracht. Maggie hatte Angst davor, dass ihre Mutter mit ihr und Joe »offen reden« wollte, wie sie es in Talkshows nannten. Weil sie das um jeden Preis verhindern wollte, wurde sie auf eine Art mürrisch, die für sie alle neu war. Wenn Fiona ihre Verwunderung über die Größe ihres Weinglases oder den köstlichen Duft gebratener Steaks kundtat und die blütenweißen Servietten pries, sah Maggie in ihren Schoß, und es war Joe, der angemessen darauf reagierte. Das ungewohnte Kleid ihrer Mutter, die Art, wie sie immer wieder ihre goldenen Ohrringe berührte und den Kellner anlächelte, waren einfach zu viel für Maggie. Als ihr Essen kam (Fischpastete für Fiona, Kräuter-Putenschnitzel für Maggie und Steak für Joe), hielt Fiona ihr halb leeres Glas hoch.

»Ein Toast.«

Maggie beobachtete, wie Fiona einen tiefen Schluck nahm. »Euer Vater und ich haben geredet. Wir denken beide, dass es Zeit wird, dass er – mehr das tun kann, was er will.«

Maggie dachte, ihr Vater hatte immer getan, was er wollte, sagte aber nichts. Sie sah Joe an, der den Blick auf die Tafel mit den *Specials* über dem Kopf seiner Mutter geheftet hatte.

»Und er möchte umziehen«, fuhr Fiona fort, »nach Wales.«

Joe sagte: »Was, verdammt?«

»Ausdruck!«, warnte Fiona, ziemlich halbherzig.

Maggie sagte: »Warum war Daddy neulich Abend so wütend?«

Fiona stellte ihr Glas ab und seufzte. In dem minutenlangen Schweigen, das folgte, schien sie nüchtern zu werden, zerzauste sich das Haar, sodass es wieder ihrer üblichen Frisur ähnelte, schleuderte die hochhackigen Schuhe unter dem Tisch von sich und schob die Ärmel ihres Kleides hoch. Maggie war beruhigt: Diese Frau ähnelte ihrer Mutter mehr.

Dann sagte Fiona. »Hört zu.« Sie blickte von Maggie zu Joe und wieder zurück. »Meint ihr, ihr seid alt genug, etwas zu verstehen, wenn ich es euch erzähle?«

Darauf gab es keine richtige Antwort, also nickte Maggie. Joe rührte sich nicht.

»Ich habe einen Fehler gemacht. Eine Ehe ist manchmal schwierig … Ich wurde von einem jüngeren Mann verführt.« Fiona wurde tiefrot. »Na ja. Ich bin nicht stolz darauf. Jetzt weißt du, warum dein Vater so wütend war.«

Maggie sagte nichts, sondern versuchte, das Wort »verführt« in seiner ganzen Bedeutung zu verstehen.

»Er hieß Calum. Aber das braucht ihr nicht zu wissen.« Sie holte Luft. »Er ist – war – mein Fahrlehrer. Er ist eigentlich kein schlechter Kerl.«

War da ein kleines Lächeln auf den Lippen ihrer Mutter, als sie das sagte?

»Herrje …«, sagte Joe.

»Aber es ist jetzt vorbei. Und dein Vater und ich denken, wir sollten noch einmal neu anfangen.«

Maggie versuchte, Blickkontakt mit Joe herzustellen, der starrte jedoch schweigend auf die glänzende Tischplatte.

Einen Monat später stand ihr Haus zum Verkauf.

Sie zogen in ein altes Bauernhaus am Rande eines Dorfes nicht weit von da, wo Fiona geboren war. Die Wände waren aus dickem Stein, die Türen aus schwerem Holz. Durch die kleinen Fenster blickte man direkt auf die Straße, und dahinter war die Bergkette von Snowdonia zu sehen. Im Haus war es selbst im Sommer dunkel und kalt. Obwohl das Dorf ruhig war, war das Haus laut. Die alten Dielen knarrten, und die eisernen Türklinken und die Fenster klapperten. Alan sagte, der Umzug habe sich schon wegen des Ausblicks gelohnt. Ihnen gehörten fünf kleine Felder und ein winziges baufälliges einstöckiges Bootshaus ungefähr eine Meile entfernt am Strand des Menai-Kanals.

Fiona hatte die Insel schon als Kind verlassen, als ihre gesamte Familie nach Birmingham gezogen war, und niemand, der gegenwärtig im Dorf wohnte, erinnerte sich an sie. Das mache ihren Neuanfang noch sauberer, sagte Maggies Vater.

Joe wusste aus zuverlässiger Quelle, dass die Stammgäste vom »The Groeslon«, dem Pub zwei Häuser weiter, über die dummen Engländer redeten, die das Bauernhaus gekauft hatten und anscheinend versuchten, das Land zu bewirtschaften. Sie waren sich einig, dass es absoluter Wahnsinn war: Das Land war seit Jahrzehnten nicht mehr bearbeitet worden. Catherine Jones, die letzte Besitzerin, hatte aus dem ersten Feld einen wunderschönen Rasen gemacht, und die Schweineställe waren Dekoration. Die alte Milchküche hatte sie als Garage für ihren viel beneideten Aufsitzrasenmäher benutzt, und die Viehställe waren schon lange ein Innenhofbereich gewesen. Aber wenn es ums Land ging, war die englische Mittelschicht mit besonderer Dummheit geschlagen. Sie dachten, sie könnten darauf spielen, einen Lebensstil daraus machen, aber immer holte diese Naivität sie ein, und es ging schief, immer. Joe fand ein besonderes Vergnügen daran, seiner Schwester von diesem Scheitern zu erzählen.

Ungeachtet des Geredes fühlte Alan sich ungeheuer wohl. Er meldete sich für einen Walisisch-Konversationskurs in Llanfairpwll an, legte Wert darauf, im Sparladen im Dorf einzukaufen, so oft er konnte, und grüßte jeden, der ihn ansah. Wurde er zurückgegrüßt, erzählte er gleich, dass seine Frau im Nachbardorf aufgewachsen war, was Maggie sehr peinlich war. Alan konnte Feindseligkeit nichts anhaben, und er betrachtete es als willkommene Herausforderung, die Dorfbewohner auf seine Seite zu ziehen. Das Wichtigste ist, erklärte er Maggie, Interesse am Leben der Gemeinde zu zeigen. Deshalb versuchte er, der örtlichen Kirchengemeinde beizutreten. Er stellte jedoch fest, dass der Prediger zu der Zeit nur eine Art Notdienst verrichtete, es gab nur einen Gottesdienst die Woche, und der wurde auf Walisisch gehalten. Wenn er beten wollte, musste er die etwa drei Kilometer entfernte englische Kirche aufsuchen. Er dachte, dass es besser wäre als nichts, und hatte Erkundigungen eingeholt. Doch dann wurde er von dem Geräusch abgeschreckt, das ihn begrüßte, als er sich dem Ort näherte: kein Close-Harmony-Gesang oder die glühende Ansprache eines Predigers, sondern das selbstsichere Ticken von Mercedes-Motoren, die unter den ringsum stehenden Eiben erkalteten. Dieselben Autos waren während der Woche am Baron Hill Golf Club geparkt oder samstagmittags beim Tre-Ysgawen Hotel mit Wellness-Bereich. Das war nicht die Art Gemeinschaftsleben, die Alan sich vorgestellt hatte, und so setzte er zu seiner Enttäuschung keinen Fuß mehr in eine Kirche oder Kapelle.

Nachdem sie auf Anglesey angekommen waren, war es nicht mehr ihr Vater, der viel Zeit allein in seinem Zimmer verbrachte und sich weigerte, an den Mahlzeiten oder Wochenendausflügen der Familie teilzunehmen. Es war ihre Mutter. Um zu wissen, wo ihre Mutter war, musste Maggie nur dem Duft von Poison und Nescafé folgen, aber meistens waren sie nur wenige Augenblicke im selben Zimmer. Wenn Maggie und Joe aßen, schlüpfte Fiona durch die Hintertür und blickte über die Felder. Wenn Maggie sich für die Schule fertig machte, saß sie mit einer kleinen Schale Alpen-Müsli auf den Knien in dem düsteren Wohnzimmer und guckte Frühstücksfernsehen. Sie sprach nicht über den Umzug oder darüber, was sie den ganzen Tag machte, während die Kinder in der Schule waren.

Und obwohl sie die Einzige in der Familie war, die Walisisch sprach, schloss sie keine Freundschaften im Dorf.

Joe dagegen wurde freundlicher zu seiner Schwester. Es herrschte ein Gefühl der Solidarität zwischen ihnen, denn sie steckten gemeinsam in dieser Situation. Und auch wenn die Einheimischen nicht besonders freundlich waren und Joe und Maggie nur wenige Wörter der Sprache kannten (sie konnten beide »Diolch yn fawr« – danke – sagen, trauten sich aber nicht), war dies nicht der Ort, an dem sie alle Ferien ihrer Kindheit verbracht hatten? In jenen ersten paar Wochen schien es Maggie, als würden sie überall zusammen hingehen und als wäre Joe – der Joe, der sie einmal mehr gebraucht hatte als sonst jemanden – zu ihr zurückgekehrt.

Keiner von ihnen hätte gewagt, allein zum Spar zu gehen und Glen zu begegnen. Glen arbeitete nicht im Laden, aber er war immer dort, lehnte am Tresen und unterhielt sich mit Cheryl, der Inhaberin. Maggie schätzte ihn in den Dreißigern. Seine Wangen, Kinn und Hals waren mit angebrannt aussehenden Stoppeln bedeckt. Seine Stimme war leise, aber eindringlich. Normalerweise mochte Maggie das deutliche, punktgenaue Auf und Ab der Sprache, es erinnerte sie daran, wenn ihre Großmutter, die im Jahr zuvor gestorben war, am Wochenende anrief und die Stimme ihrer Mutter diese neue, faszinierende Variationsbreite hinzugewann, mit schleppenden Rhythmen und Lauten, die hinten am Gaumen gebildet wurden. Wenn Fiona am Telefon Walisisch sprach, schien sie plötzlich voller Kraft und Überzeugungen, es gab wenig Raum, so schien es, für gleichgültiges Gemurmel und unsicheres Nuscheln. Wenn Glen sprach, war es genauso, nur in stärkerem Maße, und Maggie wurde rot, weil sie nicht wusste, wovon er redete. War es das Wetter? Irgendeine tiefschürfende Bemerkung über die

Lokalpolitik? Oder über sie? Was auch immer, sie stand dann nah bei Joe, und beide taten sie so, als würde ihnen ihre Ahnungslosigkeit nichts ausmachen. In diesen Augenblicken, wenn sie ihre Zeitschriften bezahlten, rechnete sie beinahe damit, Joes Hand an ihrem Kreuz zu spüren.

In der Schule, der Ysgol David Hughes, war Maggie froh, dass Joe nicht protestierte, wenn sie sich neben ihn auf die Bank hinter der Sporthalle setzte. Die anderen Kinder beobachteten sie, und sie beobachteten die anderen, und Maggie fragte sich, ob ihr Bruder sie vielleicht wieder brauchte. Sie begann sogar zu horchen, ob sie das Klicken in seinem Mund hörte, um ihm, wenn nötig, helfen zu können.

Kurz nachdem sie umgezogen waren, verbrachte die Familie einen Sonntagnachmittag beim Bootshaus am Strand von Llanidan. Maggie folgte ihrem Bruder den langen, schattigen Weg entlang und war begeistert, als sie den Strand erreichten: nach der Dunkelheit das blendende, glitzernde Wasser, nach dem modrigen Geruch des Laubes die frische Meeresbrise. Sie standen lachend beieinander. Dann erklärte ihnen ihr Vater, wie tückisch der Kanal war. Er beschrieb, wie sich die Strömung im Nu ändern konnte, weil es in Wirklichkeit zwei Gezeiten gab, auf jeder Seite des Kanals eine. In der Nähe der Felsen bildeten sich oft Strudel, erzählte er. Der Kanal war aufgewühlt, unberechenbar, die Sandbänke unter Wasser verschoben sich ständig. Maggie konnte kaum glauben, dass ein so friedlich scheinender blauer Streifen voller Gefahren sein sollte. Er sah so sicher aus, es war schließlich nicht das offene Meer, sondern nur eine Meerenge, und auf der anderen Seite des Wassers war immer ein Haus, eine Straße, ein Berg zu sehen.

Es war Herbst und der Wind so steif, dass sie und Joe Windjacken brauchten und ihre Mutter die Arme fest um sich legte, als sie um ein Lagerfeuer saßen und Würstchen an Spießen brieten. Nachdem sie gegessen hatten – Maggies Mund brannte immer noch vom heißen Fett –, gingen sie und Joe an der Steinbuhne Krebse fangen. Ihr Vater zeigte ihnen, wie. Erstens, einen langen Stock finden. Zweitens, ein Band mit einem kleinen Stein als Gewicht daran befestigen. Dann eine Schnecke von der Buhne lostreten, aus ihrem Gehäuse herauslösen und am Ende des Bindfadens befestigen. Die Schnecke ins Wasser baumeln lassen und darauf warten, dass ein Krebs kommt.

Es klang einfach, aber sie merkte schnell, dass ihr Tritt weder schnell noch unauffällig genug war, um die Schnecken, die am Stein klebten, zu überraschen. Ein paar Schläge zerbrachen die Schneckenhäuser, und die Beute war nichts mehr wert. »Du brauchst eine heile Schnecke«, sagte ihr Vater, »damit du das Ding festbinden und baumeln lassen kannst.« Joe entwickelte ein Talent darin, die schleimigen Tiere vom Stein zu treten und mit einem schnellen Schnitt seines Taschenmessers aus dem Gehäuse zu lösen, und sie war dankbar, wenn er eine an ihrem Band befestigte. Aber einen Krebs zu fangen – und das geschah erstaunlich schnell – war ein Schock: Plötzlich waren der rostbraune Panzer und die Punktaugen der fremden Kreatur vor ihr, die wild in die Luft greifenden Scheren. Sie konnte nichts anderes tun, als das Ding wieder ins Meer werfen. Joe lachte, aber kurz danach fing er noch einen, so groß, dass sogar ihr Vater einen Schritt zurücktrat. Maggie und Joe tauschten Blicke, was Joe genügte, um das Tier zwischen ausgestrecktem Zeigefinger und Daumen zu packen und seiner Schwester ins Gesicht zu drücken. Ihr Vater versuchte, Joes Hand von Maggie wegzuschieben, die wich jedoch nicht zurück, sondern griff nach oben und hielt den kalten, harten Körper des Krebses fest.

Zusammen untersuchten Maggie und Joe das Tier. »Guck mal, seine Augen«, sagte Joe. »Sieht aus, als wäre er schon tot, oder?«

Maggie nickte. Dann wurde sie von etwas gepackt, vielleicht berauscht durch die greifbare Macht, die sie über den Krebs hatten. »Los, wir reißen ihm die Beine raus«, sagte sie grinsend.

Aber er schüttelte den Kopf. »Sinnlos. Wirf ihn zurück.«

»Wir sollten ihn essen«, sagte ihr Vater. »Mit nach Hause nehmen und kochen. Wird köstlich schmecken.«

»Nein«, sagte Maggie. »Wirf ihn wieder ins Wasser.« Mit einer schnellen Armbewegung beförderte Joe den Krebs wieder ins Meer.

»Eure Sache«, sagte ihr Vater. Er zuckte mit den Schultern und machte sich auf den Rückweg über den rutschigen Tang, der die Buhne bedeckte.

Maggie und Joe beobachteten, wie er wegging. Dann sahen sie sich an und lachten. Beim Überwinden des Tangs fiel Maggie beinahe hin, aber ihr Bruder ergriff ihre Hand. Als sie sich wieder aufrichtete, hielt er sie noch ein paar Sekunden länger als nötig, bevor er erneut lachte. Joes Zuneigung durchströmte warm ihren Körper, und plötzlich war Maggie froh, dass sie auf die Insel gezogen waren.

Joe ging nicht lange in die zwölfte Klasse. Eines Mittags war er nicht wie sonst auf seinem Platz auf der Bank. Maggie klopfte am selben Abend an seine Zimmertür und durfte reinkommen. Joes Zimmer sah aus wie eines, das noch keine Gestalt angenommen hatte, obwohl sie schon sechs Monate im Farmhaus gewohnt hatten. In der einen Ecke war ein Stapel Taschenbücher, in einer anderen ein Stapel Pappkartons, an der Seite mit seinem Namen beschriftet, die nach dem Umzug noch nicht geöffnet worden waren. Auf dem Schreibtisch lag sein wertvollster Besitz: eine Nikon-Kamera und mehrere Filmrollen. Er hatte dafür gespart und sie gekauft, kurz bevor sie nach Wales gezogen waren. Es lagen auch einige Bücher über Fotografie auf dem Tisch, mit zwischen den Seiten herausragenden Zetteln. Joe weigerte sich, seine Fotos irgendjemandem zu zeigen, aber Maggie hatte sie sich einmal angesehen, als er nicht da war. Zu ihrem Erstaunen verbrachte er offenbar viel Zeit damit, die Wege und Gärten der Umgebung zu durchstreifen. Alle Fotos waren Nahaufnahmen von Pflanzen: kompliziert strukturierte Blätter, mit Frost bedeckt, taubenetzte Stiele, zwischen dünnen Zweigen gesponnene Spinnennetze.

»Wo warst du heute?«, fragte sie.

Im Obergeschoss war das ganze Haus schief, die Böden abfallend, die Decken hubbelig und die Wände schräg. Joes Zimmer schien sich zu einer Seite zu neigen. Seine Schranktüren standen offen, und viele leere Bügel waren zu sehen.

Er lag quer über seiner Decke auf dem Bett, las eine Ausgabe von *Practical Photography*, die er seit Kurzem kaufte, und sah nicht auf.

»Ich hab dich nicht in der Schule gesehen.«

Er blätterte um. »Diese Insel ist voller Naturreichtümer. Es ist eine Schande, drinnen zu sitzen und sie nicht wahrzunehmen.«

Es war genau das, was ihr Vater häufig an den Wochenenden sagte.

»Ich bin zu dem Schluss gekommen, dass Bildung – zumindest, die Art, die wir erhalten – größtenteils sinnlos ist. Deshalb erforsche ich meine Umgebung. Ich glaube, das ist eine nützlichere Art, meine Zeit zu verbringen.«

»Ist das nicht ein bisschen – nihilistisch?«

Er hob seine dunklen Augenbrauen. »Nihilisten erforschen

nicht ihre Umwelt, Dummkopf. Sie glauben nicht an Forschung. Oder an die Umwelt.«

Eine Woche später kam Joe auf einem Motorrad nach Hause. Es war rot und silbern, wie ein Spielzeugraumschiff. Die Räder wirkten auf Maggie wie Schmuckstücke, so aufwendig gearbeitet und glänzend waren die Speichen. Der Tank war aufgeblasen wie ein schwangerer Fisch. Er blieb noch eine Weile rittlings darauf sitzen und wartete, bevor er den Helm abnahm und zum Haus blickte. Aufgeschreckt durch das lange, laute Blubbern des Motors hatten sich Maggie und ihre Mutter und ihr Vater am Fenster versammelt

»Großer Gott«, sagte Fiona.

»Wir haben es erwartet«, sagte Alan. »Lass uns keine große Sache daraus machen. Es bedeutet ein bisschen Freiheit für ihn. Und die Straßen sind hier viel unbefahrener.«

Maggie beobachtete, wie ihr Vater mit großen Schritten hinaus auf die Straße ging. Joe stellte den Motor ab und grinste. Alan berührte die Lenkstange und trat zurück. »Schönes Teil«, hörte sie ihn sagen. »Fast so gut wie das, das ich in deinem Alter hatte.«

Selbst diese Bemerkung wischte nicht das Lächeln von Joes Gesicht.

Fiona packte Maggies Schulter. »Mir wäre lieber«, sagte sie, »wenn *du* nicht mit dem Ding fahren würdest.«

Jeden Nachmittag, nachdem er angeblich in der Schule gewesen war, jagte Joe mit umgehängter Kamera auf seinem Motorrad davon. Er hatte sich einen neuen Helm ohne Visier und eine Brille gekauft, die ihm zu groß war und ihm ein insektenähnliches Aussehen verlieh. Maggie beobachtete, wie er den Ständer wegtrat und die Straße hinuntereierte, bis er genügend

Geschwindigkeit gewonnen hatte, um ins Gleichgewicht zu kommen. Maggies Mutter beobachtete ihn mit ihr zusammen, eine Hand vorm Mund, die andere auf Maggies Schulter.

Eines Nachmittags war Fiona beim Einkaufen, und Maggie beobachtete ihren Bruder allein. Kurz bevor er den Ständer wegtrat, rannte sie hinaus auf die Straße. Er schob die Brille hoch. »Nimm mich mit«, sagte sie.

Er brauchte lange, um ihr den Helm richtig aufzusetzen.

»Beeil dich«, warnte sie. »Mum kommt bald wieder.«

Er hob das Kinn. »Halt dich fest«, sagte er, »und leg dich in die Kurven wie ich.«

Der Sitz war erstaunlich bequem. Sie hielt sich an seiner Secondhand-Lederjacke fest, die er sich in einem von Benzindämpfen geschwängerten Laden in der Little Clarendon Street gekauft hatte, bevor sie Oxford verlassen hatten. Als sie beschleunigten und die Straße hinunterfuhren, am Groeslon und der englischen Kirche vorbei, musste sie unwillkürlich lachen. Bald konnte sie jedoch nur noch nach Luft schnappen, denn ihr Körper wurde vom Fahrtwind bearbeitet, und unter ihr röhrte der Motor. Die Straße entglitt und die Sicht verschwamm. Bäume, Himmel, Meer – alles zog mit ungeheurer Geschwindigkeit vorbei. Maggie schien es, als würden sie wahnsinnig, schrecklich, herrlich schnell fahren. Der eisige Wind machte ihre Finger nutzlos, selbst unter den Fausthandschuhen. Sie schrie ihn fortwährend an, langsamer zu fahren, wusste aber, dass ihre Stimme gegen das Getöse des Motors machtlos war. Als sie in Beaumaris anhielten, zitterten ihre Beine. »Du bist zu schnell gefahren!«, sagte sie, nicht sicher, ob sie böse oder begeistert war.

»Wir sind nur fünfzig gefahren«, lachte er.

Sie kehrten den vornehmen Fassaden der viktorianischen

Villen der Stadt den Rücken und gingen hinunter zum Strand. Die Helme in der Hand, lehnten sie nebeneinander am kalten Deich. Die Flut schleuderte Gischt und Steine in ihre Richtung.

»Vermisst du Oxford?«, rief Maggie gegen den Wind.

Ihr Bruder schüttelte den Kopf. Er schaute hinüber zu den schneebedeckten Bergen, um diese Tageszeit war die Sicht unglaublich klar. »Ich gewöhne mich irgendwie an diese Gegend«, sagte er, »jetzt, da ich das Motorrad habe.«

Joe machte sich allein davon, den Strand entlang, und schoss ein paar Fotos, während Magggie nach Steinen suchte, die ein Loch hatten. Sie sammelte sie, seit sie auf die Insel gezogen waren, und hatte schon sechs zu Hause. Offenbar gab es sie hier nicht zu knapp. Sie hatte gehört, dass sie Glück bringen, aber das war nicht der Grund, warum sie sie faszinierten. Es war die merkwürdige Art, wie sie geformt waren, wie Stein so plötzlich und vollständig Luft nachgeben konnte. Wie die Löcher auf den ersten Blick vielleicht noch verborgen waren und dann sichtbar wurden. So ein Loch konnte einen ganz gewöhnlichen grauen Kieselstein in eine Skulptur verwandeln.

Gerade als Joe zurückkam, fand sie noch einen. »Hier«, sagte sie, »hast du einen Stein mit Loch. Sie sollen Glück bringen.«

Er hielt ihn hoch und betrachtete die seltsame Form. »Danke«, sagte er mit dem Anflug eines Lächelns. »Wenn nicht, werd ich dir die Schuld geben.«

BIS NULA MORGENS FERTIG WAR, um zur Arbeit zu fahren, hatte Maggie es normalerweise geschafft, Samuel so tief in ein Spiel mit Eisenbahnen oder Autos oder Treckern zu verwickeln, dass er es offenbar als Störung empfand, es zu unterbrechen, um seiner Mutter einen Abschiedskuss zu geben.

An manchen Morgen konnte Maggie den Schmerz in Nulas Gesicht sehen, wenn ihr Sohn nicht genug protestierte, dass sie fortging. An anderen Tagen sah sie nur Nulas Erleichterung, dass sie allein das Haus verlassen konnte. Nachdem sie gegangen war, strengte Maggie sich immer besonders an, damit Samuel sich auf den bevorstehenden Tag freute. »Komm, wir gehen in den Park und nehmen diesen BAGGER mit!«, sagte sie. Oder: »Wollen wir zur Musikgruppe gehen und gucken, wer am LAUTESTEN singen kann?« Selbst dann kam es vor, dass Samuel nicht vom Erkerfenster wegging, wo er, an die Rückenlehne des Sessels gestützt und Leggy Monkey tief in den Mund gestopft, beobachtete, wie seine Mutter wegfuhr. »Mummy kommt wieder, Sammy, ich verspreche es«, sagte Maggie. »Sie kommt bald wieder.« An schlimmen Tagen reichte die Erwähnung des Wortes *Mummy*, um Samuel aus der Fassung zu bringen. Dann machte er ein langes Gesicht, und Tränen tropften auf Leggy Monkeys Kopf. Wenn sie den Jungen im Arm hielt, seine nasse Wange an ihrer Brust, dachte Maggie: Wenigstens lässt er zu, dass ich ihn tröste. Er stößt mich nicht weg. Andere Kinder, die sie betreut hatte, hatten sie in dieser Situation getreten, geschlagen und angeschrien. Samuel dagegen ließ sich immer von ihr in den Arm nehmen und beruhigte sich schließlich und erlaubte ihr, ihn vom Fenster wegzubringen.

In Maggies Vertrag stand, dass sie *dem Kind gesunde Mahlzeiten zubereiten, dafür einkaufen und einen passenden Wochenspeiseplan erstellen* sollte. Meistens hinterließ Nula jedoch noch schnell eine Notiz auf dem Kühlschrank, was Samuel an dem Tag essen sollte. Gewöhnlich ging es darum, einen Rest vom Vorabend aufzuwärmen.

An einem Tag, als Samuel fast ein Jahr alt war, wärmte Maggie zum Abendessen noch einmal das Hühnerrisotto auf, das er zu Mittag nicht essen wollte. Als sie es zuerst aus dem Kühlschrank geholt hatte, war es dick mit Butter und Sahne bedeckt gewesen, gesprenkelt mit hellgrüner Petersilie. Als sie es jetzt umrührte, verwandelte es sich in eine fahlgraue Pampe. Trotzdem schwenkte Maggie den Löffel vor Samuels Mund und ermunterte ihn zu essen.

Da ging die Haustür auf. Seine Mutter war ohne Ankündigung früher nach Hause gekommen und eilte geschäftig in die Küche, das Gesicht vom Wind gerötet, den übergroßen Cardigan offen. Lächelnd stürzte sie mit ausgebreiteten Armen auf Samuel zu, blieb dann aber abrupt stehen. »Was ist das?«, fragte sie und starrte irritiert das Risotto an.

Samuel streckte die Arme aus, um aus seinem Stuhl gehoben zu werden.

»Hat er das nicht zu Mittag gegessen?«, fragte Nula. Sie stand jetzt sehr gerade, eine Hand an der Hüfte, in der anderen rasselten die Autoschlüssel.

»Er wollte nichts zu Mittag …«

»Dann ist es jetzt noch mal aufgewärmt?«

»Mama! Mama!«, rief Samuel.

»Ich wollte es nicht wegwerfen.«

Nula hob Samuel aus seinem Stuhl und drückte ihn an ihre Schulter, schaukelte ihn vor und zurück, küsste seine Locken und sagte nichts.

»Gibt's ein Problem?«, fragte Maggie.

Nula stieß einen tiefen Seufzer aus. »Der Reis ist jetzt dreimal aufgewärmt.« Samuel auf der Hüfte balancierend kippte sie das Risotto in den Mülleimer, indem sie die Schüssel kräftig auf den Metallrand schlug. »Das ist ein ziemliches Gesundheitsrisiko.« Dann sah sie ihren Sohn an und sagte: »Du hast nichts davon gegessen, oder, Sammy?«

»Nicht einen einzigen Bissen«, sagte Maggie.

»Bitte wärm Essen nicht zu häufig auf, okay, Maggie?«, sagte Nula. »Also, was können wir dir sonst geben, Sammy ...?«

Maggie stieß ihren Stuhl zurück. Sie riss das Brot aus dem Brotkasten und hackte eine dicke Scheibe ab. Dann noch eine.

»Was machst du da?«

»Ich gebe dem Kind etwas Gesundes zu essen«, sagte Maggie, warf das Brot auf einen Plastikteller und präsentierte ihn Nula und Samuel mit einem starren Lächeln.

Nula nahm den Teller. »Danke«, sagte sie. »Maggie –«

»Ich hab einen Fehler gemacht«, sagte Maggie und merkte, dass ihr die Stimme versagte.

»Das macht nichts.«

»Das hätte nicht passieren dürfen.«

»Ich mache Samuel jetzt sein Abendessen«, sagte Nula und ließ den Jungen wieder in seinen Stuhl plumpsen, worauf er vor Schreck prompt zu schreien anfing. »Lass uns keine große Sache daraus machen, in Ordnung?«

»Ich hoffe, du weißt, dass das nicht wieder vorkommen wird.«

»Da bin ich mir sicher«, sagte Nula und musste sich anstrengen, gegen das sich steigernde Gebrüll Samuels Gehör zu finden. »Warum gehst du nicht einfach früher nach Hause?«

An dem Abend verbrachte Maggie viel Zeit damit, »Risotto aufwärmen Gesundheitsrisiko« zu googeln. Sie ging erst zu Bett, als sie überzeugt war, dass sie Samuel nur einer minimalen Gefahr ausgesetzt hatte. Minimal verglichen mit dem Risiko, dem er ausgesetzt wäre, wenn er so früh mehr als vierzig Stunden die Woche von jemandem betreut würde, der kein Angehöriger war. Um sich zusätzlich zu beruhigen, sah sie sich einen ihrer Lieblingsbeiträge zu diesem Thema an, in dem argumentiert wurde – sehr ausgewogen, Maggies Ansicht nach –, es wäre am besten, wenn ein Kind von einem Elternteil betreut würde, bis es mindestens drei Jahre alt war. Am zweitbesten, hieß es in dem Beitrag weiter, wäre eine Eins-zu-eins-Betreuung durch eine andere Person (zum Beispiel ein Großelternteil oder ein qualifiziertes Kindermädchen). Einerseits fand Maggie es tröstlich, dass sie eine Stufe besser war als Krippenbetreuung, andererseits war es nie angenehm, als das »Zweitbeste« bezeichnet zu werden.

Regen und Schmetterlinge. Das waren die Gelegenheiten, bei denen Maggie sich in Samuel verliebte.

Es war ein regnerischer Tag, der Regen peitschte gegen die großen Fensterscheiben und alle ihre Pläne (Park, Bäckerei, zum Lunch zurück) waren zunichte. Der Wind blies Wasser ins Haus. Nula hatte Maggie erzählt, dass Greg die Hintertür aus den Dreißigerjahren nicht ersetzen würde, weil sie alt war. »Du weißt schon«, sagte sie. »Retro.« Aber sie war verzogen, und an windigen Tagen drangen Wind und Regen durch die Spalten. Einige der Schiebefenster hatten ein ähnliches Problem, und auf den Fensterbänken im Badezimmer und im hinteren Schlafzimmer standen regelmäßig kleine Wasserpfützen. Maggie gefiel das, sie war froh, dass das Haus der Shaws diese offensichtlichen baulichen Mängel hatte. Sie fühlte sich dadurch mehr wie zu Hause. Aber jedes Mal, wenn Greg Anzeichen für Feuchtigkeit bemerkte, mokierte er sich laut darüber.

Maggie und Samuel waren im Wohnzimmer und beobachteten den Müllwagen. Sie hielt ihn über dem Bauch, während er auf der Rückenlehne des Sessels balancierte. Er war außer sich vor Aufregung, nicht wegen des Müllautos, sondern wegen des Regens, der ihnen die Sicht beeinträchtigte und den Lastwagen in Hunderte glitzernder Tropfen auflöste. »Hu«, rief er und drückte die Nase an die Scheibe, als ob er den Regen spüren wollte. Als jemand mit einem bunten Regenschirm vorbeieilte, lachte er laut. Er griff nach Maggies Hand, als er dastand und für gut zehn Minuten immer wieder auf das Wetter zeigte, hingerissen vom Anblick des Regens, der an den Scheiben herunterlief und durch die Bäume fegte. Was für ein Wunder, dachte sie, Regen zu sehen und ihn so zu lieben. »Komm, wir gehen raus und lassen uns nass regnen«, schlug sie vor. Sie zogen ihre Regenmäntel und Gummistiefel an – Samuels rot glänzend, Maggies mit Goldfischen drauf – und standen draußen vor der Hintertür und begrüßten den Regen auf ihren Händen und Gesichtern. Als Maggie in eine Pfütze auf dem Weg trat, rief Samuel: »Oh-OH!« Er lachte und machte es ihr nach, schob sie weg und trat erst mit dem einen, dann mit dem anderen Fuß ins Wasser, bis sie beide bis zu den Knien nass waren und Maggie ganz erschöpft war von dem Spaß, sich mit einem dreizehn Monate alten Jungen nass regnen zu lassen.

Hinterher machte sie ihm Toaststreifen, trocknete ihm Haare und Hände mit einem Handtuch und saß mit ihm auf dem Schoß da und betrachtete mit stillem Vergnügen, wie der Regen gegen die Fenster trommelte und unter der Tür durchsickerte.

Und Schmetterlinge. An einem stürmischen Sommermorgen saßen sie zusammen am Tisch, das Licht draußen war so spärlich, dass sie Lampen anknipsen musste. Samuel beugte den Kopf über die Pappflügel, die sie am Abend vorher ausgeschnitten hatte. Seine Mutter hatte Plakatmalfarben in den Grundfarben besorgt, aber Maggie wollte Samuel Kobaltblau, Magentarot, Bernsteingelb, Zinnoberrot und Aquamarinblau zeigen. Deshalb brachte sie ihre eigenen Acrylfarben mit, die sie noch vom Kunstunterricht in der Schule hatte. Die Verschlusskappen waren festgetrocknet und ließen sich schwer drehen, aber als sie es geschafft hatte, stieg der ölige Geruch auf und versetzte sie wieder in den überheizten Kunstraum zurück. Miss Bagshave stand hinter ihr, und ihre Ohrringe klimperten, als sie ihre knochigen Finger in Maggies Schulter grub und sagte: »Sehr *ausdrucksstarke* Arbeit, Maggie.« Zu der Zeit war Malen lebenswichtig für Maggie gewesen. Zu Hause hatte es kein Bild an der Wand gegeben, abgesehen von einer verblassten Berglandschaft hinter einem verstaubten Glasrahmen. Als sie ihren Vater gefragt hatte, wer es gemalt hatte, hatte er geantwortet: »Debenhams«, und gelacht. In der Schulbibliothek hatte Maggie ein Buch über impressionistische Landschaften entdeckt, und fast jeden Mittag ging sie hin, um sich wieder van Goghs glühenden Süden anzusehen, die grellen, lebendigen Gelbtöne, die kindischen, wichtigtuerischen Krähen, und dabei hatte sie ein unbeschreibliches Gefühl in der Magengrube, und ihre Atmung wurde schneller. Sie hatte vorher nicht gewusst, dass man auf die Abbildung in einem Buch körperlich reagieren konnte.

Samuel fuhr mit den Fingern durch die dickflüssigen Farben und betrachtete sie dann aus der Nähe. »Nicht lecken«, sagte sie, obwohl sie wusste, dass es seinem Mund fast unmöglich war, einer so intensiven Farbe zu widerstehen. Was sollte man sonst mit so einem Rot tun, als es essen? »Hier«, sagte sie und führte seine Finger stattdessen zu einem leeren Blatt Papier. »Und dann falten wir es, so.« Und – Simsalabim – ein Schmetterling! Samuel freute sich so über die verlaufenden Farbkleckse, dass er sich den Schmetterling auf den Kopf hielt und sein Haar gelbe, blaue und rote Streifen bekam. Sie machten Dutzende, ließen sie durchs Zimmer fliegen, vom Tisch auf den Boden fallen und schossen sie gegen die Küchenfenster, als ob sie hinaus in die Freiheit wollten.

Als sie sich in Samuel verliebte, dachte sie an all die anderen Kinder, die sie geliebt hatte. Theo. Charlotte. Amy. William. Sie hatte sie alle geliebt und alle verloren. Als Maggie angefangen hatte, Kinder zu betreuen, hatte sie darauf geachtet, emotional Distanz zu halten. Sie hatte sich alle Mühe gegeben, sich nicht zu sehr zu engagieren. Aber sie hatte schnell gemerkt, dass es bei Kindern unter fünf nicht möglich ist, emotional Abstand zu halten. Sie gut zu versorgen – und Maggie wollte alles gut machen – erforderte Liebe. Schmutzige, übel riechende Windeln wechseln. Unzählige Flaschen sterilisieren und nach strenger Anleitung Säuglingsmilch bereiten. Dieselbe langweilige Geschichte vorlesen, bis man sie auswendig kannte. Wie konnte man all das ohne Liebe tun? Und Maggie hatte schnell gemerkt, dass alle sehr kleinen Kinder, besonders Babys, vor allem Körperkontakt brauchten. Zum Glück war Maggie jemand, der

Babys und Kleinkinder für sein Leben gerne knuddelte. Es war das Beste an ihrem Job. Charlotte, Amy, Theo, William: Sie hatte sie alle weinend aus ihren Kinderbetten gehoben, an ihre Brust gedrückt und wieder in den Schlaf gewiegt, manchmal stundenlang. Sie hatte auf ihre weichen nackten Bäuche geprustet, bis sie vor Vergnügen quietschten. Sie hatte ihre zarten Ohren liebkost und ihre perfekten Pos. Sie hatte so getan, als würde sie ihre Finger und Zehen essen.

William, der kleine Junge, den Maggie vor Samuel betreut hatte, war im Alter zwischen vier Monaten und drei Jahren fünf Tage die Woche in ihrer Obhut gewesen. Maggie tat ihr Möglichstes, um nicht zu oft an William zu denken, da sie ihn nicht mehr berühren oder halten konnte. Als sie ihm vor ein paar Wochen auf der Straße begegnet war, war seine Mutter nur so kurz wie möglich stehen geblieben, um ein paar Worte zu wechseln, bevor sie ihren Sohn schnell wegzog. Als ob sie wollte, dachte Maggie, dass William vergaß, dass es Maggie war, die da war, als er zum ersten Mal vom Stuhl zum Sofa lief, Maggie, die ihn hochgehoben hatte, als er versucht hatte, bis zur Tür zu kommen, und dabei aufs Gesicht gefallen war, Maggie, die ihn sein erstes Wort hatte sagen hören – Auto –, Maggie, die ihn getröstet hatte, wenn er sich immer wieder einnässte, als sie mit ihm geübt hatte, aufs Töpfchen zu gehen.

Maggie hatte es satt, vorsichtig zu sein, und entschieden, dass es eigentlich sinnlos war, alles zu tun, um sich nicht zu verlieben. Und mit Samuel war es etwas anderes, dachte sie. Mit Samuel war sie verwandt.

»Samuels Unterhemden sind zu klein.«

Wenn Maggie sich verliebte, sagte sie, was sie dachte.

Als sie Samuels Mutter an einem Freitag wegen seiner Unterhemden zur Rede stellte, lächelte Nula. Maggie fragte sich oft, warum Samuels Mutter so viel lächelte, obwohl sie offenbar so unglücklich war. Sie saßen in der Küche und tranken Tee. Nula arbeitete an dem Tag zu Hause, weil sie, wie sie behauptete, etwas angeschlagen wäre. Samuel schlief, und Nula war aus ihrem Arbeitszimmer heruntergekommen, angeblich um etwas zu trinken. Aber Maggie wusste, dass Nula sie kontrollierte und wissen wollte, was Samuel an dem Morgen gemacht hatte. Aber an diesem Morgen hatte Maggie keine Lust, die Schuldgefühle und Ängste seiner Mutter zu beschwichtigen und ihr zu versichern, dass es Samuel gut ging, dass sie viel Spaß im Park gehabt hatten und er, ja, sein Mittagessen aufgegessen hatte. Sie hatte Lust, Nula zu sagen, dass seine Unterhemden zu klein waren. Sie fügte hinzu: »Ich könnte ihm ein paar größere kaufen, wenn wir das nächste Mal in der Stadt sind.«

»Das kann ich machen.«

Maggie zog den Kopf ein, wie um einem Schlag auszuweichen. Am liebsten hätte sie gefragt: Wann? Bald? Stattdessen sagte sie: »Ich hab gesehen, bei Boots bieten sie drei für zwei an.«

Nula beobachtete Maggie mit ruhigem Blick. Dann sagte sie noch einmal: »Ich kann's machen«, und ging wieder in ihr Arbeitszimmer.

Tagsüber war es leicht, sich vorzustellen, dass er ihr Kind war. Sie war zehn, manchmal zwölf Stunden mit ihm allein. Jeder, den sie traf, nahm automatisch an, dass sie seine Mutter wäre. Maggie verneinte das immer, genoss aber die Komplimente, die folgten: »Sie sind so natürlich mit ihm! Er hat offensichtlich eine starke Bindung an Sie!« Und einmal: »Weint er, wenn Sie ihn wieder seiner Mutter übergeben?«

So weit war es noch nicht gekommen. William hatte manchmal geweint, und seine Mutter hatte dann auch geweint. Aber

Maggie wusste, dass Samuel immer traurig war, wenn sie sich verabschiedete. Sie merkte es daran, dass er sich weigerte, ihr auch auf Wiedersehen zu sagen. Stattdessen vergrub er stumm den Kopf im Schoß seiner Mutter. Es war, als könnte er es nicht ertragen, dass sie sich trennten, dachte sie.

Manche Nächte wachte Maggie schweißgebadet auf, allein, und fragte sich, wo seine kleine Hand war. Dann erinnerte sie sich, dass er zu Hause bei seinen Eltern war. Den Rest der Nacht lag sie wach und stellte sich verschiedene Szenarien vor. In keinem spielten Greg oder Nula eine Rolle in Samuels Leben.

An den meisten Wochenenden ertappte Maggie sich nach ihrem Wocheneinkauf im Supermarkt dabei, dass sie sich fragte, was Samuel wohl gerade machte.

Nula hatte einmal erwähnt, sie und Greg hätten mit Samuel einen Sonntagsausflug nach Waddesdon Manor gemacht. Am darauffolgenden Sonntag fuhr Maggie selbst dorthin. Während sie mit knirschenden Schritten die ordentlichen Kieswege hinaufging und die aufwendigen Formschnitte bewunderte, stellte sie sich vor, wie die Räder von Samuels Buggy durch den Kies schleiften, wie er jammerte, weil er herauswollte, dann jammerte, weil er wieder hineinwollte. Sie setzte sich in das Café in den alten Stallgebäuden, bestellte sich einen Latte macchiato und mokierte sich hörbar darüber, wie ungeeignet die Speisekarte für Kinder war. Mokka- und Baisertörtchen waren absolut nichts für Kleinkinder. Was hatte Samuel hier gegessen? Sie hatte seine Mutter nicht gefragt. Aber es war schwer vorstellbar, dass der Junge dort irgendetwas tun konnte, außer unter den Tischen herumzukrabbeln, sich mit klebrigen Kuchenkrümeln vollzustopfen und die weiß geschürzten Kellner zur Weißglut zu treiben.

Ein paar Wochen später traf sie an einem Samstag zufällig die Shaws. Es war ein warmer, windiger Nachmittag, und sie waren zum Einkaufen in der High Street. Greg schob den Buggy mit einer Hand, und Nula schaute sich die Schaufenster von Hobbs an. Sie begrüßten Maggie begeistert, umarmten sie und fragten, was sie bisher gekauft habe. »Nichts«, war ihre Antwort. »Ich war im Ashmolean Museum.« Nula machte ein beeindrucktes Gesicht und sagte dann zu Samuel: »Sieh mal, da ist Gi-Gi!«

Samuel beäugte Maggie misstrauisch.

»Hi, Sammy«, sagte Maggie und kniete sich neben den Buggy. Samuel wandte das Gesicht ab.

»Er ist müde«, sagte Nula.

»Er war verdammt früh auf«, ergänzte Greg. »Wie immer.«

Maggie kitzelte Samuels Kinn, und er kicherte. Dann beugte sie sich nah an sein Ohr und flüsterte: »Bist du kitzelig?«

»Nein!«, quietschte er und wurde rot vor Vergnügen.

Nula sagte: »Sei nicht grob zu Maggie, Liebling.«

»Schon in Ordnung«, Maggie lächelte. »Wir haben nur ein bisschen Spaß gemacht.«

»Wie nett«, sagte Nula mit einem Stirnrunzeln.

»Kommt, wir gehen Kaffeetrinken«, schlug Greg vor und sah dabei Maggie an, als ob die Einladung sich auch an sie richtete.

»Gute Idee.« Nula ergriff den Buggy und schob davon. »Bis Montag, Maggie«, rief sie über die Schulter.

Greg zuckte mit den Achseln, zwinkerte und folgte dann seiner Frau.

Greg bügelte gerne. Jeden Mittwochnachmittag arbeitete er zu Hause, und um halb fünf war er für gewöhnlich in der Küche, baute das Bügelbrett auf und bereitete den Wäschekorb für den bevorstehenden Angriff vor. Da Samuel um diese Zeit sein Abendessen bekam, blieb Maggie nichts anderes übrig, als zuzusehen, wie Greg seine schnittige Waffe mit destilliertem Wasser füllte und nach dem nächsten Hemd griff. Er schlug das Teil kräftig aus, bevor er es aufs Brett legte, hielt dann kurz inne, bevor er das Bügeleisen anhob. Dampfwolken stiegen um sein Gesicht auf, während er das heiße Eisen in die Ecken stupste, hin und wieder brachte er das Brett zum Wackeln, wenn er Kragen, Manschetten, Schultern bügelte.

Samuel starrte seinen Vater von seinem Hochstuhl aus an, fasziniert vom Dampf. Greg lachte und sagte: »Pass gut auf, Sammy Boy, und nimm dir ein Beispiel. Eines Tages wirst du ein Mann sein, mein Sohn.« Darüber musste Maggie immer lachen, und dann lachte Samuel auch. Greg versuchte oft, ein Gespräch anzufangen, während er bügelte, aber Maggie gelang es immer, ihre Unterhaltung auf Samuels Entwicklung zu lenken. Gregs Gesichtsausdruck war ein bisschen zu offen, wenn er fragte, wie es ihr ging, ein bisschen zu ermunternd, wenn er sich erkundigte, ob es »Klatsch« gab.

Maggie hatte schon über ein Jahr für die Shaws gearbeitet, bevor die Unterhaltung darüber hinausging. Eines Nachmittags baute Greg wie immer seine Bügelausrüstung auf, sagte dabei aber absolut nichts. Maggie beaufsichtigte Samuel, der eine Schale Nudeln mit den Fingern aß. Wie immer sahen sie zu, wie Greg bügelte. Aber Greg sagte weder etwas zu seinem Sohn noch zu Maggie.

Als er gerade wieder die Schulter eines Hemdes über der Bügelbrettspitze ausbreitete, sah Maggie sich aus irgendeinem Grund genötigt zu fragen: »Hast du schon immer gebügelt?«

Ohne aufzusehen, sagte Greg: »Um Gottes willen, nein.«

Samuel rührte jetzt seine Nudeln mit der ganzen Hand so

kräftig, dass einige tomatengetränkte Penne aus der Schüssel flogen und auf dem Tisch landeten. »Platsch!«, sagte er. »Platsch!«

Maggie wollte gerade abräumen, als Greg sagte: »Eigentlich hab ich damit angefangen, um meine Exfrau zu ärgern.«

Er glättete gerade einen Kragen, feuerte einen zusätzlichen Dampfstoß ab und fügte hinzu: »Sie weigerte sich, irgendwas im Haushalt zu tun. Deshalb hab ich angefangen, sonntagnachmittags zu bügeln. Zuerst sollte es ein Scherz sein, glaube ich. Ich wollte nicht jemanden fürs Bügeln bezahlen, und sie glaubte mir nicht, als ich sagte, lieber würde ich es selbst machen. Also ging ich los, besorgte alles Notwendige und legte los.« Er betrachtete einen Moment die Sohle des Bügeleisens – Maggie fragte sich, ob er draufspucken würde –, bevor er den Kragen in Angriff nahm. »Nach einer Weile hat es mir richtig Spaß gemacht, verstehst du? Ich finde es entspannend. Eine einfache Arbeit gut machen. Das ist dankbar, oder?« Er sah sie an.

Maggie wischte die Soße von Samuels Händen. »Und war deine Exfrau sauer?«, fragte sie.

»Total wütend«, sagte Greg mit einem Grinsen. »Madeleine hasste es, wenn ich irgendetwas besser machte als sie.«

»Ich wusste nicht, dass du schon mal verheiratet warst.« Sie warf einen kurzen Blick zu Samuel und fragte sich, wie viel er von der Unterhaltung verstand. Aber der Junge war damit beschäftigt, noch mehr Tomatensoße auf den Tisch zu platschen und sie kräftig in die Holzmaserung zu reiben.

Greg seufzte. »Wir waren beide noch sehr jung.« Er stellte das Bügeleisen ab, faltete sorgfältig sein tadelloses Hemd und legte es auf den Stapel. »Und du, Maggie?«

»Da gibt's nichts zu erzählen«, sagte sie und wischte wieder

Samuels Hände ab, ohne ernsthaft den Versuch zu unternehmen, ihn daran zu hindern, mit dem Essen zu spielen.

»Oh, jetzt mal ehrlich«, sagte Greg und trat hinter dem Bügelbrett hervor, »das glaube ich nicht. Nicht eine Minute.« Er lehnte am Küchentisch, die Arme verschränkt.

Samuel sah seinen Vater an. »Mehr!«, forderte er und schlug auf den Tisch.

Maggie machte sich daran aufzuräumen. »Du kannst noch einen Joghurt haben, Sammy, okay?«

»Ich hol ihn«, sagte Greg, nahm einen Becher aus dem Kühlschrank und setzte sich neben seinen Sohn. Maggie stand am Tisch, als Greg den Joghurtbecher öffnete, und gab Samuel einen Löffel.

»Ich pass auf ihn auf«, sagte Greg. »Du hast doch nichts dagegen, oder?«

Maggie war so überrascht, dass Greg beim Abendessen half, dass es einen Moment dauerte, bevor sie sagte: »Natürlich nicht. Du brauchst nicht zu fragen.«

»Ich will dir nicht auf den Schlips treten«, sagte er.

Maggie beschäftigte sich damit, Geschirr in die Spülmaschine zu stellen.

»Also – da muss es doch etwas zu erzählen geben«, beharrte Greg, während er Joghurt vom Mund seines Sohnes wischte.

Sie knallte die Spülmaschine zu und musste gegen ihren Willen lachen. »Nichts Ernstes.«

Irgendwie stimmte es. Selbst während ihrer Zeit am Jesus, wo sie es geschafft hatte, mehrere Partys zu überstehen, indem sie sich mit warmem Weißwein betrank, hatte Maggie wenige sexuelle Kontakte gehabt. Es hatte eine unvergessliche Nacht mit einem Biologiestudenten namens Vern gegeben, der über die Revolutionäre Kommunistische Partei geredet hatte, sie morgens geküsst und gesagt hatte, dass er gerne mit ihr schlafen würde. Sie hatte eingewilligt, und es war schmerzhaft gewesen. Den Rest des Trimesters war sie ihm aus dem Weg gegangen.

»Na ja«, sagte Greg und wischte wieder Samuels Mund mit einem Feuchttuch ab. »Das ist sehr schade, denn du bist eine attraktive Frau, Maggie.«

»Ich finde es besser, ihn am Schluss gründlich abzuwischen statt nach jedem Löffel«, sagte Maggie.

Greg reagierte nicht darauf, sondern sagte: »Also, was machst du, wenn du nicht gerade Wunder mit unserem Sohn vollbringst, Maggie? Was macht Maggie in der Freizeit?«

Maggie, die immer noch an der Spülmaschine stand, starrte ihn an. Falls er sich über sie lustig machte, ließ er es sich zumindest nicht anmerken: Sein Gesicht verriet ehrliches Interesse.

»Eigentlich male ich gerne.«

»Wirklich?«

»Aber ich mache es selten …«

»Also, ich würde gerne mal was davon sehen«, sagte Greg und öffnete noch einen Joghurt für Samuel.

»Ich hab nicht viel zum Vorzeigen.«

»Ich *wusste*, dass du künstlerisch veranlagt bist«, sagte er. »Maggie, die Künstlerin, das dachte ich. Und ich hatte recht, oder?«

»Mehr!«, verlangte Samuel und hielt seinen Löffel hoch.

»Samuel«, warnte Maggie und ging zum Tisch, »sei lieb.«

»Ist schon in Ordnung«, sagte Greg, »oder, Sam-Sam? Daddy nimmt es nicht übel, oder? Du bist nur ein bisschen …«

»Ich glaube, er hatte genug«, sagte Maggie. »Nula mag es nicht, wenn er mehr als zwei davon isst. Diese Joghurts sind der reinste Zucker.«

Greg hob die Hände. »Ich gehe besser wieder an die Arbeit, Sam-Sam.« Bevor er ging, zerzauste er seinem Sohn die Haare. »Du wusstest bestimmt nicht, dass du eine Künstlerin als Kindermädchen hast, oder?«, sagte er.

Als Maggie abends wieder in ihrer Wohnung war, schenkte sie sich ein Glas Rotwein ein und holte einen alten Skizzenblock hervor. Während sie ihn durchblätterte, stellte sie sich vor, wie sie bei den Shaws am Küchentisch saß und Greg langsam die Seiten umblätterte und schweigend ihre Feder- und Tuschzeichnungen von Port Meadow, den Kanalbrücken und den Markthallen betrachtete. Er würde nicht merken, dachte sie, wie klischeehaft und schlecht sie waren; er wäre nicht entsetzt über die allzu bekannten Ansichten, die schwerfälligen Linien und die fantasielosen Kolorierungen. Er würde sie ansehen und denken: Hier ist jemand, der etwas kann, was ich nicht kann.

Maggie beschloss, ihm nicht das Buch mit ihren besten Zeichnungen zu zeigen. Alle paar Wochen versuchte sie, ein Bild von Samuel zu beenden. Sie wollte unbedingt seine Augen zeichnen – ihre faszinierende Klarheit einfangen –, aber er hielt nur beim Schlafen lange genug still, um ihn zu zeichnen. Und so saß sie also nah an seinem Kinderbett und spähte durch die Gitterstäbe, das Skizzenbuch auf den Knien, und betrachtete genau seine geröteten Wangen, den offenen Mund, die verschwitzten Haare, das weiche Kinn und den faltigen Hals. Sie liebte es, wie die Zeit verflog, wenn sie sich auf die Konturen von Samuels schlafendem Gesicht konzentrierte. Etwas sagte ihr, dass Nula nicht wohl bei dem Gedanken wäre, dass Maggie Samuels Entwicklung in einem Tagebuch auf diese Art festhielt. Deshalb hatte sie es nie erwähnt.

Der Fernseher war eingeschaltet, wie immer ohne Ton.

Maggie wollte die Stimmen vom Bildschirm nicht hören oder sich mit den Geschichten befassen, die über die Sender liefen, aber sie liebte das Flimmern im Zimmer. Immer wenn sie von einem langen Arbeitstag nach Hause kam, erinnerte ihre Wohnung Maggie an das Zimmer ihres Bruders auf Anglesey: Sie strahlte die gleiche Unbeständigkeit aus, obwohl sie versucht hatte, ihr eine persönliche Note zu geben, mit dem Paula-Rego-Druck an der Wand, dem roten walisischen Quilt über dem Secondhand-Sofa und dem schönen Couchtisch aus massiver Eiche, ein teurer Spontankauf, nachdem sie ihren ersten Job als Kindermädchen bekommen hatte. Aber die Wohnung widerstand hartnäckig ihren Bemühungen und wirkte nach wie vor aufgeräumt und unbewohnt. Sogar in der Küche, wo Maggies Sammelsurium billiger Teetassen prangte, die sie in Wohltätigkeitsläden erstanden hatte, blieb alles sauber und ordentlich, als ob niemand sie jemals benutzte. Jeden Samstagmorgen putzte Maggie die Wohnung gründlich, egal, ob es nötig war oder nicht.

An manchen Abenden, wenn sie an ihrem Computer saß und Nachrichten-Websites überflog oder Tipps zur Kinderbetreuung suchte, klickte sie die Maus so lange nicht, dass es ihr vorkam, als atmete der Rechner im selben Rhythmus wie sie.

Maggie nahm einen großen Schluck Wein. Draußen vorm Fenster rief ein Student: »Ich liebe dich, verdammt noch mal!« Als sie hinaussah, sah sie ein Mädchen mit verwirrtem Gesichtsausdruck vorbeigehen, Bücher an die Brust gepresst. War sie wie Maggie unfähig, die Rolle anzunehmen, die sie in dieser Stadt zu spielen hatte, die Rolle der Oxbridge-Studentin? Hin und wieder bedauerte Maggie, dass sie noch immer in der Innenstadt wohnte, wo sie oft daran erinnert wurde, dass sie es nicht geschafft hatte, Kapital daraus zu schlagen, ein derart hoch angesehenes Wesen geworden zu sein.

Damals war es ihr wie Schicksal vorgekommen. »Bewirb dich am Jesus. Die haben ein Programm für Waliser«, hatte ihre Lehrerin zu ihr gesagt. Und unter den gegebenen Umständen schien es das Richtige zu sein. Ihre Familie war in sich zusammengebrochen, wie Joe es ausdrückte. Manchmal hatte Maggie den Eindruck, die ganze Insel wäre in sich zusammengebrochen.

Nachdem sie einen Platz bekommen hatte, obwohl sie im Auswahlgespräch fast nichts gesagt hatte, blieb Maggie nicht lange am Jesus. Im zweiten Jahr erschien sie einfach nicht. Am meisten erinnerte sie sich jetzt an die Kälte. Wie sie in ihrem Bett saß, die Bettdecke bis ans Kinn gezogen und eine Wärmflasche an den Füßen, und versuchte, wach zu bleiben und ein Buch zu lesen, das sie in den eiskalten Fingern hielt. Zuerst verstand sie nicht, was von ihr als Studentin am Jesus College erwartet wurde. Es war so überwältigend gewesen, endlich eine Oxford-Studentin zu sein und die »richtige Ausbildung« zu bekommen, von der ihre Mutter und ihre Lehrer gesprochen hatten. »Hinterher wirst du nichts mehr mit uns zu tun haben wollen«, sagten sie fröhlich, und sie fragte sich, warum sie klangen, als wären sie glücklich darüber, auch wenn es sie stolz machte und sie sich klug vorkam. Sie brach also nach Oxford auf, das taten alle erfolgreichen Leute. In den Geschichten, die sie über schwierige oder ärmliche Familienverhältnisse gelesen hatte, war das häufig das glückliche Ende: eine Ausbildung. Und das hieß: eine Ausbildung in Oxford.

Diese große Sache, diese Ausbildung, schien jedoch nebulös und schwer zu greifen, und Maggie stellte fest, dass es möglich war, am College unterzugehen, sich so vollkommen zu verlieren, dass man schließlich die Mahlzeiten im Speisesaal mied, selbst das Frühstück.

Sie hatte sich ihren eigenen Vorrat Schnittbrot und einen Toaster für ihr Zimmer besorgt, Butter bewahrte sie auf der Fensterbank auf. Das schien zusammen mit den Apfelsinen, die sie in der Markthalle kaufte, ausreichend. Sie liebte ihre warme Farbe, ihr Duft haftete ihrem Zimmer und ihren Händen während ihrer ganzen Zeit am Jesus an. Sie beschränkte sich auf zwei am Tag – eine zu Mittag und eine abends –, und in den Stunden dazwischen freute sie sich darauf, ihr frisches Fleisch zu zerteilen und den süßen Saft zu schmecken. Eine bittere Apfelsine war eine schreckliche Enttäuschung, und sie war überzeugt, dass in den folgenden zwölf Stunden, nachdem sie sie geschält hatte, nichts Gutes geschehen würde. Statt an zu Hause zu denken, den Kanal, Joe, Nula, dachte sie an die nächste Apfelsine und die nächste Scheibe Toast und wie viele Stunden es noch dauerte, bis sie wieder in diesem Luxus schwelgen konnte. Am Ende des Monats schickte ihre Mutter ihr immer eine Zehn-Pfund-Note in einem Umschlag und sagte, sie solle sich etwas Schönes kaufen. Sie legte das Geld für ihre wöchentlichen Besuche im Café im Kaufhaus Allders beiseite, wo sie sitzen und einen Kaffee und ein Stück Torte bestellen konnte, ohne Gefahr zu laufen, einen anderen Studenten zu treffen. Während sie da war, konnten ihre Füße im warmen Luftstrom der Elektroheizung des Cafés auftauen, und sie verbrachte zehn Minuten damit, die laminierte Getränkeliste zu studieren, obwohl sie jede Woche den gleichen Cappuccino und Möhrentorte bestellte. Sie blickte zwar selten von ihrem Buch auf, genoss es aber, die Stimmen anderer Menschen zu hören, die nicht der Universität angehörten: alte Damen, die sich ein getoastetes Rosinenbrötchen gönnten. Mütter, die ihre Kinder aufforderten, sich »bitte« zu benehmen oder zu essen, was sie für sie bestellt hatten. Und Kinder, die sich an ihren Tisch lehnten, lächelten und fragten, wessen Mummy sie wäre.

Sie hatte das Skizzenbuch noch auf dem Schoß, als sie nach ihrem Handy griff, Gregs Nummer fand und die folgende Nachricht verschickte: *Soll ich morgen Bilder mitbringen?*

Beinahe sofort vibrierte das Handy, und es kam die Antwort: *Klar x.*

Am nächsten Morgen steckte Maggie ihr Skizzenbuch in eine Plastiktüte und legte sie auf den Rücksitz ihres Autos. Sie sagte sich, dass sie es nicht erwähnen oder etwa mit ins Haus nehmen würde, es sei denn, Greg käme darauf zu sprechen.

Als sie vorm Grundstück der Shaws anhielt, stand Greg auf der Auffahrt und wollte gerade los zur Arbeit. Er hob grüßend eine Hand, und sie griff automatisch auf den Rücksitz nach dem Skizzenbuch. Sie überlegte, ihm mit dem Ding zuzuwinken, sogar hinauszurufen, dass sie es mitgebracht hätte, aber als sie sich wieder aufrichtete, fuhr er schon rückwärts aus der Auffahrt. »Hab einen schönen Tag, ja?«, rief er augenzwinkernd aus dem Fenster.

Maggie beobachtete, wie er verschwand. Dann legte sie das Skizzenbuch wieder auf den Rücksitz und wandte sich zum Haus, wo Samuel ihr vom Wohnzimmerfenster aus aufgeregt zuwinkte.

Als sie an diesem Abend ihr Auto aufschloss, bog Gregs Golf um die Ecke. Sie versuchte, so zu tun, als hätte sie ihn nicht gesehen, aber er blendete die Scheinwerfer auf, kurbelte das Fenster herunter und rief: »Maggie! Warte mal kurz.«

Sie wartete, die Schlüssel in der Hand, während er auf der

Auffahrt parkte. Heart-Radio verstummte abrupt, eine Autotür wurde zugeschlagen, und da war er, stand in der Abenddämmerung neben ihr.

»Na«, sagte er. »Hast du sie mitgebracht?«

»Was?«

Er roch nach Zitrone, irgendetwas Teurem. »Wolltest du mir nicht deine Bilder zeigen?«

Sie starrte auf die Tesco-Tüte auf dem Rücksitz und sagte nichts.

Er lachte leise. »Mach schon, Maggie«, sagte er. »Ich hab mich schon darauf gefreut.«

»Ich muss los …«

»Wir könnten auf einen Drink um die Ecke gehen, wenn du willst. Ich lade dich ein. Das hast du verdient nach all der harten Arbeit.«

Maggie blickte zum Haus. Die Vorhänge waren auf, aber keine Spur von Samuel oder Nula. Sie müssen noch in der Küche sein, dachte sie, und sich ein Buch ansehen. Sie hoffte, sie lasen nicht schon wieder *Wir gehen auf Bärenjagd.* Das hatte sie ihm heute schon ein paar Mal vorgelesen.

»Nula hat nichts dagegen«, sagte Greg. »Sie sagt immer, wir sollten dich mal ausführen, zur Belohnung.«

»Ich hab nichts mitgebracht«, sagte sie. »Hab's vergessen.«

Es entstand eine Pause.

»Egal«, sagte Greg und rückte näher an sie heran. »Wir gehen trotzdem.«

Sie drückte auf den Autoschlüssel und die Türschlösser sprangen alle gleichzeitig hoch. »Tut mir leid«, sagte sie und öffnete die Tür. »Ich hab schon was anderes vor.«

Er trat zurück. »Macht nichts«, sagte er. »Vielleicht ein andermal, ja?«

Er wandte sich ab und ging zurück zum Haus, bevor sie antworten konnte.

Danach mied Maggie Greg so weit wie möglich. Sie war sogar erleichtert, als sie keine Einladung zur Feier von Samuels zweitem Geburtstag bekam. Maggie hatte mit einer Einladung gerechnet, nicht weil Greg und Nula sie als Freundin betrachteten, sondern weil sie angenommen hatte, dass sie ihre Hilfe brauchten. Während sie Pläne für die Feier machten, dachte Maggie einige Male, Nula würde gleich sagen: »Du kommst doch, nicht wahr?«, oder »Du weißt doch, dass du eingeladen bist?« Sie hatte sich schon eine Entschuldigung überlegt: ein unvermeidlicher Besuch bei einer alten Freundin, die gerade Beziehungsprobleme hatte.

Aber die Einladung kam nicht, und Maggie saß am Nachmittag der Party zu Hause, sah Robert Redford in *The Great Gatsby* auf Film4 und versuchte, nicht daran zu denken, wie vertraulich Greg geklungen hatte, als er gesagt hatte: »Ein andermal.«

SAMUEL WAR FAST ZWEI, als Nula anfing, diese SMS zu versenden, wenn sie das Haus verließ und zur Arbeit fuhr. Wenn sie wusste, dass sie eine lange Mittagspause machen konnte, schrieb sie: BITTE. Fast immer kam kurz darauf seine Antwort: DANKE. Es war so einfach gewesen, und sie dankte ihrem Schöpfer für ihn, für die Stunde, die sie in seiner Gesellschaft verbringen würde. Für die Stunde, die sie nur daran denken musste, was gerade zwischen ihr und diesem Mann geschah.

Zu dem Café zu gehen, das nur zehn Minuten von ihrem Büro entfernt war, war für Nula fast das Beste daran gewesen. Es war natürlich Mai, die Vögel sangen wie verrückt, die Kirschblüten brachen auf, und der Himmel wechselte in rasendem Tempo von Grau zu Blau zu Weiß und wieder zurück. Die Sonne wärmte ihr Gesicht, als sie sich einen Weg die High Street hinunter und über die Kreuzung Carfax bahnte, um dorthin zu kommen. Bei dem Gedanken an seine Wimpern und wie sie geschwungen waren, oh mein Gott, nach oben gebogen wie bei einer Puppe, hatte sie das Gefühl, sie könnte wieder diese Leichtigkeit in den Gliedern spüren. Seine Wimpern! Was war bloß los mit ihr?

An diesem Punkt schien es ihr wichtig, sich daran zu erinnern, wie sie vor Jahren Greg auf dieser Straße gefolgt war, wichtig, der Tatsache ins Auge zu sehen und bei dem Gedanken zu lächeln, einfach zu lächeln und weiterzugehen in die Richtung, in die ihre Beine sie trugen, zu dem Café, wo sie Sean treffen würde.

Bei ihrer ersten Verabredung musste sie noch fünfzehn Minuten bis zur verabredeten Zeit totschlagen, und sie war schon allein in das Café geschlüpft. Auf dem Tresen aus Holz wurden alle möglichen Köstlichkeiten auf Schieferplatten angeboten: dicke Scheiben gesalzenes Karamell-Shortbread, die wie Steckbausteine gestapelt waren, Möhrentorte mit Frischkäse-Topping, glänzende Kastenkuchen mit dickem Guss aus edler Schokolade. Es kam ihr seltsam vor, Essen auf Schiefer zu servieren, und es erinnerte sie flüchtig an Anglesey und Joe. Sie hörte auf, ihr Portemonnaie zu schütteln und nach passendem Kleingeld zu suchen, und starrte auf die schwarze ungehobelte Oberfläche des Schiefers, sah die Sandbänke im Kanal vor sich, von denen sich jeden Tag das Wasser zurückzog und seine Spur auslöschte. Vor ihren Augen verschwamm alles, und sie zuckte ein bisschen zusammen, als der Mann hinter dem Tresen sie fragte, was sie wünschte.

Sie setzte sich mit ihrem Espresso in die Ecke, das Handy griffbereit auf dem Tisch. Sie wusste, dass Greg nicht hierherkam, er machte keine Mittagspause, und wenn, dann um Kunden in Restaurants auszuführen, nicht um Sandwiches in Cafés zu essen. Sie hatte jedoch nicht damit gerechnet, eine ihrer Freundinnen aus dem Geburtsvorbereitungskurs zu treffen. Als Anne Peasemore mit ihrem Sohn Jacob hereinkam, schlug Nulas Herz schneller. Zuletzt hatte sie Anne bei der Party zu Jacobs zweitem Geburtstag gesehen, bei der dieser die ganze Zeit entweder geschrien oder geschmollt hatte. Anne hatte den ganzen Nachmittag schrecklich wütend ausgesehen. Die anderen Eltern hatten sich verständnisvoll gezeigt, aber in einigen Ecken hatte Nula einen gewissen heimlichen Triumph gespürt.

Sieh nur, wie das ganze Theater nach hinten losgehen kann, schienen die vorgeblich mitfühlenden Gesichter zu sagen. *Wie undankbar dein Kind ist, weil es zu viel Aufmerksamkeit von dir bekommt.*

Jacob schrie, dass er Schokolade wollte, und fing an, mit der flachen Hand laut auf den Tisch zu schlagen, während seine Mutter in ihrem Portemonnaie nach dem passenden Kleingeld suchte. Nula beobachtete, wie Anne ihrem quengeligen Kind mit dem Zeigefinger drohte, und bereitete sich darauf vor, Anne zu erklären, dass sie gerade Mittagspause machte, und ja, sie würde immer noch Vollzeit arbeiten, und ja, sie würde ihren Jungen jede Minute vermissen, aber es wäre schön, mal etwas anderes zu sehen. Problematischer war, wie sie Seans Anwesenheit erklären sollte, falls er rechtzeitig kam. Wenige Augenblicke später wurde Nula jedoch klar, dass Anne nicht mal in ihre Richtung sehen würde. Sie hatte schon genug im Auge zu behalten, und falls sich Jacob noch schlimmer aufführen sollte, würde sie das Café bald verlassen. Kurz darauf bekam Anne einen Cappuccino im Pappbecher zum Mitnehmen und einen riesigen Schokoladen-Brownie, den sie Jacob gab. Nula beobachtete, wie Anne ging, selbstsicher in ihrer Tarnung als Kinderlose, und lächelte vor sich hin. Es war also noch möglich. Noch möglich, eine Frau zu sein, die allein einen Kaffee trank und auf einen Mann wartete. Noch möglich, hier in diesem Café den guten Kaffee zu riechen, teures Parfum, frisch gedruckte Zeitungen und getoastetes Brot. Sie nippte an ihrem Getränk, spürte, wie ihr das Koffein durch die Adern fuhr, und warf dem Mann hinter dem Tresen – lächerlich jung, wie sie jetzt sah, jung genug, um eine dicke Brille zu tragen und trotzdem cool auszusehen – einen langen Blick zu, glücklich bei dem Gedanken, dass Samuel sie küssen würde, sobald sie zu Hause war, und sie wieder seine Mutter sein könnte. Doch im Moment gab es nur das Café. Und Sean.

Sie dachte daran, ihm schon ein Stück Shortbread zu kaufen, wollte aber auf keinen Fall die Sugar-Mummy spielen. Sean hatte sein eigenes Geld, als freischaffender Regisseur ohne Familie verdiente er genug. Dieser Flirt könnte während der Wochen, in denen Sean zwischen zwei Jobs hing, leicht zu seinem logischen Abschluss gebracht werden. Und die Gefahr, dass sie sich in ihn verliebte, war gering, sagte sie sich. Er sah nicht mal gut aus, wirklich nicht: Dafür war er zu schlaksig und sonderbar aussehend. Sein Unterkiefer war schief, und zwischen seinen Schneidezähnen war eine große Lücke. Ihr Altersunterschied betrug nur fünf Jahre, aber wenn er Nula ansah, funkelten seine Augen jungenhaft, sodass sie dachte, er würde gleich erröten oder den Kopf einziehen, als wäre sie die sexy Lehrerin und er der unerfahrene Schulsprecher. Dass er es nicht tat, steigerte seine Anziehungskraft nur noch. Tatsächlich hatte die Kühnheit, mit der er die ganze Sache angefangen hatte, sie überrascht: Er hatte letzte Woche folgende Notiz auf ihrem Schreibtisch hinterlassen: *Mittagessen? S x*

Mittagessen. S x. Alles schien auf einmal möglich.

Er kam früh, begrüßte sie mit einem breiten Lächeln und einem so unschuldigen, flüchtigen Kuss, dass Nula sich fragte, ob sie sich in seinen Absichten getäuscht hatte. Während er am Tresen einen Espresso bestellte, bemühte sie sich, ihn nicht dabei zu beobachten, wie er in seiner Anzugtasche nach Kleingeld kramte. Er trug immer dasselbe Tweed-Jackett, Jeans, ein weißes Hemd und spitze braune Brogues.

Dann legte er seine langen Beine auf den Stuhl ihr gegenüber, schüttete zwei Tüten Zucker in sein Getränk und sagte: »Du siehst heute ziemlich umwerfend aus.«

Sie konnte nicht aufhören zu lachen, über die Plumpheit seines Einstiegs, aber auch aus reinem Vergnügen. Sean lachte ebenfalls und zeigte seinen weißen Rachen.

Dann entstand eine Pause. Nula blickte in ihre Tasse.

»Ja«, sagte er.

»Ja.«

Sean lachte wieder. »Was ist los bei dir?«

Ihr schossen die Dinge durch den Kopf, über die sie mit diesem Mann nicht reden konnte: ihr Sohn, ihr Mann, ihr Haus, ihr Kindermädchen.

»Das Übliche. Knappe Budgets und schlecht gelaunte Kameraleute«, sagte sie. »Und jetzt guter Kaffee.«

Er kippte seinen Espresso hinunter. »Großartiger Kaffee.«

»Kaffee ist wichtig«, sagte Nula.

»O ja. Man sollte nie etwas in den Mund nehmen, was nicht köstlich ist.«

»Das weißt du aus Erfahrung, oder?«

»Aus bitterer Erfahrung«, sagte er.

»Hey, du!« Eine Frau Ende zwanzig tauchte an ihrem Tisch auf. Sie trug einen Stapel Bücher unterm Arm und grinste Sean breit an.

»Georgia«, sagte er, und seine Miene trübte sich kurz. »Wie geht's?«

Die Frau sagte, sie freue sich schon darauf, Sean am Wochenende auf dem Filmfestival zu sehen, und Sean nickte. Er stellte sie Nula nicht vor. Während er ein paar Höflichkeiten mit der Frau austauschte, legte er stattdessen eine Hand auf Nulas Unterarm, wie um sie zu halten, wie um ihr zu versichern, dass es sich nur um eine kurze Störung handelte. Signalisierte er der Frau damit, dass er einen Anspruch auf Nula hatte, dass sie irgendwie zu ihm gehörte? Nula blickte kurz auf seine Fingerspitzen, die flach und kühl auf ihrem Unterarm lagen, und lächelte die Frau an.

Sean und Nula begannen, sich dreimal die Woche zu treffen, immer zu Mittag, immer am selben Ort. Sie aßen nichts, sondern tranken nur Kaffee und teilten sich hin und wieder einen Brownie. Sean redete viel über seinen Job, über die Schwierigkeiten, Regiearbeiten außer für das »beschissene Massenfernsehen« zu bekommen. Nula gefiel sein humorvoller, forscher Tonfall. Sie beobachtete ihn beim Schlucken und fragte sich, wie es sein würde, sein Hemd aufzuknöpfen und die Hand um seine warme Taille zu legen, konnte es sich nicht verkneifen, sich seinen Kopf zwischen ihren Beinen vorzustellen. Aber sie berührten sich kaum.

Trotzdem kaufte Nula sich die Unterwäsche. Als sie an einem Nachmittag ein Meeting in Soho hatte, ging sie anschließend in eine kleine, teure Wäscheboutique in der Nähe. Drinnen war es sehr warm, und sie war allein im Laden, keine Spur von einer Verkäuferin. Es war lange her, dass sie an so einem Ort gewesen war, und sie schloss die Augen, holte tief Luft und atmete die parfümierte Stille ein. Im Schaufenster war ein silberner Torso mit einem weißen BH und einem mit blauer Spitze gesäumten Slip, die Art gespielt unschuldiges Zeug, das Greg gefiel. Im Laden waren eher Dinge für Erwachsene: gepolsterte schwarze Seiden-Dekolleté-BHs, rote Spitzentangas, rosa Satinspitzenhemdhöschen, aufwendige Spitzenmieder mit Strapsen. Nula kaufte einen Satin-BH mit Slip sowie einen Hüftgürtel mit Strapsen, alles in Schwarz mit rotem Besatz, und gab über zweihundert Pfund aus. Die Verkäuferin, die rot gefärbte Haare und riesige Brüste hatte, sagte nichts, fragte nur, ob sie die Sachen einpacken sollte. Weil sie dachte, dass Greg Schachtel und Tüte bemerken würde, wenn sie von der Arbeit nach Hause kam, lehnte Nula ab und stopfte alles in ihre Handtasche. Den ganzen Nachmittag widerstand sie der Versuchung, das Set noch mal anzusehen, und lenkte sich mit Mails auf ihrem Laptop ab, während sie im Zug saß. Als sie nach Hause kam, ließ sie die Unterwäsche in der Handtasche, für den nächsten Tag.

Sie zog die Unterwäsche auf der Firmentoilette an, bevor sie sich mit Sean traf, schrammte sich dabei die Hüfte am Toilettenrollenhalter, als sie sich bückte, um ihre Strümpfe hochzuziehen. Sie hatte entschieden, dass es nach einem Monat Mittagstreffen Zeit wäre, die Sache in die Hand zu nehmen. Während sie den gepolsterten BH zurechtrückte, nahm sie sich vor, eine Hand auf seine zu legen und etwas wie »Wollen wir woanders hingehen?« zu sagen. Sie hatte alle Verabredungen für den Nachmittag abgesagt, und Seans Wohnung war nicht weit weg.

Sobald sie sich an ihrem üblichen Platz niedergelassen hatten, sagte Sean: »Also, ich fahre am Wochenende rauf nach Edinburgh …«

Nula lächelte und strich sich den Rock über den Knien glatt. Sie könnte Greg erzählen, sie würde bei Aufnahmen gebraucht. Maggie würde wahrscheinlich kommen und bei Samuel einspringen. Sie könnte die Unterwäsche bis dahin aufbewahren.

»Du warst schon mal dort, oder? Irgendwelche Empfehlungen?«

Über so etwas sprachen sie oft: die jeweiligen Vorzüge verschiedener Städtereisen, ob Stockholm Amsterdam überlegen war, was das Essen anging; ob es besser war, sich Roms Kirchen anzusehen oder die Pariser Museen, wie viel man für eine anständige Übernachtung in diesen Städten bezahlen musste. Sean legte wie Nula Wert auf große Betten mit festen Matratzen.

»Meine Freundin hat es einfach mir überlassen, das Ganze zu organisieren«, fuhr er fort.

Einen Moment konnte Nula nicht sprechen.

»Wenn ich Freundin sage – na ja. Es ist eine On-off-Beziehung. Du weißt schon.«

»Aber im Moment ist sie on?«

»Scheint so.« Er lächelte, möglicherweise entschuldigend.

Sie wusste, sie sollte eine Liste von Orten herunterspulen – anständige Restaurants, interessante Cafés, wenig besuchte faszinierende Museen – aber alles, was sie herausbrachte, war: »Es ist Jahre her, dass ich das letzte Mal da war. Keine Ahnung.«

»Das enttäuscht mich«, sagte er leicht schmollend. »Normalerweise bist du eine Expertin für so was. Ich habe mich auf dich verlassen.«

Sie sah weg.

»Könnte natürlich sein«, fuhr Sean fort, »dass sie mich wieder verlässt, bevor wir dort ankommen …«

Nula sah kurz auf ihre Armbanduhr.

»Musst du zurück?«

»Ich sollte besser.«

Nula hatte über »Gleichgewicht« mit Greg gesprochen. Sie hatte gesagt, sie müsste wieder ein bisschen mehr Gleichgewicht in ihr Leben bringen und in Samuels Leben auch. Es machte ihr nichts aus, dass Maggie ihrem Sohn so nah war – vielmehr war sie froh darüber. Samuel war glücklich, und das war schließlich das Wichtigste, oder?

Natürlich sagte sie nicht, dass sie Sean aus dem Weg gehen wollte, um nicht ihre eigene Demütigung in seinem jungen, erwartungsvollen, hübschen Gesicht widergespiegelt zu sehen.

Sie erwähnte auch nicht den Tag, an dem sie von der Arbeit

nach Hause gekommen war und Maggie gerade Samuel ein Buch über Waldtiere vorlas. Unwillkürlich war sie im Flur stehen geblieben und hatte gelauscht, wie Samuel jedes Wort nachzusprechen versuchte, das Maggie ihm anbot (»Großer Bär! Rothirsch!«). Schlüssel und Tasche noch in der Hand, stand sie wie angewurzelt da. Es schien unmöglich, ihre Rückkehr zu verkünden. Stattdessen lauschte sie, wie Maggie die Laute eines Cockney-Eichhörnchens und einer West-Country-Eule mit solcher Inbrunst nachmachte, dass sie nicht umhin konnte zu kichern. Maggie und Samuel kicherten gleichfalls.

Von alldem sagte Nula Greg nichts. Stattdessen sagte sie, es wäre für sie alle besser, mehr Gleichgewicht in ihr Leben zu bringen. Teilzeitarbeit wäre die perfekte Lösung.

Nachdem sie Greg die Gründe genannt hatte, wurde ihr klar, dass es ihr widerstrebt hatte, Maggies und Samuels Harmonie zu stören. War der Wunsch vielleicht nicht stark genug gewesen? Wollte sie nicht wirklich dazugehören und war deshalb nicht ins Zimmer getreten? Vielleicht hatte sie die beiden ganz gerne in Ruhe gelassen. Deshalb war es so gekommen. Samuel war Maggies Echo und Nula stand lauschend draußen im Flur. Die Vorstellung verfolgte sie, und sie schwor sich, sich ihren Sohn von Maggie zurückzuerobern.

NICHT LANGE NACH SAMUELS ZWEITEM Geburtstag kaufte Nula auf dem Heimweg eine Sachertorte und bestand darauf, dass Maggie noch blieb und ein Stück aß. Greg war oben und machte Samuel zum Schlafen fertig. Nula tat das manchmal: spät nach Hause kommen, Maggie etwas anbieten, sich an den Küchentisch setzen und eine Kanne Earl Grey kochen, nachdem ihr Vorschlag, ein Glas Wein zu trinken, abgelehnt worden war, und Maggie fragen, wie sie zurechtkam.

Diesmal begann sie damit, Maggie zu erzählen, wie schön es gewesen war, Samuel bei seiner Party mit seinen Freunden herumlaufen zu sehen, wie lästig Lilly mit ihren Marmeladentörtchen gewesen war und dass Greg so viel Kuchen gegessen hatte, dass er sich hinterher hinlegen musste.

Maggie beobachtete, wie ihre Cousine an ihrer Halskette nestelte – ein silberner Vogel an einer langen, filigranen Kette. Sie erinnerte Maggie an die, die Nula getragen hatte, als sie beim Farmhaus in Anglesey angekommen war. Sie hörte dem Geplapper ihrer Cousine eine Zeit lang zu, aß ihren Kuchen in wenigen großen Happen und unterbrach sie dann unwillkürlich. »Es muss sehr heilend für dich sein, Samuel zu haben.«

Halb lachend platzte Nula heraus: »Was meinst du?«

Maggie betrachtete ihre Teetasse. War Nula nicht klar, dass Joe ihr alles erzählt hatte? Natürlich nicht, dachte sie. Natürlich nicht.

»Maggie?«, sagte Nula. »Was meinst du?«

Maggie zögerte. Sie wollte nicht daran denken, welche Rolle sie dabei gespielt hatte – sie gab sich immer noch die Schuld. Aber seitdem sie im Haus der Shaws war, wollte sie über ihren Bruder sprechen. Sie wollte seinen Namen laut aussprechen vor jemandem, der ihn auch geliebt hatte. Und deshalb sagte sie: »Ich meine, nach allem mit Joe – du weißt schon.«

Nula schob ihren Teller weg. »Es war keine so große Sache«, sagte sie. »Ich weiß nicht, was Joe dir erzählt hat, aber – na ja, es war nur ein Teenager-Abenteuer.« Starr blickte sie zum Küchenfenster. »Es musste irgendwann enden, oder? Auf die eine oder andere Art.«

»Natürlich«, sagte Maggie.

Nula lächelte angespannt, griff nach Maggies Teller und wollte das Gespräch offenbar beenden.

Maggie fuhr fort: »Trotzdem, es war schade, oder nicht? Ich meine, es endete so unglücklich … Ich war sehr traurig –«

»Es hatte nichts mit dir zu tun, oder?«, sagte Nula scharf.

Maggie sagte nichts.

»Tut mir leid«, sagte Nula. »Es ist nur … Ich weiß, Joe war ein bisschen niedergeschlagen deswegen, aber …« Sie drehte den Vogelanhänger, sodass der Schnabel zu ihrem Hals zeigte. »So was passiert. Ich hab es hinter mir gelassen. Ich denke nicht mehr daran.«

»Ich glaube nicht, dass Joe jemals darüber hinweggekommen ist.«

Nula starrte Maggie mit glasigen Augen und geröteten Wangen an. Maggie war sich nicht sicher, nahm aber an, dass dieser Gedanke Nula ein wenig berührte.

Das lange Schweigen wurde schließlich gebrochen, als Samuel im Pyjama ins Zimmer gerannt kam und sich auf die Beine seiner Mutter warf.

»Ich gehe jetzt besser«, sagte Maggie. »Es wird spät.«

»Ja«, sagte Nula.

In diesem Juni wurde es in Maggies Wohnung unangenehm feucht. Wenn sie nachts die Fenster geöffnet ließ, hielt der Straßenlärm sie wach. Sie verbrachte Stunden am Computer, um ihre Augen so zu ermüden, dass sie ihr zufielen, sobald sie ins Bett stieg. Aber es funktionierte nicht, und oft ertappte sie sich dabei, dass sie nachts um drei noch wach war und aufschrieb, was sie am folgenden Tag tun und essen würden, um diese Dinge aus ihrem hellwachen Kopf zu bekommen.

Trotz des Schlafmangels kam sie nur einmal zu spät zur Arbeit. Sie hatte verschlafen, wachte erst nach acht auf und verließ das Haus ohne Frühstück und ohne geduscht zu haben. Bis sie unterwegs war, war alles verstopft, und als sie eine Stunde zu spät beim Haus der Shaws ankam, nahm sie ihren eigenen Schweißgeruch wahr. Sie rannte den Weg entlang, ohne sich die Zeit zu nehmen, Samuel zuzuwinken, der wie immer vom Wohnzimmerfenster aus beobachtete, wie sie kam. Noch bevor sie den Schlüssel ins Schloss stecken konnte, hörte sie ihn im Flur »Gi-Gi!« rufen.

Sobald Maggie im Haus war, tauchte Nula auf und legte die Hände auf Samuels Schultern, sodass er abrupt stehen blieb.

»Tut mir leid, dass ich zu spät komme –«, sagte Maggie.

»Du siehst müde aus«, sagte Nula.

»Mir geht's gut.«

»Komm und setz dich. Es gibt etwas, das ich mit dir besprechen möchte.«

Sie lächelte beinahe, als sie das sagte. Und als Maggie zum Luftholen kam, sah sie, dass Nula Jeansrock und T-Shirt trug.

»Du gehst nicht zur Arbeit?«, fragte Maggie.

»Ich hab mir den Vormittag freigenommen«, sagte Nula. »Sammy, willst du nicht ein bisschen fernsehen?«

»JAA!«, sagte Samuel und stapfte ins Wohnzimmer.

Nula verdrehte die Augen. »Würdest du es ihm einschalten? Dann können wir uns in Ruhe unterhalten.«

Maggie tat, worum sie gebeten wurde, und ließ Samuel auf einem Legostein kauend und zehn Zentimeter vor *Bob the Builder* stehend allein.

In der Küche schenkte Nula Tee ein. Maggie sah sich im Raum um, auf der Suche nach einem Hinweis, was all das zu bedeuten hatte. Hatte Greg etwas gesagt über ihr – was war es gewesen? Sie hätte es, wenn nötig, vielleicht als »kurze Unterhaltung« beschrieben.

»Ich habe eine Neuigkeit«, sagte Nula und öffnete die Terrassentüren.

War sie wieder schwanger?

»Komm, wir setzen uns nach draußen.«

Maggie sah zur Tür zum Flur. »Was ist mit –«

»Wir hören ihn«, sagte Nula.

Das Sonnenlicht war schon ziemlich stark. Bevor sie sich hinsetzten, staubte Nula die Terrassenstühle mit einem Papiertuch ab. Von ihrem Platz konnte Maggie das Nachbarsbaby weinen hören, ein Auto, das die Straße entlangschlich, eine entfernte Sirene. Schluckweise trank sie ihren Tee und ging in Gedanken die letzten beiden Wochen durch. Abgesehen von der Sache mit Greg hatte alles geklappt. Samuel war, alles in allem, glücklich gewesen. Und er war, wie sie Nula gerade vor ein paar Tagen versichert hatte, auf einem altersgemäßen Entwicklungsstand: Er konnte zwei oder drei Wörter verbinden, er konnte einen Ball schießen, er konnte auf Körperteile zeigen, wenn er danach gefragt wurde.

»Wie du weißt, sind wir mit deiner Arbeit sehr zufrieden«, begann Nula. »Samuel ist bei dir richtig aufgeblüht. Und ich hoffe, du hast dich bei uns wohlgefühlt.«

»Ich bin sehr gerne mit Samuel zusammen«, sagte Maggie und konnte ihre Begeisterung in ihrer Stimme nicht verbergen.

»Greg und ich haben uns gestern Abend unterhalten.«

Maggie hielt sich schützend eine Hand über die Augen. In dem hellen Sonnenlicht war es schwierig, ihre Cousine lange anzusehen, ohne zu blinzeln. Alles im Garten blendete: die Blätter des Apfelbaums, der kürzlich verlegte Rasen, die mit Sprühreiniger gesäuberten Terrassensteine, Nulas nackte, aber noch nicht gebräunte Beine.

»Wir wollen einiges ändern.« Nula stellte ihren Becher hin und holte Luft. »Ich reduziere meine Arbeitszeit«, sagte sie. »Ich werde in Teilzeit arbeiten, damit ich mehr Zeit mit Samuel verbringen kann.«

»Was ist mit deiner Karriere?«, platzte Maggie heraus.

Nula lachte hell auf. »Die kann warten, oder? Samuel nicht.« Sie fuhr sich mit den Händen durchs Haar. »Mir ist klar geworden, dass diese Zeit niemals wiederkehrt, verstehst du. Und ich vermisse so sehr ...«

»Aber es geht ihm gut«, sagte Maggie schnell. »Es geht ihm gut bei mir.«

»Ich weiß. Aber mir geht es nicht gut, Maggie.«

»Ich dachte, es geht dir – besser.«

Nula starrte Maggie einen Moment an, bevor sie nickte. »Oh, das stimmt! Wirklich. Aber was ich meine, ist, jetzt, da es mir besser geht, weiß ich, was mir fehlt.«

Teilzeit hatte sie gesagt. Das hieß, dass Maggie noch gebraucht wurde, nur die Hälfte der Zeit. Das wäre nicht so schlimm.

»Also«, sagte Maggie und versuchte, ruhig zu klingen, »an welchen Tagen wirst du arbeiten?«

»Ich muss erst mit meinem Chef sprechen –«

»Wann, meinst du, geht's los?«

»Es wird mindestens noch einen Monat dauern.«

»Sobald du mir sagst, an welchen Tagen du mich brauchst, kann ich mir noch eine andere Arbeit suchen –«

»Die Sache ist die«, schnitt Nula ihr das Wort ab, »wir denken, es wäre vielleicht ein guter Zeitpunkt, dass Sammy in den Kindergarten kommt.«

Maggie schluckte.

»Bitte versteh das nicht falsch, Maggie. Es hat absolut nichts damit zu tun, dass wir nicht mit deiner Arbeit zufrieden sind – das sind wir. Wir denken nur, es ist das Beste für Sammy. Er braucht ein größeres soziales Umfeld, jetzt, da er zwei ist ...« Röte stieg an Nulas Hals hoch, als sie hastig fortfuhr: »So können wir alle Veränderungen auf einmal vornehmen – das ist weniger verwirrend für ihn.«

Kurze Zeit herrschte Stille.

Es passierte also wieder. Maggie dachte an William, an das angespannte Gesicht seiner Mutter, die es eilig hatte, zum Kindergarten zu kommen, und nicht einmal so lange stehen blieb, dass Maggie mit dem Jungen sprechen konnte. Sie hatte gedacht, mit Samuel würde es anders sein. Aber es war jedes Mal dasselbe.

Nula seufzte. »Es tut mir so leid, wirklich.«

Maggie konnte nur auf den Boden blicken und wiederholen: »Ich bin gerne mit Samuel zusammen.«

»Wir werden dir ein glänzendes Zeugnis ausstellen und belassen es noch ein paar Monate so, wie es ist, in Ordnung? Dann hast du genug Zeit, etwas anderes zu finden ...«

Maggie stieß ihren Stuhl zurück und stand auf.

Nula fasste sie am Arm. »Maggie? Alles in Ordnung?«

»Natürlich«, sagte Maggie und schüttelte sie ab. »Ich verstehe. Ich verstehe vollkommen.«

»Ich hatte solche Angst, es dir zu sagen«, sagte Nula. »Wir werden dich alle vermissen.«

Maggie starrte auf das flehende Gesicht ihrer Cousine herab. »Ich sehe jetzt besser nach ihm«, sagte sie und ging zum Haus. »Zu viel Fernsehen macht ihn um diese Tageszeit immer quengelig.«

Als Maggie an dem Abend wieder in ihrer Wohnung war, nahm sie Paracetamol gegen die Kopfschmerzen, die sie den ganzen Tag geplagt hatten. Dann öffnete sie auf ihrem Computer den Ordner »S«. Darin waren die Berichte von achtzehn Monaten gespeichert, jeder mit Datum. Jede Datei hatte mehrere Überschriften: *Aktivitäten. Ausflüge. Mahlzeiten und Snacks. Schläfchen. Windeln. Besonderes.* Als sie anfing, für die Shaws zu arbeiten, hatte Maggie diese Berichte immer am Ende der Woche Nula geschickt, damit Samuels Mutter ein vollständiges Bild von der Entwicklung ihres Sohnes erhielt. Sie hatte sich bemüht, sie sachlich und distanziert zu schreiben. *Ausflüge: Wir sind in den Park gegangen. Samuel hat gerne geschaukelt, wollte aber nicht auf die Rutsche. Mahlzeiten: Mittag: Pürierter Flaschenkürbis. Snacks: Crissinis. Abendessen: Pürierte Banane. Reisbrei. Besonderes: Samuel war unruhig, als seine Mami ging, aber wir spielten mit den Lastwagen, das lenkte ihn ab, den Rest des Tages hat er gut bewältigt.* Nach ein paar Monaten hatte Nula gesagt: »Diese täglichen Berichte sind nicht nötig, Maggie. Erzähl's mir einfach abends, okay?«

Maggie war einverstanden gewesen, hatte aber heimlich weiter Berichte geschrieben. Allmählich wurden sie persönlicher. *Freitag, 10. April. Aktivitäten: Wir sind zur Singgruppe gegangen. Die erste Hälfte der Zeit saß Samuel auf meinem Schoß und weigerte sich, bei den anderen zu sitzen. Aber in der zweiten Hälfte sang und tanzte er mit den anderen. War stolz auf ihn! Snacks: Ich kaufte ihm am Zeitungskiosk eine Tüte Bonbons. Er war den ganzen Morgen so süß gewesen. Unser kleines Geheimnis! Mittagsschlaf: 13.30 bis 14.30. Heute wollte Samuel nicht in seinem Bett schlafen. Wollte kuscheln. Also ließ ich ihn in meinem Schoß schlafen. Als er aufwachte, war er sehr zufrieden. Bin froh, dass ich es gemacht habe. Hab's Mami nicht gesagt, die findet, er sollte immer allein einschlafen.*

Maggie las einige Einträge dieser Art durch. Mit jedem weiteren Eintrag schien sich der Schmerz in ihrem Kopf ein wenig zu verfestigen. Nula täuschte sich, was die Bedürfnisse ihres Sohnes anging.

Bei jeder Mutter, für die Maggie gearbeitet hatte, war es das Gleiche gewesen. Sie wollten sich nicht selbst um ihr Kind kümmern, wussten aber genau, was Maggie falsch machte.

Maggie hatte Nula immer wieder gesagt, der Junge müsse mehr an die frische Luft. In eine freiere Umgebung. Keine Krippe. Zwischen verschiedenen Anstellungen hatte Maggie in ein paar Kindergärten gearbeitet und war über einige Dinge, die sie erlebt hatte, entsetzt gewesen. Babys schrien stundenlang, weil keine Zeit dafür war, sie hochzunehmen. Kinder durften nicht draußen spielen, weil das Gras zu nass war. Wegen Personalmangel war Fernsehen Ersatz für Betreuung. Die schönsten Spiele wurden unterbrochen, weil Essenszeit war. Oder Kreisspielzeit. Oder Vorlesezeit. Die Leiter solcher Institutionen schienen nur an der Einhaltung strenger Tagespläne und knapper Finanzrahmen interessiert zu sein. In so einer Umgebung kann kein Kind gedeihen.

Sie speicherte alle Dokumente in einem Ordner, den sie »Für Nula« nannte. Falls sie sich entschloss, sie seiner Mutter zu schicken, waren sie da.

Draußen begannen die Glocken irgendeines Colleges zu läuten. Das Echo schien ihre Wohnung zu füllen, und ihr wurde übel. Sie schloss die Augen und versuchte, den Schmerz aufzuhalten, der sich jetzt vom Kopf zum Hals und in die Schultern bohrte.

Sie holte einige Male tief Luft.

Es war jedes Mal dasselbe. Theo. Charlotte. Amy. William. Alle geliebt und alle verloren.

Und das andere Kind, das sie nicht hatte retten können.

Sie stand auf, griff oben ins Regal und fand das Buch mit den Skizzen von Samuel. Sie blätterte die neuesten durch. Es waren in Eile angefertigte Arbeiten: Mit wenigen weichen Linien, einigen flüchtigen Schattierungen hatte sie ihn hervorgezaubert. Doch dieses Tempo verlieh ihnen Kraft, und ihre Vertrautheit mit Samuel – wie sie jeden Winkel seines Gesichtes kannte und liebte – machten sie lebendig.

Dann sah sie, dass einige der frühen Blätter merkwürdig gewellt waren. In einer Zeichnung war Samuels Nase verschmiert, in einer anderen sein linkes Auge ein grauer verschmierter Fleck. Die Feuchtigkeit in der Wohnung musste ins Papier gedrungen sein und hatte ihre beste Arbeit beschädigt.

Zorn ergriff Maggie, sodass sie am ganzen Körper zitterte. Sie musste hier raus. Die Zeichnungen waren jetzt unvollkommen. Ruiniert. Sie reichten nicht mehr.

Sie holte noch einige Male tief Luft.

Ein Bild entstand in ihrem Kopf. Ein Bild vom Bootshaus und vom Strand von Llanidan. Ein Bild von ihrem Bruder, der ihre Hand ergriff, damit sie nicht hinfiel. Ein Bild von sich selbst, wie sie Samuel an der Taille festhielt, während er in die Strömung des Menai-Kanals blickte.

Nicht alles war ruiniert. Einiges könnte wieder in Ordnung gebracht werden.

Sie öffnete wieder die Augen. Das Glockengeläut hatte aufgehört, aber der metallische Klang hallte noch nach. Sie lauschte, bis der letzte Nachhall im Juniabend verklungen war, und traf dann eine Entscheidung.

Sie würde sich nicht von Samuel trennen.

Sie würde ihn vielleicht nicht morgen mitnehmen. Oder übermorgen. Aber sie würde ihn mitnehmen.

III

IN DEM SOMMER, ALS MAGGIE SECHZEHN war, kam ihre Cousine zu Besuch.

Es war 1991. Die Cousine war siebzehn und hieß Nula, ein Name aus einem Popsong. Sie hatte lange Gliedmaßen und trug schwarze Pumps. Da sie auf eine Privatschule ging, kam sie zwei Wochen bevor Maggies und Joes Sommerferien begannen. Ihr Vater winkte ihr zum Abschied vom Tor. Maggie war Nula und Onkel Ralph schon ein paar Mal in Oxford begegnet, im Allgemeinen hatten die Familien aber keinen Kontakt. Ralph sollte den kommenden Monat im Bootshaus am Kanal kampieren und es als Atelier benutzen. Maggie verstand nicht, warum Nula nicht bei ihrem Vater wohnte, aber ihre Mutter hatte geseufzt und gesagt, Onkel Ralph bräuchte den Platz zum Malen. Es wäre wahrscheinlich gut für ihn, dass er dort so viel Licht hatte. Ihr Vater hatte gelacht und gesagt, sein Bruder wäre schon immer ein egoistisches Arschloch gewesen.

Nachdem sie ihren Koffer raufgebracht hatte, beobachtete Maggie, wie Nula am Tor neben den ehemaligen Schweineställen stand und mit ihrer goldenen Halskette spielte. An der Kette hing ein zarter, filigraner Schmetterling, und hin und wieder nahm Nula ihn zwischen die Lippen und saugte daran.

Im Hof war ein kleiner Stall für die Ziegen und das Pony, ein Hühnerstall und die alte Milchkammer, wo Maggies Eltern einen Rasenmäher und verschiedene Gartengeräte aufbewahrten und Joes Motorrad stand. Maggies Mutter sagte oft: »Wir leben den Traum von der Selbstversorgung, Kinder«, und schnitt dabei eine deutliche Grimasse. Alan arbeitete noch Teilzeit als Buchhalter, obwohl er vorhatte, mit der Bewirtschaftung seines kleinen Landbesitzes genug Geld zu verdienen, um davon zu leben.

Joe trug ausgefranste Jeans und Turnschuhe und Maggie einen Trainingsanzug, und sie kickten einen Fußball gegen die Schweineställe. Sie hatten nicht mehr Fußball zusammen gespielt, seit sie klein waren, aber beim Anblick ihrer Cousine zwang sie etwas zu einem körperlichen Spiel. Nula war nicht gerade hübsch, wie sie da mit regenbespritzten Schuhen auf dem grau betonierten Hinterhof stand, aber faszinierend, wie Geld. Maggie hätte nicht ihre Schuhe haben wollen oder ihre glänzenden Haare, aber ihre Ruhe irritierte sie. Regungslos und ohne die Miene zu verziehen, sah Nula zu, die dicken Augenbrauen zusammengezogen. Sie stand da und sah ihnen zu, bis Maggie und Joe keine Lust mehr hatten, Fußball zu spielen und beobachtet zu werden. Sie gingen ins Haus und ließen Nula, die stumm ihre Halskette um den Finger zwirbelte, am Tor zurück.

An dem Abend sagte ihre Mutter, sie sollten sich bedienen. Auf dem großen Eichentisch waren Ei-Sandwiches, eine Schüssel Chips und ein Berg panierten Schinkens. Sie hatte einen Kuchen gebacken, was sehr ungewöhnlich war. Erst kürzlich hatte sie darauf bestanden, dass Alan den alten Küchenherd herausriss (»Warum muss ich den verdammten Herd den ganzen Tag heizen?«) und durch einen neuen Gasherd ersetzte, deshalb dachte sie vielleicht, sie sollte ihn benutzen. Der Biskuit war auf einer Seite eingefallen, aber den ganzen Nachmittag hatte Maggie den Duft in der Nase gehabt, und der Anblick des mit Puderzucker bestäubten Kuchens war so verlockend, dass sie einen kleinen Freudenschrei ausstieß und sich gleich dafür hasste, sich so kindisch zu benehmen. Während Joe und Maggie nach den Sandwiches langten, machte Nula sich gleich an den Kuchen. Sie nahm ein Stück und brach es auf ihrem Teller in kleine Stücke, aß ein Viertel und ließ den Rest liegen. Joe sah Maggie an, und Maggie sah ihre Mutter an, aber Fiona sagte nichts. Das war zu viel für ihre Tochter. »Willst du nicht den Kuchen –?«, begann sie, aber Fiona unterbrach sie. »Kümmere dich um dein Abendessen, Maggie«, sagte sie und trank weiter ihren Kaffee.

Bevor sie ins Bett ging, bürstete Nula fünf Minuten ihre Haare und blickte dabei unverwandt in den Spiegel. Maggie zog ihre blaue Delfindecke bis zur Brust, tat so, als würde sie ihren Roman lesen, und sagte nichts. Dann glitt Nulas schlanker Körper, der in einem kirschroten Pyjama steckte, der ihr bis zu den Knöcheln reichte, auf die Campingliege auf der anderen Seite von Maggies Zimmer. Maggie langte hinüber, um das Licht auszumachen, und die beiden Mädchen lagen lange im Dunkeln. Eine Stunde, vielleicht mehr, verging.

Maggie lauschte Nulas Bewegungen – sie drehte sich um, hustete, seufzte –, bis ihre Cousine zu schlafen schien. Aber noch immer konnte sie sich weder entspannen noch bewegen. Es erschien Maggie sehr wichtig, den Anschein zu erwecken, dass sie schlief. Sonst würde Nula vielleicht merken, dass jeder ihrer Atemzüge überwacht wurde. Sie würde vielleicht merken, wie bedeutsam ihre Gegenwart in diesem Zimmer war.

Als Maggie gerade kurz vorm Einschlafen war, setzte sich Nula plötzlich in ihrem Bett auf. Maggie beobachtete sie im Halbdunkeln und wusste nicht, ob ihre Cousine sie ansah oder die Wand anstarrte. Nula stieß einen tiefen Seufzer aus, warf ihre rosa Daunendecke zurück, schwang die Beine herum und stand auf. Maggie knipste das Licht an und sah, dass Nulas Gesicht wächsern und blass, die Augen geöffnet waren.

»Nula?«, flüsterte Maggie. »Nula?«

Es kam keine Antwort. Maggie kletterte aus dem Bett und folgte Nula, die unbeirrt den abschüssigen Flur entlang auf die Treppe zuging. Nulas Hand griff zuerst ins Leere, bevor sie das Geländer fand, und Maggie stürzte vorwärts, aus Angst, ihre Cousine würde hinunterfallen, und sie wäre für ihren frühen tragischen Tod verantwortlich. Aber Nula ging langsam und vorsichtig die Treppe hinunter, ohne zu schwanken. Maggie blieb dicht hinter ihr und sagte sich, dass sie sie jederzeit festhalten könnte. Ihre Mutter hatte ihr einmal gesagt, dass man einen Schlafwandler niemals wecken dürfte. Sie hatte jedoch nicht erklärt, warum nicht. Fielen Schlafwandler ins Koma, wenn man sie weckte? War der Schock so groß, dass sie in Gefahr waren, hinzufallen und sich ernsthaft zu verletzen? Oder wurden sie aggressiv und gingen auf den los, der sie geweckt hatte, egal, wer es war? Maggie stellte sich vor, wie Nula ihre Haare packte und sie auf den Boden zog. In der Schule hatte einmal ein Mädchen namens Tina sie auf der Toilette bedrängt. »Gib mir deine Tasche, Snob«, hatte sie befohlen. »*Swot*«, hatte Maggie erwidert. »Du meinst *swot*, Streber. Das ist ein Unterschied.« Bam, lag sie auf den Fliesen, die Haare in Tinas verschwitzter Faust. Es kam ihr vor, als würde ihr die Kopfhaut vom Schädel gerissen. »Sag. Mir. Nicht. Was. Ich. Meine.«

Nula schwebte durch die Küche geradewegs zum Kühlschrank. Maggie fragte sich, woher sie wusste, wo der Kühlschrank stand, ganz zu schweigen davon, wie sie dorthin gelangte, während sie anscheinend schlief. Nula öffnete die Tür weit, und als sie sich im Schein des elektrischen Lichtes vorbeugte, bekam ihr schlafendes Gesicht wieder Farbe.

»Was zum Teufel macht sie da?«

Maggie hatte so gebannt Nula beobachtet, dass sie nicht gehört hatte, wie Joe hereingekommen war. Er stand in seiner blauen Pyjamahose hinter ihr, eine Hand in seinen dicken Haaren. »Schläft sie?«

Maggie nickte.

»Irre!«

Es war einer der amerikanischen Ausdrücke, die er aufgeschnappt hatte. Er hatte die Autoren der Beat-Generation gelesen.

Nula nahm eine Scheibe Schinken von einem Teller im Kühlschrank, faltete sie ordentlich zusammen und steckte sie in den Mund. Maggie und Joe sahen zu, wie sie noch eine nahm, dann noch eine, dann noch eine.

»Sie hat kein Abendbrot gegessen«, sagte Maggie.

»Sie hat tonnenweise Schokolade mit«, sagte Joe.

»Woher weißt du das?«

»Sie hat mir zwei Tafeln gegeben.«

Maggie hatte Nula nichts gegeben.

»Komm, wir wecken sie.«

»Nein«, sagte Maggie. »Das ist gefährlich.«

Joe blickte seine Schwester fragend an.

»Das hat Mum gesagt. Durch den Schock können sie – aggressiv werden.«

Er lachte. »Was würde sie tun?« Nula ging an ihm vorbei, und er trat zurück, beobachtete dann, wie sie zielstrebig durch die Tür zur Treppe ging.

»Sie ist eben ein Mädchen«, sagte er.

»Wie ich«, sagte Maggie.

Joe schüttelte den Kopf. »Nicht wie du, Kleines. Überhaupt nicht wie du.«

Maggie hatte nicht viele Freundschaften geschlossen, seit sie nach Anglesey gezogen waren. In der Schule saß sie meistens neben Ceri, die einen schwarzen Haarreif und eine Schildpattbrille trug, die sie immer mit ausgestrecktem Finger penibel die Nase hochschob. Ceri trug viel Make-up, und einiges davon landete immer auf ihren Brillengläsern und verdeckte ihre Augen, sodass es schwierig war, sich darauf zu konzentrieren, was sie sagte. Maggie teilte sich zwar gerne mit Ceri deren Chips, konzentrierte sich aber auf das, was sie gut konnte: die Lehrer zufriedenstellen und ihre Prüfungen bestehen. Es erschien ihr sinnlos zu versuchen, sich bei den anderen Jugendlichen beliebt zu machen. Es würde nicht mehr lange dauern, bis sie ihre Leistungskurse belegen würde, und dann würde sich ohnehin alles ändern. Dass sie nicht Walisisch sprach, war nicht gerade hilfreich, aber Maggie vermutete, dass es ohnehin schwer gewesen wäre, der kritischen Prüfung der anderen standzuhalten.

Maggie war nie gerne allein gewesen, aber noch schlimmer war es, mit vielen Menschen zusammen zu sein. Zwei oder drei waren immer eine gute Anzahl für Maggie gewesen. Bei zweien oder dreien konnte man fast sicher sein, gehört zu werden, wenn man sprach, und wenn man etwas Dummes tat, bemerkten es nicht so viele Leute. Sie rechnete Joe als zweite Person und dachte, dass Nula vielleicht die dritte sein könnte. Denn trotz der schillernden Unergründlichkeit ihrer Cousine gefiel es Maggie, dass sie bei ihnen war, und sie beschloss, ihr Möglichstes zu tun, um ihre Freundin zu werden.

In den ersten beiden Wochen wunderte Maggie sich, was ihre Cousine den ganzen Tag machte, während sie und Joe in der Schule waren. Nula hatte immer viele Modemagazine, und sie hatte auch einige Videos mitgebracht: Sie hasste Teenager-Filme, liebte aber alles mit Audrey Hepburn. Manchmal machten sie beide es sich nach der Schule mit *Frühstück bei Tiffany* oder *Ein Herz und eine Krone* gemütlich, und Nula lachte, wie Maggie vermutete, an den richtigen Stellen.

In manchen Nächten kam Nula in Maggies Bett, nachdem sie geschlafwandelt war. Sie lag vollkommen still, so still, wie sie am ersten Tag mit ihrer Kette spielend im Hof gestanden hatte. Maggie versuchte, so still zu sein wie Nula. Sie lauschte, wie Nulas Magen das Essen ihres nächtlichen Streifzuges verdaute – kalte Wurst vielleicht oder Käse. Er grummelte, blubberte und gluckerte, und Maggie lauschte und konnte nicht schlafen. Nula gab so viel Wärme ab, dass Maggie ihre Decke von Beinen und Füßen strampelte. Wenn Nula morgens wach wurde, kroch sie wieder in ihr eigenes Bett. Maggie tat dann so, als ob sie noch schliefe, denn sie wusste, sie sollte sich nicht anmerken lassen, dass sie die Anwesenheit des anderen Mädchens bemerkt hatte, oder erwähnen, dass sie beide in einem Bett gelegen hatten.

»Es geht ums Essen«, sagte Nula eines Morgens. »Das Schlafwandeln. Hab ich in den Kühlschrank geguckt?«

Maggie bestätigte es.

»Was hab ich gegessen?«

»Nichts.«

»Gott sei Dank.«

»Aber du hast einen viertel Liter Milch getrunken.«

Nula bedeckte ihren Mund mit der Hand und tat so, als müsste sie würgen. »Milch«, sagte sie. »Ich könnte kotzen.«

»Du hättest sterben können.«

Nula schien diese Feststellung nicht sonderlich zu beeindrucken. »Glaubst du, ich brauche eine Therapie?«

»Du hättest sterben können.«

Nula lachte. »Hast du mich gerettet?«

Maggie nickte. »Ich bin dir gefolgt. Um sicherzugehen, dass du nicht fällst.«

»Okay, dann schulde ich dir was«, sagte Nula.

Während sie Arm in Arm mit ihrer neuen Freundin die High Street von Llangefni hinunterging, dachte Maggie an diese Worte. *Ich schulde dir was.* Aber was?, hätte Maggie am liebsten gefragt. Was genau schuldete sie ihr? Sie war sich nicht sicher, ob ihr der Gedanke gefiel, dass ihr jemand etwas schuldete.

Es war der Samstag vor den Ferien, die Sonne war noch nicht herausgekommen. Nula sah schick aus in ihrer praktischen roten Windjacke und passenden Gummistiefeln, während Maggie einen schwarzen Pullover und Jeans trug. Der Gestank der Geflügelfabriken, die die Randgebiete der Stadt säumten, wehte hin und wieder herüber. Maggie hatte sich dafür und für Llangefni überhaupt entschuldigt. Ihre Cousine hatte diesen Ausflug zur Hauptstadt der Insel vorgeschlagen und gesagt, sie wolle den Ort gründlich erkunden. Maggie wusste, dass es in Bangor viel bessere Geschäfte gab, aber Nula zuliebe war sie einverstanden gewesen. Sie hütete sich jedoch, zu viel zu reden, denn aus der Beobachtung ihrer Cousine in den vorangegangenen Wochen hatte sie eine ruhige, überlegene Haltung schätzen gelernt. Maggie wäre gerne in den einen oder anderen Laden gegangen, besonders in die Abteilung mit Künstlerbedarf bei W. H. Smith, aber Nula ging weiter. Während sie so gingen, hatte Nula die Angewohnheit, jedermanns Aufmerksamkeit auf sich zu ziehen und dann auf eine Art wegzusehen, die äußerste Gleichgültigkeit ausdrückte. Hin und wieder, wenn sie jemanden sah, der besonders hässlich war, stieß sie ihre Cousine in die

Rippen. Bei den meisten Männern mit Baseballkappen gab es einen Knuff, genauso wie bei den meisten Frauen mit kurzen Röcken, besonders wenn sie über dreißig waren. »Dicke Knie«, flüsterte Nula dann. »Niemand will dicke Knie sehen.«

Maggie hatte das Gefühl, in irgendeine großartige Verschwörung eingeweiht zu werden, deren wahre Natur ihr noch ein Rätsel war.

Als sie das dritte Mal dieselbe Straße entlanggingen, wagte Maggie, den Vorschlag zu machen, sich die Farben bei Smith's anzusehen. Nula zuckte mit den Achseln und sagte, das könnten sie tun, obwohl sie sich absolut nicht für Kunst interessiere.

Als sie den Laden betraten, sagte Maggie: »Aber dein Vater ist Maler. Und er ist ziemlich bekannt, oder?« Sie hatte das schon zur Sprache bringen wollen, seit Nula bei ihnen aufgetaucht war, und spürte, wie ihr Herz schneller schlug, als sie das Wort »Maler« aussprach.

»Das ist alles ein verdammter Schwindel«, sagte Nula und nahm eine Ausgabe von *GQ* und starrte sie wütend an. »Kunst ist für Leute, die nicht erwachsen werden. Künstler sind alle vollkommen von sich selbst eingenommen. Sie können nur Bilder produzieren. Wozu soll das gut sein? Und er ist nicht *im Entferntesten* bekannt.«

Maggie sagte nichts. Ihre Cousine knallte das Magazin hin. »Weißt du, was ich machen will? Was ich kaum *abwarten* kann zu tun, sobald ich die beschissene Schule hinter mir habe?«

Es war Maggie klar, dass sie nicht zu antworten brauchte.

»In der Medienbranche arbeiten.«

Maggie nickte, wagte aber zu fragen: »Aber ist das nicht alles ein bisschen – oberflächlich?«

Nula lachte. »Wahrscheinlich. Hauptsache, mein Vater *hasst* sie. Heuchler! Er sagt, er hasst sie, kann aber nicht genug von diesen beschissenen ausländischen Filmen kriegen. Besonders von französischen.«

»Aber französische Filme *sind* Kunst!«, sagte Maggie und spürte, wie sie rot wurde. Sie wollte hinzufügen: Hast du nicht *Manon des Sources* gesehen? Fandest du nicht auch, dass Daniel Auteuils Stoppeln etwas Mitleiderregendes hatten?

Nula sah sie an. »Dad guckt sie sich nur wegen der Frauen an. Egal. Die Medien sind viel ehrlicher. Die Leute kaufen sie, genießen sie, entsorgen sie wieder. Es ist eine viel offenere Beziehung.«

»Joe sagt, es ist Kapitalismus in schlimmster Form.«

»Sagt er das?«, fragte Nula interessiert. »Vielleicht hat er recht.«

Sie waren bei den Farben angelangt, und Maggie ging in die Hocke, um sich die Reihe von Farbtönen anzusehen. Seit sie auf die Insel gekommen waren, hatte sie das jeden Samstag bei Smith's in Bangor gemacht. Normalerweise gönnte sie sich eine neue Tube pro Woche.

»Was sagt Joe sonst noch?«, fragte Nula.

»Worüber?«

Maggie sah ihre Cousine kurz an, aber Nula war anscheinend darin vertieft, die Regale über ihrem Kopf zu inspizieren.

»Was er gerne mag.«

»Joe mag eigentlich nicht viel«, sagte Maggie und wählte eine Tube gebranntes Siena. »Außer seine Kamera. Und sein Motorrad …«

»Hat er eine Freundin?«

Maggie blieb stehen. Joe hatte schon mit siebzehn ein paar Freundinnen gehabt, aber er hatte so offen über sie und ihre Verabredungen gesprochen, dass Maggie gewusst hatte, dass sie ihm nicht viel bedeuteten. Damals in Oxford brachte er sowohl

Suzie als auch Flick mit nach Hause zum Abendessen, und sie unterhielten sich immer lange mit ihrer Mutter, wenn sie vorbeikamen, um mit Joe auszugehen.

»Nein«, sagte sie. »Warum?«

»Nur so.« Nulas Augen waren immer noch auf die Regale gerichtet. Dann kicherte sie ein bisschen. »Er sieht mich manchmal so komisch an.«

»Wie komisch?«

»Als hätte er Angst oder so.«

Darauf wusste Maggie nichts zu sagen. Einen derartigen Blick konnte sie sich bei ihrem Bruder kaum vorstellen.

»Vielleicht frage ich ihn einfach«, sagte Nula. »Ich sage einfach: *Joe, träumst du von mir, oder was?*« Sie lachte, und Maggie versuchte, ebenfalls zu lachen.

Eine Pause trat ein.

»Also«, sagte Nula. »Soll ich dir das kaufen?« Und sie schnappte sich die Farbtube aus Maggies Hand und ging zur Kasse.

Seitdem Nula das Wort »Freundin« ausgesprochen hatte, hatte Maggie ihr von Rhod erzählen wollen. Aber jedes Mal, wenn sie überlegte, wie sie anfangen sollte – was das mit Rhod eigentlich gewesen war –, schien es, als gäbe es nichts zu sagen.

Rhod war groß und blond und hatte dicke rote Wangen. Er war an der Schule als Lieferant von gutem Gras bekannt und wurde als solcher von den meisten Mädchen in Maggies Jahrgang hoch geschätzt. Während des Unterrichts verbrachte er viel Zeit damit, Rhythmen auf ein Knie zu klopfen oder ziemlich gelungene Bilder von Brüsten zu zeichnen. Seine Mutter besaß den einzigen trendigen Friseursalon in Menai Bridge, infolgedessen lief er mit aufwendigen, raffinierten Strähnchen im Haar herum. Seine Manschetten und Nägel waren immer sauber.

Es hatte an einem Nachmittag gegen Ende der Schulzeit angefangen, als sie auf dem Weg zum Geografie-Kurs war. Maggie nahm den stechenden Geruch von Rhods Deodorant neben sich im Flur wahr. Dann seine Stimme ganz nah an ihrem Ohr: »Mir gefallen die, die gar nicht wissen, dass sie sexy sind.« Maggie drehte sich zu ihm um. Er lächelte. »Am Samstagabend läuft *Terminator 2* in Llandudno. Hast du Lust?«

»Nein, danke«, sagte Maggie.

Sie ging weiter, beglückwünschte sich zu ihrer entschiedenen, aber höflichen Reaktion. Doch er folgte ihr, sprang vor ihr herum wie ein junger Hund. »Warum nicht, verdammt noch mal?«, fragte er mit ausgebreiteten Händen und großen Augen. »Würde dir gefallen. Garantiert.«

»Nicht mein Ding«, sagte sie und versuchte, an ihm vorbeizukommen.

»Was ist dein Ding?«

Zu ihrer großen Schande kam aus ihrem Mund: »Französische Sachen. Ich mag französische Filme.«

»Davon gibt's hier nicht gerade viele«, sagte er grinsend.

Einen Moment lang sahen sie sich an. Da sie nahe dran war zurückzulächeln, ging Maggie weiter.

»Sag mir Bescheid«, rief er, »wenn du es dir anders überlegst. Ja? Maggie? Ja?«

Maggie hatte keine Ahnung, wie sie diese Geschichte Nula erzählen sollte. Es war allerdings etwas, das ihre ältere, erfahrenere Cousine gerne hören würde und bei dem sie Maggie vielleicht einen Rat geben könnte. Aber Maggie wagte kaum zu glauben, dass Rhod sich wirklich für sie interessierte, geschweige denn, ihren Verdacht laut auszusprechen.

Am ersten Tag der Sommerferien schlug ihre Mutter Maggie und Joe vor, mit Nula mit dem Bus nach Llandudno zu fahren. Es war ein warmer Donnerstag, der Bus war voll, und sie mussten stehen. Irgendwie wurde Maggie von ihrem Bruder getrennt und landete im hinteren Teil, hielt sich an einem Sitz fest und starrte auf den fettigen Scheitel eines alten Mannes hinunter, während Nula und Joe vorne in der Nähe des Fahrers standen. Gelegentlich erhaschte Maggie einen Blick auf ihren Bruder, wie er sich vorbeugte, um zu hören, was Nula sagte, und hörte ihn auf eine zwanghafte Weise lachen, was ihm gar nicht ähnlich war. Als sie ankamen, sah Joe sich an der breiten Bucht um, die schon von vielen Feriengästen belagert war, und schlug vor, den Pier hinunterzugehen, aber Nula grinste und sagte, sie würde lieber etwas zu Mittag essen gehen. »Scheint ein beliebter Ort zu sein«, sagte sie, »da muss es irgendwo etwas halbwegs Anständiges geben.« Maggie und Joe sahen sich zweifelnd an. Maggie war froh, als Joe Burger King vorschlug. Darauf sagte Nula, sie sollten es vergessen und stattdessen Eis essen.

Sie gingen zusammen die Promenade entlang. Maggies Aufmerksamkeit galt wie immer den alten Damen, die auf den Bänken saßen, einige strickten, einige arbeiteten sich durch Tüten mit Chips oder Donuts, während sie die Kinder und Mütter und Väter beobachteten, die den Asphalt entlangbummelten. Der Verkehr und das Meer ergaben ein einziges Tosen, oben wirbelten und kreischten die Möwen herum. Nula trug einen kurzen Rock und ihre flachen Pumps; ihre langen Beine waren schon gebräunt. Sie ging dicht bei Joe, der neben ihr größer zu werden schien, sein Rücken gerader, seine Schritte länger. Maggie musste sich beeilen, um mit ihnen mitzuhalten. Sie blieben an einem Eisladen stehen, und Joe kaufte Nula ein Cornetto und Maggie ein Softeis mit Schokoriegel. Als Nula Joe anbot, an ihrem zu lecken, sagte Maggie: »Also, *ich* würde gerne auf den Pier.«

»Okay«, sagte Joe, drehte sich zu ihr um und wischte sich Eis von den Lippen. »Dann geh.«

»Was macht ihr?«, fragte Maggie.

»Am Strand sitzen«, antwortete Nula für ihn. »Braun werden.«

»Aber du hast kein Handtuch mit«, sagte Maggie.

»Wir holen uns Liegestühle!«, verkündete Joe.

Maggie starrte ihn an. Joe hatte noch nie in seinem Leben einen Liegestuhl gemietet. Es gehörte zu den Dingen, die ihr Vater hasste: Nur Dummköpfe, sagte er, verschwendeten Geld für einen Klappstuhl, wenn man ebenso gut im Sand liegen könnte. Außerdem wären Liegestühle grundsätzlich was für über Sechzigjährige.

»Super Idee«, sagte Nula und biss in ihre Eistüte.

»In einer Stunde wieder hier?«, sagte Joe mit einem leicht entschuldigenden Blick auf seine Schwester.

»So lange brauche ich nicht ...«, begann Maggie. Aber Joe und Nula stiegen schon die Stufen zum Strand hinunter.

Maggie erlaubte sich nicht, den beiden lange nachzusehen, sondern ging weiter die Promenade entlang Richtung Pier. Als sie merkte, dass sie außer Sichtweite ihres Bruders war, setzte sie sich auf eine Bank, innerlich kochend. Sie sah keine Anzeichen für Nulas Vermutung, dass Joe Angst vor ihr hatte. Alles, was sie im Gesicht ihres Bruders sah, war eine Art hündische Erwartung, wenn er ihre Cousine ansah. Es war, als würde er um ein Leckerli betteln, dachte sie.

Ein paar Meter von der Bank entfernt umringten Kinder ein hohes rotes Zelt und schauten zu Kasper hinauf, der den Henker gerade mit einem Trick in seine eigene Schlinge lockte.

Kaspers Stimme wurde durch einen Lautsprecher verstärkt, und jedes Mal, wenn er schrie: »So macht man das!«, hielten sich einige Kinder die Ohren zu. Ein kleines Mädchen fing an zu weinen, stand auf und blickte sich verzweifelt nach seiner Mutter um. Als sich niemand meldete, der zu dem Kind gehörte, stand Maggie unwillkürlich auf, näherte sich dem Mädchen und streckte die Hand aus. Aber ein Mann, der nichts außer langen Badeshorts anhatte, drängte sich vor sie und nahm das Kind in die Arme.

In diesem Moment, als der Mann sie böse ansah, Kasper kreischte und ihr Bruder und ihre neue Freundin nirgendwo zu sehen waren, hätte sie weinen können. Einfach dastehen und in Tränen ausbrechen wie das kleine Mädchen. Aber da bemerkte sie Rhod.

Er lungerte mit ein paar Freunden neben einem Burger-Stand herum. In einem von ihnen erkannte sie seinen Freund Matt, der von ihren Mitschülerinnen nicht annähernd so verehrt wurde wie Rhod. Matt trug die falschen Turnschuhe, und seine blassen Wangen waren mit Akne übersät. Sie beobachtete Rhod dabei, wie er eine Fritte gründlich kaute und zustimmend zu etwas nickte, das Matt ihm erzählte. Dann entfernte sich die Gruppe, ihre Essensverpackungen warfen sie in den Mülleimer oder daneben, bevor sie in Richtung Strand stolzierten.

Maggie folgte ihnen die Stufen hinunter zum Sandstrand und hatte es plötzlich eilig, in Rhods Nähe zu kommen und von ihm gesehen zu werden. Eine große Familie ging ebenfalls die Treppe hinunter. Sie stritten, wer den Buggy zum Strand tragen sollte, und Maggie wurde unversehens direkt vor Rhod geschubst, der gerade stehen geblieben war, um sich eine Zigarette anzuzünden. Als er sie sah, wurde ihr zu ihrem Entsetzen klar, dass sie sich die ganze Zeit, seit er sie das erste Mal angesprochen hatte, danach gesehnt hatte, ihn noch einmal in ihr Ohr flüstern zu hören.

»Maggie«, sagte er.

Sie wandte sich ab, damit er ihr Lächeln nicht sah, und machte einen weiteren Schritt in Richtung Strand, dachte, sie könnte zurückblicken und etwas Witziges, vielleicht sogar Kokettes sagen, wenn sie sich wieder genügend gefasst hatte. Er rief Matt etwas auf Walisisch zu, dann folgte er ihr. Er war so dicht hinter ihr, dass sie seinen Atem an ihren Haaren zu spüren glaubte. Plötzlich war seine Hand zwischen ihren Beinen. Ein paar Sekunden lang drückten Rhods Finger auf Maggie. Direkt da. Sie blieb auf der Treppenstufe stehen, unfähig weiterzugehen oder zu sprechen, während der Buggy der Familie schließlich in den Sand krachte. Rhod ging an ihr vorbei zum Strand, die übergriffige Hand jetzt zu einem fröhlichen Winken erhoben. Sie errötete am ganzen Körper.

Auf der Rückfahrt im Bus lehnte Maggie die Stirn an die schmutzige Scheibe, schloss die Augen und überdachte das Ganze noch einmal. Joe und Nula saßen zusammen hinten. Nachdem sie die beiden wiedergetroffen hatte, hatte sie den ganzen Nachmittag stumm am Strand gesessen und ihn nach Spuren von Rhod abgesucht. Es war ihr fast gelungen, es als etwas abzutun, dem jedes Mädchen von Zeit zu Zeit ausgesetzt ist. Er war ein Idiot, ganz offensichtlich. Er hatte sich scheußlich benommen, ohne Zweifel. Vielleicht sollte sie jemandem erzählen, was er getan hatte. Aber sollte sie nicht auch in der Lage sein, es abzuschütteln? Ein Klaps auf den Hintern. Das war alles. Ein bisschen widerlich. Ein bisschen dumm. Es zählte wohl kaum als Missbrauch. Oder?

Als sie sich den Moment noch einmal vergegenwärtigte –

wie seine Finger zudrückten, eins, zwei, drei –, war es ihr unmöglich, ihre erste Reaktion auf Rhods Berührung zu verdrängen. Bevor sie Zeit hatte zu denken, bevor sie Zeit hatte zu verstehen, was da passierte, hatte sie unleugbar Lust empfunden. Er hatte sie an einer Stelle berührt, an der er sie nicht berühren sollte, und obwohl sie ihn unattraktiv fand, hatte sie Vergnügen empfunden.

Vor Scham hätte sie am liebsten geweint. Sie wollte ihn bei jemandem melden, nur um sich selbst davon überzeugen zu können, dass sie etwas – irgendetwas – anderes empfunden hatte. Bevor der Bus in ihr Dorf einbog, hatte Maggie entschieden, was sie tun wollte. Sie würde es ihrem Bruder erzählen. Sie würde dem ein Ende machen.

»Ich brauche deine Hilfe.«

An dem Abend betrat sie unaufgefordert Joes Zimmer. Er saß auf seinem Bett, mit dem Rücken an die Wand gelehnt, die Hände hinterm Kopf, schaute er sich auf seinem tragbaren Fernseher die Comedy-Serie *Naked Video* an. Nula saß neben ihm. Als sie Maggie sahen, schwang Nula ihre Beine vom Bett und betrachtete ihre Fingernägel. Joe räusperte sich. Er brauchte eine Weile, um den Fernseher leiser zu machen und seine Schwester kurz anzusehen. »Ja?«

»Kann ich dich sprechen – allein?«

Nula lachte leise auf. Joe nicht. Nula blickte von Joe zu Maggie und nickte. »Verstehe«, sagte sie. »Eine Sache zwischen Bruder und Schwester.« Und schlüpfte zur Tür hinaus.

»Also?«, fragte Joe.

»Jemand belästigt mich – irgendwie. Ein Junge.«

Er richtete sich auf und klopfte aufs Bett, um ihr zu bedeuten, wo sie sich hinsetzen sollte.

»Was hat er gemacht?«

»Nichts. Nicht viel. Er lässt mich – einfach nicht in Ruhe.« Maggie holte Luft. »Und er ist ein totaler Idiot.« Ein schrilles Lachen.

Joe runzelte die Stirn. »Hat er dir wehgetan oder was?«

Da er so besorgt klang, war die Versuchung zu lügen groß. Aber Maggie schüttelte den Kopf. Sie schauten beide eine Weile auf den Fernseher, bevor Joe sagte: »Ich könnte mit ihm reden, wenn du willst.«

Er hatte schneller begriffen, als sie erwartet hatte. Trotzdem sagte sie: »Ich bin nicht sicher«, und betrachtete ihre Hände. »Glaubst du, das ist eine gute Idee?«

Er berührte ihre Schulter. Drückte sie. »Sag mir lieber seinen Namen.«

Da Joe nicht verriet, was genau er zu Rhod sagen oder wann er ihn zur Rede stellen würde, nahm Maggie an, dass so gut wie nichts passieren würde. Und wenn sie sich dabei ertappte, dass sie sich Sorgen machte, was Joe tun könnte, sagte sie sich, dass sie zu ihrem Bruder gegangen war, um sich Rat zu holen, nicht, damit er etwas unternahm. Deshalb war sie für das, was nun passierte, nicht verantwortlich.

Zwei Abende später das vertraute furzende Motorengeräusch auf der Straße. Die Hintertür knallte. Joe ging an der Wohnzimmertür vorbei, ein Streifen aus Leder und Helm. Weder Maggies Mutter noch ihr Vater sagten etwas, während Nula genau wie Maggie die Tür noch einen Moment beobachtete, nachdem Joe vorbeigegangen war, als wäre ein Teil von ihm noch da.

Maggie wartete bis zur Werbepause, bevor sie nach oben ging. Joe saß auf seinem Bett, noch in der Lederjacke. Er hatte ihr den Rücken zugewandt und drehte sich nicht um, als sie seinen Namen sagte. Die Deckenleuchte, die immer noch keinen Schirm hatte, machte den Raum schrecklich hell. Er hielt die Stöpsel seiner Kopfhörer in einer Hand. Ein blecherner Klang kam aus seiner Faust, Maggie erkannte »Tangled Up in Blue«.

Sie schloss die Tür hinter sich. Es dauerte einen Moment, bis sie merkte, dass ihr Bruder weinte. Ganz leise, aber vollkommen ungeniert. Sie setzte sich neben ihn, und er weinte weiter, ließ zu, dass sich die Tränen an seinem Kinn sammelten und auf den abgewetzten Kragen seiner Jacke tropften. Sie sagte noch einmal seinen Namen, und er ließ den Kopf hängen und wischte sein Gesicht mit dem Ärmel ab. »Ist schon okay«, sagte sie, aber er sah sie noch immer nicht an oder hörte auf zu weinen. Eine Sekunde lang dachte sie daran, ihre Mutter zu holen, streckte aber stattdessen unwillkürlich die Hand aus und streichelte ihn seitlich am Kopf. Es war Jahre her, dass sie im Streit seine hübschen Locken gepackt hatte, oder beim Spielen, und sie fühlten sich fester an als in ihrer Erinnerung. Er rührte sich nicht, und sie fuhr ihm weiter mit den Fingern durch die Haare und atmete den Geruch von draußen ein, der an seiner Jacke hing, ließ die Hand an seinem Kopf, bis ihr der Arm wehtat und ihr Bruder aufgehört hatte zu weinen.

»Was ist passiert?«, fragte sie.

Er sah sie an. Sie hatte einen Bluterguss oder eine Schnittwunde in seinem Gesicht erwartet. Aber da war nichts.

»Gab es einen Streit?«, fragte sie.

Er schloss die Augen und ließ den Kopf hängen.

»Bist du verletzt?«

Er nickte unglücklich.

»Oh Joe –«

Dann sah Joe Maggie an und sagte: »Könntest du Nula bitten raufzukommen?«

Es dauerte einen Moment, bis Maggie begriffen hatte, was er gesagt hatte, aber sobald das der Fall war, verließ sie Joes Zimmer so schnell wie möglich. Sie ging nach unten und informierte ihre Cousine, dass nach ihr verlangt wurde. Das Schmerzliche daran war, dass Nula nicht einmal zu triumphieren schien, als sie Maggie im Vorbeigehen streifte, auf dem Weg, um Joe zu trösten. Sie sah aus, als wäre es etwas ganz Alltägliches, dass sie bekam, was sie wollte, vielleicht sogar, dachte Maggie, eine Art Last.

MAGGIE HATTE HÄUFIG GEHÖRT, ihr Onkel wäre ein Versager. Ihrem Vater zufolge lebte Ralph auf Kosten der Familie seiner Frau, interessierte sich nicht für seine eigenen Kinder und hatte deren Mutter betrogen. Und wofür? Um eine Handvoll mittelmäßiger Bilder zu verkaufen. »So war er schon immer. Behauptet, *anders* zu sein«, sagte Alan. »Stellt alle anderen bloß. Ich nenne das verdammt geltungssüchtig.«

Als sie gehört hatte, dass er den Sommer bei ihnen verbringen würde, war Maggie in Bangor in die Bücherei gegangen und hatte in einer Ausgabe von *Artist's Newsletter* von Mitte der Achtziger einen Artikel über R.V. Wichelo gefunden. Dort hieß es, Wichelos Werk sei »aufregend intuitiv« und »schonungslos realistisch«. Seine Arbeit »Ohne Titel (Häusliche Szene)« war abgedruckt. Sie zeigte eine kleine nackte Frau mit müden Augen auf einem ungemachten Bett liegend. Sie hielt eine Lilie in der Hand, und an ihren Füßen lag ein großer, schmutzig aussehender Highland-Terrier. Im Hintergrund bot ein geöffnetes Fenster die Aussicht auf einen grauen Stadthimmel. Alles an diesem Bild vermittelte Maggie ein nicht unangenehmes Gefühl der Unruhe, besonders die Bildunterschrift, die lautete: »Eines von Wichelos vielen Bildern seiner aktuellen Muse und mutmaßlichen Geliebten Sandy Jenkins«.

Maggies Kunstlehrerin hatte kürzlich zu ihr gesagt, ihre eigenen Arbeiten seien »auf unauffällige Weise ausgezeichnet«. Nicht »dynamisch« oder »anspruchsvoll«, Ausdrücke, die sie für

Marc Griffins Bilder benutzte. Marc sah ein bisschen aus wie George Michael und malte Porträts von obdachlosen Menschen auf großen Leinwänden. Trotzdem. »Ausgezeichnet« war erregend, auch wenn Maggie wünschte, ihre Lehrerin hätte das »auf unauffällige Weise« weggelassen. Maggie wusste, dass Miss Bagshawe mit Marc und dessen Freundin Avril, die Piercings in den Augenbrauen hatte und die Haare dunkelviolett gefärbt wie schwarzer Johannisbeersaft, über die Kunsthochschule gesprochen hatte. Sie wusste auch, dass die drei häufig die Mittagszeit zusammen im Kunstraum verbrachten, Kaffee tranken und malten, während Maggie und Ceri bei den Tennisplätzen standen, in die erleuchteten Fenster der Werkräume sahen, Chips aßen und darüber redeten, wie sie Physik hassten. Miss Bagshawe nannte Marc und Avril manchmal »cariad« – Liebes. Maggie nannte sie lediglich Margaret mit aufgesetztem englischen Akzent, was Maggies Wunsch, ebenfalls »cariad« genannt und gefragt zu werden, ob sie sich schon darauf freue, Kunst als Leistungskurs zu belegen, noch verstärkte. Wenn sie nur auch im Kunstraum auf dem Tisch sitzen und Kaffee trinken könnte, Miss Bagshawe veranlassen könnte, ihre Beine übereinanderzuschlagen und wieder auseinanderzunehmen, sie zum Lachen zu bringen, dann würde das vielleicht geschehen.

Nachdem er seine Tochter beim Farmhaus abgesetzt hatte, dauerte es zwei Wochen, bis Ralph wiederkam. Nula sagte, das läge daran, dass ihr Vater in seine Arbeit vertieft wäre. Es wäre immer so, wenn es gut lief, und man lernte dankbar für das Schweigen und die Abwesenheit zu sein, weil man dann wusste, dass Ralph vorankam. Maggie dachte an das Schweigen und die Abwesenheit ihres eigenen Vaters, und dass sie bei ihnen zu Hause etwas ganz anderes bedeuteten.

Er kam am Sonntag zum Mittagessen. Es war ein windiger,

sonniger Tag, und Fiona hatte die Küche für ihn mit Kornblumensträußen geschmückt. Die Bodenfliesen glänzten hellrot, und die kleinen Fenster funkelten im Sonnenlicht. Fiona hatte pflaumenfarbenen Lippenstift aufgelegt, was sie nicht mehr getan hatte, seit sie nach Anglesey gekommen waren. Auf der Anrichte kühlte ein Stachelbeer-Pie ab, und auf dem großen Tisch standen schon Schüsseln mit exotisch aussehenden Salaten mit geschmorten, eingelegten Paprika und Mozzarella. Fiona hatte Alan gestern nach Bangor geschickt, um diese Dinge zu besorgen, und ihn ausgeschimpft, weil er keine eingelegten Artischocken bekommen hatte.

Alan war gerade erst vom Feld hinterm Haus gekommen, wo er fast den ganzen Morgen mit irgendetwas beschäftigt war.

Der Türklopfer ertönte, und bevor Maggie oder Fiona die Tür erreichen konnten (Nula blieb neben Joe auf dem Sofa, die Augen auf eine Doppelfolge von *EastEnders* geheftet), war Ralph in der Küche. Alan begrüßte seinen Bruder mit einem Händeschütteln und einer leichten Berührung an der Schulter. Ralph war ein Mann mittlerer Größe, sein breites Kinn wurde durch einen dunklen, kurz gestutzten Bart betont, lebhafte blaue Augen hinter einer Brille mit Metallfassung. Er trug ein kariertes Hemd, Jeans und abgetragene Sicherheitsstiefel. Auf seiner Stirn glänzte Schweiß. Er sah wie eine stämmigere, dunklere, behaartere Version von Alan aus. Vielleicht, dachte Maggie, hätte ihr Vater so ausgesehen, wenn er weggelaufen und zum Zirkus gegangen wäre.

»Fiona!«, sagte Ralph und breitete die Arme aus.

Sie ließ sich seine bärenartige Umarmung gefallen, und er hielt sie lange fest und tätschelte ihren Rücken, als wäre sie ein Kind. Maggie war überrascht, dass ihre Mutter strahlte, als sie wieder losgelassen wurde. »Ich habe es schon früher gesagt, und ich sage es noch einmal«, sagte Ralph. »Du hast eine tolle Frau, Alan.«

Fiona kicherte, und Alan sah auf den Boden.

»Sie sind alle ein Rätsel, stimmt's?«, fuhr Ralph fort und blickte Fiona mit zusammengekniffenen Augen an. »Man versteht keine. Würde es auch nicht anders haben wollen.«

»Ich frage mich, was deine Frau wohl dazu sagen würde?«, fragte Alan.

Ralph lachte gleichgültig. »Was gibt's zu Mittag, Fiona? Ich habe seit zwei Wochen nur von Bohnen gelebt.«

Joe kam herein. Er ignorierte Ralph, und Ralph ignorierte ihn. Dann setzten sie sich alle an den Tisch und warteten, dass Nula sich zu ihnen setzte. Sowohl Fiona als auch Alan sagte ihr, dass das Mittagessen fertig wäre, bekamen aber keine Antwort. Schließlich ging Ralph ins Wohnzimmer, um sie zu holen. Maggie versuchte zu verstehen, was er sagte, verstand jedoch nur Nula, die plötzlich laut wurde, wie sie sagte: »Und ich habe verdammte zwei Wochen auf *dich* gewartet.«

Als sie sich neben ihn setzte, sagte er: »Du siehst gut aus, Liebes. Muss an der vielen frischen Luft liegen.« Nula beugte sich schweigend vor, um sich von ihm auf die Wange küssen zu lassen.

Nula lehnte alles ab abgesehen von den Salaten, die sie langsam und pflichtbewusst aß, wobei sie alle Kerne aus Alans ersten selbst gezogenen Tomaten pickte.

Ralph erkundigte sich, ob das Lamm aus Wales stammte, und Maggie war peinlich berührt, als sie hörte, wie ihre Mutter es bestätigte. Sie war selbst zum Coop in Llanfairpwll geschickt worden, um das Fleisch zu kaufen – eine Keule aus Neuseeland.

»Das schmeckt man«, sagte Ralph, hörbar einen Bissen hinunterschluckend. »Es schmeckt nach Gras.«

»Alan versucht, Vieh zu halten«, sagte Fiona. Sie hatte schon ein Glas von dem Rioja getrunken, den Ralph mitgebracht hatte.

»Kein Vieh, nur ein paar Hühner …«, sagte Alan. »Ein paar Ziegen …«

»Wegen des Käses«, unterbrach Fiona. »Es gibt einen wachsenden Markt für den Käse.«

Ralph legte Messer und Gabel hin und seine gebräunten Hände flach auf den Tisch. Es kam Maggie so vor, als würden sie über die Holzfläche reichen, bis dahin, wo sie saß. Eine große zerkratzte Digitaluhr hing locker um sein knubbeliges Handgelenk.

»Ziegenkäse«, sagte er. »Das ist wirklich – großartig. Wünschte, ich hätte mich für Ziegenkäse interessiert.«

»Die Leute werden immer Käse essen«, sagte Maggie. »Da einzusteigen ist eine gute Sache.«

Nula lachte laut. »Im Gegensatz zu Kunst«, sagte sie. Ralph sah Maggie an. »Und wie alt bist du jetzt?«, fragte er.

»Sechzehn«, sagte sie.

»Wirklich? Und wo willst du *einsteigen*, sechzehnjährige Margaret Wichelo?«

Maggie blickte auf die flachen schwarzen Haare, die die Unterarme ihres Onkels bedeckten. »Ich will Malerin werden«, sagte sie.

Sie dachte, er würde lachen, aber er tat es nicht.

»Was ist mit der Universität?«, fragte Alan und zu seinem Bruder gewandt: »Sie wird voraussichtlich einen sehr guten Abschluss machen.«

»Willst du dich nicht in Oxford bewerben?«, fragte Fiona.

»Sie könnte die Kunsthochschule dort besuchen«, sagte Ralph. »Wenn sie will. Obwohl es in London besser für sie wäre. Oder Glasgow.«

Alle am Tisch sahen Maggie an.

»Und was willst du malen?«, fragte Ralph.

Bevor er fragte, hatte sie darauf keine Antwort gehabt.

»Menschen«, sagte Maggie. »Familien. Ich würde gerne Familien malen.«

Joe grinste sie an. »Gutes Motiv«, sagte er. »Nett und blutrünstig.«

»Erinnert sie dich nicht an Tante Georgina?«, sagte Ralph zu Alan. »Die, die allein lebte? Mit den vielen Briefbeschwerern und dem tollen Garten? Breite Wangenknochen. Kleiner Mund. Hatte so etwas Lebenssprühendes an sich. Was ist aus ihr wohl geworden?«

»Ich hab nicht die geringste Ahnung«, sagte Alan und stand auf, um abzuräumen.

»Maggie ist mir ähnlich«, sagte Fiona. »Das sagt jeder. Sie ist genau wie ich.«

»Oh, das ist sie«, sagte Ralph und schenkte ihr nach. »Ganz sicher.«

Nula und Joe fragten, ob sie gehen könnten. Niemand schien zu bemerken, wie die beiden durch die Hintertür hinaus in die Sonne schlüpften. Niemand außer Maggie.

Am nächsten Tag ging Maggie zum Bootshaus. Ralph hatte vorgeschlagen, sie könne mal vorbeischauen, wenn sie wollte, um einen Einblick in seine Arbeit zu bekommen. Maggie hatte gesagt, vielleicht, und ihre Mutter hatte gesagt, *selbstverständlich* würde sie kommen. Ihre Tochter würde Ralphs großzügiges Angebot gerne annehmen. Alan hatte nichts gesagt.

Es war zwei Uhr nachmittags, eine Zeit, die, wie sie sich ausgerechnet hatte, am unverfänglichsten wäre: Er würde sich nicht verpflichtet fühlen, ihr etwas zu essen anzubieten oder sogar eine Tasse Tee; außerdem machte er wahrscheinlich noch Mittagspause, und deshalb würde sie ihn nicht bei der Arbeit stören. Es war der erste richtig heiße Tag des Sommers, und Maggie hatte mit dem Gedanken gespielt, ein Strandkleid anzuziehen, bevor sie losging. Ermutigt von ihrer Cousine, hatte sie sich kürzlich ein neues gekauft, und es gefiel ihr, wie die Spaghettiträger von ihren schmalen weißen Schultern fielen. Aber in letzter Minute hatte sie es sich anders überlegt. In schwarzer Jeans und T-Shirt ging sie den anderthalb Kilometer langen Weg zum Bootshaus im tiefen Schatten von Eichen und Ulmen.

Auf halber Strecke stand die winzige Kirche von Llanidan. Das erste Mal war sie mit Joe an einem düsteren Herbsttag hier gewesen. Eine Reihe zerstörter Gewölbe ragte aus dem Gras wie eine gigantische Raupe, der Mittelteil der Kirche war jedoch noch einigermaßen heil geblieben. Grau-grüner Schimmer bedeckte die bröckelnden Steine und Fenster so vollständig, dass es Maggie schien, als ob Moos und Flechten auch im Inneren wuchsen. Zu Hause hätten sie niemals freiwillig eine Kirche betreten, aber dieses geheimnisvolle Gebäude bot sich ihnen an, das rostige Tor stand auf, die kaputte Tür war weit offen. Joe ging zuerst hinein, Maggie blieb schauernd draußen. Als sie ihn ausrufen hörte: »Echt perfekt!«, ging sie hinein und sah, worüber er sich so gefreut hatte: ein Glaskasten, der ein paar Knochen enthielt. Auf einem getippten Schild stand »Heilige Überreste«, es folgte etwas auf Walisisch. Joe hatte den Kasten eine Weile lang fotografiert, während Maggie wartete und den Schimmel einatmete, der an den Wänden und entlang der Kirchenbänke blühte. Sie fragte Joe, ob der Tod bei ihm zur Manie würde, und er antwortete, ihm gefiele einfach die Vorstellung, dass jemand sich die Mühe gemacht hatte, die Sachen dort aufzubewahren, in einem Kasten, etikettiert.

Sie ging um die Kurve. Die Schafe auf der nächsten Weide hörten sich an wie Quads. Der Kanal glitzerte stark. Der Himmel war so makellos blau, dass es Maggie verdächtig vorkam. So ein perfekter Sommertag konnte nur mit einem Unwetter enden.

Das Bootshaus mit den weiß getünchten Wänden stand klein und gedrungen direkt oberhalb des Strands. Es war Niedrigwasser und das Watt freigelegt, das Maggie an den Fußboden eines unordentlichen Zimmers erinnerte, übersät mit Treibholz, zotteligen Blasentangteppichen, Scharen von schreienden Seevögeln.

Sie ging über die knirschenden Steine, trockener Seetang knackte unter ihren Turnschuhen. Dann stieg sie die Stufen hoch, holte Luft und klopfte kräftig.

Ralph kam in kurzer Jeanshose und Stiefeln zur Tür. Seine Brust war muskulös und mit grauen und schwarzen Haaren gesprenkelt. Maggie schluckte. Er sah verwirrt aus, als hätte er vergessen, dass seine Nichte zu Besuch kam.

Sie schob ihre Haare zurück. »Du hast gesagt, ich soll mal kommen.«

Er nickte und winkte sie herein. Als sie drinnen war, sah er sie von oben bis unten an, fuhr sich mit der Hand übers Gesicht, seufzte tief und sagte: »Bist du sicher, dass du hierbleiben willst?«

Der Geruch von Terpentin und Farbe, Schweiß und Meerwasser. Sie nickte.

»Dann kannst du zusehen. Setz dich da hin. Ich werde nichts sagen. Ich bin gerade mittendrin. Also nicht reden. Verstanden?«

Die Haustür führte direkt in Küche und Wohnbereich. Er hatte fast alle Möbel im Raum weggeräumt, außer dem Sofa, das er mit einem Tuch bedeckt hatte. Der Teppich war aufgerollt und in die Ecke gestellt. Maggie fragte sich, ob ihre Eltern wussten, dass die Dielen in ihrem Bootshaus jetzt mit Farbe beschmiert waren. Sogar der Küchentisch war weg. Auf dem Boden neben dem Waschbecken standen ein Wasserkessel, ein paar schmutzige Becher und eine offene Packung Teebeutel. Während er sich hinter die Staffelei stellte, die ihr abgewandt war, setzte sie sich auf die Sofakante.

Aus einigen kleinen Studien, die an der Wand lehnten, und Dutzenden von Fotos, die im ganzen Raum angeheftet waren, ging hervor, dass er den Kanal malte. Das überraschte sie, denn aus dem Artikel in *Artist's Newsletter* hatte sie geschlossen, dass er hauptsächlich Porträts malte. Jede Studie war mit großzügigen, kraftvollen Pinselstrichen gemalt, die das Wasser düster, bedrohlich und lebendig erscheinen ließen.

Nach dem anfänglichen Schock über die Stille (sie bemerkte ein kleines Transistorradio unter dem Fenster, aber es war ausgeschaltet), begann Maggie, Gefallen daran zu finden, den kleinsten Geräuschen in Ralphs behelfsmäßigen Atelier zu lauschen. Neben dem Flüstern des Meeres und dem Schrei der Seeschwalben bildete das Blöken der Schafe die ständige Hintergrundmusik. Ralphs Pinsel machte alle möglichen Geräusche auf der Leinwand: leichtes Tupfen, rhythmisches Streichen, gewehrfeuerartiges Trommeln, ein trockenes Mahlen. Regelmäßig ging er hinüber zum Fenster, wobei seine Stiefel auf den Dielen polterten, sah hinaus und grunzte. Nach einer Weile hörte sie aber selbst diesen Geräuschen nicht mehr zu, sondern lauschte den Geräuschen von Ralphs Körper: dem Kratzen, wenn er mit den Nägeln seine Kopfhaut bearbeitete, dem Stöhnen, wenn er den Pinsel in die Farbe tauchte, dem gelegentlichen Seufzen aus Frustration oder Befriedigung über die Pinselstriche, die er gemacht hatte, und – eine Stunde später – den Geräuschen seines Magens, der grimmig sein Verlangen nach Nahrung meldete. Sie hätte schwören können, dass sie den Atem in seine Lungen ein- und ausströmen hören konnte und vielleicht sogar das Schmatzen der Spucke, wenn er den Mund verzog, während er entsetzt seine Arbeit anstierte.

Zuerst wurde sie rot bei diesen körperlichen Signalen, aber nach einer Weile faszinierte es sie, dass Ralph selbst für die lautesten davon taub zu sein schien.

Stunden vergingen. Als sie steif vom zu langen Sitzen war, dringend pinkeln musste und ein Glas Wasser brauchte, räusperte sie sich in der Hoffnung, er würde ihr Unbehagen bemerken. Das tat er nicht. Sie saß eine weitere halbe Stunde, wechselte ständig die Stellung, fand aber keine bequeme Position. Ralph sprach immer noch nicht oder blickte in ihre Richtung. Schließlich sah sie auf ihre Uhr und gab leise eine Art überraschten Laut von sich. Ralph betrachtete weiter kritisch die Leinwand. Maggie konnte es nicht länger ertragen und stand auf. »Ich muss gehen«, verkündete sie.

Ohne in ihre Richtung zu blicken, sagte er: »Tschüs, dann.«

Sie zögerte, dachte, das wäre vielleicht ein Witz. Aber er fuhr mit seiner Arbeit fort, das Gesicht hoch konzentriert.

Da ihr nichts anderes übrig blieb, öffnete sie die Tür. Als sie hinaustrat, hörte sie ihn. »Bitte komm wieder, Margaret Wichelo«, rief er.

In der darauffolgenden Woche ging Maggie jeden Nachmittag ins Atelier. Sie erzählte niemandem, wohin sie ging. Wenn jemand fragte, sagte sie, sie würde zur Bücherei in Llangefni fahren, um mit ihrer Lektüreliste für die Leistungskurse weiterzukommen. Niemand zweifelte daran. Trotz Alans Protestes hatte ihre Mutter einen Putzjob in Llanfairpwll angenommen und war die meisten Abende weg. Alan schien glücklich damit, auf der »Farm« zu arbeiten, wie er seine paar Felder jetzt nannte; sein Gesicht wurde braun, und beim Essen sprach er über die verjüngende Wirkung des Landlebens.

Nula und Joe verbrachten jetzt die meisten Nachmittage zusammen. Einmal hatte Maggie gefragt, ob sie sich ihnen anschließen könnte, aber der Gesichtsausdruck ihres Bruders hatte gereicht, um zu verhindern, dass diese Frage noch einmal über ihre Lippen kam.

Maggie wusste, dass Joe verliebt war. Es war die Art, wie er an dem Abend nach dem Vorfall mit Rhod nach Nula verlangt hatte. Wie er verstummte, wenn Nula ins Zimmer kam, wie er rot wurde, wenn Maggie ihren Namen sagte. In den vergangenen paar Tagen war diese Röte einem sichtbaren Glanz auf der Haut gewichen, verbunden mit einer Zunahme seiner düsteren Stimmungen.

Und so ging Maggie weiter ins Atelier. Wenn Nula und Joe verschwinden wollten, konnte sie es auch.

NULA FREUTE SICH, DASS RALPH ihr, eine Woche nachdem er sonntags zum Lunch erschienen war, vorgeschlagen hatte, mit ihm zu einem Picknick nach Newborough Warren zu fahren. Es war wieder ein strahlender, warmer Morgen, und sie hatte ein türkisfarbenes Minikleid angezogen. Anders als ihre Mutter kommentierte ihr Vater niemals irgendetwas, das sie anhatte – auch nicht, wenn ihre Röcke extrem kurz waren. Gelegentlich bewunderte er jedoch die Wirkung einer bestimmten Farbe auf ihre Haut. Um etwas zum Picknick beizusteuern, ging sie in die Küche ihrer Tante und stahl ein Stück Brie.

Als sie beim Bootshaus ankam, stand die Tür offen, und von drinnen waren Stimmen zu hören. Sie blieb einen Moment stehen, um zu lauschen, und hörte, wie ihre Tante sagte: »Bist du sicher?«, und ihren Vater antworten: »Natürlich. Sie wird nichts dagegen haben.«

Nula klopfte laut.

»Liebling!« Ihr Vater führte sie hinein. »Tante Fiona ist vorbeigekommen, und ich sagte gerade – stimmt's? –, dass es schön wäre, wenn sie mitkommt.«

Nula starrte ihre Tante an, die mit einer Hand vor ihrem geröteten Gesicht herumfuchtelte, wie um Ralphs Worte wegzuwischen. Ihre dunkelblonden Haare, die normalerweise von einer Plastikhaarspange streng zusammengehalten wurden, hingen ihr ums Gesicht und ringelten sich auf ihren Schultern.

Sie trug Lippenstift. »Nein, nein, wirklich, ich habe viel zu tun …«, protestierte sie.

Ralph legte den Arm um ihre Schultern und drückte sie an sich. »Unsinn! Komm schon. Du verbringst viel zu viel Zeit in dem Haus.«

Woher wusste er das?, dachte Nula. Und stimmte es überhaupt?

»Außerdem ist es ein herrlicher Tag. Wie oft habt ihr schon solche hier oben? Sag's ihr, Nula. Sag ihr, dass sie mitkommen soll.«

Nula lächelte schwach. »Wenn sie möchte, soll sie.«

Sogar Nula blieb stehen, als sie sich oben auf die Dünen gekämpft hatte, und rang angesichts der strahlenden Weite von Strand und Himmel nach Luft. Gegenüber, auf der anderen Seite des Wassers, tanzten weiße Wolken über den Bergen, und am Strand fegte cremefarbener Sand meilenweit dahin. Trotz des stürmischen Windes war es sehr warm, und Ralph schlug sofort ein Schlagballspiel vor. Obwohl er Sport im Allgemeinen verabscheute, holte er am Strand immer gleich ein paar abgenutzte Tennisschläger und einen Ball hervor und bestrafte dann jeden, der gegen ihn antrat. Nula lehnte es ab mitzuspielen und setzte sich stattdessen auf das alte Handtuch ihres Vaters, um zuzusehen. Zunächst schien auch Tante Fiona unwillig, aber bald schon zog sie ihre Schuhe aus, krempelte die Ärmel ihrer geblümten Bluse hoch, sprang mit dem Schläger herum und lachte über Ralphs Kommentare. »Komm schon!«, rief er, während er in die Luft sprang, um einen Ball zu retten. »Er schmettert einen weiteren direkt auf die Linie! Er berührt das Netz! Oh, DONNERWETTER! DONNERWETTER!«

Nula schloss die Augen und versuchte, mehr auf die Vögel

zu lauschen als auf die Stimme ihres Vaters. Joe hatte ihr ihre Namen genannt: Austernfischer, Kiebitz, Brachvogel, Wiesenpieper. Sie konnte einen Gesang nicht vom anderen unterscheiden und vermutete, er auch nicht, aber allein die Namen brachten sie zum Lächeln. Der gestohlene Brie in ihrer Tasche würde weich werden. Da Tante Fiona jetzt hier war, würde er dort bleiben müssen, bis er stank. Warum hatte sie bloß geglaubt, sie würde tatsächlich einmal einen Tag mit ihrem Vater allein verbringen? Sie hätte bei Joe bleiben sollen. Er war am Morgen wie immer mit einem zusätzlichen Helm erschienen. Nula wusste nicht, warum sie ihm nicht gesagt hatte, wohin sie ging. Sie hatte das Bedürfnis gehabt, ein Geheimnis zu haben. Joe sah sie immer so forschend an, dass es in gewisser Weise eine Erleichterung war, nicht bei ihm zu sein.

Wieder hörte sie die Stimme ihres Vaters – »Das ist ein perfekter Stoppball! Guck mal, wie der unterschnitten ist!« – und erinnerte sich an Ferien, als sie ungefähr fünf gewesen sein musste. Ralph war mit ihr und ihrer Schwester Hester zum Reiten an einen Sandstrand gegangen. Er hatte sie in den Sattel gehoben und sich dann hinter sie gewuchtet. Es roch stark nach Leder und Pferdeäpfeln, denn es war sehr warm, und die Sonne ruhte wie eine heiße Hand auf ihrem Kopf. Als er sagte: »Los, Mädchen«, klang es so sanft, dass sie nicht wusste, ob er sie oder das Tier meinte. Sie trotteten den Strand entlang, während Hester vorausritt. Nula sah sich nach ihm um, nach dem markanten Kinn und den vollen roten Lippen mitten im dunklen Bart. »Dreh dich um«, sagte er. »Sieh dir die großartige Aussicht an. Zu Pferd sieht man die Landschaft am besten.« Sie nickte und hielt die Zügel fester. Ihr Vater trieb das Pferd zu einem schnelleren Tempo an, und Nulas nackte Beine scheuerten an den rauen Flanken des Tieres. Für ein paar Augenblicke war die Geschwindigkeit, in der der Strand vorbeiflog, berauschend, dann hätte sie am liebsten laut aufgeschrien. Da sie wusste, wie sehr ihr Vater solche mädchenhaften Reaktionen verachtete, gelang es ihr jedoch, ihre Stimme unter Kontrolle zu bringen und zu sagen: »Daddy! Ich will anhalten.«

Zu ihrem Erstaunen zog ihr Vater an den Zügeln, und das Pferd wurde sofort langsamer. »Das hast du gut gemacht«, sagte er. »Das war schnell, und du hast es wirklich gut gemacht.« Besonders gefreut hatte Nula, dass Hester sich nach ihnen umsah, als ihr Vater sie auf den Kopf küsste. Es war einer der glücklichsten Momente ihrer Kindheit gewesen.

Als sie die Augen wieder öffnete, stand ihr Vater mit den Händen hinter dem Kopf gefaltet vor Tante Fiona und präsentierte ihr einen Fächer flaumiger schwarzer Achselhaare. Er trug zerschlissene gräuliche Shorts, nichts sonst, nachdem er sein T-Shirt ausgezogen und während des Spiels neben Nula auf das Handtuch geworfen hatte. Nula war an den Anblick seines Körpers gewöhnt – schlank, aber muskulös, immer braun – und nicht im Geringsten überrascht, dass er fast nackt war. Fiona schien Ralphs Monolog aufmerksam zuzuhören. »Was Klimt betrifft«, sagte er gerade. »Er kann sehr sinnlich sein, aber sein Werk ist meiner Auffassung nach auch ziemlich spröde. Es ist dekorative erotische Kunst.«

Nula kannte diese Einschätzung schon, aber Fiona schien beeindruckt und nickte ziemlich heftig. Nula stand mühsam auf, denn der warme Sand gab unter ihren Füßen nach, und ging zu den beiden. Ihr Vater legte seinen starken rechten Arm um sie, sobald sie neben ihm stand.

»Hallo, schöne Tochter«, sagte er. »Sieh sie dir an, Fiona. Findest du nicht auch, dass sie bezaubernd ist?«

»Das ist ein tolles Kleid, Nula«, sagte Fiona.

Nula zupfte an ihrem Saum. »Wollen wir mit dem Picknick anfangen? Ich hab Hunger.«

»Gleich, Liebes. Ein Spiel? Deine Tante ist ziemlich gut. Kämpft hart.«

Fiona lächelte. »Sonst braucht man erst gar nicht zu spielen.«

»Ihr Mädels tut so, als würdet ihr über solchen Dingen stehen, aber ich habe noch nie eine Frau erlebt, der es nicht Spaß gemacht hat, es einem Mann mal so richtig zu zeigen.«

Fiona kicherte, und Nula sagte: »Dad. Ich hab Hunger.«

Ralph verdrehte die Augen und willigte ein. Die drei gingen zurück zum Handtuch, und Ralph kämpfte zum Schein mit dem Reißverschluss seines Rucksacks, bevor er den Inhalt aufs Handtuch kippte. Dann trat er mit einer überschwänglichen Geste zurück und forderte sie auf zuzulangen.

»Ist das alles?«, fragte Nula. Es gab ein halbes Baguette, zwei angestoßene Äpfel, eine Tüte Chips und eine Flasche Cidre.

»Kein großes Festmahl, ich weiß. Aber ich dachte, wir könnten was trinken«, sagte er und bot die Flasche an. »Um zu feiern.«

»Was feiern?«

»Den Sommer. Dass meine Arbeit gut läuft. Dass wir mit der Familie zusammen sind …« Er lächelte Fiona an, die auf das verblichene Handtuch hinunterblickte.

Nula nahm die Flasche und war sich Fionas Blick bewusst, als sie die Flasche an den Mund setzte. Ihre Tante versuchte wahrscheinlich herauszufinden, ob das für Ralph und seine Tochter normal war, und wenn ja, ob es in Ordnung war. Nula trank gelegentlich freitags oder samstags abends mit ein paar Mädchen im Park Cidre, aber sie hatte noch nie mit ihrem Vater Alkohol getrunken. Ralph trank eigentlich sehr wenig, er bevorzugte Tee oder eisgekühlten Bananenmilchshake an heißen Tagen. Nula hatte ihre Mutter betrunken gesehen – mit gerötetem, erhitztem Gesicht, die Worte sprudelten aus ihr heraus –, aber ihren Vater noch nie.

»Dann gefällt es dir also hier oben«, sagte Fiona.

»Oh ja«, sagte Ralph. »Ich liebe es. Bedrohlich und geheimnisvoll zugleich.«

»Und du, Nula?«

Nula bemerkte, dass ihre Tante schon einen Sonnenbrand auf der Nase hatte. »Es ist – interessant«, sagte sie. »Ruhig.«

»Toll, dass du dich so gut mit Joe und Maggie verstehst, findest du nicht auch, Ralph?«

»Wirklich toll«, sagte Ralph. »Gut für sie, mal aus der Stadt rauszukommen. Nicht, dass Oxford eine richtige Großstadt wäre. Die Leute nennen es einen Ort der Lehre, aber für mich ist es mehr ein ...«

»... feuchtes Loch«, beendete Nula.

Ralph lachte. »Sie kennt mich zu gut«, sagte er kopfschüttelnd.

»Joe scheint glücklicher zu sein, seit wir hierhergezogen sind«, sagte Fiona. »Ich mache mir nur Sorgen wegen des Motorrads, aber ich nehme an, er braucht seine Unabhängigkeit ...«

»Herrgott, ja«, sagte Ralph. »Lass den Jungen flügge werden.«

Fiona sah Nula an, und ihr Blick schien ihre Nichte um eine Art Enthüllung zu bitten.

Nula sagte nichts, sondern zog ihre Sandalen aus und bohrte ihre Zehen in den Sand. Ralph spielte mit, indem er einen Haufen feiner, warmer Sandkörner auf die Füße seiner Tochter rieseln ließ. Als er ihre Füße vollständig bedeckt hatte, platzierte er auf jeden eine Muschel und fragte Fiona: »Ist Alan hier glücklich?«

Fiona lachte schrill auf. »Warum fragst du ihn nicht selbst?«

»Er erzählt mir nicht viel«, sagte Ralph. »Hat er nie getan.«

Fiona seufzte und rieb sich kräftig die gerötete Nase. »Glücklich*er*, würde ich sagen.« Sie nahm die Flasche mit dem Cidre und führte sie an die Lippen. »Als ich ihn geheiratet habe, hatte ich keine Ahnung, dass er sich danach sehnt, ›aufs Land zu flüchten‹, wie man so sagt.«

Ralph brach etwas vom Ende des Baguettes ab und bot es Nula an, die ablehnte. »Ich glaube, niemand von uns weiß, wen wir heiraten«, sagte er. »Wie auch? Du hast einfach Glück, wenn sich herausstellt, dass sie nicht so schlecht sind wie du.«

Fiona hob die Augenbrauen. »Bist du schlecht?«

»Nicht so schlecht wie einige andere.«

Nula nahm noch einen Schluck und genoss es, wie die Säure des Cidres ihren Magen erreichte.

Fiona prustete. »Weißt du, was ich über dich gehört habe?«, fragte sie Ralph.

»Wie könnte ich?«

»Ich hab gehört, dass du Frauen hasst.«

Ralph sah seine Tochter an. Nula blickte zum Himmel. Die dünnen Wolken sahen versprengt aus, wie auf einem Teppich verschütteter Talkumpuder. Sie hörte am Ton ihres Vaters, dass er verletzt war, als er leise fragte: »Und wer hat dir das erzählt?«

Fiona zuckte mit den Schultern. »Die Leute sagen es.«

»Welche Leute?«

»Ich weiß nicht … Ich vermute, Feministinnen.«

»Aber wer hat es zu dir gesagt?« Er warf ein kleines, verkrampftes Lächeln in ihre Richtung. »Mein Bruder?«

Sie zögerte. »Es ist ja nicht, was *ich* denke.«

Ralph bohrte mit dem Zeigefinger ein Loch in den Sand. »Aber warum sollte jemand das denken?«

Fiona strich sich den Pony aus den Augen und lachte. »Oh Ralph. Du weißt, warum. Du musst wissen, warum.«

Er wartete mit unbewegtem Gesicht.

Sie seufzte. »Es liegt daran, wie du sie malst.«

Ralph zog seinen Finger heraus und wischte den Sand langsam am Handtuch ab. »Warum sollte ich meine künstlerische Laufbahn – meine *gesamte* künstlerische Laufbahn – damit verbringen, etwas zu malen, was ich hasse?«

Fiona hielt seinem Blick stand. »Gute Frage«, sagte sie.

Ohne seine Tochter anzusehen, sagte Ralph: »Nula, du denkst das doch nicht, oder? Du denkst nicht, dass ich Frauen hasse, nicht wahr?«

Nula blickte weiter zum Himmel und trank den Cidre ihres Vaters.

»Es liegt wahrscheinlich daran, wie du sie zeigst. So kompromisslos, so ehrlich – denk an deine Bilder von Eleanor.«

Nula kannte jene frühen Bilder von ihrer Mutter, und sie betrachtete gerne ihre provozierende Oberfläche, das Geheimnisvolle der Frau, klein, grau, blass, mit gespreizten Beinen, wilden, lockigen Haaren, die aussahen wie eine Perücke. Diese Frau, die noch nicht ihre Mutter war, blickte mit einer verführerischen Traurigkeit von der Leinwand.

»Ich male, was ich sehe«, sagte Ralph. »Das verstehen die Leute nicht. Ich entscheide nicht. Ich sehe einfach nur hin.«

»Ich verstehe«, sagte Fiona, legte eine Hand auf sein Knie und schaukelte es sanft, als wäre er ein schmollendes Kleinkind, das umgestimmt werden musste.

Der Unterhaltung überdrüssig, griff Nula in ihre Tasche und holte das runde Stück Brie heraus, das in der Hitze weich geworden war. Der reife Inhalt wölbte sich gegen die Plastikhülle. Sie warf ihn mitten aufs Handtuch, wo er mit einem sanften *Plumps* landete, und sagte: »Ich hab mir deinen Brie ausgeliehen, Tante Fiona.«

Fiona starrte den Käse an.

»Ich hoffe, du hast nichts dagegen. Ich wollte ihn ersetzen.«

Ralph sagte: »Ausgezeichnet. Lasst uns essen.«

Nula ließ es zu, dass ihr Vater ihr etwas von dem Brie auf ein Stück Baguette schaufelte. Sie beide hatten ihn fast allein aufgegessen, als Tante Fiona mit angestrengtem Lächeln sagte: »Was mir gehört, gehört auch dir, Nula.«

AN DEM NACHMITTAG, ALS NULA bei ihrem Vater war, leistete Maggie ihrem Bruder auf dem Sofa vor dem Fernseher Gesellschaft. Als er aufsah und in enttäuschtem Ton sagte: »Oh, du bist es«, war ihr klar, dass Nula ihm nicht gesagt hatte, wo sie hinging.

Er schien gefesselt von der Serie *Neighbours*, seine langen Beine baumelten über die Armlehne des Sofas, die Fernbedienung hielt er an die Brust gedrückt. Alle paar Minuten blickte er entweder zur Tür oder Maggie von der Seite an. Dann begann er herumzuzappen. Mit jedem Drücken der Fernbedienung, jedem Senderwechsel schien seine Unruhe zuzunehmen. Erst als sie die Spielshow *Going for Gold* fast zu Ende gesehen hatten, wollte Joe, ohne die Augen vom Fernseher zu wenden, von seiner Schwester wissen: »Warum hast du hier den ganzen Nachmittag gesessen und den Mist angesehen?« Sie antwortete nicht.

»Solltest du nicht in der Bücherei sein, um ein bisschen klüger zu werden?«

»Ich mache eine Pause«, sagte sie.

Nach einer Weile fragte er in sanfterem Ton: »Dann hast du Nula heute Nachmittag nicht gesehen?«

Er räusperte sich, bevor er ihren Namen aussprach, als würde es ihm physische Probleme bereiten, und Maggie wusste, dass er vollkommen verloren war. Das erfüllte sie plötzlich mit Zorn.

»Nula ist bei Onkel Ralph«, sagte sie in, wie sie hoffte, gleichmütigem Ton. »Hat sie dir das nicht gesagt?«

»Das hat sie *dir* erzählt?«

Maggie ignorierte die Frage. »Sie hat mir auch erzählt, dass du sie wahnsinnig machst«, sagte sie. »Weil du sie die ganze Zeit anstarrst.«

Joe zuckte zusammen. »Nein, hat sie nicht«, sagte er, aber seine Augen glitten zu seiner Schwester.

»Nula erzählt mir alles«, fuhr Maggie fort. »Wir sind die besten Freundinnen.«

Joe lachte leise auf. »Das bezweifle ich. Das bezweifle ich wirklich stark, Kleines.«

Maggie spürte, wie ihr die Tränen in die Augen traten. Sie schnappte sich die Fernbedienung, drückte den Aus-Knopf und verließ das Zimmer.

Es entwickelte sich eine Art Routine zwischen Maggie und Ralph. Er ließ die Tür des Bootshauses ab ungefähr ein Uhr mittags offen, und sie ging wortlos hinein und machte für sie beide Tee. Sobald sie ihr Getränk hatten, setzte sie sich aufs Sofa und sah zu. Manchmal bat Ralph sie, ihr etwas herüberzugeben – einen sauberen Lappen, einen anderen Pinsel, eine neue Tube Farbe aus der Schublade –, und sie begann allmählich vorherzusehen, was er wollte, an der Form seines Stirnrunzelns oder wie er die Hand bewegte, wenn er sich an die Haare griff, was häufig geschah. Ralphs Haare sahen ein bisschen wie eine schwarze Filzmütze aus, straff an den Kopf gekämmt. Maggie ertappte sich dabei, dass sie sich vorstellte, wie es wäre, sie zu berühren, obwohl sie nicht sicher war, dass es ihr gefallen würde, wie sie sich anfühlten.

Eines Nachmittags durchbrach Maggie diese Routine, indem sie eine Dose selbst gebackener Kekse mitnahm. Sie hatte sie am selben Morgen gebacken und ihrer Mutter erzählt, dass sie besser Kochen lernen wolle. Als sie einen probiert hatte, war sie enttäuscht gewesen. Die Kekse waren fettig und hart, zergingen nicht auf der Zunge oder zerkrümelten auf den Lippen, und sie überlegte, einen neuen Teig zu machen. Aber dazu war keine Zeit mehr, und so legte sie sie auf einem Küchentuch in eine alte Schokoladendose und hielt sie Ralph bei ihrer Ankunft hin.

»Was ist das?«, fragte er blinzelnd.

»Kekse.«

Er nahm seine Brille ab und betrachtete die Dose stirnrunzelnd.

»Butterkeks.« Als er nicht antwortete, fügte sie hinzu. »Ich hab sie selbst gebacken. Heute Morgen.«

»Wirklich?« Er klang überrascht, wenn nicht erfreut.

Es entstand eine Pause. »Danke«, sagte Ralph. Er setzte seine Brille wieder auf, nahm die Dose und stellte sie neben den Wasserkessel. Dann nahm er seinen Pinsel und begann wieder zu arbeiten.

Nach ungefähr einer Stunde stand Maggie auf, um mehr Tee zu kochen, sie hatte beschlossen, nichts weiter über die Kekse zu sagen. Vielleicht würde ihr Schweigen ihn zu einer Bemerkung veranlassen.

Dennoch fiel es ihr schwer, nicht auf die ungeöffnete Dose zu starren, während sie ihren Tee schlürfte. Wie immer unterbrach Ralph seine Arbeit nicht, sondern trank seinen Tee stehend an der Staffelei und nutzte die Pause, um seine Arbeit zu begutachten, wobei er hin und wieder zurücktrat und grunzte.

Sie wartete, dachte, dass er sich plötzlich an die Stirn schlagen und ausrufen würde: »Deine Kekse! Wie konnte ich die vergessen!« Stattdessen stürzte er seinen Tee so hörbar hinunter, dass sie verärgert aufstand und sagte: »Ich muss jetzt gehen.«

Es dauerte einen Moment, bis er sie ansah. »Du bist doch gerade erst gekommen, oder?«

»Vor zwei Stunden.«

»Okay«, sagte er. Sein Blick kehrte zur Leinwand zurück, während er sich darauf vorbereitete, einen weiteren Pinselstrich zu machen.

»Soll ich wiederkommen?«

Er senkte den Arm. »Natürlich sollst du.«

»Es ist nur – ich lerne nicht wirklich was.«

»Wenn es so ist –«

»Ich meine, du bringst mir eigentlich nichts bei. Ich bin jetzt fast zwei Wochen hergekommen, und du hast mir nichts beigebracht.«

»Es gibt wenig, was ich dir beibringen kann. Wirklich.«

»Wie kann das sein?«

Er seufzte und kam von der Staffelei auf sie zu. »Es geht nur ums Sehen.«

»Das weiß ich schon.«

»Und hingesehen hast du, oder?«

Er stand jetzt vor ihr, die Arme vor der Brust verschränkt, den Pinsel noch in der Hand.

»Hast du?«, wollte er wissen.

»Ich glaube, ja.«

»Dann hast du etwas gelernt.«

Sie blickte kurz zur ungeöffneten Keksdose hinüber.

»Es gibt nichts zu sagen, Maggie. Es geht ums Tun. Das ist das Gute daran. Es geht nur ums Tun. Auf die Art lernst du.«

»Aber ich habe nur hier gesessen ...«

»Okay«, sagte er. »Okay.« Er ging wieder zur Staffelei und

warf einen prüfenden Blick auf die Leinwand, als ob sich in den wenigen Sekunden, die er ihr nicht seine Aufmerksamkeit geschenkt hatte, etwas verändert haben könnte. Dann legte er den Pinsel hin und kam zu ihr zurück. Die Daumen in den Bund seiner Shorts gehakt, betrachtete er sie auf eine Weise, die jeden Quadratmillimeter ihrer Haut schrecklich sensibilisierte.

»Du willst mehr tun als dasitzen und zuschauen?«

»Ja.«

»Dann sitz mir Modell. Betrachte es von der anderen Seite. Dann wirst du sehen, wie Farbe etwas verändern kann.«

Sie starrte ihn mit offenem Mund an.

Er starrte zurück. »Du musst natürlich nackt sein«, fügte er hinzu.

Maggie ging drei Tage nicht zum Bootshaus.

Jeden Abend saß sie auf den Stufen der alten Milchkammer, sah zu, wie die Sonne unterging, und dachte über Ralphs Vorschlag nach. Der Sonnenuntergang ließ alles leuchten, sogar den Hühnerstall und die rostige Regentonne.

Selbstverständlich war sie weggegangen, nachdem er den Vorschlag gemacht hatte, um zu zeigen, dass sie zutiefst empört war. Doch als sie bei der Kirchenruine angekommen war, war sie in Gelächter ausgebrochen und hatte den ganzen restlichen Weg nach Hause gekichert. Nicht weil sie dachte, dass Ralph Spaß machte, obwohl ein Teil von ihr es hoffte. Sie lachte, weil sie schockiert war, aber sie lachte auch über sich selbst, weil sie nicht glauben konnte, dass sie es nicht hatte kommen sehen. Natürlich würde er sie das fragen. War im *Artist's Newsletter* nicht die Rede von seinen Liebhaberinnen gewesen? Sie hatte sich an den Namen erinnert. Sandy Jenkins. So ein gewöhnlicher Name. Er hatte etwas Altmodisches, das Maggie an Büfetthilfen in der Schulkantine erinnerte oder Mädchen, die ihr Geld damit verdienten, Hunde auszuführen. Warum sollte er sie nicht ebenfalls fragen? Und ging es in seiner Kunst nicht um Körper? Nackte Körper? War das nicht der Grund gewesen, warum sie sich dafür interessiert hatte?

Maggie hatte immer gedacht, dass es das Beste wäre, Sex als ein Projekt zu betrachten, das sie in Angriff nehmen musste. Insgeheim hatte sie ein Alter – achtzehn – festgelegt, in dem sie den Versuch unternehmen würde, die ganze Sache zu erleben. Bis dahin, beschloss sie, würde sie über Sex lesen. Es wäre eine Art Forschungsprojekt. Wenn sie es gründlich erforschte, wäre sie bereit, wenn es so weit war, und würde niemanden enttäuschen. Vielleicht würde sie selbst sogar Sex nicht enttäuschend finden. Auf keinen Fall wollte sie die Erfahrung mit Rhod wiederholen. Die Forschung hatte sich jedoch als frustrierende Angelegenheit erwiesen. Sie hatte zunächst auf Literatur gesetzt und mit erwartungsvoll klopfendem Herzen in D.H. Lawrence hineingeschaut, um enttäuscht festzustellen, dass der Sex ziemlich unklar war. Da war Anaïs Nin schon viel aufschlussreicher, aber ihre blumige Prosa lenkte ab und war für Maggies Geschmack ein bisschen übertrieben. Die Lektüre von *Die Farbe Lila* mit vierzehn hatte ihr Lage und Bedeutung der Klitoris bewusst gemacht. Das war sehr nützlich gewesen.

Nackt für ihren Onkel Modell zu sitzen war nicht Teil des Plans gewesen.

Manchmal stellte sie sich vor, wie sie seine Farben durch den Raum schleuderte und eine vollständige Entschuldigung von ihm forderte sowie ab sofort eine richtige Anleitung. Merkte er nicht, wie unpassend sein Benehmen war? War ihm, um Himmels willen, nicht klar, dass sie *sechzehn* war?

Manchmal stellte sie sich jedoch vor, dass sie, ohne ein Wort zu sagen, zum Bootshaus kam und mit einem aufreizenden Lächeln ihr Kleid von den Schultern gleiten ließ, während er entgeistert zusah. Und in einer Nacht träumte sie, dass er mit seinem Gesicht so nah an ihrs kam, dass seine Stoppeln an ihrer Wange piksten. Seine Hand lag an ihrem Kreuz, als er ihr ins Ohr flüsterte, es täte ihm leid, aber sie wäre perfekt. *Perfekt.*

Am dritten Abend kam Nula aus dem Haus, setzte sich neben Maggie und öffnete eine Dose Diät-Cola.

»Alles in Ordnung?«, fragte sie.

Es war das Erste, was ihre Cousine seit Tagen zu ihr gesagt hatte.

Maggie blickte zur Rückseite des Hauses. Sie hatte erwartet, dass ihr Bruder Nula folgte, aber da war keine Spur von ihm. »Wo ist Joe?«, fragte sie.

»Drinnen.« Nula nahm einen großen Schluck und schob sich die Haare von den Augen. Es war eine frustrierte Geste, die Maggie heimlich nachzuahmen versucht hatte. Seit Nula auf die Insel gekommen war, hatte Maggie beschlossen, ihre Haare länger wachsen zu lassen, um ebenfalls vielsagend damit spielen zu können.

»Dein Bruder kann sich ziemlich intensiv mit etwas beschäftigen«, sagte Nula. »Er scheint zu glauben, dass er eine Art keltischer Krieger ist.«

Das war Maggie neu.

Nula streckte ihre langen Beine aus und betrachtete prüfend ihre Zehennägel, die sie kürzlich leuchtend blau lackiert hatte. »Er fährt dauernd in Plas Coch herum«, sagte sie und sprach »Coch« so aus, dass es wie »Cock« klang.

Maggie hatte von dem Ort gehört, wusste aber wenig darüber.

»Es bedeutet roter Platz«, erklärte Nula. »Wegen des Blutes. In der Nähe gab's eine große Schlacht. Die Römer versuchten einzufallen. Die Kelten hielten eine Ewigkeit dagegen, sahen sehr furchterregend aus. Blau gefärbte Gesichter und so. Und viel Blut.«

»Was hat das mit Joe zu tun?«

»Direkter Nachkomme der Druiden«, sagte Nula und kippte ihre Cola herunter. »Anscheinend.«

»Aber er ist Engländer«, sagte Maggie. »Er wurde in Oxford geboren. Wie ich.«

»Aber eure Mum ist Waliserin.«

»Irgendwie«, sagte Maggie.

Nula verdrehte die Augen, aber Maggie erkannte an den leicht geröteten Wangen ihrer Cousine, dass sie von alldem ein bisschen beeindruckt war.

»Hast du deinen Dad kürzlich gesehen?«, fragte Maggie und war sich bewusst, dass die Frage unvermittelt kam, aber sie hatte keine Lust, weitere Anzeichen für Nulas Zuneigung zu ihrem Bruder zu beobachten.

Ihre Cousine zuckte mit der Schulter. »Er ist ziemlich beschäftigt. Deshalb ist er hergekommen. Um zu arbeiten.«

»Er malt viele – Frauen, stimmt's?«

»Hmm.«

»Stört es dich nicht?«

»Warum sollte es?«, fragte Nula und sah zu den Fenstern des Hauses hinauf.

Maggie sagte nichts.

»Oh«, sagte Nula. »Du meinst, weil sie nackt sind.« Sie zwirbelte ihre Schmetterlingskette um den Finger. »Entgegen der weit verbreiteten Meinung«, sie grinste, »fickt Dad nicht alle seine Modelle.«

Zu ihrem Ärger ertappte Maggie sich dabei, dass sie verlegen wegsah.

»Ich meine, er hat mich auch gemalt. Und meine Schwester. Zigmal.«

»Was, ohne Kleider?«

»Findest du das merkwürdig?« Nula lachte. »Wenn du darüber nachdenkst, wäre es doch viel merkwürdiger, wenn er uns *nicht* malen würde. Ich meine, wenn er bei uns eine Ausnahme machen würde, das wäre doch seltsam.«

Maggie versuchte, diesen Gedanken zu verdauen. »Stimmt. Klar.«

»Die Sache mit Dad ist die – das musst du bei ihm verstehen –, dass die Arbeit zuerst kommt. Immer. Es muss so sein. Es spielt eigentlich keine Rolle, wen er malt. Wichtig ist nur das Malen selbst.«

Für jemanden, der behauptete, Kunst zu hassen, klang Nula eigenartigerweise stolz auf diesen Gedanken.

»Wenn du Erfolg haben willst«, sagte sie, »muss es so sein.«

Die Hintertür ging auf, und Joe erschien. Er trug seine Lederjacke und hatte zwei Helme bei sich. Über seinem Arm hing eine weitere Jacke.

Nula sprang auf, fuhr sich mit der Hand durchs Haar und lächelte.

»Hi«, sagte Joe.

»Hi«, sagte Nula.

Da sie es nicht aushalten konnte, wie ihr Bruder in Nulas Richtung strahlte, sprang Maggie auch auf. »Nula denkt, du bist ein keltischer Krieger«, platzte sie heraus.

Joe lachte. »Tut sie das jetzt?«, sagte er mit einem verstohlenen Blick zu ihrer Cousine.

Aber Nula ignorierte die Bemerkung vollkommen und

streckte stattdessen die Hand nach der Lederjacke aus, die über Joes Arm hing. »Du hast doch nicht, oder doch?«, stieß sie mit einem kleinen Luftsprung hervor.

Joe nickte und gab ihr die Jacke.

»Du hast sie gekauft!«, rief Nula. Sofort schob sie die Arme in die Ärmel und wirbelte im Abendlicht herum, wobei sie die Jacke wie ein Lieblingskuscheltier fest an ihren Körper zog.

»Ich bin hinterher noch einmal zum Laden gegangen …«, sagte Joe.

»Oh, Joe, du bist so süß!«

Joe widersprach dem nicht. Vielmehr hielt er ihr den zweiten Helm hin und sagte: »Los, komm. Wir probieren sie aus.«

Nachdem sie weg waren, setzte Maggie sich wieder auf die Stufe, trank den Rest von Nulas Cola und zerdrückte die Dose dann mit dem Fuß, bis sie vollkommen platt war, wie die totgefahrenen Tiere, die auf den Straßen der Insel ein ganz normaler Anblick waren.

AN DIESEM ABEND FUHR JOE mit Nula hinunter zum Strand bei Plas Coch.

Sie trug die Jacke, die er für sie gekauft hatte, obwohl sie zu schwer war, obwohl sie nach dem Parfum von jemand anders roch und sie darin schwitzte. Sie vermittelte ihr das Gefühl, in einer Schutzhülle zu stecken, das Gefühl, durch das robuste Leder gegen die Außenwelt abgeschirmt zu sein. Joe parkte das Motorrad neben dem großen Haus mit den Zinnen, das jetzt ein Hotel war, und sie gingen über den Rasen. Joe zeigte ihr den Weg, die Blicke der Gäste ignorierend, die auf stilvollen Sonnenliegen ihre Aperitifs einnahmen. Er führte sie zum Wasser, vorbei an dem merkwürdigsten Baum, den Nula je gesehen hatte. Er war weit ausladend und niedrig, die Zweige berührten fast die Erde, seine gefurchte Rinde und die dunklen wächsernen Blätter deuteten auf eine stabile, vielschichtige Konstruktion, die mehr einem Haus ähnelte als das Haus selbst.

Während sie zum Strand hinunterliefen, ging die Sonne über dem Kanal unter und legte einen rötlichen Schimmer auf das Wasser. Die Berge drüben auf dem Festland waren zu Schatten verflacht. Die Touristenboote waren verschwunden, und Joe sagte, das seltsame elektrische Piep-Piep, das sie hörten, sei ein Austernfischer, der im flachen Wasser nach Nahrung suchte. Nula belohnte ihn für diese Insider-Information mit einem beeindruckten Gesichtsausdruck.

Sie wählten den Weg die grasbewachsene, unebene Landzunge entlang. Joe nahm ihre Hand, und sie protestierte nicht. Seine Finger waren weicher, als sie sich vorgestellt hatte. Er führte sie zu einem Flecken roter Erde, direkt unten am Kanal, von Bäumen geschützt. Dann drehte er sich um, sah sie an, und sie lächelte, in Erwartung eines Kusses. In den vergangenen Wochen hatte es viele herausfordernde Blicke und kokette Wortwechsel gegeben, aber noch keinen Kuss. Statt Nula zu küssen, begann Joe den Songtext von »Personal Jesus« in der nasalen, atemlosen Sprechweise seines Vaters samt Schulterzucken zu rezitieren und zu tanzen, die Ellenbogen auf Ohrhöhe. Sie lachte, wie immer, wenn er diesen Witz machte. Mit einer schnellen Drehung des Kinns verwandelte er sich in seine Mutter mit ihrem unsicher umherschweifenden Blick. Nula lachte wieder. Als Nächster kam ihr Vater dran. Seitdem Ralph an dem Sonntag zum Lunch erschienen war, hatte Joe diese Ansprache perfektioniert. »Der Punkt bei Rothko«, sagte er und unterbrach sich durch ein plötzliches bellendes Husten, was Nula zum Kichern brachte, »ist, dass seine Farben leben. Vollkommen LEBEN.« Ein Kopfschütteln, ein Stirnrunzeln. Er war richtig in Fahrt. »Und der Punkt bei MIR ist, dass meine STERBEN. Sie sterben einfach auf der Leinwand.« Er geriet in Verzückung, zog seine Jacke aus und warf sich damit auf die Erde.

Nach einer Weile setzte sie sich neben ihn und sagte: »Dad *ist* ein wirklich guter Maler, weißt du.«

»Ich dachte, er STIRBT auf der Leinwand … Das ist der Punkt bei WICHELO –«

»Nein«, unterbrach Nula ihn. »Dad ist tatsächlich gut.«

Joe hustete, dann gelang es ihm, sich zusammenzunehmen. »Und was macht ihn tatsächlich gut?«, fragte er.

»Seine Visionen, glaube ich«, sagte Nula. »Wie er die Welt

sieht … Sein meisterhafter Gebrauch der Farbe als Ausdrucksmittel.«

Joe verzog das Gesicht.

»Du kennst dich vielleicht mit Austernfischern aus«, sagte Nula. »Aber ich kenne mich mit Kunst aus.« Das war nur halb im Scherz.

»Malt er nicht viele nackte Frauen?«, fragte Joe kichernd.

»Ja«, sagte sie und machte eine Pause, bevor sie hinzufügte: »mich eingeschlossen.«

Joe starrte sie an. Sie starrte zurück und nahm die Gelegenheit wahr, ihn prüfend anzusehen. Seine dunklen Haare waren vom Helm platt gedrückt, aber es lockte sich noch an seinem langen Hals. Sein Gesicht hatte etwas Feminines – seine Augenbrauen waren fein und perfekt geformt, die Nase dünn, die Lippen voll –, sie bemerkte jedoch, dass seine großen Hände rot waren und an den Knöcheln wund.

»Er malt jeden nackt«, sagte Nula. »Es ist faszinierend, wirklich. Wir werden nackt gezeigt – aber wir werden auch gleichgemacht. Wir sind wie Tiere, glaube ich. Nur Fleisch und Blut.«

Joe starrte sie immer noch mit dunklen Augen an.

»Was?«, fragte sie lächelnd.

Er steckte eine Hand in ihre Jacke, schob sie durch den Reißverschluss und legte sie an ihre Taille.

»Was?«, wiederholte sie sanft.

»Das könnte ich dir niemals antun«, sagte er. »Ich könnte niemals ein Tier aus dir machen.«

Dann zog er sie an sich, fand ihren Mund und küsste sie. Sie richtete sich kurz auf und lachte, aber er sah so verletzt aus, dass sie ihre Finger an seinen heißen Nacken legte und seinen Kuss erwiderte.

MAGGIE SASS IN DER BÜCHEREI in Bangor, eine ungeöffnete Gedichtsammlung auf dem Schoß. Die Pflichtlektüre für den Leistungskurs hatte sie schon erledigt *(Far from the Maddening Crowd*, Heaneys *North* und *The Tempest)* und sich deshalb diese Sammlung ausgesucht, die versprach, sie über das Leben »moderner Frauen in unserer hektischen, eklektischen Gesellschaft« aufzuklären.

Ein Bücherwagen quietschte vorbei und sie sah noch einmal zur Uhr: drei Uhr nachmittags. Eine ziemlich junge Frau mit gelber Hautfarbe schrie das kleinste ihrer drei Kinder an, bitte damit aufzuhören, Videos durch den Raum zu werfen. In der Ecke am anderen Ende des Raumes spulte jemand mit alarmierender Geschwindigkeit die Mikrofiche ab. Zwei Bibliothekarinnen hinter dem Tresen beobachteten es mit finsterer Miene, waren aber offenbar nicht bereit, dem Mann – erneut – zu zeigen, wie es ging.

Maggie fasste einen Entschluss. Vielleicht stimmte es, was Nula am Abend zuvor gesagt hatte. Vielleicht war es Ralph gleichgültig, wer ihm Modell saß. Und vielleicht war es auch besser so. Wie auch immer, ihre Cousine und ihr Bruder waren am Mittag mal wieder in ihren zusammenpassenden Jacken davongebraust, und alles, was ihre Mutter dazu gesagt hatte, war: »Pass gut auf Nula auf, Joe, auf diesen Straßen.«

Es war halb fünf, als sie endlich ankam, nachdem sie zwei Busse genommen hatte. Als sie eilig die Straße entlangging, begann es zu regnen, das Wasser tropfte schwer von den Eichen und in den Halsausschnitt ihres T-Shirts. An der Tür des Bootshauses musste sie lächeln. Er hatte die Tür offen gelassen, wie üblich. Sie war also immer noch willkommen. Trotzdem zögerte sie und fragte sich, ob sie klopfen sollte, um auf sich aufmerksam zu machen.

Sie entschied sich dagegen, trat ein und fand Onkel Ralph auf dem Sofa sitzend. Seine Staffelei war noch nicht zusammengebaut, und er trug einen alten blauen Morgenmantel. Seine Füße waren nackt, und sie bemerkte, dass jeder seiner Zehen vollkommen gerade war. Als sie kurz zum Waschbecken hinüberblickte, sah sie, dass ihre Dose geöffnet worden und jetzt leer war.

»Onkel Ralph«, sagte sie.

Er sah zu ihr auf. »Bist du gekommen, um mich auszuschimpfen?«, fragte er. »Falls ja, sollte ich zuerst mit dir schimpfen, glaube ich. Seitdem du hier so verdammt dramatisch hinausgestürmt bist, war ich nicht in der Lage, einen einzigen Pinselstrich zu tun. Ich war deswegen krank vor Sorge.«

Sie starrte ihn an.

»Ich meine, du bist eine künstlerisch veranlagte junge Frau. Das merke ich. Das weißt du. Was sich hier zwischen uns abspielt, geht nur uns etwas an, oder? Du hast es doch nicht etwa deinem Vater verraten, oder? He? Das wäre das Letzte, was ich brauche. Kommt er jetzt her, um mich zu verprügeln?«

Sie betrachtete sein Gesicht genau. Er war unrasiert und hatte dunkle Augenringe.

»Onkel Ralph …«, begann sie erneut.

Aber er war richtig in Fahrt. »Bringen wir's hinter uns. Sag mir, was für ein alter geiler Bock ich bin. Los, komm. Mach, was du willst. Ihr jungen Mädchen seid alle gleich. So verdammt scheinheilig –«

»Ich bin gekommen, um dir zu sagen, dass ich es gerne machen würde«, sagte sie.

Es trat eine lange Pause ein. Maggie lauschte dem Regen, der aufs Dach trommelte. Dann lachte Ralph schnaubend. »Wirklich?«

Sie strich sich die nassen Haare aus den Augen. »Ja. Würde ich.«

»Das ist …« Er senkte für einen Moment den Kopf. »Also so was. Gott sei Dank«, sagte er. »Ich glaube, von jetzt an nennst du mich besser Ralph, ja?«

Er war schon auf den Beinen, zog einen riesigen Skizzenblock unter dem Sofa hervor und fuhr mit den Fingern in einer Schachtel mit Kohlestiften herum, die er aus der Küchenschublade gefischt hatte.

»Fangen wir jetzt an?«

»Besser heute als morgen.«

Maggie sah sich im Zimmer um. Sollte sie nicht zumindest einen Ort haben, an dem sie sich ausziehen konnte? Sie hatte sich einen Paravent vorgestellt, über dessen Kante sie nacheinander ihre Kleidung legen könnte, bevor sie in einer Art Kimono hinter den Paneelen hervortrat.

»Du kannst dich da hinten ausziehen, wenn du willst.« Er deutete zum Schlafzimmer.

Sie hatte nicht gedacht, dass sie nackt durchs Zimmer gehen müsste. Sie hatte gedacht, sie würde einfach auf dem Sofa liegen und ihren Morgenmantel öffnen. Stattdessen war es Ralph, der jetzt seinen Morgenmantel aufknotete und sich wie immer mit nacktem Oberkörper und Shorts präsentierte. Maggie beobachtete, wie er sich aufs Sofa setzte, um seine Stiefel anzuziehen. Er fuhr sich über seine Mähne. Dann setzte er seine Brille auf und sagte: »Hör mal. Wenn dir nicht wohl dabei ist, sag's mir einfach –«

»Nein, mir geht's gut.«

»Prima.« Er legte die Hände auf die Knie. »Also wir machen es folgendermaßen: Du ziehst dich da drinnen aus, und dann finden wir die richtige Stellung.«

Er wartete darauf, dass sie ging.

»Okay«, sagte sie.

»Okay«, sagte er.

»Okay«, sagte sie. Sie wollte lachen, ihm sagen, dass sie es nicht ernst gemeint hätte; vielleicht würde er ebenfalls lachen, und sie könnten weitermachen wie bisher. Sie stellte sich vor, wie sie immer noch kichernd die Straße entlang nach Hause lief. Sie könnte zu Nula sagen: »Stell dir vor, ich hätte beinahe nackt für deinen Vater Modell gesessen«, und Nula würde wahrscheinlich die Augen verdrehen und sagen: »Wer nicht?«

Stattdessen ging sie ins Schlafzimmer und schloss die Tür. Sie war dankbar, dass es nur einen kleinen Spiegel über der Kommode gab. Sie wollte sich nicht dabei zusehen. Mit einer fließenden Bewegung schälte sie sich aus ihrem feuchten T-Shirt und warf es auf die Erde. Minutenlang stand sie da und sah es an. XS stand auf dem Schild. Durchs regennasse Fenster sah sie, dass im Kanal Flut war, das graue Wasser reichte fast an die Wände des Hauses heran. Sie könnte aus dem Fenster klettern und mit der Gezeitenströmung davonschwimmen. Oder sich unter dem Bett verstecken. Oder anfangen zu weinen. Ralphs Bett war nicht gemacht, und auf dem kleinen Stuhl daneben stand ein gerahmtes Bild von Nula im Alter von ungefähr sechs, auf einem Pferd sitzend mit einem zu großen Reithelm und einer geblümten Weste. Sie lachte und sah glücklicher aus, als Maggie sie jemals gesehen hatte. Der Rahmen war an einer Ecke mit Tesafilm geklebt. Sie zog ihre Jeans aus. Konnte sie das Zimmer in BH und Schlüpfer betreten, beide schmutzig grau und mit kleinen Schleifen am Gummiband? Nein. Er würde sie sofort wieder ins Schlafzimmer schicken. Maggie drehte Nulas Bild mit dem Gesicht nach unten, zog ihre Unterwäsche aus und öffnete die Tür.

Er ließ sie durch den Raum gehen, bevor er hinsah. Er saß auf einem Stuhl und bereitete seinen Skizzenblock vor. Als er eine Seite umschlug, spürte sie den Lufthauch über ihre Knie streichen. Sie ließ sich abrupt aufs Sofa plumpsen, von dem Ralph das Laken entfernt hatte. Der alte Samt kribbelte an Beinen und Po, und sie verschränkte die Arme über der Brust. Ihre Füße waren eiskalt, aber ihr restlicher Körper war schrecklich heiß, und sie wusste, sie war von der Stirn bis zum Bauch mit himbeerroten Flecken übersät.

»Mach es dir bequem«, sagte er und sah sie immer noch nicht direkt an. »Wir fangen an mit welcher Stellung auch immer du möchtest.«

Also war es klar, dass es nicht reichte, einfach nur dazusitzen, dass sie diese Haltung, in der Schultern und Knie sich beinahe berührten, nicht beibehalten konnte. Die Augen zur Decke gerichtet, legte sie sich zurück, streckte beide Arme über den Kopf, die Knöchel übereinandergeschlagen. Sie konzentrierte sich auf das unregelmäßige Trommeln des Regens gegen die Fenster.

Er ging mit dem Skizzenbuch in der Hand am Sofa auf und ab und begutachtete sein neues Objekt. Dann strahlte er und sagte: »Perfekt. Maggie. Das ist perfekt.« Erst da konnte Maggie ihm ins Gesicht sehen. Seine Augen waren zusammengekniffen, ernst, seine Lippen zu einer dünnen Linie zusammengepresst.

Maggie war erstaunt, wie schnell es ihr normal erschien, für Ralph Modell zu sitzen. Es fühlte sich herrlich erwachsen an, stundenlang nackt auf dem Sofa im Bootshaus zu liegen, während Ralph im Raum umherging und sie aus jedem Winkel in Augenschein nahm. Dabei lauschte sie dem Wasser, wie es sich dem Haus näherte, und den Möwen, die nach Nahrung schrien. Sie musste nur erscheinen und sich ausziehen. Es war nicht notwendig zu sprechen, nicht einmal zu denken. Der Anblick ihres Körpers genügte, um Ralph glücklich zu machen, genügte, um seine Kreativität zu entfachen. Sie stellte fest, dass sie es genoss, nackt auf dem etwas schmuddeligen Sofa zu liegen, die stickige Luft wärmte sie, die Nähte der Kissen drückten sich in ihre Haut, sodass ihr Körper mit seltsamen Linien und Falten bedruckt war wie eine von Joes botanischen Nahaufnahmen, wenn sie sich am Ende der Sitzung aus ihnen herausschälte. Ohne die geringste Anstrengung fühlte sie sich in dem Raum vollkommen. Noch nie zuvor hatte sie ein solches Vergnügen empfunden.

DIE NÄCHSTEN ZWEI WOCHEN fuhren Nula und Joe jeden Nachmittag irgendwohin, für gewöhnlich zum Strand bei Plas Coch, lachten zusammen und liebten sich dann. Niemand sonst schien zu bemerken, was vor sich ging. Alan arbeitete immer, und Fiona war oft weg – wo, wusste Nula nicht. Sogar Maggie schien verschwunden.

Wenn sie zusammen auf der roten Erde lagen und ihre Körper erkundeten, sagte Nula sich, dass Joe nicht so besonders war, dass dies nur eine dieser Sommerlieben war, wie sie anscheinend jeder in ihrem Alter erlebte, und dass es nicht halten würde. Aber sie wusste, dass er anders empfand, und in manchen Augenblicken dachte sie, sie würde nie wieder so etwas erleben. Seine dunklen Augen beobachteten sie. Was sie zu Maggie über ihn gesagt hatte, dass er ängstlich aussah, stimmte. Er war behutsam mit ihr, wie kein anderer Junge zuvor gewesen war. Seine Ängstlichkeit überraschte und freute sie. Beim ersten Mal musste sie Joes Hand nehmen und ihm zeigen, wo sie gerne berührt wurde. Es gefiel ihr, dass sie es war, die ihm zeigte, was er tun sollte; es war eine neue Macht, wie die Macht, die sie vor Wochen entdeckt hatte, als sie merkte, dass sie Joes Lachen stoppen konnte, indem sie auf eine bestimmte Art lächelte oder demonstrativ seufzte oder die kalte Schulter zeigte.

Sobald sich ihre Körper aneinander gewöhnt hatten, wurde dieses Machtgefühl, das sie empfand, schnell durch etwas noch viel Beunruhigenderes verdrängt: die Gewissheit, dass es ihr unmöglich war, der reinen Lust, Joe zu berühren und von ihm berührt zu werden, nicht nachzugeben. Sehr bald war sie unwillkürlich auch behutsam und wollte ihn zufriedenstellen, fragte ihn, was er gern hätte, das sie tun solle, wie sie sein solle. Zu der Zeit begann er, sie zu fotografieren. Sie war etwas verwirrt, dass er sie nicht bat, sich auszuziehen oder irgendwie zu posieren. Vielmehr holte er plötzlich seine Kamera hervor und machte ein paar Schnappschüsse, während sie redete. Einmal war sie unter dem Baum eingeschlafen, nachdem sie Sex gehabt hatten, und als sie aufwachte, hatte er die Kamera auf ihr Gesicht gerichtet. Sie hielt die Hand vor die Linse, und er machte auch davon ein Foto.

Eine Nacht träumte sie, dass sie zu Hause in der Badewanne saß und dass Locken von Joes Haaren um sie herumschwammen. Als sie mit den Fingern hindurchfuhr, dachte sie, dass sie es herausgefunden hatten, dass alle ihr Geheimnis kannten, aber es war ihr ziemlich gleichgültig. Sie war froh, dass er da gewesen war, in ihrem Haus, das, wie sie irgendwie wusste, nicht mehr ihr Zuhause war.

Er fuhr mit ihr zu der Kirchenruine in Llanidan, um ihr die Knochen zu zeigen. Es war fast Ende August.

Die Luft war schwül, als sie langsam die Straße entlanggingen. Hin und wieder hielten sie an, um zu den Umrissen der uralten Bäume hinaufzublicken, und berührten sich an den Händen.

Draußen vor der Kirche waren die Grabsteine aufgestapelt wie zurückgelassene Bücher. Der Eingang war zum Teil durch eine Eibe verdeckt, an der sich Nula beim Hineingehen ihre nackten Arme aufschürfte.

Aber Nula beachtete ihre Umgebung kaum. Sie dachte nur

an Joes Körper. Es gefiel ihm, wenn sie sein Kreuz küsste, bis er stöhnte. Als sie zwischen den staubigen Kirchenbänken hindurchgingen, fragte sie sich, ob die Kirche abgeschieden genug war, um es hier zu tun, ob Joe das gefallen würde. Ob das sein Plan war.

Aber er zeigte auf einen kleinen Holzkasten auf dem Altar.

»Wessen Knochen sind das«, fragte Nula und starrte auf den Haufen verfärbter, zerbröselter Materie.

Joe erzählte, er habe in einem lokalen Führer etwas darüber gelesen und sie gehörten einem St. Nidan. Aber es käme noch besser, sagte er, denn man glaube in der Gegend, dass es in dieser Kirche einmal einen Oberschenkelknochen gab, der immer hierher zurückkehren würde, egal, wohin er gebracht würde.

»Ist das nicht verrückt?«, sagte er lachend. »Ich meine, ein blöder Oberschenkelknochen mit einem Heimatinstinkt.«

Nula lächelte und zitterte. Es war dunkel und kalt in der Kirche und roch nach Schimmel. »Wollen wir gehen?«, fragte sie, in der Hoffnung, sie würden ihren üblichen Ausflug zum Strand bei Plas Coch machen.

»Warte«, sagte er. »Ich hab was für dich.«

Er holte einen dünnen silbernen Ring hervor, verziert mit einem winzigen keltischen Kreuz.

Sie lachte nervös und wollte sagen »Das ist eigentlich nicht mein Stil«. Stattdessen nahm sie den Ring und schob ihn sich auf den Mittelfinger.

»Damit du wiederkommst«, sagte Joe, nahm ihre Hand und hielt sie, ganz fest.

Am nächsten Nachmittag bestand Onkel Alan darauf, dass Joe mit ihm kam, um ein Geburtstagsgeschenk für seine Mutter auszusuchen. Da auch Maggie nicht zu Hause war, machte

Nula sich, ohne zu überlegen, auf den Weg die Straße hinunter zum Bootshaus. Sie hatte ihren Vater den ganzen Monat kaum gesehen.

Die Tür war verschlossen, was ungewöhnlich war. Ihr Vater hasste verschlossene Türen, besonders an heißen Tagen, und sagte, sie blockierten Kreativität und röchen nach Sitte und Anstand der englischen Mittelschicht in ihrer schlimmsten Form.

Statt zu klopfen, spähte Nula durchs Fenster. Wegen des starken Sonnenlichts war es schwierig, etwas deutlich zu sehen, aber sie erkannte die in Stiefeln steckenden Füße ihres Vaters unterhalb einer Staffelei und genau gegenüber dem Fenster auf dem Sofa liegend eine vollkommen nackte – und ziemlich schöne – Maggie.

Instinktiv duckte sie sich, ihr Herz raste. Maggie. Konnte das sein?

Sie sah noch einmal kurz durch die Scheibe, um zu überprüfen, was sie gesehen hatte.

Während sie langsam zurück zum Haus ging, holte Nula einige Male tief Luft und sagte sich, dass sie nicht schockiert war. Ihr Vater malte fast jede Frau, der er begegnete. Warum sollte er nicht seine Nichte malen?

Sie sagte sich auch, dass sie nicht eifersüchtig und dass das Ganze eher lustig war. Das war es also, was Maggie vorgehabt hatte! Nula hatte sich schon gewundert, wenn auch nur leicht, wohin ihre Cousine jeden Nachmittag ging. Jetzt ergab alles einen Sinn.

Abgesehen davon, dass es überhaupt nicht passte. Maggie mit ihren Büchern, ihrer ruhigen Wachsamkeit schien die letzte Person, die nackt posierend auf einem Sofa landete.

Dann, als sie bei der Kirche um die Ecke bog, fiel Nula Maggies wütender Gesichtsausdruck nach Joes albernem Streit mit dem Jungen aus der Gegend ein. Sie schien den Tränen nahe, als sie verkündete, dass Joe Nula sehen wollte. Vielleicht war es Maggies verquere Art, sich zu rächen, indem sie Ralphs Zeit und Aufmerksamkeit beanspruchte.

Während sie im Schatten der Bäume herumtrödelte, schoss ihr durch den Kopf, dass sie es Joe sagen könnte, oder ihrer Tante, und so allem ein Ende setzen könnte. Aber was würde dann passieren? Ihr Vater wäre wütend. Nichts deprimierte ihn mehr, als wenn er bei seiner Arbeit gestört wurde. Er würde wahrscheinlich darauf bestehen, dass sie packten und die Insel sofort verließen, was Nula die letzten paar Tage mit Joe rauben würde. Und selbst wenn sie blieben, würde Joe wieder den Beschützer seiner kleinen Schwester spielen. Nula war sich nicht ganz sicher, ob sie seine Geschichte glaubte, aber er hatte ihr erzählt, dass er in dem Streit sein Bestes gegeben hätte, und er schien stolz darauf zu sein.

Als sie beim Haus ankam, hatte Nula entschieden, dass sie Joe ganz für sich haben wollte, zumindest für den Rest der Ferien. Deshalb würde sie Maggie den Gefallen tun und dieses Geheimnis für sich behalten.

IV

SAMUEL SCHNARCHT, UND MAGGIE kann nicht glauben, wie lange er schon schläft. Drei Stunden jetzt, und sie nimmt das als Zeichen, dass sie das Richtige getan hat. Nicht, dass sie ein Zeichen braucht. Nicht, dass sie irgendeinen Zweifel hat. Aber offenbar hatte er diesen langen, tiefen Schlaf nötig. Sich richtig auszuschlafen nach einer wahrscheinlich schrecklichen Nacht. Kein Wunder, dass seine Mutter heute Morgen so müde aussah. Und wo schläft man besser als in der sicheren, geschlossenen Welt dieses Fiats, auf dem Weg nach Anglesey?

Dreimal hat sie ihre Billie-Holiday-CD jetzt gespielt. Sie springt noch einmal zu »I Cover the Waterfront« und beginnt zu singen, darauf vertrauend, dass der Klang ihrer Stimme das Kind nicht wecken wird. Wenn er aufwacht, werden sie die Berge schon passiert haben. Sie können in einer kleinen Stadt anhalten, sie kann mit ihm an die frische Luft gehen, vielleicht auch in ein Café und ihm einen Müsliriegel und einen Joghurt zu essen geben. Sie denkt an Bangor. Es ist eine kleine Stadt, aber trotzdem anonym: Niemand wird sich Gedanken über ein schwarz gekleidetes Mädchen machen, das einen kleinen Jungen im Buggy schiebt. Wenn sie etwas erfahren hat, seitdem sie diesen Job macht, dann dass junge Frauen mit Kindern in Buggys und leichtem Stirnrunzeln in den müden Gesichtern ziemlich unsichtbar sind. Die einzigen Menschen, die dich ansehen, sind andere Frauen mit Buggys, und die sind meistens so mit ihren eigenen Kindern beschäftigt, dass sie nicht viel bemerken.

Aber jetzt sind sie weg; sie sind unterwegs. Sie ist absichtlich durch Snowdonia gefahren, obwohl es etwas weiter ist, weil sie den Kontrast zwischen den düsteren Bergen und der windigen, flachen Insel erleben wollte. Die Straße vor ihr wird schmaler und steiler, als sie um die nächste Kurve fährt. Kreischend quält sich der Mietwagen im zweiten Gang die Steigung hinauf. Aber man muss sich Anglesey von dieser Seite nähern, um seine Beschaulichkeit zu genießen nach den Schrecken grauer Gipfel, krummer Bäume, herabgestürzten Granits und – das Schlimmste – vernarbter Berghänge, deren Flanken durch Schieferabbau weggerissen wurden.

Sie stellt sich vor, wie sie bei Sonnenuntergang in Llanidan ankommt. Sie wird Samuel an die Hand nehmen und zum Bootshaus führen, die Stufen vom Strand hinauf und durch die Seitentür aus Holz. Er wird sie ein bisschen verwirrt ansehen, wenn sie sagt: »Willkommen zu Hause«, und seine Unterlippe wird herunterhängen, als ob er gleich weint, aber sie wird ihn auf den Arm nehmen und ihm alles zeigen, was einmal Joe gehört hat.

Der Himmel hat die Farbe von verwaschenen Unterhemden, und Sommerregen peitscht gegen das Auto. Das Geräusch macht Samuel unruhig. Er schlägt mit dem Kopf von einer Seite zur anderen, die Augen flattern. Maggie fängt an zu gurren: »Alles gut, Sammy, Gi-Gi ist hier, wir sind in Gi-Gis Auto, und alles ist in Ordnung.«

Er reißt die Augen auf, starrt auf das regenbedeckte Fenster und heult auf. »Hand!«, fordert er. »Hand!« Sie erklärt ihm, dass sie ihm nicht die Hand geben kann, weil sie fährt und beide Hände braucht, aber sie wird es tun, sobald sie kann. Als Antwort brüllt er noch lauter: »Hand! Hand!« Auf einem Schild steht: Holyhead 25. Es ist halb fünf, fast seine normale Abendessenszeit, das wird sein Elend noch verschlimmert haben. Er schreit jetzt, schlägt mit den Beinen und fängt von der Anstrengung solcher Verzweiflung an zu husten. Aber Maggie fährt nicht schneller, blickt nicht in sein rotes, nasses Gesicht im Rückspiegel. Sie konzentriert sich auf den Verkehr und findet die Straße nach Bangor hinein. Die Stadt sieht anders aus als in ihrer Erinnerung, vielleicht weil es so stark regnet und die Straßen so verschmiert sind. Sie folgt der Verkehrsführung, und schneller als erwartet verschwindet die Stadt hinter ihr, ohne konkrete Form angenommen zu haben. Als sie hastig einen U-Turn macht, hupen einige andere Autofahrer. Sie parkt auf dem Parkplatz von Morrison's in der Nähe der Universität, macht den Motor aus und dreht sich zu dem Jungen um. Sein Gesicht ist feuerrot vor Wut und sein Geschrei so wild geworden, dass sie fürchtet, er könnte sich übergeben. Mit eingezogenem Kopf steigt Maggie aus dem Auto in den Regen. Sie hat es aufgegeben, ihn mit Worten zu trösten, und es ist eine große Erleichterung, den engen Gurt seines Autositzes zu öffnen und ihn an sich zu ziehen. Samuel stemmt seine Fäuste gegen ihr Kinn, biegt sich so weit zurück, wie es geht, und stößt einen letzten Schrei aus, so laut und verzweifelt, dass sie ihn beinahe anschreit, beinahe sagt: »Weißt du, was ich für dich riskiert habe? Weißt du das?« Aber stattdessen drückt sie ihn fester an sich und geht schnell in den Laden.

Die grelle Beleuchtung des Supermarktes und das wunderbare Summen der automatischen Türen reichen, dass der Junge vor Verblüffung aufhört zu weinen. Er schluckt, zittert und legt seinen Kopf auf ihre nasse Schulter. Maggie hütet sich, ihn in den Sitz eines Einkaufswagens zu zwängen, sondern bleibt einige Augenblicke stehen, drückt Samuel fest an sich und beruhigt ihn. Von ihrem Regenmantel und ihrer Tasche tropft Wasser auf den Boden, und seine Nase beginnt zu laufen. Über den Lautsprecher ertönt eine Stimme: »Donna, an Kasse vier, bitte«, und Samuel sieht Maggie an und sagt: »Spricht.«

Sie putzt seine Nase, stellt ihn hin und lässt ihn zu den Äpfeln laufen, damit er sich einen aussuchen kann. »Diesen!«, sagt er und greift nach einem glänzenden, roten Jonagold. »Bist du sicher?«, fragt sie. »Diesen!«, sagt er wieder, lässt den ersten fallen und nimmt einen anderen, größeren Apfel. »Okay, dann nehmen wir den«, sagt sie, aber er kommt jetzt in Fahrt und lässt Äpfel schneller auf den Boden fallen, als sie sie aufsammeln kann. »Samuel«, sagt sie, »Sammy –«

»Anstrengendes Alter, was?«, fragt eine Stimme von hinten.

Noch die Hand auf Samuels Schulter, dreht Maggie sich zu einem Mann mit grüner Morrison-Schürze um. »Ich bin Neil«, steht auf seinem Schild.

»Tut mir leid«, beginnt sie. »Wir bezahlen sie ...«

»Nicht nötig«, sagt er und geht in die Hocke, um Samuel anzusehen. »Wie heißt du denn?«, fragt er.

»Das ist Samuel«, sagt Maggie und hält sich dann die Hand vor den Mund. Ein dummer Ausrutscher. Sie hatte sich für einen anderen Namen entschieden: Stevie. Sie muss auf diese Dinge achten.

»Und wie alt bist du, Mr. Samuel«, fragt Neil.

Samuel blickt auf den Boden.

»Gerade zwei«, antwortet Maggie.

»Oh je«, sagt Neil. »Trotzalter, oder? Arme Mummy.«

Er tätschelt Samuel den Kopf, nicht kräftig, aber Maggie reißt Samuel unwillkürlich von der Berührung dieses Fremden weg. In solchen Situationen sagt sie oft: »Ich bin nicht Mummy, ich bin das Kindermädchen«, das reicht, um jemanden in Verlegenheit zu bringen, der ein Gespräch anfangen will. Es fällt schwer, diese Taktik bei Neil nicht anzuwenden. Sie weiß, dass ihre jetzige Antwort – »am besten nicht drum kümmern« – ihn nicht lange abschrecken wird.

»Du hast Glück, Mr. Samuel.« Neil richtet sich auf und wendet sich dabei zu Maggie, die so tut, als hätte sie nichts gehört.

»Mummy?«, fragt Samuel mit hoffnungsvollem Gesichtsausdruck.

Maggie nimmt ihn auf den Arm und geht zur Tür, undeutlich wahrnehmend, dass Neil ihr nachruft, dass sie die Äpfel vergessen hat. Sie geht weiter, hinaus in den Regen, betet, dass Samuel das Wort nicht wiederholt.

Wieder im Auto, tut sie alles, um ihn abzulenken, lässt ihn auf dem Fahrersitz sitzen und das Lenkrad festhalten, während sie ihm mit einem Plastiklöffel Joghurt füttert. Er macht den Mund auf und zu, auf und zu, auf und zu, ohne die Augen ein einziges Mal von der Windschutzscheibe abzuwenden, während er Autofahren spielt, hin und wieder TUT ruft, manchmal vor Aufregung aufsteht, sich aber immer wieder hinhockt, wenn sie es ihm sagt. Sie beobachtet seine Hände am Lenkrad, wie er das Ding festhält, als würde sein Leben davon abhängen. Sie weiß schon lange, dass der Junge einen starken Willen hat, aber zum ersten Mal findet sie seine Ausdauer ein bisschen entnervend.

Ein Klopfen am Fenster. Sie zuckt zusammen, während Samuel es kaum bemerkt, so vertieft ist er ins Autofahren. Es ist Neil mit einem nassen Beutel Äpfel in der Hand. Durch die regenverschmierte Scheibe sieht sie einen besorgten Ausdruck in seinen Augen. Sie hat das schon häufiger erlebt. Ein Mann, der einen Anknüpfungspunkt sucht, einen Einstieg. Vielleicht denkt er, sie sei eine Alleinerziehende, die morden würde, um einen Mann – irgendeinen Mann – zu haben.

Widerstrebend kurbelt sie das Fenster runter. »Ich möchte wirklich keinen ganzen Beutel«, sagt sie.

Er bleibt ungerührt. »Sie sind fast übers Mindesthaltbarkeitsdatum. Die werden weggeworfen. Das ist Verschwendung.«

Eine Pause.

»Ihr kleiner Junge wollte doch unbedingt einen, oder?«

»Ich kann sie nicht annehmen«, sagt sie und kurbelt das Fenster wieder hoch.

Neil richtet sich auf, sodass sie nur noch die Bänder seiner Schürze sehen kann, die sich in seine Taille graben, aber er geht nicht vom Auto weg. Er steht aufrecht und sie sieht jetzt, dass er dünn ist. Sein Körper ist jünger als sein Gesicht, das sie auf über fünfunddreißig geschätzt hatte. Minuten vergehen, und er geht immer noch nicht. Samuel ruft noch einmal TUT-TUT, sieht dann aber Maggie an und fordert: »APFEL!« Sie bietet ihm Joghurt und Saft an, aber er ruft: »APFEL, APFEL.«

Ihr Herz beginnt zu pochen, und sie sagt sich, dass sie sich zusammennehmen muss. Neil ist nur ein Mann, der irgendwo landen will. Vielleicht verzweifelt. Aber nicht bedrohlich. Nicht unbedingt. Als sie gerade nachgeben und das Fenster noch einmal herunterkurbeln will, hört sie etwas dumpf auf dem Autodach aufschlagen. Durchs Seitenfenster sieht sie, wie Neil zurück zum Laden geht. Einen Augenblick sitzt sie mit dem Kopf in den Händen da, hört Samuels immer lauter werdende Schreie nach einem APFEL und hat das Bedürfnis, Neil nachzulaufen und ihm überschwänglich für das Geschenk zu danken. Stattdessen öffnet sie die Tür und sieht auf dem Dach nach. Dort liegt der »Familienbeutel« mit sechs kleinen Äpfeln, »perfekt für

Frühstücksdosen«. Unter der Tüte eine Karte. Als sie sie an den etwas durchgeweichten Ecken in die Hand nimmt, sieht Maggie, dass es eine Visitenkarte ist, in der Art, wie man sie früher in Poststellen drucken lassen konnte.

Wieder im Auto, schält sie einen Apfel, schneidet ihn in dünne Spalten und gibt Samuel eine. Erst nachdem sie ihn mit dem ganzen Apfel gefüttert hat, liest sie die Karte. *Neil Jones*, steht da, *Instandhaltung, Renovierung, Umbauten. Kein Auftrag zu geringfügig. Bangor 7702978.*

Sie stopft die Karte in die Tasche, schält einen weiteren Apfel, schneidet ihn in Spalten und isst ihn selbst.

Sobald sie außerhalb Bangors sind, beginnt Maggie zu singen.

»OH! *The grand old Duke of York, tiddly pom!*«

»POM!«, wiederholt Samuel

»He had ten thousand men, tiddly pom!«

»POM!«

»He marched them up to the top of the hill –«

»POM!«

Sie jagen über die Holyhead Road, hinauf auf die elegante Menai-Brücke, deren Ketten vor ihnen aufgereiht sind wie industriell gefertigte Halsketten. Auf beiden Seiten tut sich das blaue Wasser auf. Schnell, scheint es, lassen sie die verregneten Berge hinter sich und fahren in den jähen Sonnenschein auf der Insel. *Croeso I Ynys Môns* – Besuchen Sie Anglesey – steht auf einem Schild. Genau in dem Moment prustet Samuel vergnügt. Seinen Blick im Rückspiegel einfangend, prustet Maggie zurück.

Ich weiß alles über ihn, denkt sie. Sie hat sich das rote Buch angesehen, in dem seine Eltern Gewicht, Größe, Nahrung und Schlafrhythmus aufgeschrieben haben. Sie hat Nulas Laptop geöffnet und sich jedes Foto angesehen, das seine Mutter von Samuel gemacht hat, und das Video, das Greg von seinem Sohn aufgenommen hat, als er aus dem Krankenhaus nach Hause kam – der Wind draußen vorm Haupteingang des John Radcliff weht Nulas dünnen Schal in Samuels schreiendes Gesicht. In dem Video hört Nula auf zu winken und dreht sich von der Kamera weg, um ihren Sohn vor der Sonne zu schützen, hält seinen Kopf an ihre Brust und ruft Greg etwas zu. Maggie versteht nicht, was sie sagt, aber es wirkt ärgerlich und ungeduldig, vielleicht: »Hol das Auto!« Oder auch: »Was machst du?« Maggie hat auch Nulas Tagebuch gelesen, ein ledergebundenes Buch mit cremefarbenen Seiten, das Nula in der unteren Schublade ihres Schreibtisches aufbewahrt. Der Eintrag für die Woche, in der Samuel nach Hause kam, ist lückenhaft, aber bedeutsam: *Wie kann ich das tun? Wie kann ich das Baby bedenkenlos dem Chaos aussetzen, in dem ich lebe, ganz zu schweigen von der Welt da draußen?*

Obwohl sie weiß, dass sich einige Teile der Insel stark verändert haben, ist sie überrascht und enttäuscht über den neuen Waitrose-Markt am Kreisel hinter der Menai-Brücke. Sie hatte gedacht, die Insel wäre gegen diese Dinge immun.

Nachdem sie die richtige Ausfahrt gefunden haben, ist Samuel ungefähr drei Minuten zufrieden in seinem Sitz, bevor er anfängt zu schreien: »Will RAUS!« Maggie hat eine Flasche Milch in der Wickeltasche mitgenommen und sich gesagt, sie nur im Notfall zu benutzen. Sie fährt an die Seite, gibt ihm die Flasche und wird mit sofortiger Ruhe belohnt. Er ist zu alt für die Flasche, aber seitdem Maggie bei den Shaws arbeitet, ist es häufig vorgekommen, dass Samuel morgens bei der Begrüßung mit einer Plastikflasche zwischen den Zähnen herumgelaufen ist. Sie hatte Nula vorgeschlagen, diese Flasche wegzulassen, und sie daran erinnert, dass der andauernde Kontakt mit dem Zucker in der Milch schlecht für die Zähne des Jungen seien, aber Nula hatte darauf nur mit einem vagen Lächeln und den Worten reagiert: »Du hast recht, Maggie. Aber das ist nicht so einfach.«

Als sie Llanfairpwll erreichen, nuckelt Samuel immer noch an der Flasche, und Maggie beginnt zu bedauern, dass sie ihm das Ding gegeben hat. Immerhin verschafft es ihr Zeit, darüber nachzudenken, was sie tun sollte, sobald sie ankommen. Insgeheim hat sie ein wenig Hoffnung, dass Joe da ist, um sie zu begrüßen, obwohl es mehr ist, als sie sich erlauben kann zu erwarten. Deshalb macht sie in Gedanken eine Liste, was sie tun muss: Samuel die Windel wechseln; das wollte sie eigentlich in Bangor, aber Neil hat sie abgelenkt. Wasser für seine Nudeln aufsetzen. Die wenige Kleidung wegräumen, die sie mitgenommen hat. Sie hat kein Bettzeug mitgenommen, ist aber sicher, dass er zumindest am Anfang am liebsten bei ihr schlafen will. Alles wird fremd sein, und er wird Trost brauchen. Morgen wird sie nach Llangefni fahren müssen, um einzukaufen. Sie weiß, dass es umso riskanter wird, je länger sie es aufschiebt.

Erst jetzt zieht sie ernsthaft die Möglichkeit in Betracht, dass die Shaws ihr mit dem Auto folgen, tut den Gedanken aber schnell als albern ab: Weder Greg noch Nula sind schon von der Arbeit zurück. Normalerweise kommen sie nicht vor halb sieben nach Hause, und zurzeit kommt es selten vor, dass Nula aus dem Büro zu Hause anruft, es sei denn, sie kommt später. Vielleicht kann sie in einem Wohltätigkeitsladen ein paar Spielsachen kaufen. Außer dem Affen hat sie nichts mitgenommen. Kinder spielen bekanntlich mit allem, was da ist. Sie brauchen nicht ein Zimmer voll Plastikmüll, um sich zu beschäftigen. Bei den Shaws war Maggie immer wieder schockiert gewesen, wie viel neues Spielzeug Samuel bekam – jede Woche tauchte etwas auf und kam in die Holzkiste im Wohnzimmer oder wurde den umfangreichen Lagern hinzugefügt, die Nula in durchsichtigen Plastikkisten in seinem Zimmer und im Schrank unter der Treppe angelegt hatte. Maggie hatte einmal vorgeschlagen, die Kisten abzuwechseln und Samuel immer nur eine benutzen zu lassen. Nula hatte gegrinst. »Lassen wir *ihn* doch einfach entscheiden, womit er spielen will, in Ordnung?«, sagte sie. Maggie hatte nicht nachgegeben. »Wäre es nicht besser, die Auswahl zu begrenzen, nur ein bisschen?«, hatte sie gefragt. »Meinst du, wir sollten so eine Art Spielzeug*plan* machen?«, antwortete Nula ungläubig.

Sie biegt links ab und steuert das Auto Richtung Llanidan.

»Wir sind zu Hause!«

Maggie zieht die Handbremse an und dreht sich strahlend zu Samuel um.

»Wir sind zu Hause«, sagt sie noch einmal und versucht, den fröhlichen Ton beizubehalten. Samuel sieht aus dem Fenster, ohne das Wort zu wiederholen, ein leichtes Runzeln auf seiner normalerweise glatten Stirn.

Maggie hatte dem Bedürfnis widerstanden, das Auto oben an der Straße zu parken und den langen wunderschönen Weg zu Fuß mit Samuel zu gehen. Stattdessen fuhr sie unter einem Dach von Eichen und Ulmen an den Feldern entlang, die immer wieder einen Blick auf den Kanal freigaben, kurbelte die Fenster herunter, um die Geräusche von Schafen, Vögeln, Wind und Meer hereinzulassen, und parkte so nah wie möglich am Strand. Sie wollte ihn schnell hineinbringen, ihm ihr Zuhause zeigen, ihren Bruder kennenlernen lassen, falls er da war; Samuel etwas zu essen machen und dafür sorgen, dass er sich da drinnen heimisch fühlte, bevor er draußen alles erkundete. Dafür würde noch Zeit genug sein.

Das Bootshaus war immer schon baufällig, aber jetzt sieht es verwahrlost aus. Der ehemals weiße Anstrich ist durchsetzt mit Algen und Vogeldreck. Die vordere Tür beginnt unten zu verrotten. Die kleinen Fenster sind mit einem Salzfilm bedeckt.

Sie trägt ihn den Strand entlang und die Treppen zur Tür hinauf. Samuel zeigt in Richtung Kanal und ruft: »Meer!«

»Ja«, sagt Maggie. »Wir wohnen am Meer.«

»Sam Meer?«

»Später, mein Liebling«, sagt sie. »Wir sehen es uns später an.« Es ist das erste Mal in all den Jahren, die sie als Kindermädchen arbeitet, dass sie das Kosewort benutzt. Normalerweise erlaubt sie sich nur *Häschen* oder *Mäuschen*. Bei den Shaws hatte sie schon oft *mein Liebling* gedacht, hatte das Wort aber kein einziges Mal über ihre Lippen gelassen, aus Angst, dass Nula oder Greg es hörten. Ihr kommen die Tränen, als sie sich die Worte aussprechen hört, auch wenn Samuel auf die Äußerung nicht reagiert.

Heftig blinzelnd stellt sie ihn hin, damit sie den Schlüssel ins Schloss stecken kann.

»Da wären wir also.«

Er nimmt die angebotene Hand und folgt ihr hinein.

Es ist kühl und ziemlich dunkel, aber nicht muffig, wie sie befürchtet hatte. Joe war vor Kurzem hier, es riecht nach Speck und ungewaschener Bettwäsche. Sie ruft zweimal seinen Namen, aber es kommt keine Antwort.

»Wir sind zu Hause«, sagt sie noch einmal, vielleicht an das Haus gerichtet. Noch immer ertönt die Stimme ihres Bruders nicht aus der Dunkelheit. Niemand tritt hervor, um sie zu begrüßen, und die Leere des Ortes veranlasst sie, Samuel auf den

Arm zu nehmen und auf die Wange zu küssen. Er wehrt sich, will alles erkunden. Sie weiß nicht, warum sie weinen muss; weiß nicht, ob sie die Tränen noch viel länger zurückhalten kann.

Maggie hatte gewusst, dass ihr Bruder das Haus kaum noch benutzte. Ihre Mutter hatte es ihr geschrieben. Trotzdem hatte sie gehofft, es würde reichen, den Jungen herzubringen, dann würde Joe schon irgendwie auftauchen.

»Da?«, will Samuel wissen und zeigt auf ein Muschelmobile. Etwas Neues. Es klimpert leicht im Luftzug, der vom Fenster kommt. Um ein bisschen Zeit zu gewinnen, um die Taschen zu holen und Tee zu machen, nimmt sie es vom Haken an der Decke. »Muscheln«, sagt sie. »Für dich.« Er packt es mit der Faust und schüttelt es, verursacht ein lautes Knacken und eine Staubwolke. Das scheint ihn befriedigt zu haben.

Als sie mit Samuels Tasche vom Auto zurück zum Haus kommt, macht sie sich kurz Sorgen wegen seiner Größe. Ist genug Platz da, um an einem regnerischen Tag hier zu spielen? Spielgruppen kommen jetzt nicht mehr in Frage. Es gibt eine Leiter, die auf einen winzigen Dachboden führt. Erst jetzt denkt sie daran, wie gefährlich das für Samuel ist. Sie würde sie ganz entfernen müssen, und sie wären auf unten beschränkt.

Sie stellt die Tasche aufs Bett und bemerkt die fehlenden Haken an den Gardinen. An der Wand hängt ein Poster des Films *Midnight Cowboy* – noch etwas Neues hier, Joe musste es kürzlich aufgehängt haben. Zurück im Wohnzimmer, bemerkt sie, dass keine Fotos zu sehen sind. Und jetzt, bei genauer Betrachtung, sieht sie, dass alles mit einer Staubschicht bedeckt ist. Das alte Edelstahlwaschbecken und der Abtropfkorb, der Resopal-Tisch, das braune samtene Zweisitzer-Sofa – Maggie versucht vergeblich, sich nicht selbst nackt darauf vorzustellen –, der gelbe Flickenteppich, all das muss sie sich vornehmen. Aber Saubermachen muss warten.

Es sind auch noch Farbschlieren auf den Dielen. Auf der Fahrt hierher hat Maggie nur daran gedacht, dass Joe im Bootshaus ist, aber jetzt sieht sie ganz deutlich Ralph mitten im Wohnzimmer stehen, in einer Hand einen Pinsel, die andere berührt seine straff anliegenden Haare, während sein Blick ihren Körper taxiert. Unwillkürlich errötet sie.

Samuel hat genug von den Muscheln. Er wirft sie hinter sich, läuft ins Schlafzimmer, packt ihre Hand und fordert: »Kuscheln.«

»Dann komm«, sagte sie und hebt ihn auf die Hüfte. »Okay?«, fragt sie und versucht zu lächeln. »Uns geht's gut, oder?«

»Mummy?«

Sie hat sich schon überlegt, wie sie solche Fragen beantworten wird, und es schockiert sie nicht, sie zu hören. Es erstaunt sie, dass es so lange gedauert hat, bis er fragt. »Hör zu, Sammy. Mummy musste kurz wegfahren, um zu arbeiten, Okay? Deshalb bist du bei Gi-Gi, in Gi-Gis Haus. Okay?«

Schließlich ist es nicht das erste Mal, dass Samuel gesagt wird, seine Mutter sei weg. Nula war schon ein paar Mal beruflich auf Reisen. Bei beiden Gelegenheiten war Greg offiziell verantwortlich gewesen, was Maggie Sorgen gemacht hatte.

»Mummy Arbeit«, wiederholt Samuel.

»Ja«, sagt Maggie. »Wollen wir deine Windel wechseln?« Sie hat sie nicht gewechselt, seit sie Oxford verlassen haben, und seine Hose beult sich.

»Gi-Gi Haus.«

»Genau.«

Das reicht für den Moment. Er lässt es zu, dass sie ihn aufs

Bett legt und windelt, dann streckt er die Hand nach dem Radiowecker auf dem Stuhl neben Joes Bett aus. »Da?«

Sie setzt ihn hin und zeigt ihm, wie man den Pieper an- und ausstellt. Als sie sicher ist, dass er sich ein paar Minuten allein damit beschäftigen kann, lässt sie ihn dort, um seine Nudeln zu kochen, wobei sie versucht, darüber hinwegzusehen, wie schmierig Joes Töpfe sind. Zurzeit isst Samuel abends nichts anderes als Nudeln mit Tomatensoße oder Couscous mit gekochten Karottenstiften. Das ist auch etwas, das sie angehen will.

Es ist schon fast halb sieben. Um ihn dazu zu bringen, am Tisch zu sitzen, erlaubt sie ihm, noch zwei Becher Joghurt zu essen, während er wartet. Er wird ganz still, als sie die Nudeln abgießt und abkühlen lässt, und als sie den Teller vor ihn hinstellt, schafft er nur noch drei Löffel, bevor er den Kopf auf den Tisch legt und die Augen schließt. Strähnen seiner blonden Haare durchziehen die rote Soße.

Maggies Schultern entspannen sich, als ihr bewusst wird, dass der Tag – ihr erster Tag zu Hause – vorbei ist. Sie hebt den schlafenden Jungen hoch, wischt mit den Fingern die Soße aus seinen Haaren, trägt ihn ins Schlafzimmer und legt ihn vorsichtig auf Joes Bett. Sie zieht ihm Strümpfe und Hose aus, bevor sie ihm die Decke über die Beine zieht. Es ist das erste Mal, dass er in einem großen Bett, nicht in einem Kinderbett schläft, deshalb legt sie auf jede Seite von ihm ein Kissen, um sicherzustellen, dass er nicht hinunterrollt. Die Reise hat ihn erschöpft, schnell bildet sich ein nasser Fleck auf dem Laken von der Spucke, die aus seinem schlaffen Mund tropft. Sie berührt seine Stirn und flüstert: »Schlaf gut, mein Liebling.«

Maggie geht im Bootshaus auf und ab, unfähig, sich zu setzen. Das Bedürfnis sauber zu machen, alles nett zu machen für

Samuel, wenn er wieder aufwacht, ist zu stark. Oder vielleicht es für Joe netter zu machen. Die Reinigungsprodukte ihres Bruders bestehen aus einem abgenutzten Reinigungsschwamm und flüssigem Reinigungsmittel von der Menge eines Eierbechers. Sie macht sich an die Arbeit. Als sie das Waschbecken halb fertig geschrubbt hat, merkt sie, dass sie vor Hunger zu zittern beginnt. Dieser verdammte Neil! Hätte er sich im Supermarkt nicht eingemischt, hätte sie sich etwas Anständiges zu essen kaufen können. Immerhin ist da noch der Rest von Samuel. Sie müssen morgen früh als Erstes zum Coop in Llanfairpwll fahren und sich eindecken. Sie will nicht öfter zum Supermarkt fahren als unbedingt notwendig. Zum Glück gibt es in der Küche ein ziemlich großes Gefrierteil. Sie wühlt in der Wickeltasche und macht in Gedanken eine Bestandsaufnahme ihrer Vorräte. Fünf kleine Dosen Rosinen, ein halber Becher verdünnter Orangensaft, drei Müsliriegel, eine fast volle Packung Nudeln, eineinhalb Dosen Tomatensoße und zwei Becher Joghurt. Und selbstverständlich die restlichen Äpfel im Beutel. Es fällt Maggie leicht, sich auf die übrig gebliebenen Nudeln von Samuel und einen Apfel zu beschränken. Während der Zeit am Jesus College hatte sie mit weniger überlebt. Sie weiß auch, dass sich ihr Magen mit ein paar Bechern warmem Wasser täuschen lässt und fast voll anfühlt. Am Waschbecken stehend verschlingt sie die Nudeln. Sie beschließt, sich in einem der Sessel auszuruhen, während sie den Apfel isst. Aber innerhalb von Sekunden ist sie wieder auf den Beinen und öffnet die Haustür.

Der Geruch des Meeres, das Beruhigende seiner regelmäßigen Geräusche ist so überwältigend, dass sie sich draußen an die Hauswand setzen muss. Falls er aufwacht, kann sie Samuel hier hören. Es ist ein warmer Abend, und der Kanal ist vollkommen ruhig. Die Lichter von Dinorwig gehen an. Sie betrachtet die blauen Schatten von Snowdonia und erlaubt sich den Anflug eines Lächelns. Sie sind da. Sie haben es geschafft.

Nur das Geräusch des Meeres könnte sie stören. Trotzdem kann Maggie nicht schlafen. Aus Angst, Samuel zu wecken, der ausgestreckt in der Mitte der Matratze liegt, liegt sie nah an der Bettkante. Sie kann nicht einmal die Augen schließen, denn wenn sie es tut, kreisen ihre Gedanken um die Dinge, an die sie denken muss, Dinge, die sie morgen tun muss und heute getan hat, und die Liste wird immer länger. Und sie muss aufpassen – die ganze Zeit aufpassen –, dass er nicht aus dem Bett fällt.

Um drei Uhr nachts, als sie gerade eingeschlafen ist, wird Maggie von einem Schrei geweckt.

»Mum-my!«, jammert Samuel. »Mum-my!«

Es trifft sie wie ein Schlag auf die Brust, ihr verlangsamter Herzschlag kommt wieder in Gang. Sie langt hinüber, streichelt seinen Kopf und murmelt: »Alles in Ordnung, Gi-Gi ist –«

»Mummy!«

Sie macht die Nachttischlampe an, und er rappelt sich auf. »Wir sind in Gi-Gis Haus, weißt du noch?« Sofort ärgert sie sich, dass sie nicht »zu Hause« gesagt hat wie bei ihrer Ankunft. Aber die Uhrzeit und die Angst in Samuels Gesicht haben sie zu dieser Halbwahrheit gezwungen. »Schlaf weiter«, sagt sie.

Ausgeschlossen. Seine Stimmung ist bereits von Kummer zu Neugier umgeschwenkt. Er sitzt da, sein großer Kopf dreht sich, während er die Einzelheiten der neuen Umgebung in sich aufnimmt. Er zeigt auf Dustin Hoffman über dem Bett. »Das?«

Maggie fährt sich mit der Hand übers Gesicht. Ihr Herz rast immer noch, weil sie so plötzlich geweckt wurde. Sie versucht, ihn an sich zu ziehen. Vielleicht lässt er sich wieder in den Schlaf wiegen, wenn sie ihn in den Arm nimmt. Sie hat das natürlich schon gemacht, den Jungen beruhigt, wenn er nicht lange genug Mittagsschlaf gehalten hat, indem sie ihm mit dem Finger über die Schläfe gefahren ist oder gesungen hat oder ihn in den Arm genommen und gewiegt hat, bis ihm die Augen wieder zugefallen sind. Aber das war in seinem mit Meer- und Strandmotiven eingerichteten Zimmer, mit einem augenzwinkernden Mond als Nachtlicht und sehr wirksamen Verdunkelungsrollos, seinem blau gestreiften Schlafsack von John Lewis und all seinen Stofftieren. Jetzt weicht Samuel ihrem Griff aus. »Auf«, sagt er. »Auf.« Er krabbelt zum Bettrand.

Es ist sinnlos, seiner starken Neugierde Widerstand zu leisten. Sie muss aufstehen und ihm erlauben, alles zu erkunden. Um drei Uhr morgens sollte man einen Wutanfall vermeiden.

»Okay. Wir sehen uns um«, sagt sie und findet sich damit ab, dass noch ein paar schlaflose Stunden vor ihr liegen.

»Sehn um«, stimmt Samuel zu.

Sie zeigt ihm das Zimmer, zieht Joes Schubladen heraus und erlaubt dem Jungen, Joes Kleidung anzufassen und auf den Boden zu werfen. Viel ist da nicht: ein paar verwaschene graue Pullover, einige ausgeleierte T-Shirts, eine dicke Cordhose und einige schmutzige Jeans, die unten in den Schrank geworfen wurden.

»Das?«, fragt Samuel und greift nach jedem Teil und hält es mit seiner rundlichen Faust. Geduldig antwortet sie, manchmal schmückt sie es aus, wenn sie genug davon hat, einfach Tatsachen festzustellen. (»Das ist ein verwaschener Angora-Pullover. Joe hatte ihn an, als er den Preis für den schlecht gelauntesten Teenager bekommen hat.« Oder: »Das sind Bluejeans. Joe trug sie in der Levis-Werbung, für die er 1989 fotografiert wurde.«) Trotz ihrer müden Glieder und dem stechenden Gefühl um die Augen beginnt Maggie, Gefallen daran zu finden. Auf die Art, denkt sie, lebt Samuel sich ein und lernt Joe kennen.

Unter dem Bett entdecken sie Zeitschriften über Fotografie, vereinzelte Socken, Papiertaschentücher, Bleistifte ohne Mine. Aber Samuel interessiert sich mehr für das CD-Regal neben dem Bett. Maggie öffnet jede Hülle und erlaubt ihm, den Inhalt zu untersuchen. Mit Genugtuung stellt sie fest, dass sich der Geschmack ihres Bruders nicht geändert hat: Bob Dylan, Johnny Cash, Sam Cooke mit Gospelliedern, Elvis in den Sun Studios. Nichts jünger als 1975. Sie legt »Mystery Train« in den CD-Player und macht Eisenbahngeräusche für Samuel, der lacht.

Als er genug davon hat, auf die Knöpfe der Stereoanlage zu drücken, packt er das Seitenteil eines nicht gerade stabilen Regals und bringt es ins Wanken.

»Samuel!«, sagt Maggie und streckt die Hand aus, um das Ding festzuhalten. »Samuel, nein –«

Seine Zunge guckt aus dem Mundwinkel, während er konzentriert das Regal mit beiden Fäusten packt und mit aller Kraft daran zieht.

Maggie sieht das Regal – verzogen, leer und aus dünnen Spanplatten – schon umfallen und zieht Samuel aus dem Weg, gerade als das Ding mit dumpfem Aufprall aufs Bett fällt.

Maggie blickt in Samuels erschrockenes Gesicht. »Bist du okay?«, fragt sie. »Armer Samuel! Was für ein Lärm …!«

Nach einem Augenblick fassungslosen Schweigens zeigt er auf ein großes, flaches Paket, das hinter den Schrank geschoben ist. »Das?«, will er wissen, stapft hinüber und schafft es, es ein Stück ins Zimmer zu ziehen.

Als Maggie die Hand ausstreckt, um zu verhindern, dass das Paket umfällt und Samuel umwirft, sieht sie, dass etwas auf das braune Papier geschrieben ist. *Für Maggie. Mit Hochachtung und Bewunderung. Ralph Wichelo.*

Dann erkennt sie Größe und Form des Gegenstandes, hält inne und holt Luft.

»Geschenk!«, verkündet Samuel und fängt an, ungeschickt an dem Papier zu reißen.

Das muss das Porträt sein. Sie hat nie das fertige Werk gesehen. Oft hat sie sich gefragt, wie es wohl aussieht und was Ralph damit gemacht hat. Sogar nachdem sie aufgehört hatte, über Ralph nachzudenken, hatte sie fast jeden Tag an das Bild gedacht und sich gefragt, welche Geheimnisse ihr Onkel auf der Leinwand offenbart hatte.

»Geschenk aufmachen!«, fordert Samuel und hat es geschafft, ein kleines Stück Papier von dem Paket zu entfernen.

Staub wirbelt auf, als sie ihm hilft. In großen Stücken reißen sie das Papier vom Paket. Sie stellt es gegen die Wand und tritt zurück, bevor sie richtig hinsieht. Es ist natürlich das Bild einer sechzehnjährigen Maggie, die nackt auf dem Sofa im vorderen Raum des Bootshauses liegt. Sie starrt das Bild eine volle Minute lang an und versucht, alles wahrzunehmen. Samuel klatscht mit der flachen Hand darauf, sodass die Leinwand nachgibt. Als sie sein Handgelenk packt, um ihn davon abzuhalten, schreit er, erschrocken über die plötzliche Heftigkeit, mit der sie zugreift.

»Nicht hauen. Gi-Gi will es angucken.«

»Hauen!«, ruft er und versucht, ihr die Hand zu entwinden. Aber sie hält ihn am Handgelenk fest. »Hauen!«, wiederholt er. »Hauen!«

»Hör auf«, sagt sie, und es gelingt ihr, ruhig, aber bestimmt zu klingen. »Hör auf.«

Sie sollte ihn beruhigen, aber sie kann die Augen nicht von

dem Bild abwenden. Es ist wunderschön: Die Farben scheinen zu sprühen, die Pinselstriche sind kräftig und trotzdem nuanciert. Was sie am meisten schockiert, ist nicht ihre Nacktheit, sondern der vollkommen glückliche Ausdruck ihres Gesichtes. Ihre Wangen sind gerötet, ihre Augen strahlen, und die Mundwinkel sind zu einem scheuen Lächeln hochgezogen. Die Offenheit dieses Blicks ist etwas, das sie nicht wiedererkennt. Es ist ein Blick voller Hoffnung. Sie erinnert sich an jene langen Nachmittage mit Ralph, wenn er arbeitete und sich weigerte, ihre Fragen zu beantworten. So werde ich auch sein, hatte sie damals gedacht. Eines Tages werde ich das auch tun. Eine Leinwand bearbeiten und mich nicht erklären müssen.

Tatsache war, dass sie es nicht einmal geschafft hatte, Kunst als Leistungsfach zu belegen, sondern in letzter Minute zu Soziologie gewechselt hatte.

Samuel wehrt sich jetzt, versucht, den Arm freizubekommen, schreit. Sie lässt ihn los, schiebt das Bild unters Bett und stellt das Regal wieder auf. Dann hebt sie ihn hoch, drückt ihn an sich und schnüffelt an seinen verschwitzten Haaren. Es dauert nicht lange, und er erschlafft in ihren Armen. Sie setzt sich aufs Bett, ans Kopfteil gelehnt, sodass Samuel seinen Kopf an ihre Brust legen und schlafen kann. Maggie aber bleibt bis zum Morgengrauen wach und denkt über das Bild nach, und dass sie es nicht geschafft hat, das Leben zu leben, das das Mädchen im Bild zu versprechen schien.

ES IST ACHT UHR ABENDS im Haus der Shaws. Es klopft heftig an der Tür.

Nula springt auf, um zu öffnen, bemerkt kaum, dass sie mit dem Fuß gegen das Rotweinglas stößt, das umfällt und sich über den Teppich ergießt.

Sie reißt die Tür auf, möchte vor Erleichterung lachen, unter Tränen mit Maggie schimpfen; möchte zur Normalität zurückkehren.

Aber es sind nicht Maggie und Samuel. Es ist Greg, der finster auf sein Handy blickt. »Tut mir leid«, sagt er und drängt sich an ihr vorbei in den Flur. »Hab meine Schlüssel vergessen. Hast du versucht, mich anzurufen?«

Sie schließt die Tür. »Sie sind nicht zurück.«

Greg sieht auf.

»Maggie und Samuel. Sie sind nicht zurück.«

Nula sieht ganz kurz Panik in seinen Augen aufblitzen. Dann gewinnt sein ruhiges Äußeres wieder die Oberhand. Er holt Luft und nickt. »Okay. Ich bin sicher, es gibt keinen Grund zur Beunruhigung. Hast du sie angerufen?«

»Ich erreiche sie nicht.«

Die Farbe weicht aus seinem Gesicht, aber er zuckt nicht mit der Wimper. »Komm, wir setzen uns erst mal hin, ja?« Er nimmt ihren Arm und führt sie ins Wohnzimmer, als wäre sie eine alte Frau, die kaum noch laufen kann. Im Moment ist es tatsächlich genau das, was Nula will. Als sie auf dem Sofa sitzen, klammert sie sich an seinen Arm. Greg muss sich von ihrem Griff losmachen, um sein Handy auf ein Kissen zu legen und seine Krawatte zu lockern, als würde er sich auf ein anstrengendes Meeting vorbereiten.

Er starrt den Weinfleck auf dem Teppich an, verkneift sich jedoch eine Bemerkung. »Hast du versucht, sie anzurufen?«

»Das hab ich doch gerade gesagt! Sie hätten schon vor Stunden zu Hause sein müssen ...«

»Hat sie vielleicht erwähnt, dass sie noch irgendwo hingehen wollen? Eine Planänderung? Eine Verabredung zum Spielen oder was anderes ...«

»Nein. Dienstag ist es immer das Gleiche. Morgens Spielgruppe, dann zu Hause spielen.«

»Natürlich.« Er wirft wieder einen kurzen Blick auf den Teppich. »Eins nach dem anderen. Ich ruf mal im Krankenhaus an, nur für den Fall.«

Sie beobachtet, wie er im Zimmer auf und ab geht. Während er ruhig und höflich mit den Mitarbeitern verschiedener Telefonzentralen spricht und die notwendigen Informationen einholt, achtet er darauf, nicht in die kleine Weinpfütze zu treten. Niemand namens Samuel Shaw oder Maggie Wichelo ist bisher eingeliefert worden.

Dann hinterlässt Greg Nachrichten auf Maggies Mailbox. Nula sitzt da und lauscht dem entfernten Klingelton, der vertrauten, untypisch frechen Ansage: »Hi, du hast Maggie angerufen. Hinterlass eine Nachricht, wenn es sein muss!« Anfangs sind Gregs Nachrichten freundlich, aber Respekt einflößend. »Hi, Maggie. Greg. Ruf uns an, okay? Nula ist ein bisschen in Sorge.« Nach zehn Minuten sind sie unverhohlen besorgt. »Hi, Maggie. Bitte ruf uns an. Wir wissen nicht, was wir davon halten sollen. Hier ist Greg.« Nach fünfzehn Minuten sind sie aufgebracht. »Maggie. Greg. Was ist los? Das ist völlig daneben.« Die Ader auf Gregs Stirn tritt hervor, wie immer, wenn er erhitzt oder gestresst ist. Nula muss dann an eine Cartoon-Figur denken, mit platzenden Blutgefäßen und aus den Ohren steigendem Rauch, und hat deshalb oft über ihn gelacht: »Ruhig Blut, Greg«, sagt sie gewöhnlich, drückt einen Daumen auf die weiche Röhre und zieht eine Grimasse. Jetzt würde sie am liebsten draufschlagen, sie mit der Faust ausbügeln. Greg bleibt in einer Krise immer ruhig. Darauf bildet er sich etwas ein. Sie kann nicht zulassen, dass er anders ist.

Schließlich sind Gregs Nachrichten Bitten, seine Stimme schmeichelnd. »Was immer es ist, wir kriegen es hin, okay? Selbst wenn es mit mir zu tun hat. Okay? Kein Problem, Maggie. Kein Problem. Ruf an. Okay?«

Nula, die immer noch die Schuhe von der Arbeit anhat, sitzt da und beobachtet ihn. Sie kann jetzt den Achselschweiß ihres Mannes riechen. Es riecht nach gekochtem Fleisch, und ihr wird übel davon. »Was hast du damit gemeint?«, fragt sie: »›Selbst wenn es mit mir zu tun hat‹?«

Das Handy noch am Ohr, hebt er eine Hand, um ihr zu bedeuten, still zu sein.

»Bring mich nicht zum Schweigen, sondern sag mir, was du gemeint hast.«

Mit gerunzelter Stirn blickt er aufs Display, schüttelt den Kopf. »Ich versuche nur, sie dazu zu bringen anzurufen.« Sein Daumen streicht übers Handy. »Ist sie bei Facebook?«

Nula schließt die Augen. »Natürlich ist sie das nicht, Greg.«

Greg zuckt mit der Schulter. »Hast du nachgesehen? Ich glaube nicht, dass es da viele Wichelos gibt.«

»Sie ist nicht bei Facebook.«

»Das ist heutzutage doch jeder.«

»Maggie nicht.«

Während er es wieder versucht, geht sie schnell nach oben. Samuels Bett ist wie immer gemacht, sein Spielzeug in die Kisten geräumt, die an einem Ende des Zimmers gestapelt sind. Kein Leggy Monkey auf der Matratze, aber das ist nicht ungewöhnlich: Er nimmt das Stofftier oft mit. Dann öffnet sie eine Schublade und bemerkt, dass sie nicht so voll ist wie am Morgen. Sie hatte gestern Abend ein paar gebügelte T-Shirts und Hosen eingeräumt, als er schon schlief, und sie sind nicht mehr da.

Nula läuft die Treppe hinunter und findet Greg auf Händen und Knien, Salz auf den Weinfleck streuend. Er sieht auf, und sie denkt, dass er ihr gleich erzählen wird, dass er den Trick von seiner Mutter hat. Aber etwas in ihrem Gesicht hindert ihn am Sprechen.

»Einige seiner Sachen sind weg«, sagt Nula. »Ich glaube, wir sollten die Polizei anrufen.«

Die Polizei trifft ein. Keine Sirene, aber die Anwesenheit des Autos in der Straße wird dazu führen, dass die Nachbarn einen weiteren Einbruch vermuten. Hier oben geschieht alle paar Monate einer. Niemand wird an Nulas Tür klopfen, um zu fragen, aber das Auto wird registriert werden, und heute Abend werden sie den Schlüssel zweimal umdrehen und am Morgen ganz sicher nicht vergessen, ihre Alarmanlage einzuschalten.

Ohne das Handy vom Ohr zu nehmen, öffnet Greg die Tür und führt sie ins Wohnzimmer. Nula betrachtet die beiden Gestalten: ein älterer Mann in ausgebeulten Jeans und eine jüngere Frau in Uniform, die Jacke voluminös und unförmig. Der reflektierende Streifen mit der Aufschrift »Polizei« auf ihrer Brust ist schmutzig, und Nula muss an Samuels blaue Regenjacke denken, die gewaschen werden muss. Hat Maggie daran gedacht, sie mitzunehmen? Es ist zwar Sommer, aber man weiß nie. Sie hat plötzlich das Bedürfnis nachzusehen und steht auf, aber der ältere Mann streckt die Hand aus und sagt: »Kein Grund aufzustehen, Mrs. Shaw. Detective Mike Walters. Kommen wir gleich zu einigen Fragen, ja? Wir wollen das hier so schnell wie möglich aufklären.«

Nula rührt sich nicht. »Ich muss etwas nachsehen …«, beginnt sie, zögert dann.

»Tee?«, fragt Greg, eine Hand auf Nulas Schulter.

Detective Walters schüttelt den Kopf. »Das ist Constable Finch.«

Nula sieht die Frau an. Weißblonde Haare, ein breites, offenes Gesicht. Zu jung, denkt sie, um eigene Kinder zu haben.

»Können wir uns setzen?«, fragt Detective Walters.

Nula sinkt in ihren Sessel. Greg setzt sich zu den Beamten ans Ende des Sofas. »Tut mir leid«, beginnt er und sieht immer noch auf sein Handy, »ich muss das anlassen, für den Fall …«

»Natürlich«, sagt Detective Walters.

»Ich bin sicher, sie wird anrufen. Das Ganze ist wahrscheinlich Panik wegen eines leeren Akkus!« Nula bemerkt, dass die Hand ihres Mannes zittert, als er sein Handy auf die Sofalehne legt.

Detective Walters nickt, ohne zu lächeln. Er tupft seine spitze Nase mit einem Papiertaschentuch. »Wir müssen Ihnen nur ein paar Fragen stellen –«

»Sie sind erst seit ein paar Stunden weg. Es muss eine vernünftige Erklärung geben«, fährt Greg fort, beinahe zu sich selbst. »Eine Verwechselung. Ein Missverständnis. Das ist alles.«

»Können wir von vorne anfangen? Ihr Sohn und sein Kindermädchen waren nicht hier, als Sie nach Hause kamen, ist das richtig, Mrs. Shaw?«

»Ja.«

»Um wie viel Uhr war das?«

»Ungefähr halb sieben.«

»Und wer hat Samuel zuletzt gesehen? Sie, Mrs. Shaw?«

»Ja.«

»Und wann war das?«

»Heute Morgen«, sagt Nula. »Sein Kindermädchen, Maggie, kam um halb neun zur Arbeit. Ich übergab ihr Samuel und ging wieder ins Bett.«

»Sie sind nicht zur Arbeit gegangen?« Walters trägt eine sehr modische Brille, zu groß für sein schmales Gesicht.

»Ich hatte eine schlechte Nacht.«

»Davon hatten wir schon viele«, sagte Greg.

»Schlecht, inwiefern …?«

»Oft aufgewacht. Er hat zurzeit Albträume – Träume.«

Walters blickt mit gerunzelter Stirn in sein Notizbuch. »Und was ist dann passiert? Nachdem Sie wieder ins Bett gegangen sind?«

»Nichts. Das heißt, ich bin aufgestanden –«

»Wann war das?«

»Zehn. Viertel nach zehn.«

»Sie haben heute nicht gearbeitet, Mrs. Shaw?«

»Wichelo. Ich habe meinen Namen behalten.«

»Oh. Wie der von Maggie?«

»Ja. Wir sind Cousinen.«

Detective Walters sieht Greg an. »Das haben Sie am Telefon nicht erwähnt.«

»Es schien nicht wichtig«, sagte Greg. »Ist es wichtig?«

»Ich weiß nicht.«

Nula würde Detective Walters am liebsten sagen, sich mit seiner schmutzigen Jeans und seiner dämlichen Brille von ihrem Sofa zu scheren und nach ihrem Sohn zu suchen. Wenn diese Leute doch nur gingen, würden Maggie und Samuel vielleicht zurückkommen. Was, wenn Maggie zurückkommt und das Polizeiauto vor dem Haus sieht? Wird sie dann nicht in Panik geraten? Wird das nicht Samuels sichere Rückkehr nur verzögern?

»Also was geschah, nachdem Sie aufgestanden sind, äh, Mrs. Wichelo?«

»Ich ging nach unten.«

»Waren Ihr Sohn und seine Nanny noch im Haus?«

»Nein.«

»Fanden Sie das nicht ungewöhnlich?«

»Nein. Maggie geht dienstagmorgens immer mit Samuel zu einer Spielgruppe. Also habe ich meine Sachen gepackt und bin zur Arbeit gefahren.«

»Sie hat keine Nachricht hinterlassen?«

Nula schüttelt den Kopf.

»Fehlt etwas?«

»Etwas Kleidung. Hosen, ein paar T-Shirts ... Und sie hat seine Wickeltasche mitgenommen. Aber das macht sie immer.«

»Gut.« Detective Walters kritzelt etwas auf seinen Block, dann sagt er: »Constable Finch wird sich ein wenig umsehen, wenn das in Ordnung ist. Vielleicht zeigen Sie ihr den Weg, Mr. Shaw?«

Greg setzt ein ausdrucksloses Lächeln auf, das niemand Bestimmtem gilt. Nula will am liebsten nach seiner Hand greifen, damit er bei ihr bleibt und sie nicht allein lässt. Stattdessen sagt sie schwach: »Bleib nicht zu lange«, als er das Zimmer verlässt.

Detective Walters spricht jetzt leiser. »Ist Ihnen in letzter

Zeit irgendetwas Ungewöhnliches an Maggie aufgefallen, Mrs. Wichelo? Irgendetwas?«

Nula muss beinahe lächeln. »Das meiste an Maggie ist ungewöhnlich.«

Walters zieht die Augenbrauen hoch.

»Ich meine, sie kann einem ein bisschen seltsam vorkommen. Eine ziemliche Einzelgängerin, wie meine Schwiegermutter immer sagt.«

»Würden Sie sie auch so bezeichnen?«

»Einsam, vielleicht. Sie ist ein gutes Kindermädchen für Samuel. Sie hat Wunder vollbracht … Das haben wir immer gesagt. Sie ist sehr engagiert.«

»Und das war nie ein Problem?«

»Warum sollte es?«

»Einfach so. Manche Mütter würden es als Bedrohung empfinden.«

Nula zögert. »Es gab nie ein Problem zwischen mir und Maggie«, sagt sie, und ihr Hals ist wie zugeschnürt.

Nula sitzt im blauen Lichtschein ihres Laptops in ihrem Arbeitszimmer. Detective Walters hat sie um ein aktuelles Bild von Maggie und Samuel gebeten. Sie öffnet einen umfangreichen Fotoordner mit allen Bildern, die Maggie ihr im Laufe der vergangenen eineinhalb Jahre gemailt hat. Sie sieht sich diese Fotos selten an. Einige Wochen hatte Maggie jeden Tag ein paar geschickt. Obwohl Nula wusste, dass Maggie sie beruhigen wollte, fand sie es nach einer Weile störend, dass so oft Fotos in ihrem Posteingang waren. Sie sagte nichts zu Maggie, sondern antwortete einfach nicht mehr, und bald kamen die Mails seltener.

Sie klickt 0079 an, und da ist Samuel, grinsend oben auf einer Rutsche, eine Spur Rotz läuft von der Nase zur Oberlippe.

Schnell öffnet sie ein anderes Foto. 0086. Sie hat keine Erinnerung daran. Es ist von Maggie und Samuel im Whipsnade Zoo, wohin sie ihn eingeladen hatte. Ein Passant musste es aufgenommen haben. Nula stellt sich vor, wie Maggie einen Mann bittet, ein Foto zu machen, und dabei vielleicht nicht gerade so tut, als wäre sie Samuels Mutter, aber auch nicht das Wort »Kindermädchen« benutzt. So ein unattraktives Wort. Wer würde sich heutzutage schon gerne als Kindermädchen bezeichnen? Nula hat sich oft gewünscht, es gäbe eine andere Bezeichnung für Maggies Arbeit, eine, die nicht ein Rückfall in die längst vergangene Ära der Gouvernanten und Hausmädchen ist, eine, die weniger nach Dienstpersonal klingt und die Überheblichkeit der Mittelschicht spiegelt. Aber es gibt keine. Tatsächlich gibt es kein Wort, das Maggies Beziehung zu Nulas Sohn zutreffend beschreibt.

Auf dem Foto stehen die beiden vor dem Pinguin-Becken. Alles auf dem Bild ist etwas grau – das Licht ist seltsam, vielleicht ist es spät am Nachmittag. Sogar Samuel sieht grau und müde aus, zwergenhaft in seinem zu großen neuen Mantel. Maggie hockt neben ihm, die Arme um seine Taille, ihm etwas ins Ohr flüsternd. In dieser Stellung war sie häufig. Manchmal war es Nula so vorgekommen, als müsste sie sich bücken, um ihr eigenes Kind zu verstehen, während Maggie immer schon da war, auf gleicher Höhe mit ihm, und auf die geringste Veränderung seiner Stimme oder seines Gesichtsausdrucks achtete. Wenn sie so empfand, sagte sich Nula, dass sie neurotisch war und dass es Maggies Job als professionelle Kinderbetreuerin war, sich auf Samuel einzustellen, auf ihn eingespielt zu sein. Es ist ein Unterschied, hatte sie sich gesagt, wenn es nicht dein Job ist, sondern deine Pflicht. Während sie das Bild heranzoomt, erschrickt sie bei dem Wort, bei dem Gedanken, dass sie Mutterschaft so betrachtet hat. Vielleicht ist es das, was die ganze Zeit nicht gestimmt hat.

Tränen steigen ihr in die Augen. Sie macht Samuels Gesicht auf dem Bildschirm größer und größer, sodass sie den Rest Joghurt in seinem Mundwinkel sehen kann, die Spur getrockneten Schnodders unter seiner Nase, den Schlaf in den Winkeln seiner strahlenden Augen. Und sie denkt: Ich hätte da sein müssen, um all das wegzuwischen. Sie weint noch ein bisschen und vergrößert das Foto immer mehr, bis sich ihr Sohn in Pixel auflöst.

Eine Stunde später, nachdem die Polizei mit einem Ausdruck des Bildes gegangen ist, treffen Lilly und Jeff ein. Als Nula die Tür öffnet, sind die Wangen ihrer Schwiegermutter kreideweiß; sie trägt weder Halskette noch Lippenstift. Sie ergreift Nulas Hand und sucht ihr Gesicht. Hinter ihr strömt die warme Abendluft mit den vertrauten, störenden Gerüchen von Barbecue und Sonnencreme herein.

»Greg hat uns angerufen«, sagt Lilly. »Er war in einer solchen Verfassung …« Dann ist sie in Tränen aufgelöst, und Greg und Jeff führen sie in die Küche, bieten ihr einen Brandy, einen Stuhl an. Nula bleibt auf der Türschwelle stehen und atmet die hereinbrechende Nacht ein. Sie beobachtet das Paar auf der anderen Straßenseite – Sarah und Finn Draycott –, die ihre müden Kinder, Josh und Eve, aus dem Mercedes-Kombi ausladen. Finn balanciert Taschen an den Fingern, Autoschlüssel zwischen den Zähnen, knallt die Heckklappe mit dem Ellbogen zu. Sarah lotst die Kinder ins Haus. Die Lichter gehen an. Als Sarah nach oben greift, um die Rollos herunterzulassen, treffen sich ihre Blicke, und sie hebt kurz die Hand und lächelt Nula freundlich zu. Nula tut unwillkürlich so, als hätte sie Sarah nicht gesehen.

Sie schließt die Tür und lehnt sich dagegen. Könnte ihre Nachbarin es schon wissen? Natürlich nicht. Aber etwas an dem Winken, dem Blick bringt Nulas Herz zum Rasen. Wenn Sarah es weiß, wird es die ganze Straße wissen, dass Samuel und Maggie weg sind. Die ganze Straße wird wissen, dass Nula so sorglos gewesen ist, dass ihr kleiner Junge jetzt verschwunden ist.

Nicht lange, nachdem sie Samuel bekommen hatte, hatte Nula Sarah Draycott auf der Straße getroffen. Ihre Nachbarin joggte nach Hause, nachdem sie Josh und Eve zur Schule gebracht hatte, und trug rote Laufschuhe und einen schlichten teuren Trainingsanzug. Ihre roten Haare waren zurückgebunden, und das Gesicht glänzte gesund nach Schweiß. Sie hatte Nula herzlich begrüßt, mit einem feuchten Kuss auf jede Wange, und sich begeistert über Samuels Kinderwagen gebeugt. Ausnahmsweise schlief er einmal tief und fest, und Nula versuchte, sich keine Sorgen darum zu machen, dass die heftig atmende Sarah ihm so nahe kam. Es war schließlich ziemlich unwahrscheinlich, dass ein Schweißtropfen ein Baby wecken würde.

»Er ist ausgesprochen schön«, rief Sarah aus. »Du musst sehr stolz sein.«

Nula war plötzlich nach Weinen zumute, weil es stimmte, aber sie es sich selbst noch nicht eingestanden hatte und nicht damit rechnete, dass jemand anders es sagte.

»Wie klappt's mit dem Füttern?« Das fragte jede Mutter, um herauszufinden, ob man Brust oder Flasche gab.

»Gut«, sagte Nula. »Bestens.« Das sagte sie immer, um darüber keine Auskunft zu geben.

»Kriegst du Schlaf?« Sie schnitt eine Grimasse, lachte.

»Nicht viel.«

»Trotzdem toll, oder? Ich meine. Ein Wunder«, sagte Sarah. »Ich hab's nie bereut.«

Nula wollte zustimmen. Sie wusste da schon, dass Sarah sich entschieden hatte, zu Hause zu bleiben, ihren Beruf als Lehrerin aufgegeben hatte, um sich um die Kinder zu kümmern. Aber Nula hätte Sarah auch gerne erzählt, dass sie das Ganze anstrengend, langweilig, schwierig fand, dass sie sich jeden Tag danach sehnte, wieder zur Arbeit zu gehen. Aber vor allem wollte sie vor ihrer Nachbarin nicht in Tränen ausbrechen. Deshalb lächelte sie schwach und ging weiter, murmelte irgendetwas wie, dass es Zeit wäre, ihn zu füttern.

Drinnen sitzen Lilly, Greg und Jeff am Küchentisch, trinken Brandy und starren auf Gregs Handy. Als Nula hereinkommt, steht Lilly auf. »Sie werden ihn finden, Liebes. Sie werden ihn finden«, sagt sie und ergreift wieder Nulas Hand. Nula merkt, dass Lilly sie in den Arm nehmen will, und macht sich los. »Ich muss was nachsehen«, sagt sie. »Tut mir leid.« Sicher, dass niemand ihr folgen wird, geht sie nach oben. Keiner von ihnen will es mit dem Monster zu tun haben, in das eine Mutter sich verwandelt, wenn ihr Kind verschwunden ist.

Sie schlüpft in Samuels Zimmer, schließt die Tür hinter sich und sinkt auf den Boden. Sie müsste jetzt weinen, denkt sie, müsste schreien beim Anblick des Zimmers ihres Sohnes. Sie betrachtet das hölzerne Kinderbett, die gestapelten Kisten mit Spielzeug, den Korb mit Stofftieren, das gerahmte Poster von *Wo die wilden Kerle wohnen*, den Teppich mit dem pastellfarbenen Boot auf dem Meer, das voller Fische ist, das riesige Feuerwehrauto aus Holz, das Jeff Samuel zu seinem zweiten Geburtstag gebaut hat, und sie merkt, dass sie sich Samuel nie in diesem Zimmer vorstellt. Wenn sie an ihn denkt, spielt er unten, baut

Türme aus Klötzen, lässt Lastwagen fahren. Sie sieht ihn mit Maggie spielen.

Obwohl sie sicher war, in Ruhe gelassen zu werden, taucht Lilly auf. Nula rührt sich nicht oder sieht von ihrem Platz auf dem Boden auf. Schweigend stellt ihre Schwiegermutter sich in ihre Nähe und starrt auf Samuels Feuerwehrauto. Nula hat es hier oben hingebracht und nicht im Wohnzimmer gelassen, wo das meiste Spielzeug ist. Sie hatte gewusst, dass sich ihr Sohn nicht besonders dafür interessieren würde, da es keine Geräusche machte, keine Knöpfe zum Drücken hatte oder etwas zum Ziehen. Greg hingegen liebte es und bewunderte sofort das handwerkliche Können, das in dem Fahrzeug steckte, die glatte Oberfläche, die altmodische Messingglocke und Leiter.

»Du weißt«, sagte Lilly, »ich hatte immer meine Zweifel, was Maggie angeht. Sie ist so ein stilles kleines Ding.«

Nula schließt die Augen. Sie wundert sich nur, dass diese Unterhaltung nicht früher stattgefunden hat.

»Sie ist weit weg von ihrer Familie hier unten, oder?«

»Wales ist nicht so weit weg, Lilly«, sagt Nula. »Es ist Teil der Britischen Inseln. Und ihr Vater lebt hier irgendwo in der Nähe –«

»Eine ziemliche Einzelgängerin, habe ich immer gedacht«, fährt Lilly fort. »Und zieht sie sich nicht merkwürdig an? So viel Schwarz.«

»Worauf willst du hinaus?«

»Nichts. Ich meine gar nichts …« Lilly hustet und spricht mit erstickter Stimme weiter. »Es ist nur … Ich mache mir Vorwürfe – ich hätte euch anbieten sollen, Samuel zu nehmen, als du wieder angefangen hast zu arbeiten.«

Nula schluckt. »Ich wollte nicht, dass du ihn nimmst«, sagt

sie ohne Umschweife. »Wir waren sehr zufrieden mit Maggie. Sie ist – war wunderbar mit Sammy.«

Es entsteht eine lange Pause. Während Lilly leise weint, ballt und öffnet Nula die Fäuste und hat das Gefühl, gleich schreien zu müssen.

Schließlich seufzt Lilly, schnieft und scheint sich zu fassen. Nula hofft, dass ihre Schwiegermutter jetzt geht, aber Lilly geht hinüber zu Samuels Feuerwehrauto, streicht über die glänzende Oberfläche und sagt: »Jeff hat Greg ein Auto gebaut, als er klein war. Er hat dafür Monate in seiner Werkstatt verbracht. Die Nachbildung eines Aston Martin. Greg hat es kaum angesehen. Sein Vater tat mir so leid.« Ihre Stimme zittert wieder. »Väter haben es doch schwer, oder? Mit Söhnen.«

Wenn Lilly nicht gleich geht, könnte es passieren, dass Nula ihre Schwiegermutter ohrfeigt.

»Für uns ist es einfach. Wir wissen, dass sie von uns sind, und wir – machen einfach weiter. Ich fand es immer leicht mit Greg. Er war so ein lieber Junge, und ich wusste, ich musste ihn nur lieben. Ich habe nicht weiter darüber nachgedacht.«

Nula starrt ihre Schwiegermutter an.

»Sie wird ihn zurückbringen«, sagt Lilly und nickt. »Keine Frau bei Verstand würde einer anderen den Sohn stehlen. Oder?«

Nula hat darauf keine andere Antwort als einen langen, lauten Schrei.

ES IST HALB NEUN AM NÄCHSTEN MORGEN, und Maggie und Samuel schlafen noch. Eine Hand an der Taille des Kindes, schläft sie traumlos.

»Maggie.«

Für einen Moment ist sie wieder in ihrer Wohnung in Oxford und wacht in einem leeren Raum mit dem unbestimmten Gefühl auf, dass ihr Bruder da ist.

»Maggie?«

Sie öffnet die Augen

Er ist schwerer geworden, hat Falten um die dunklen Augen und graue Sprenkel in den Bartstoppeln, wie Asche.

»Joe«, sagt sie.

»Wer ist das?«

Sie blickt zu Samuel und weiß nicht, was sie sagen soll.

Ihre Blicke begegnen sich, und er sagt: »Ist eine ganze Weile her, oder, Kleines?«

Nachdem er ihr einen Becher mit sehr dunklem Tee gegeben hat, macht er es sich auf dem Sofa bequem, verteilt Tabak auf Zigarettenpapier und rollt es geschickt zusammen. Nach ein paar Zügen sagt er: »Also«, als wolle er sie gleich bitten, alles zu erklären, aber als sie ihn ansieht, verstummt er.

Sie hat Samuel schlafend im Schlafzimmer gelassen. So lange hat sie sich gewünscht, dass er Joe kennenlernt, aber jetzt, da er hier ist, scheint nicht der richtige Moment zu sein. Sie hatte vergessen, dass ihr Bruder raucht. Sie wird ihn bitten müssen, die Zigarette auszumachen, wenn der Junge im Zimmer ist. Sie denkt daran, dass Nula immer rausgeht für ihre »gelegentliche Schwäche«, wie sie es nennt. Wie anzüglich sie mit den Augen zwinkert, wenn sie das sagt. Wie sie sich hinterher mit Chanel einsprüht.

»Was hast du so gemacht?«, beginnt sie fröhlich.

Er nimmt einen langen Zug, bläst den Rauch aus dem Mundwinkel. »Dies und das.«

Ein schnaubendes Schnarchen dringt vom Schlafzimmer herüber. Der Geruch von Samuels schmutziger Windel ist ihnen gefolgt, aber sie hütet sich, ihn zu wecken, um sie zu wechseln.

»Er macht einen ziemlichen Lärm«, sagt Joe.

»Immer«, sagt sie. »Besonders beim Schlafen.«

Er schlürft seinen Tee. »Maggie –«

»Ja?«

»Was, zum Teufel, ist los?« Er streicht sich übers Ohrläppchen, und sie bemerkt, dass er jetzt aussieht und klingt wie ihr Vater. Die Tics und Gesten, die er früher parodiert hat, sind seine eigenen geworden.

»Ich wollte dich sehen«, sagt sie. »Kann ich nicht herkommen, um meinen eigenen Bruder zu besuchen?«

»Okay«, sagt er. »Schon gut.«

»Hör zu«, beginnt sie. Ihr schießen die Sätze durch den Kopf: *Ich hab dir diesen Jungen gebracht. Jetzt können wir wieder eine Familie sein.* Aber das erscheint ihr zu albern, um es auszusprechen. Außerdem sieht Joe sie nicht an, und es verwirrt sie, ihn sprechen zu hören. Er hat ein wenig einen walisischen Akzent angenommen. Deshalb sagt sie: »Ich kann dir nicht alles erzählen. Noch nicht. Aber können wir eine Weile hierbleiben?«

Er nimmt einen Schluck aus seinem Becher und stellt ihn dann auf den Boden. »Klingt ein bisschen geheimnisvoll.«

»Wir brauchen nur einen Ort, wo wir eine Weile bleiben können.«

Er sieht aus dem Fenster. »Die Sache ist die ... Ich bin nicht viel hier in letzter Zeit. Ich bin nur vorbeigekommen, um ein paar Sachen zu holen. Für einen halben Tag. Meistens bin ich drüben bei Nic.«

»Ich dachte, wir könnten ein bisschen zusammen sein.«

Er nickt und raucht schweigend seine Zigarette.

Samuel schnarcht wieder unüberhörbar.

»Hat Mum dir von Nic erzählt?«, fragt er.

Sie blickt auf den Boden.

»Wenn du schon hier oben bist, könntest du Mum besuchen, oder? Könntest beim Haus vorbeischauen?«

Sie hält die Hand vor den Mund, das reicht, um ihn zu veranlassen, einen anderen Kurs einzuschlagen.

»Ja. Gut. Deine Sache. Aber ich weiß, sie würde gerne reden –«

»Sie schreibt mir«, sagt Maggie. »Und ich lese ihre Briefe. Deshalb weiß ich Bescheid.«

»Okay.«

»Ist sie nett? Nic?«

Joe scheint darüber nachzudenken. »Nett genug.«

Maggie nickt auf eine, wie sie hofft, verständnisvolle Art.

»Weiß Mum von – dem Jungen?«, fragt Joe.

»Noch nicht.«

»Mummy!«, ruft Samuel.

Ihre Blicke treffen sich.

»Weißt du«, sagt er und drückt seine Zigarette auf einer Untertasse aus. »Ich wusste immer, dass du zurückkommst. Dachte jedoch nicht, dass es so lange dauern würde und du dein *Kind* mitbringen würdest.«

Sie bringt nur ein ganz leises »Ja« zustande.

»Komm, wir gehen zu ihm«, sagt Joe und steht auf.

Auf der Schwelle zum Schlafzimmer fasst er sie am Arm. »Triffst du dich mit Dad?«

»Nicht oft«, sagt sie und wünscht, sie könnte sagen *nie*. Es würde ihren Bruder weniger verletzen, wenn ihr Vater sie ebenfalls enttäuscht hätte.

Seitdem er Anglesey verlassen hat, lebt er allein in einer kleinen Wohnung in der Nähe seiner Mutter außerhalb Oxfords. Jeden zweiten Sonntag trifft er sich mit seiner Tochter zu Fisch und Chips mit Erbsenpüree und einem Glas Weißwein. Kürzlich hat er vorgeschlagen, sie könnten sich auch mal anderswo treffen, wo nicht alle Gäste über fünfundsechzig sind. Nachdem er sich jahrelang um seine Mutter gekümmert hätte, hätte er genug von alten Leuten. Du hättest dich um uns kümmern können, statt wegzulaufen, dachte Maggie. Aber sie hatte gelächelt und gesagt, es wäre eine gute Idee.

Als Samuel Joe sieht, hört er auf, nach seiner Mutter zu rufen.

»Na, wer bist du denn?«, sagt Joe.

Samuel sieht Maggie unsicher an und streckt dann die Arme aus.

»Sammy«, sagt Maggie und nimmt ihn auf den Arm, »das ist dein Onkel Joe.« Es scheint sinnlos, etwas vorzuspielen. Sie will Joe ohnehin alles erzählen, sobald der richtige Zeitpunkt gekommen ist, warum also nicht den richtigen Namen des Jungen sagen.

Joe lacht. »Onkel Joe«, sagt er. »Ich glaube, das bin ich.« Er gibt ihm die Hand, und der Junge packt einen Finger und drückt ihn, fest.

»Schön, dich kennenzulernen, kleiner Mann«, sagt Joe.

»Keiner Mann«, wiederholt Samuel.

»Ich wechsel ihm lieber mal die Windel«, sagt Maggie und langt nach Windeln und Papiertüchern.

Sie zeigt mit dem Kopf auf ein dünnes braunes Handtuch, das über einer Stuhllehne hängt. »Kannst mir das aufs Bett legen?«

Joe tut es, wendet sich aber beim Anblick von Samuels voller Windel ab und hält sich die Nase zu. Samuel lacht und macht die Geste nach.

Nachdem sie den Jungen sauber gemacht hat, küsst sie ihn auf die Wangen und präsentiert ihn Joe noch einmal, indem sie ihn sich auf die Hüfte setzt, damit ihr Bruder ihn bewundern kann.

»Wem siehst du ähnlich?«, fragt Joe und kneift die Augen zusammen. »Mummy oder Daddy?«

»Joe –«, warnt Maggie.

»Daddy!«, ruft Samuel und sieht Maggie an. »Wo ist Daddy?«

»In Oxford«, antwortet sie.

»Daddy sehn?«

Sie ist sich bewusst, dass Joe sie gespannt beobachtet. Sie hatte sich geschworen, Samuel unter keinen Umständen anzulügen. Sie würde ihm vielleicht nicht genau sagen, was los war, aber sie würde seine Fragen so offen beantworten, wie sie konnte. Aber jetzt hört Joe zu, und Samuel packt sie an der Wange, zieht ihr Gesicht an seines heran, als ob er eine Antwort aus ihr herauspressen will. »Daddy sehn?«, fragt er noch mal.

»Bald«, sagt sie. »Bald, mein Liebling.«

Joe fährt zum Coop, um etwas zu essen zu holen. Nachdem sie spät gefrühstückt haben, lässt Maggie Samuel mit ihrem Bruder an den Strand gehen. Von der Tür des Bootshauses aus beobachtet sie, wie Joe dem Jungen über die Steine hilft. Sie bleiben in der Nähe des Hauses, und beide sehen sich häufig nach ihr um, als könnten sie nicht ganz glauben, dass sie immer noch da ist. Joe macht Samuel auf ein besonders schönes Exemplar einer toten bräunlichen Qualle aufmerksam, und der stupst sie mit einem Stock an. Maggie will ihnen eine Warnung zurufen, beherrscht sich dann aber. Sie muss Joe vertrauen. Ihr Bruder ist vielleicht der Einzige, dem sie vertrauen kann. Er hebt einen leeren Krebspanzer hoch und gibt ihn Samuel, der ihn genau untersucht, indem er ihn sich nah ans Gesicht hält und daran schnuppert. Joe lacht, hält dann Samuels Hand mit dem Krebs hoch in die Luft und winkt ihr damit zu.

Sie winkt zurück und denkt, dass Joe ein guter Vater wäre. Samuel hat ihn ins Herz geschlossen, und Joe spricht schon auf die klare, direkte Art mit ihm, die Maggie so mag. Sie hasst es, wenn Erwachsene in herablassendem Ton mit Kindern sprechen, wie Greg oft mit seinem Sohn. »Oh, es ist ein BLAUER Zug, oder? Ich hätte schwören können, er wäre türkisfarben …« *Zwinker. Zwinker.* Schon oft wollte sie Greg darauf aufmerksam machen, dass sein Ton ein erwachsenes Publikum voraussetzt und dass er sein Kind dadurch nur auf Abstand hält, statt es einzubeziehen.

Während sie beobachtet, wie ihr Bruder Samuel am Arm packt, damit er nicht über die Steine stolpert, erinnert sie sich daran, wie Joe auf der Buhne ihre Hand festhielt. Hatte er sie wirklich festgehalten, oder hatte sie es sich eingebildet? Als er sie akzeptiert hatte, hatte er sie da auch geliebt? Sie erinnert sich noch, wie kühl und groß und ungewohnt seine Finger sich angefühlt hatten. Sie hatte kaum gewagt, sie festzuhalten, obwohl sie am liebsten seine Hand umklammert und nie wieder losgelassen hätte.

Viel später hatte Nula die Finger fest an Joes Nacken gelegt. Maggie hatte gesehen, wie sie in der Nähe von Plas Coch zusammenlagen. Sie war einmal abends mit dem Rad dorthin gefahren, nachdem Nula erzählt hatte, dass Joe sich für den Ort interessiere. Verglichen mit ihrer Cousine hatte er klein ausgesehen, die Beine dünn, die Schultern unter ihren schützenden Armen kaum zu sehen, das blaue T-Shirt hochgezogen, sodass sein blasser Rücken zu sehen war. Maggies erster verrückter Gedanke war, dass es ein Spiel war; Nula tat so, als würde sie Joe fressen, und sie würden gleich auseinanderrollen und lachen. Aber als sie sie weiter zusammen beobachtete, ging Maggie auf, dass Nula jetzt Joe gehörte und Joe Nula.

»Joe!«, ruft sie. »Sammy!«

Sie blicken zu ihr.

»Kommt jetzt wieder rein.«

Der Wind hat plötzlich aufgefrischt. Er scheint Joe und Samuel zurück zum Bootshaus zu wehen. Joe trägt Samuel auf den Schultern, und der Junge trommelt vergnügt auf seinen Kopf. »Hoch!«, ruft er, »hoch!« Maggie tritt von der Tür zurück, um sie zu begrüßen, und lacht. Sie muss sich ein paar Haare aus dem Mund ziehen und wird fast zur Seite geworfen, von dem starken Windstoß und ihrer Freude zu sehen, wie Samuel von ihrem Bruder getragen wird.

Auf der Schwelle greift Samuel nach Joes Ohren und zieht daran, weil er nicht herunterwill. Da Maggie die Tür aufhält, ist Joe hilflos. Die Tür ist zu niedrig, um Samuel auf den Schultern zu lassen, der aber wehrt sich dagegen herunterzukommen, klammert sich an Joes Nase und fällt fast. Joe kann weder vorwärts noch rückwärts aus Angst, den Jungen fallen zu lassen, und schreit jetzt vor Schmerz auf, weil Samuel ihn begeistert kneift.

»Sammy!«, schilt Maggie. »Nein!«

Samuel erschrickt über ihren scharfen Ton und fängt an zu weinen.

Von der Qual befreit, gelingt es Joe, den Jungen von seinen Schultern zu lösen, und er hält ihn Maggie hin. Aber Samuel schüttelt den Kopf. Kann es sein, dass Joe grinst, als er Samuel an seine Brust drückt? Maggie ist sich nicht sicher. Um den Schock zu verbergen, dass Samuel sie zurückgewiesen hat, hantiert sie mit dem Wasserkessel und bereitet heiße Getränke.

Joe setzt Samuel auf den Teppich und gibt ihm eine alte Ausgabe von *Practical Photography* zum Zerreißen.

»Willst du die nicht behalten?«, fragt Maggie.

Ihr Bruder lässt sich erschöpft aufs Sofa fallen. »Ich interessiere mich nicht mehr dafür.«

»Aber du bist noch in dem Fotoladen?«

»Das ist genau der Grund, warum ich mich nicht mehr dafür interessiere.« Er starrt auf seinen Schoß und schnippt einen unsichtbaren Fussel von seiner Jeans.

Sie bringt Tee. »Hast du irgendwelches Spielzeug, das du herüberbringen kannst?«

»Du hast nichts mitgebracht?«

Samuel zerreißt einen Artikel über Fuji-Aktien und wirft die Schnipsel über seinen Kopf.

»Wir mussten uns beim Losfahren ein bisschen beeilen«, sagt sie, stellt ihren Becher auf ein hohes Regal und setzt sich neben Samuel auf den Boden. »Es war ein bisschen – kompliziert.«

»In Llangefni gibt es einen Ein-Pfund-Laden. Dort könnten wir ihm ein paar Sachen kaufen.«

Ja, denkt sie. Könnten wir. Könnten wir wirklich. Sie stellt es sich vor: Wie sie und Joe Samuel an den Händen halten und Engelchen flieg spielen, während sie durch die Gänge des Ein-Pfund-Ladens gehen. Samuels Aufregung, in einem Laden voller Plastikkitsch herumzutoben. Es wäre ein Spaß und eine Tortur. Aber es geht natürlich nicht.

Sie reißt eine Seite aus der Zeitschrift heraus, knüllt sie zu einem festen Ball zusammen und wirft ihn auf Joe, trifft ihn an der Brust. Ohne zu zögern, hebt er ihn auf und wirft ihn auf sie zurück. Er prallt von ihrer Stirn ab.

»Tor«, sagt er.

»MEIN!«, verlangt Samuel.

Maggie setzt sich neben ihn und gibt ihm den Papierball. Er versucht zu werfen, aber der Ball kommt nur bis zu seinen Füßen.

»So«, sagt Joe und blickt auf seine Armbanduhr. »Wolltest du nicht reden ...?«

»Ja«, sagt sie und gibt Samuel wieder den Ball. »Aber ...« Sie wirft einen kurzen Blick auf den Jungen. »Vielleicht wenn er im Bett ist.«

»Komm schon, Maggie. Ich muss bald zur Arbeit. Es wäre schön, zumindest *etwas* darüber zu erfahren, was du all die Jahre gemacht hast.«

Sie hatte es ihm eigentlich früher sagen wollen. Es sofort erklären wollen. In Oxford war alles möglich erschienen, aber jetzt, da ihr Bruder über ihr sitzt und in seinen Tee bläst wie ihr Vater, weiß sie nicht, wie sie anfangen soll.

Samuel hat damit begonnen, den Papierball zu essen. Den Arm fest um seine Taille gelegt, kratzt sie ihm das Zeug aus dem Mund und schnippt Fetzen durchgeweichten Papiers von ihren Fingern.

»Kannst du bleiben?«, fragt sie Joe. »Nur heute Nacht?«

»Ich weiß nicht …«

»Das Sofa ist gar nicht so schlecht …«, sagt Maggie. »Wir könnten uns alles erzählen. Richtig.«

Samuel hustet das restliche Papier heraus und schlingt die Arme um Joes Beine.

Joe legt eine Hand auf den Kopf des Jungen. »Okay«, sagt er.

Den ganzen Nachmittag wartet Maggie darauf, dass ihr Bruder von der Arbeit zurückkommt. Joe kommt wieder, beruhigt sie sich; alles wird gut, denn Joe kommt zurück. Sie überlegt, noch einmal am Strand spielen zu gehen, aber als sie ein paar Spaziergänger mit Hunden am Wasser sieht, gibt sie den Gedanken auf. Stattdessen lässt sie Samuel mit den zerrissenen Zeitschriften herumspielen. Sie bewerfen sich gegenseitig damit und verteilen sie im ganzen Bootshaus. Sie werfen sie in hohem Bogen an die Wände, stopfen sie in die Rückenlehne des Sofas und in die Ritzen zwischen den Bodendielen, dann weichen sie sie im Waschbecken ein. Samuel ist so begeistert von dem Papiersturm, dass er die ganze Zeit herumtobt. Er springt hoch und rollt über den Teppich, hüpft auf dem Bett und klettert auf die Rückenlehne des Sofas, wobei er die die ganze Zeit einen Singsang von sich gibt. Sein Gesicht ist rot, und seine Haut glänzt vor Schweiß. Maggie lässt ihm seinen Willen. Als er ihr triefnasses Papier auf den Kopf klatscht und kreischend vor Lachen versucht, es in ihr Oberteil zu schieben, fängt sie auch an zu lachen. Sie kann gar nicht mehr aufhören zu lachen, weil sie es getan hat – sie ist tatsächlich hier, mit Samuel, und Joe kommt zurück. Erschöpft lässt sie sich auf den Boden fallen und hält sich den Bauch, ein verzückter Samuel wirft sich auf sie. Als sie das Gefühl hat, dass seine Hysterie in Tränen umschlagen könnte, nimmt sie ihn auf den Arm und läuft mit ihm zum Bett, wo sie sich zusammen unter den Decken verstecken. Sie leuchtet mit einer Taschenlampe in die Dunkelheit und erzählt ihm Geschichten. Er liebt die Geschichten, die sie sich über das Krokodil und den Elch ausdenkt, die mit dem Bus in die Stadt fahren und nicht merken, dass der Bus aus Schokolade ist. Auf halber Strecke schmilzt er, und sie müssen die Reste auflecken. Maggie macht nach, wie sie lecken, fährt mit der Zunge über Samuels Hände und ermuntert ihn, das Gleiche bei ihr zu tun.

Später, nachdem sie aufgeräumt und Samuel sein Abendessen gegeben hat, setzt Maggie ihn auf die Abtropffläche, um ihn von oben bis unten mit dem Waschlappen abzuwaschen. Er zittert zuerst ein bisschen, nicht gewöhnt an diese Art zu baden und den rauen alten Waschlappen, aber sein Gesicht hellt sich auf, als sie ihm erlaubt, mit seiner Schnabeltasse Wasser über sich und das Waschbecken zu gießen. Dann steckt sie ihn ins Bett, umgibt ihn mit Kissen, singt und reibt ihm den Rücken, bis er eingeschlafen ist. Es dauert nicht lange – es war wieder ein anstrengender Tag. Sie sagt sich, dass er sich bald an die neue Umgebung gewöhnt haben wird, die neuen Gewohnheiten.

Während sie darauf wartet, dass Joe mit Fisch und Chips zurückkommt, wie er versprochen hat, denkt Maggie daran, sich das Bild noch einmal anzusehen. Aber sie will Samuel nicht stören. Also geht sie im Wohnzimmer auf und ab und fragt sich, was sie tun könnte. Sie blickt zum Sessel und sagt sich: *Ich bin müde und hungrig und sollte mich hinsetzen*, aber wie Samuel am Nachmittag kann sie nicht aufhören, sich zu bewegen. Sie muss sofort mit irgendetwas weitermachen, sonst würde sie darüber nachdenken müssen, was sie getan hat. Bis jetzt hat sie nur daran gedacht, Samuel aus dem Haus der Shaws, aus Oxford, auf die Insel und ins Bootshaus zu bringen. Heute Nachmittag war sie froh gewesen, dass sie es geschafft hatten. Sie waren so weit gekommen, sie waren zusammen. Sie waren glücklich. Sie haben gelacht. Es schien zu genügen. Sie hatte gedacht, dass es genügen würde.

Jetzt muss Maggie sich jedoch überlegen, wie es weitergehen soll.

Sie schnappt sich den abgenutzten Schwamm und wischt den Küchentisch ab. Joe sollte eigentlich schon zurück sein. Er sollte eigentlich nur eine halbe Stunde von Bangor hierher brauchen, selbst in seinem alten Ford Van. Sie geht zum Fenster und schaut auf den kobaltblauen Kanal. Das Wasser steigt und überflutet unaufhaltsam den Strand, fast hat es das Bootshaus erreicht. Sie kann hören, wie es draußen nach der Wand greift, die Steine mit zarten Küssen und Schlägen berührt.

Maggie versucht, sich auf Samuels Atmung zu konzentrieren. Wir sind zusammen, denkt sie. Wir sind zusammen. Wir haben den ganzen Nachmittag gelacht. Das genügt. Sie drückt den Schwamm ans Fenster, versucht, die schmierige Schicht wegzuwischen, macht es aber nur noch schlimmer.

Kuss, Klatsch, macht das Wasser. Kuss, Klatsch.

Was hat sie getan?

Sie könnte sich das Bild ansehen.

Aber sie sollte nicht daran denken. Sie sollte an gar nichts denken.

Bewegung. Sie muss etwas tun. Sie sinkt auf die Knie und beginnt, mit dem Schwamm die Bodendielen zu scheuern. Sie kann das Haus für Samuel in Ordnung bringen, und für Joe. Vielleicht weiß sie, was sie als Nächstes tun muss, wenn sie ordentlich sauber gemacht hat. Sie holt eine Plastikschüssel unter dem Waschbecken hervor, füllt sie mit heißem Wasser und gibt den Rest des Reinigungsmittels hinein. Es hilft, auf dem Boden zu knien und die Hände in die schaumige Flüssigkeit zu tauchen. Sie atmet den chemischen Geruch ein und schrubbt eine unebene Diele unter dem Fenster. Der Schwamm beginnt sich aufzulösen und hinterlässt faserige Bällchen grünen Nylons im Wasser, aber sie hört nicht auf. Als Nächstes wird sie die Gardinen herunternehmen und im Waschbecken waschen. Draußen werden sie im Nu trocknen. Dann kommen die Schränke dran. Vielleicht sollte sie Joe auf dem Handy anrufen und ihn bitten auch etwas Putzzeug mitzubringen.

Während sie das Wasser ausdrückt, erinnert sie sich daran, wie Nula ihr die Geschichte von Samuels Geburt erzählt hat. *Die Woche davor habe ich die ganze Zeit Staub gesaugt. Ich hab sogar den blöden Briefkasten poliert!*

Maggie lässt den Schwamm ins Wasser fallen und beobachtet, wie das schmutzige Wasser in Bewegung kommt und sich wieder beruhigt. Draußen klatscht wieder das Wasser gegen die Hauswand.

Als sich die Haustür öffnet, fährt sie zusammen. Wortlos geht Joe zum Tisch. Der Geruch von Essig und heißem Fett erfüllt das Haus, als er die Plastiktüte und seine Schlüssel auf den Tisch wirft, ohne sie in irgendeiner Weise zu beachten. Maggie erkennt sofort, dass er in schlechter Stimmung ist. Mit dem Schlimmsten rechnend – die Polizei oder Nula vor der Tür –, saust sie zum Fenster. Doch der Abend ist ruhig, und sie sieht nur das Wasser in der untergehenden Sonne silbern glitzern.

Sie wartet darauf, dass Joe etwas sagt.

Er sieht nicht sie, sondern die Plastiktüte an, als er die Worte ausspuckt. »Ich hatte gerade Mum am Handy. Sie sagt, die Polizei war bei ihr.«

Maggie legt eine Hand an die Fensterbank, um bei dem, was kommt, festen Halt zu haben.

»Sie haben nach einem kleinen Jungen gefragt, der vermisst wird. Offenbar ist er Nulas Sohn. Und offenbar bist du sein Kindermädchen und wirst auch vermisst.«

Maggie lauscht Samuels Atem. Dem Atem des Meeres.

Er sieht sie immer noch nicht an. Seine Lippen sind zusammengekniffen, das Kinn eingezogen, auf jeder Wange ein kleiner roter Fleck vor Wut. Er hebt die Stimme. »Seit wann arbeitest du für Nula? Hattest du vor, das zu erwähnen, Maggie? Irgendwann? Irgendeinem von uns gegenüber?«

»Bitte weck Samuel nicht auf …«

»Verdammt, die *Polizei*, Maggie!«

Maggie krallt ihre feuchten Finger zusammen. »Du hast mich doch nie gefragt, oder? Wann hast du mich mal angerufen, seitdem ich weg bin? Mich besucht? Nie. Ihr wart alle froh, dass ich weg war.«

Verdutzt sieht Joe sie an. »Darum geht's jetzt nicht. Es geht um die Polizei. Hier. Jetzt.«

Mit zitternden Händen nimmt Maggie die Schüssel und schüttet das schmutzige Wasser ins Waschbecken. »Ich hätte es dir erzählt. Ich hätte dir alles erzählt, wenn du gefragt hättest, wenn du jemals gefragt hättest –«

Joe steht über ihr. Mit offensichtlicher Anstrengung senkt er die Stimme. »Ich frage dich jetzt. Fangen wir mit dem Jungen an, okay? Ist der Junge da drinnen Nulas Sohn?«

Maggie sagt nichts. Sie drückt den Schwamm aus und legt, was davon übrig ist, auf die Abtropffläche.

Joe wirbelt sie herum, damit sie ihn ansieht. *»Sag's mir.«*

Maggie kann ihm nicht ins Gesicht sehen. »Hast du Mum erzählt, dass ich hier bin?«, fragt sie.

Er gibt einen Laut von sich, der ein Lachen sein könnte.

»Joe? Hast du es ihr erzählt?«

Er sagt eine Weile nichts, sondern geht im Zimmer auf und ab, wobei er hin und wieder einen seltsamen Laut von sich gibt oder gegen ein Tischbein tritt.

Maggie setzt sich an den Tisch und beobachtet ihn. Es wird vorübergehen, denkt sie. Diese Wut wird vorübergehen. Und hätte er es ihrer Mutter erzählt, wäre sie jetzt hier. Oder nicht?

»Heißt er etwa Samuel?«

Sie nickt. »Ich wollte den Namen eigentlich ändern, konnte es aber nicht.«

Joe beugt sich über den Tisch und schreit so laut, dass sie zusammenzuckt. »Nicht mal das kannst du, was? Ich habe keine Ahnung, was du vorhast, aber du hast es alles vermasselt! Sie werden bald hier sein, das ist dir doch klar, oder?«

Mit zitternder Hand greift Maggie in die Plastiktüte und schafft es, sich eine Fritte in den Mund zu stecken. Sie ist inzwischen lauwarm und hart, aber sie kaut und schluckt, nimmt dann noch eine. »Wir sollten essen«, sagt sie ruhig. »Wir sollten essen und nachdenken.«

Joe hält sich die Hände vor die Augen.

»Joe«, sagt sie, »wir müssen bei Kräften bleiben.« Sie schiebt die Tüte mit den Pommes frites zu ihm hinüber. »Bitte iss.«

Das würde ihre Mutter sagen. *Bei Kräften bleiben.* Als ob Kraft ein angeborener Teil von einem wäre und man seinen Körper nur auftanken müsste, damit sie strömte, die Kraft, die die ganze Zeit da war.

»Joe, ich musste ihn mitnehmen«, sagt Maggie. »Er braucht mich. Und ich dachte, das hier wäre der beste Ort. Hier, bei dir –«

»Oh Gott!« Joe klingt wie ein verängstigtes Kind.

Maggie nimmt es als gutes Zeichen. Ein Zeichen dafür, dass sie alles erklären kann und er es verstehen wird. Sie schluckt einen weiteren Klumpen kalter Kartoffel hinunter und beginnt.

»Nula will ihn nicht, Joe. Sie verdient ihn nicht. Es ist genau wie damals. Sie wollte –«

»Okay«, sagt Joe und greift nach seinem Mantel. »Komm, wir gehen.«

»Was?«

»Ich weiß, wohin. Wir müssen los. Sofort.«

»Samuel schläft –«

»Jetzt!« Er packt sie am Arm und zieht sie hoch. Dann stehen sie sich gegenüber, Maggie, die sich den Arm reibt und versucht, nicht vor Schmerz zu weinen, Joe, der von dramatischen, wütenden Plänen erfüllt ist. Und sie fühlt sich in die Welt ihrer frühen Kindheit zurückversetzt, als er der Lehrer und sie seine Schülerin war. Es ist irgendwie eine Erleichterung, von ihrem älteren Bruder hochgerissen zu werden und gesagt zu bekommen, was sie tun soll; eine Erleichterung zu glauben, dass sein Wille stärker ist, dass er fähiger ist, derjenige, der am Pult steht, mit dem Lineal zeigt und Anweisungen bellt.

»Hol den Jungen«, sagt er. »Und steig in den Van.«

Da Joe gesagt hat, für den Kindersitz sei keine Zeit, nimmt Maggie Samuel auf den Schoß. Der Junge sitzt aufrecht da, ganz begeistert, zum ersten Mal in seinem Leben in einem Van zu sitzen, und bohrt beim Versuch, noch höher zu kommen und mehr zu sehen, Maggie die Ellbogen in die Brust. Es würde ihm gefallen, denkt Maggie, auf Joes Schoß zu sitzen und das Lenkrad zu halten, das Auto selbst die verlassenen Straßen entlang zu steuern. Maggie ist es gelungen, ihm noch eine Strickjacke über den Schlafanzug zu ziehen, und ein paar Happen zu essen, einige Windeln und Kleidung in die Wickeltasche zu werfen, bevor ihr Bruder mit Vollgas vom Bootshaus weggefahren ist. Er hat ihr befohlen, ihr Auto dort stehen zu lassen, er würde sich später darum kümmern. Das Wichtigste wäre, woanders hinzufahren. Er benutzte nicht das Wort *verstecken*.

Sie rasen die Straße entlang Richtung Hauptstraße. Samuel kichert bei jedem Hubbel. Es wird jetzt dunkler, und die Scheinwerfer leuchten an den dichten Bäumen auf. Es erinnert Maggie an das Bühnenbild von *Babes in the Wood*, das sie und Joe in Oxford gesehen hatten, als sie Kinder waren: Die dunkel gemalten Bäume hingen in der Luft wie schwarze Flammen, schrecklich bedrohlich im Inneren ihrer Zweige. Sie rechnet damit, dass Geistertiere vor ihnen auf die Straße springen. Es kommen keine. Nichts, so scheint es, wird Joes Van aufhalten.

Sobald sie auf der Hauptstraße sind, flattern Samuels Augenlider im Halbdunkel, bis er sich in Maggies Arm völlig entspannt und sein Kopf die weiche Stelle zwischen ihrer Brust und Schulter sucht. Als er sie findet, sackt er in sich zusammen. »Schlaf«, flüstert sie in seine Haare.

Joe blinzelt in die grauen Umrisse der Straße vor ihnen. Maggie hat keine Ahnung, wo sie sind, Joe kennt die Insel viel besser als sie. Sie fahren schon fünfzehn Minuten, bevor sie fragt, wohin sie fahren.

Joe antwortet nicht.

Sie hat nicht das Gefühl, dass sie noch etwas fragen kann.

Nach einer Reihe schmaler Straßen erreichen sie ein Waldstück, und Joe parkt den Van bei einem Tor. »Trag ihn«, knurrt er. »Die Straße geht nicht weiter.«

Als er ihr die Tür öffnet, riecht und hört sie das Meer. Der Geruch von Salz und Kiefern füllt ihre Lungen, und sie möchte weinen, denn dies sind keine Ferien, wie der Duft suggeriert. Sie hebt den schwitzenden, schlafenden Jungen auf die Hüfte und folgt ihrem Bruder, der sie in die Kiefern führt. Joe geht schnell, und es ist schwer, mit ihm Schritt zu halten; der schlafende Samuel ist furchtbar schwer, ständig muss sie anhalten und ihn wieder hochziehen und dabei aufpassen, ihn nicht aufzuwecken. Zweige knacken und rascheln über ihnen, Farne und Gräser streifen ihre Hände. Sogar in der Dämmerung ist das Unterholz erfüllt vom unaufhörlichen Gesumme der Insekten. Ihre Arme und der Rücken schmerzen, aber sie wagt nicht, Joe zu bitten, Samuel zu tragen. Die Bäume werden dichter, der Boden unebener. Sie stolpert über eine Baumwurzel und muss wieder anhalten und Samuel auf die andere Hüfte setzen. Joe geht weiter, ohne sich umzusehen, Samuels Wickeltasche schlägt gegen sein Bein. »Ist nicht mehr weit«, sagt er, und sie schafft es, irgendwie weiterzugehen, bis sich die Bäume ein wenig lichten, und plötzlich sind sie direkt an der Küste, und das silberne Meer funkelt sie an.

»Hier herum«, sagt Joe, und sie gehen mit knirschenden Schritten über den Sand zu einer weiteren Kieferngruppe. Joe hält einige Zweige zur Seite und leuchtet mit einer Taschenlampe, und da ist es: ein winziger Wohnwagen.

Drinnen ist es erstaunlich gemütlich, auch wenn es nach nasser Wolle und uraltem Raumspray riecht. Joe knipst eine Batterielampe an, sodass das gesamte Innere sichtbar wird: ein Raum mit einem Schlafsofa, einer Herdplatte und einem Waschbecken. Jemand hat sich Mühe gegeben, ihn zu verschönern, und mit Erdbeeren bedruckte Rüschengardinen aufgehängt sowie dazu passende Kissen auf dem Bett platziert. Maggie schafft es, Samuel auf die Matratze zu legen, ohne dass er aufwacht. Joe wirft eine Decke aus dem Eckschrank herüber und zieht dann die Vorhänge zu. Maggie legt sich neben Samuel, der unruhig geworden ist, und streicht ihm über den Rücken. Joe bleibt in der Nähe der Tür, bereit zum Aufbruch. Er will etwas sagen, aber sie bringt ihn zum Schweigen, indem sie auf den Jungen zeigt. Sobald sie sicher ist, dass Samuel wieder fest schläft, setzt sie sich auf und flüstert: »Wem gehört der hier?«

»Nic.« Er reibt sich das Gesicht.

»Weiß sie, dass wir hier sind?«

»Was glaubst du?« Ein Blick auf seine Armbanduhr. »Herrje. Es ist spät.«

Maggie sieht sich um. »Wo wirst du schlafen?«

»In meinem eigenen Bett. Ich komme morgen wieder. Und bis dahin hast du einen Plan.«

»Joe, ich musste ihn mitnehmen –«

»Ich will es nicht hören.«

Sie packt seine Hand und starrt in sein müdes Gesicht. »Nula will mich loswerden, weil sie es nicht aushält, dass ich Sammy näher stehe, besser mit ihm zurechtkomme … Und sein Vater ist so ein Idiot, versucht ständig, sich an mich ranzumachen …« Maggie merkt, wie hohl sich ihre Erklärungen anhören. Ihre Worte scheinen auf den Boden zu fallen, schon bedeutungslos. Aber sie kann nicht aufhören zu reden. »Und sie sind … Sie sind als Eltern ungeeignet, Joe. Ich musste ihn mitnehmen.«

Fassungslos starrt er sie an. Kurz darauf sagt er: »Du überlegst dir, wie der Junge wieder zu seiner Mutter kommt und du die geringstmöglichen Schwierigkeiten bekommst und ich null, okay?«

»Er braucht mich.«

»Wenn du morgen keinen Plan hast, musst du alleine klarkommen. Ich werde dann die Polizei rufen. Verstanden?«

Es entsteht eine Pause. Da Maggie am Ton ihres Bruders gemerkt hat, dass er außer sich ist, nickt sie, das ist einfacher, als zu streiten.

»Gut.« Er schließt die Tür hinter sich.

Sie lässt die Batterielampe an, weil sie nicht will, dass Samuel schon wieder an einem unbekannten, dunklen Ort aufwacht. Sie surrt und flackert und spendet ein kaltes, grünliches Licht. Aber es ist besser als nichts. Samuel schläft, sein kleines Gesicht ein blasser Kreis, um den sie mit dem Finger fährt, und sie denkt, wie weich, wie ungeformt er ist; wie tapfer ist er gewesen, nicht einmal hat er nach seiner Mutter gefragt – jedenfalls nicht ernsthaft –, und das bedeutet, dass es richtig war, ihn hierherzubringen.

Sie kann morgen noch einmal mit Joe reden, und vielleicht ändert er seine Meinung, wenn er noch einen Tag mit ihnen beiden verbringt.

Der Wohnwagen schaukelt leicht im Wind. Die Vorhänge zittern. Sie liegt noch in ihrem Sommermantel auf der Matratze und versucht, im Takt mit dem Jungen zu atmen. Ein, aus. Ein, aus. Ein, aus. Aber seine Atmung ist schneller als ihre, hastiger, obwohl ihr Herz pocht und ihre Gedanken rasen. Sie gibt es auf und legt sich auf die Seite und rahmt ihn ein. Es dauert noch lange, bis sie schließlich einschläft.

ES IST HALB SIEBEN UHR MORGENS, und Nula sitzt seit einer Stunde im Wohnzimmer am Erkerfenster und blickt auf die Straße. Seit Samuel vor zwei Tagen verschwunden ist, hat sie sich gefragt, ob sie sich das insgeheim gewünscht hat. Es ist ihre Schuld, muss ihre Schuld sein, dass er weg ist. Denn es gab Momente, viele Momente in den ersten neun Monaten seines Lebens, in denen sie sich gewünscht hatte, jemand würde ihn ihr wegnehmen, nur für ganz kurze Zeit, wie sie sich selbst versichert, nur damit sie sich eine Weile hinsetzen und an nichts hätte denken können oder ein Buch lesen oder allein aus dem Haus gehen, ohne zu wissen, wohin, und einen anderen Erwachsenen ohne Kinder treffen, vielleicht einen Mann, der ihr in die Augen sehen und den Worten lauschen würde, die über ihre Lippen kamen.

Nachdem sie wieder angefangen hatte zu arbeiten, war es ihr besser gegangen. Was bedeutet das? Sie ist eine Frau, wird ihr bewusst, die von ihrem Kind wegwollte. Eine Frau, die jemand anders brauchte, der sich um ihren Sohn kümmerte, weil sie nicht in der Lage, nicht willens war, es selbst zu tun. Was für eine Frau ist sie?

Schließlich gibt es viele Frauen, die ihre eigenen Kinder getötet haben. Bis zur Hälfte der in der geschlossenen Psychiatrie von Broadmoor einsitzenden Frauen haben ihre eigenen Kinder umgebracht. Das hatte sie einmal irgendwo gelesen und muss jetzt ständig daran denken. Wer waren sie, diese Frauen? Warum sprach niemand über sie? Wachten sie eines warmen Junimorgens auf, wenn es auf der Straße noch ruhig war, abgesehen vom Rumpeln des herannahenden Müllasters, und stellten fest, dass ihre Kinder tot waren? Gab es einen Moment des Zweifels? Ging es ihnen wie ihr, dass sie nicht genau wussten, ob sie selbst das herbeigeführt hatten?

Wieder fliegt eine Elster vorbei. Es gibt so viele in dieser Straße. Greg begrüßt jede einzelne. Sie hat zu ihm gesagt: Beachte sie nicht. Das ermuntert sie nur. Gibt ihnen das Gefühl, willkommen zu sein, auch wenn sie es nicht sind.

Sie beobachtet Sarah Draycott dabei, wie sie ihre dicken geblümten Vorhänge aufreißt, nur mit ihrem rosa BH bekleidet (warum bemerkst du so etwas noch, schilt sie sich, wenn dein Sohn weg ist?). Sie tritt vom Fenster zurück, aus Angst, Sarah könnte sie sehen und ihr Verhalten unpassend finden. Sollten Mütter, die ihre Söhne verloren haben, am Fenster stehen und hinausschauen? Sollten sie nicht draußen auf der Straße wehklagen? Oder selbst nach dem Kind suchen? Wahrscheinlich hat Sarah sie ohnehin schon verurteilt, weil sie ein Kindermädchen angestellt hat. Vielleicht genügte das schon, um Maggie zu ermutigen, Samuel mitzunehmen. Oder war etwas an ihrem eigenen Verhalten oder ihrem Gesichtsausdruck, das sagte: Um Himmels willen, nimm ihn mir ab? Siehst du nicht, dass ich verzweifelt bin? Nimm ihn. Befreie mich.

Warum sonst sollte ihr das passiert sein?

Später am Morgen kommt Detective Walters vorbei, um Nula noch einmal dieselben Fragen zu stellen.

Sie ist allein und bietet Walters nichts zu trinken an. Greg ist ausgegangen, mit der Erklärung, dass sie Brot bräuchten und es sinnlos sei herumzusitzen. Nula hat seine Entschuldigungen kaum gehört und kein Bedürfnis gehabt, ihn davon abzuhalten zu gehen.

Sobald Walters auf dem Sofa Platz genommen hat, rückt er seine Brille zurecht und sagt: »Als ich gestern mit Ihrem Mann gesprochen habe, sagte er, dass Sie vielleicht glauben, er hätte eine Affäre mit dem Kindermädchen Ihres Sohnes.«

Nula blinzelt. Zum ersten Mal spricht jemand diesen Gedanken laut aus.

»Er behauptet, dass das nicht der Fall ist, aber er sagt«, Walters holt seinen Notizblock aus der Tasche, blättert einige Seiten durch und liest: »Nula denkt wahrscheinlich, ich hätte was mit Maggie gehabt. Hatte ich aber nicht. Nein.«

»So«, sagt Nula. »Da haben Sie es.«

Walters hüstelt und lehnt sich für den Rest des Gesprächs auf dem Sofa zurück. »Warum sollte Ihr Mann etwas Derartiges sagen, Ms. Wichelo?«

Nula muss beinahe lachen. »Vielleicht wollte er, dass Sie mir diese Information überbringen.«

»Also sind Sie der Meinung, dass Ihr Mann eine Affäre mit Maggie hatte?«

Nula seufzt. »Vielleicht. Ja. Ich weiß nicht ...« Sie greift sich in die Haare. »Darüber kann ich im Moment eigentlich nicht nachdenken ... Das müssen Sie verstehen.«

»Es ist schwierig für uns weiterzukommen, Ms. Wichelo, ohne mehr Informationen über das Kindermädchen Ihres Sohnes und ihre möglichen Motive, Ihren Sohn mitzunehmen.«

»Falls sie ihn mitgenommen hat.«

Walters formt eine kleine Pyramide mit den Fingern und blickt sie darüber hinweg an. »Die beiden wurden zum letzten Mal vor fast achtundvierzig Stunden bei der Spielgruppe gesehen. Obwohl wir in diesem Stadium nichts ausschließen können, deutet diese Tatsache für mich stark darauf hin, dass das Kindermädchen Ihres Sohnes unsere Hauptverdächtige ist. Ich verstehe, dass es Ihnen schwerfällt, dem ins Auge zu sehen, aber sollte sie eine Affäre mit Ihrem Mann gehabt haben, na ja, könnte das einiges erklären, nicht wahr?«

»Sollten Sie darüber nicht mit Greg sprechen?«

»Ich spreche mit Ihnen, Ms. Wichelo.«

»Nennen Sie mich Nula.«

Walters nimmt seine Brille ab und massiert sich den Nasenrücken. Nula fragt sich, ob er die Brille unbedingt braucht. Er nimmt sie so oft ab, dass sie eher ein Requisit als eine Notwendigkeit zu sein scheint.

»Okay. Nula. Vielleicht sollten wir darüber nachdenken, wo sie hingefahren sein könnte. Wir wissen, dass ihre Mutter auf Anglesey lebt, und wir haben den Wagen, den sie gemietet hat, gerade auf dem Band einer Überwachungskamera des Parkplatzes eines Supermarktes in Bangor gefunden …«

»Dann ist sie also da oben …?«, sagt Nula und setzt sich aufrecht hin. »Wenn sie da oben ist, warum sind Sie dann nicht dort und suchen nach ihr?«

»Wir haben ein Team vor Ort. Sie haben das Auto noch nicht wieder gesichtet, aber sie waren bei Maggies Mutter«, erklärt Walters, die Augen auf seinen Notizblock gerichtet. »Sie sagt, sie hat ihre Tochter seit Jahren nicht gesehen. Es gab eine Art – Zerwürfnis. Sie gibt an, sie habe versucht, Maggie zu erreichen, habe ihr Briefe geschrieben und angerufen, aber Maggie würde ihre Bemühungen größtenteils ignorieren und kaum je mit ihr sprechen.« Er sieht auf. »Klingt das glaubwürdig für Sie?«

»Möglich. Ist Maggie auf Anglesey?«

»Wir wissen es noch nicht, Ms. Wichelo. Die Aufzeichnung

ist über vierundzwanzig Stunden alt. Sie könnte die Gegend inzwischen wieder verlassen haben.« Er hält inne. »Eine Ahnung, warum es zu einem Zerwürfnis zwischen Maggie und ihrer Mutter kam?«

Nula ist noch damit beschäftigt, die Information über Bangor zu verarbeiten. »Ich bin mir nicht sicher, inwiefern das relevant ist, um meinen Sohn zu finden …«

»Wir müssen den vielversprechendsten Hinweisen folgen. Und im Moment ist dies unser vielversprechendster Hinweis.« Ein Anflug von Verärgerung huscht über sein Gesicht. »Das verstehen Sie sicher.«

Nula sagt nichts.

»Selbstverständlich behalten wir Mrs. Wichelos Haus im Auge und informieren Sie, wenn es irgendetwas Neues gibt. Aber in der Zwischenzeit, können Sie sich irgendeinen Grund vorstellen, weshalb Maggie und ihre Mutter zerstritten sind?«

»Ich … Ich weiß nur, dass ihre Eltern sich getrennt haben, als sie ungefähr sechzehn war. Ihr Vater lebt irgendwo in der Nähe von Oxford – aber das wissen Sie ja schon.«

»Irgendeine Ahnung, warum sie sich getrennt haben?«

»Absolut keine.« Was die Wahrheit war. Nulas Mutter hatte ihr von Tante Fionas und Onkel Alans Scheidung erzählt. Nula war nicht überrascht gewesen. Sie hatte die beiden in dem Sommer kaum im selben Zimmer gesehen.

»Fällt Ihnen sonst irgendein Ort ein, wo sie ihn hinbringen könnte? Irgendwelche Orte, die ihr etwas bedeuten?«

Sie denkt sofort an Plas Coch, schiebt es aber beiseite, denn es ist ein besonderer Ort für *sie*, für niemanden sonst. Maggie hatte mit alldem nichts zu tun. Sie war viel zu beschäftigt damit gewesen, von Ralph etwas über Kunst zu lernen, um es zu bemerken. Und ihr Vater war wie üblich zu beschäftigt mit

Kunst gewesen, um überhaupt jemanden zu bemerken, am allerwenigsten Joe.

Bei dem Gedanken an ihn lächelt sie fast schon, selbst jetzt, selbst hier vor Detective Walters, selbst während ihr Sohn vermisst wird und ihr Mann Brot kaufen gegangen ist als eine Art Aufschub, sie zu verlassen, lächelt sie fast. Seine Augen. Sie sieht sie vor sich, diese großen braunen Hundeaugen, die ihr in jenem Sommer überallhin folgten. Seine hübschen Haare, die schweren Locken. Seine klugen Hände.

»Sie lassen es uns natürlich wissen, falls Sie etwas hören ...«, sagt Walters und steht auf.

»Natürlich.«

Beim Gehen dreht er sich noch einmal zu ihr um und fügt hinzu: »Wir tun, was wir können, aber wir brauchen Ihre Hilfe.« Zum ersten Mal hört er sich ein bisschen verzweifelt an.

Als Lilly anruft, stopft Nula gerade Samuels schmutzige Wäsche in die Maschine. Sich zu beschäftigen, sagt Greg, ist wichtig. Alltägliche Aufgaben. Nula hat den ganzen Vormittag gesessen, erst mit Detective Walters gesprochen, dann ihr Handy angestarrt, und gerade erst ist ihr etwas eingefallen, das sie erledigen sollte. Da sie die Kleidung ihres Sohnes nicht zu genau ansehen will, sie nicht riechen oder berühren will, packt sie eine ganze Ladung davon in ein Handtuch und schiebt sie in die Maschine.

»Mir ist etwas eingefallen«, sagt Lilly, noch bevor sie guten Tag sagt. »Ich weiß nicht. Ich glaube, es könnte hilfreich sein.«

Nula klemmt sich das Telefon unter das Kinn und gießt flüssiges Waschmittel in einen Ball. Es ist nicht das erste Mal, dass Lilly heute anruft, aber das erste Mal, dass Nula abgenommen hat, als sie den Namen ihrer Schwiegermutter auf dem Display aufleuchten sieht. »Was?«

»Maggie hat mir ein bisschen von ihrem Bruder erzählt. Joe heißt er, glaub ich.«

»Und?«

»Es bedeutet wahrscheinlich nichts. Es ist nur – sie hat mir erzählt, dass sie ihn vermisst. Normalerweise hat sie über so etwas, persönliche Dinge, nicht gesprochen, oder? Und ich habe mich gefragt …«

»Wann war das?«

»An einem Morgen im Park …«

»Tut mir leid«, sagt Nula. »Das musst du mir erklären. Wann warst du mit Maggie im Park?«

Lillys Stimme bekommt einen harten Klang. »Ich hab sie da manchmal getroffen. Ich wollte Samuel sehen, und sie hatte nichts dagegen.«

»Sie hat es nie erwähnt.«

Stille. Dann: »Es war nur ein paar Mal.«

Nula holt Luft. Es spielt keine Rolle. Auf das Wichtige konzentrieren. »Sie hat also ihren Bruder vermisst. Inwiefern hilft uns das weiter?«

»Sie hat gesagt, sie würde Samuel gerne irgendwann einmal dorthin mitnehmen. Sie sprach davon, dass sie die Dinge wieder in Ordnung bringen müsste, mit ihrem Bruder. Ich hab mir damals nichts dabei gedacht …«

Nula lässt den Waschmittel-Ball auf die Fliesen fallen.

»Meinst du, ich sollte es der Polizei sagen?«, fragt Lilly.

»Nicht nötig«, sagt Nula und legt auf.

Sie kann ihn sehen, plötzlich. Sie kann Joe mit Samuel sehen. Die beiden, und Maggie beobachtet sie. Warum ist sie nicht früher darauf gekommen?

Samuels Ärmel hängt aus der nassen Trommel bis zum Boden, und Waschmittel läuft über den ganzen Fußboden, als

Nula sich ihre Tasche vom Küchentisch schnappt und die Haustür öffnet. Als sie rückwärts aus der Auffahrt fährt, taucht Greg auf, mit einem Brotlaib vor der Brust. Noch bevor er begriffen hat, was geschieht, und die Hand ausstreckt, um sie aufzuhalten, ist sie schon auf der Straße und fährt mit Vollgas Richtung Hauptstraße.

All die Jahre hat Nula es vermieden, dorthin zurückzukehren, selbst in Gedanken. Sie hatte gedacht, es würde genügen, dass sie den physischen Beweis jener Tage vernichtet hatte. Die Klinik in Summertown mit den pastellfarbenen Drucken von gestreiften Liegestühlen und Fischerbooten sollten das Letzte gewesen sein. Das absolut Letzte.

Aber sie muss zurückkehren. Und jetzt, da sie auf der M40 ist, das Lenkrad mit beiden Händen haltend, hat sie das Gefühl, dass es unvermeidlich ist, dass es so sein sollte. Unvermeidlich, dass sie wieder zurückmuss, dass der letzte Akt noch nicht einmal begonnen hat.

Während sie fährt, reckt sie den Hals, und es scheint, als ob sie jede Einzelheit der Straße mit ungeheurer Klarheit sehen kann. Der Schwall schmutzigen Regens, den ihr ein vorbeifahrender Lastwagen auf die Windschutzscheibe schleudert, veranlasst sie nicht, langsamer zu fahren. Sie schaltet die Scheibenwischer auf doppelte Geschwindigkeit und wirft einen prüfenden Blick auf die Uhr am Armaturenbrett. 12.20 Uhr. Wenn sie nicht anhält, wenn sie immer knapp die Höchstgeschwindigkeit überschreitet, könnte sie um halb fünf da sein. Sie könnte zu Samuels Abendessenszeit da sein. Ein plötzlicher Stich in der Magengegend macht ihr bewusst, dass sie absolut nichts mitgenommen hat, das sie ihm anbieten kann. Vielleicht sollte sie unterwegs anhalten und etwas besonders Leckeres kaufen: Chips, eine Tüte Bonbons. Sie hat ihm solche Dinge nie erlaubt, aber jetzt weiß sie kaum noch, warum. Sie wirft einen Blick auf die Tankanzeige: fast voll. Nicht nötig anzuhalten, bis sie auf der Insel ist.

Als sie gerade erst an Birmingham vorbeigefahren ist, merkt sie, dass es zwecklos ist. Ein Schmerz breitet sich von der Leistengegend in den Rücken aus. Sie hat keine Wahl und muss die Tankstelle anfahren, um sich zu erleichtern. In allerletzter Minute blinkt sie und wechselt auf die linke Spur, was eine Frau in einem Saab veranlasst, wütend die Lichthupe zu betätigen. Beim Einbiegen auf einen riesigen Parkplatz, fährt sie fast über die Bordsteinkante und muss sich selbst laut ermahnen, langsamer zu fahren. »Er ist noch dort«, sagt sie sich. »Maggie wird ihm nichts tun.« Sie parkt den Nissan so nah wie möglich bei der Tankstelle, stößt die Tür weit auf und springt heraus. Sie streift mit dem Rock ihre Handtasche, und sie fällt auf den Betonboden. Handy, Make-up, Haarbürste, Tampons, Lippenstift, alles rollt über die Erde. Das Make-up wird sofort von einem Schuh mit T-Riemchen zertreten. Nula blickt auf, und eine Frau in den Sechzigern beginnt sich zu entschuldigen.

Ohne sie zu beachten, schnappt Nula sich den Rest ihrer Sachen und läuft auf die automatischen Türen zu, das zerbröselte Make-up und die Frau zurücklassend.

»Unmöglich!«, hört sie die Frau sagen. Aber sie geht weiter.

Beim Betreten der Damentoilette schlägt ihr der warme Gestank von Toilettenreiniger und Slips entgegen. Sie stürzt in die nächste Kabine, reißt ihre Hose herunter und schreit beinahe vor Erleichterung, als der nicht enden wollende Urinstrahl in die Schüssel fließt. Für einen seligen Moment genügt es, die Toilette erreicht zu haben und die schmerzende Blase zu leeren.

Dann wischt sie sich eilig ab, flucht über das, was man hier Toilettenpapier nannte, und rückt ihren Rock zurecht. Sie riskiert die Missbilligung einiger anderer Frauen, weil sie sich nicht die Hände wäscht.

Draußen vor der Toilette schaukelt ein furchterregend aussehender Plastikesel ein dreijähriges Kind vor und zurück. Ein Mann mit stramm bis zum Bizeps hochgekrempelten Ärmeln sieht dem Mädchen zu, ein gelangweiltes Lächeln im Gesicht. Einem Zeitungsständer in der Nähe des Ausgangs dreht Nula den Rücken zu. In der heutigen Zeitung ist ein Foto. Von ihr und Greg mit Samuel in Waddesdon Manor. ›Suche nach vermisstem Zweijährigen und Kindermädchen‹ lautet die Schlagzeile. Greg blinzelt in die Kamera, Nula blickt zu Samuel, fordert ihn auf zu lächeln. Sie mussten es von ihrer Facebook-Seite haben. ›Glücklichere Tage‹ lautet die Bildunterschrift. Die Zeitung war heute Morgen um sieben durch ihren Briefschlitz geschoben worden, und sie hatte das Foto eine Weile angestarrt, unfähig, sich selbst wiederzuerkennen, bevor sie sie liegen gelassen hatte, wo sie gelandet war, ausgebreitet auf der Fußmatte.

Bei einem Korb mit Kuscheltieren zögert sie. Ein blassblauer Esel mit langen Beinen, fast so lang wie die von Leggy Monkey, hat ihre Aufmerksamkeit erregt. Als sie ihn in die Hand nimmt, sieht sie, dass er einen knallroten Plastikhut trägt und einen dämlich-erstaunten Gesichtsausdruck hat. Es scheint jedoch unumgänglich, ihn mitzunehmen, denn Leggy Monkey wird ersetzt werden müssen, weil er durch diese ganze Sache beschmutzt sein wird. Drüben an der Kasse ist eine lange Schlange, und wegen ihrer eigenen Ungeschicktheit ist sie schon spät dran. Also schiebt sie den blauen Esel in ihre Tasche. Sein Kopf ragt über den Rand, aber sie bleibt nicht stehen und versucht nicht, ihn zu verstecken; die Türen öffnen sich automatisch für sie, zielstrebig geht sie hinaus auf den Asphalt und richtet den Autoschlüssel auf den wartenden Nissan.

ALS MAGGIE UM SIEBEN UHR MORGENS aufwacht, blickt sie in ein riesiges Auge und spürt feuchten, warmen Atem auf ihrer Stirn.

»Gi-Gi wach?«, fragt Samuel, und sie erinnert sich, wo sie sind und warum. »Hause?«, fragt er und blickt mit zitternder Unterlippe um sich. »Gi-Gi Hause?«

Sie räuspert sich. »Nein, nein. Woanders jetzt.«

Er verzerrt das Gesicht. »Hause!«, verlangt er. »Hause gehen!«

Sie setzt sich auf und will einen Arm um ihn zu legen, aber er rückt weg.

»Das hier ist unser – Ferienhaus, Samuel«, versucht sie zu erklären. »Das ist ein Wohnwagen. Magst du Camping? Es ist ein Abenteuer. Ein Wohnwagenabenteuer für Gi-Gi und Sammy.«

Samuel sieht sie an, immer noch den Tränen gefährlich nahe. »Will Joe.«

»Er kommt bald. Später. Joe kommt wieder.« Sie schwingt ihre Beine vom Bett. »Komm erst mal Milch trinken, ja?«

Sie hat die Erfahrung gemacht, dass es am besten ist, ihm keine Zeit für Tränen zu lassen, sondern einfach weiterzumachen, egal, wie. Aber als sie die Milch in die Flasche gießt, nachdem sie zuerst daran gerochen hat – scheint in Ordnung zu sein –, fällt Samuel vom Bett. Es ist nicht hoch und auf dem Boden liegt eine Matte, aber es gibt einen dumpfen Aufprall, dann eine unheilvolle Stille, bevor er anfängt zu schreien.

Vor lauter Eile, ihn zu trösten, stößt Maggie die Milch um, und sie überschwemmt den kleinen Tresen. Da sie weiß, dass keine mehr da ist, versucht sie, etwas davon mit der Hand wieder in die Flasche zurückzuwischen. Samuels Gebrüll erfüllt jetzt den Wohnwagen, und sie muss das Malheur lassen und versuchen, ihn hochzunehmen. Er stößt sie weg und brüllt noch lauter.

Sie hockt sich neben ihn. »Armer Sammy, wo tut es weh?«

»Mummy!«, schreit er. »Will Mummy!«

»Gi-Gi ist hier.«

»Mummy!«

»Es ist alles gut …«

»Mummy!«

»Zeig mir, wo's wehtut.«

»Mummy!«

»Das war ein ziemlicher Bums.«

»Mummy!«

»Lass Gi-Gi mal gucken.«

»Mummy! Mummy!«

Sein Gesicht sieht aus, als würde es gleich vor Schmerz und Zorn platzen. Er wirft den Kopf zurück und schreit, bekommt dabei fast nicht genug Luft. Als sie noch einmal die Hand nach ihm ausstreckt, schlägt er ihren Arm weg. Sie kann nur in der Hocke dasitzen und zusehen, wie er heult und heult und heult. Nach einer Weile hält sie die Arme über den Kopf. Die Milch tropft vom Tresen auf ihre Hände und Haare, aber sie rührt sich nicht; sie bleibt still und unbeweglich, um sich vor Samuels grenzenlosem Zorn zu schützen. Seine Schreie gehen auf sie nieder, lassen sie schrumpfen, bis sie nur noch Wellen puren Lärms wahrnimmt.

So findet Joe sie.

Maggie hört ihn nicht hereinkommen. Sie kann nichts hören außer den Schreien. Sie hat Samuel schon oft schreien hören, aber noch nie in dieser Stimmlage und so lange. Sie merkt, dass jemand über ihren Kopf langt, und für einen Moment ist es ihr fast egal, wer es ist, wenn nur der Lärm aufhört. Wer immer es ist, der Lärm wird aufhören. Und das geschieht.

Langsam schält sie ihre Arme vom Kopf. Das Heulen lässt nach und wird durch leises Wimmern und Schluckauf unterbrochen, als Joe Samuel an seine Brust drückt und ihm sagt, dass alles in Ordnung ist, alles gut, Joe ist hier, und Mummy kommt, und alles wird gut.

Als Samuel sich etwas beruhigt hat, sagt Joe: »Ruf sie an. Jetzt.«

Der süße, widerliche Geruch von Milch klebt an ihren Haaren und Händen.

»Maggie«, sagt Joe. »Wenn du es nicht machst, mach ich es.«

»Gib mir Samuel«, sagt Maggie, steht auf und streicht sich die klebrigen Haare aus dem Gesicht.

»Erst rufst du an.«

Sie holt ihr Handy aus der Tasche und zeigt ihm das Display. Kein Empfang. »Gib ihn mir.«

Samuel gibt jetzt lang gezogene Klagelaute von sich, wie eine Katze, die leise, aber eindringlich zu verstehen gibt, dass sie Hunger hat. Er sieht Maggie mit großen, verängstigten Augen an. Als sie ihm die Arme entgegenstreckt, greift er danach.

Nachdem sie ihn gewiegt, zärtlich an ihre Brust gedrückt, ihm die verschwitzten Haare aus den Augen gestrichen und etwas von der Milch gegeben hat, die Joe mitgebracht hat, sitzen die drei schweigend auf dem Bett. Es ist ein strahlender Morgen. Maggie hört das Meer an den Strand schlagen, Seeschwalben schwatzen und ihren Bruder seufzen. Immer wieder seufzt er und holt Luft, als wollte er etwas sagen, gibt aber jedes Mal auf.

Samuel packt Joes Ärmel und sagt: »Wohwan teuer!« Joe lächelt ein kleines bisschen.

Maggie sagt: »Du hast Nula geliebt, oder?«

Ihr Bruder lacht freudlos. »Maggie, das ist lange her …«

»Aber du hast sie wirklich geliebt. Ich weiß es.«

»Das ist jetzt nicht wichtig.«

»Mir ist es wichtig. Ich hab euch beide verloren. Und dann war nichts mehr übrig. Nur Mum und ich in dem kalten Haus.«

Joe öffnet seine Tabakdose und beginnt, sich eine Zigarette zu drehen. »Du bist doch nach Oxford gegangen, oder nicht?«

»Das hat mir überhaupt nichts gebracht. Ich war eine hoffnungslose Studentin.« Maggie hebt Samuel in die Luft und küsst ihn auf die Wange, sodass er lacht. »Manchmal«, sagt sie, »sehe ich ihn an und sehe dich.«

Joes lässt den Blick zu seiner Schwester gleiten.

»Ich denke: Er hätte von Joe sein können.«

Samuel kichert wieder.

»Selbst wenn er es wäre«, sagt Joe, »wäre er immer noch nicht von dir.«

Eine Weile herrscht Schweigen. Joe zündet sich die Zigarette an und nimmt einen Zug.

»Was hast du dir dabei gedacht, Maggie? Was in aller Welt hast du dir gedacht?«

»Ich wusste nicht, was ich sonst tun sollte.« Es ist die einzige Antwort, die sie hat, und es ist die Wahrheit.

Joe reibt sich das Kinn, schluckt. »Hast du inzwischen einen Plan?«

»Ich – ich brauche einfach mehr Zeit.«

»Du hast keine Zeit. Die Polizei wird bald hier sein. Selbst wenn ich sie nicht anrufe, werden sie draufkommen … Ich versuche, dir zu helfen.«

»Ich weiß. Danke. Ich werde sie anrufen.«

»Wann?«

»In ein paar Minuten. Ich muss ihm nur die Windel wechseln, dann geh ich mit ihm irgendwohin, wo ich Empfang habe, und rufe sie an.«

»Versprochen?«

Sie nickt. »Kannst du die ausmachen? Es ist nicht gut für Samuel, Zigarettenrauch ausgesetzt zu sein.«

Joe starrt seine Zigarette an, reagiert aber nicht. »Ich muss zur Arbeit. Ich höre früh auf und fahr beim Bootshaus vorbei, um deine restlichen Sachen zu holen. Ich bin ungefähr um fünf zurück, okay? Bis dahin hast du sie angerufen. Du sagst ihr, sie soll herkommen. Du bringst die Sache in Ordnung, ja?«

»Ich sag's ihr.«

»Wenn du es nicht tust, Maggie –«

»Ich bring's in Ordnung.«

»Gut.« Er berührt sie an der Schulter. »Es ist das Richtige.«

Als Joe weg ist, öffnet sie alle Fenster, damit der Rauch abzieht, und erlaubt Samuel, sämtliche Töpfe und Pfannen aus dem Küchenschrank zu räumen. Sie blickt auf ihr Handy. Kein Empfang und die Warnung ›Akku fast leer‹. Das Aufladegerät ist noch im Bootshaus. Wenn sie jetzt sofort mit Samuel an den Strand ginge, würde sie wahrscheinlich Empfang haben. Sie könnte tun, was ihr Bruder von ihr will. Sie könnte Nula sagen, dass Samuel schöne Ferien gehabt hat und es ihm gut geht. Sie könnte sogar sagen, dass Greg ihr erlaubt hat, diesen kleinen Ausflug mit Samuel zu machen. Hatte er seiner Frau nichts davon gesagt? Das sollte er. Typisch, dass er es vergessen hat.

Nula würde innerhalb von Stunden hier sein, Maggie sieht sie in ihrem hübschen Strandkleid und Seidencardigan im Sand knien und ihren Sohn umarmen. Sie stellt sich Samuels Gesicht vor, wenn er seine Mutter wiedersieht; sie sieht das Leuchten in seinen Augen, das wie auf Knopfdruck wieder da wäre. Und sie sieht sich selbst in die andere Richtung gehen. Aber wohin würde sie gehen? Der Wohnwagen gehört ihr nicht, das Bootshaus auch nicht. In Oxford wäre sie auch nicht gerade willkommen, und sie hat keine Lust, dorthin zurückzugehen und sich das Seufzen ihres Vaters und die Geschichten über seinen Kleingarten anzuhören. Sie denkt an ihre Zeichnungen von Samuel und daran, dass ihre feuchte Wohnung sie ruiniert hat. Sie denkt kurz an ihre Mutter, daran, den ganzen Weg zu Fuß bis zu Fionas Tür zu gehen und das eine Wort – Mum! – zu rufen und sie zu bitten … Ja, was? Sie kann sich mittlerweile kaum erinnern, ob sie oder ihre Mutter verzeihen muss. Vielleicht beide. Aber Maggies Vorstellung reicht nicht weiter als bis zu der Türschwelle, mit der kaputten Klingel und der schweren, dunklen Holztür, die verschlossen bleibt.

Sie sieht Samuel an, der einen Pfannendeckel auf den Boden wirft und plötzlich lächelt: ein breites Lächeln mit Grübchen auf den Wangen, das den ganzen Raum erhellt. Da schmiedet sie einen Plan.

Sie erwidert sein Lächeln und sagt: »Wir geben nicht auf, stimmt's? Maggie gibt nicht auf.«

Es ist ein ruhiger Tag, eine warme Brise kommt vom Meer. Maggie und Samuel laufen durch die Kiefern in Richtung Straße. »Das ist unser Wohnwagenabenteuer!«, sagt sie, während sie ihn durch den dichtesten Teil des Waldes trägt. Mit einer

Hand hält sie die Zweige von seinem Gesicht fern. In der Wickeltasche hat sie etwas Geld, eine Flasche Milch, ein paar Windeln und die Tüte Kartoffelchips, die Joe am Abend zuvor mitgebracht hat. Samuel hat noch nie richtige Kartoffelchips gegessen, und sie ist froh, diese göttliche, verbotene Leckerei dabeizuhaben, um ihn zu bestechen. Es könnte sein, dass sie sie später brauchen. Er blickt hoch zu den zitternden Zweigen und zeigt aufgeregt in den blauen Himmel. Diesmal kommt es ihr nicht im Entferntesten so weit bis zum Tor vor, und Samuel macht es Spaß, einen Teil des Weges auf dem weichen Boden zu laufen, auf den heruntergefallenen Nadeln herumzuhüpfen und die Kiefernzapfen zu zertreten. Maggie versteckt sich hinter einem Baum, springt aber wieder hervor und ruft »Buh«, bevor er sie richtig vermisst. Trotzdem, sobald er sie sieht, saust er zu ihr hinüber, und sie hält ihn, als wäre er tatsächlich verschwunden gewesen.

An der Straße blickt sie in jede Richtung. Kein Auto und keine Bushaltestelle. Die Lerchen tirilieren im Flug, die Felder auf beiden Seiten sind holprig und grün und voller Schafe. Sie gehen nah am Drahtzaun einer Farm entlang. »Sieh mal!«, sagt sie zu Samuel, »Schafe!«

Er sieht sie an und runzelt die Stirn. Dann streckt er die Arme aus, um getragen zu werden. »Nur noch ein bisschen weiter«, sagt sie und schaltet ihr Handy ein, um nachzusehen, ob sie Empfang hat. Zwei Striche. Ohne die nicht angenommenen Anrufe und ungelesenen Nachrichten zu beachten, greift sie in ihre Hosentasche und findet Neils Karte. Wählt die Nummer. Keine Antwort. Sie schaltet das Handy wieder aus.

Als sich ein Land Rover nähert, hebt sie Samuel auf die Hüfte und streckt den Daumen raus. Eine junge Frau mit Kleinkind wird nicht lange warten müssen, bis sie mitgenommen wird. Die Fahrerin fährt ein bisschen langsamer, nimmt Maggie und Samuel in Augenschein, hält aber nicht an. Erst als sie weggefahren ist, wird Maggie vollends klar, in welcher Gefahr sie sich befinden. Etwas an dem Blick der Frau hat sie auf das Risiko aufmerksam gemacht, das sie auf dieser ungeschützten Straße eingeht. An der nächsten Kreuzung biegt sie in eine kleinere Straße ab, die an einer Seite mit alten Bäumen gesäumt ist, unter denen sie Samuel weiterträgt. Das verschafft ihnen zumindest etwas Deckung. Sie sind noch nicht lange gegangen, als sich ein ziemlich neues kleines Auto nähert. Diesmal hält das Auto ein paar Meter weiter, und die Beifahrertür öffnet sich.

Samuel windet sich aus Maggies Armen und läuft in Richtung der Rücklichter. Auf dem Fahrersitz sitzt eine Frau Mitte zwanzig mit sehr kurzen blonden Haaren und großen Ohrringen. »Alles in Ordnung, oder kann ich helfen?«, fragt sie.

»Lieber Gott, vielen Dank!«, fängt Maggie an. Während sie die Straße entlanggegangen sind, hat sie sich überlegt, was sie sagt. »Unser Wagen hatte eine Panne da hinten – wir haben uns ein bisschen verlaufen, ich weiß nicht mal genau, wo ich es zurückgelassen habe! –, deshalb muss ich zu einer Werkstatt.« Als sie einen kurzen Blick hinten ins Auto wirft, sieht sie – Gott sei Dank – einen Kindersitz und daneben eine zurückgelassene Saftpackung.

»Ihr Ärmsten. Steigt ein. Ich nehme euch zum nächsten Ort mit. Da gibt's eine Werkstatt.«

»Du hast uns gerettet«, sagt Maggie, öffnet die hintere Tür und setzt Samuel in den Sitz.

Die Frau dreht sich um. »Und wer bist du?«, fragt sie den Jungen.

»Das ist Stevie«, sagt Maggie.

»Stevie!«, ruft Samuel empört, und die Frau lacht.

Während sie fahren, sieht Maggie die ganze Zeit aus dem Seitenfenster, um die Frau nicht zu einer Unterhaltung zu ermuntern. Doch die Frau will unbedingt schwatzen.

»Macht ihr Ferien?«

»So ähnlich. Besuch bei der Familie.«

»Das sind nicht immer Ferien, oder? In welcher Gegend?«

Maggie zögert. »Beaumaris.«

»Da habt ihr einen weiten Weg zurückgelegt.«

»Ja«, Maggie lacht. »Wir wollten ein bisschen herumfahren … Er war heute Morgen so früh auf. Ich wusste nicht, was ich mit ihm machen sollte. Und wir haben uns total verfahren.« Sie weiß, dass es besser wäre, so wenig wie möglich zu sagen, aber sie fügt hinzu. »Ich hatte nie einen guten Orientierungssinn.«

Sie sieht nach hinten zu Samuel, aber er ist damit beschäftigt, die Saftpackung zu zerquetschen, wobei der restliche Inhalt auf seine Hose tropft.

»Wie alt ist er denn?«

»Zwei.«

»Toll! Aber das denken wir immer, oder? Meine Nia ist ein kleines Aas – entschuldigen Sie meine Ausdrucksweise –, aber sie ist echt total toll.«

Eine Weile sagt niemand etwas. Auf einem Schild steht: Gaerwen 6.

»Wie weit ist es bis zur Werkstatt?«, fragt Maggie.

»Nicht weit. Ich kenne den Typen da. Er wird euch zu eurem Auto fahren, keine Sorge. Dann seid ihr ganz alleine hergekommen? Nur ihr beide?«

»Wie bitte?«

»Tut mir leid. Hätte ich nicht fragen sollen, wirklich. Es ist nur, ich bin allein, weißt du? Nias Dad hat eine andere Familie. Aber es geht ihr gut nur mit mir. Mehr braucht sie nicht.« Die Frau blickt Maggie kurz an.

Samuel sagt: »Schafe!«, und zeigt.

»Ich bin auch allein«, sagt Maggie.

»Das ist schade«, sagt die Frau, links blinkend.

»Eigentlich nicht«, sagt Maggie. »Ich habe Stevie.«

»Ja«, sagt die Frau. »So sollte man es sehen.«

Samuel ruft wieder: »Stevie!«, und fängt an zu lachen.

»Du bist ein Schatz«, sagt die Frau.

Zum Abschied hupend fährt die Frau von der Werkstatt weg, nachdem sie Maggie aufgetragen hat zu sagen, Rhian habe sie geschickt.

Winkend und mit Samuel auf der Hüfte wartet Maggie einen Moment. Als sie sicher ist, dass Rhians Auto um die Ecke verschwunden ist, geht sie zurück zu dem kleinen Dorfplatz, wo sie auf dem Hinweg eine Bushaltestelle bemerkt hat. Dem Fahrplan nach soll in fünf Minuten ein Bus nach Llanfairpwll fahren. Sie lässt Samuel auf das Kriegsdenkmal klettern und achtet darauf, die vom Regen mitgenommenen künstlichen Mohnkränze, die er verrückt, wieder an ihren Platz zu legen. Niemand gesellt sich zu ihr, niemand geht vorbei. Es ist halb elf Uhr morgens. Gegenüber befinden sich ein Zeitschriftenhändler und ein Pub, der außer Betrieb ist. Sie überlegt, in den Laden zu gehen, um Samuel Saft zu kaufen, entscheidet sich aber anders. An einem Ort wie diesem würden sie beide gesehen und bemerkt werden.

Es wird heißer, und leicht verärgert stellt sie fest, dass sie Samuels Sonnencreme vergessen hat. Es war dumm, ohne herzukommen. Ihr erster Gedanke ist, Joe zu überreden, welche mitzubringen, wenn sie ihn das nächste Mal sieht. Dann erinnert sie sich daran, wie er heute Morgen geseufzt hat, seine Hand schwer auf ihrer Schulter gelegen hat, und sie muss die plötzlich aufsteigenden Tränen wegblinzeln, denn sie weiß, dass sie jetzt auf sich gestellt ist. Sie hat nicht getan, was ihr Bruder von ihr verlangt hat. Joe wird nicht wiederkommen.

Während Maggie auf der Bank an der Bushaltestelle sitzt und auf die dunklen Kreise weggeworfenen Kaugummis auf den Pflastersteinen starrt, überkommt sie eine Welle der Panik, und ihre Knie werden weich. Doch dann greift Samuel ihr an die Knie, weil er auf ihren Schoß will. Sie zieht ihn hoch und küsst seine heiße Wange. Sie hat immer noch Samuel, und sie muss ihn beschützen. Um sich zu beruhigen, atmet sie seinen warmen Körpergeruch ein.

Sie durchsucht die Wickeltasche nach seinem hellgelben Sonnenhut und findet ihn. Er hasst es, den Hut zu tragen, aber mit Hilfe der Kartoffelchips, die ihn vor Begeisterung auf der Stelle hüpfen lassen, bekommt sie das Ding auf seinen Kopf, wo es wie eine zerdrückte Sonnenblume sitzt.

Der Bus ist bei seiner Ankunft fast leer. Samuel hält Maggies Hand ganz fest, als sie einsteigen: Das ist eine neue Erfahrung für ihn. Sie setzt ihn auf ihren Schoß und lässt ihn die zehn Minuten, die die Fahrt nach Llanfairpwll dauert, gegen die schmutzige Fensterscheibe schlagen und »BUS!« rufen. Sobald sie da sind, warten sie im Schutz des alten Bahnhofs auf ihren Anschluss und beobachten die Busladungen von Touristen, die aussteigen, um Fotos zu schießen und Geld auszugeben. Die meisten scheinen ziemlich enttäuscht von dem, was sie erwartet: der riesige Gebäudekomplex der Edinburgh Woollen Mill und ein Schild mit einem langen Namen. Maggie weicht jedem Blick aus und versucht, Samuel mit dem Buch *The Big Red*

Bath! bei Laune zu halten, das sie am Boden der Wickeltasche findet, der mit Reiswaffelkrümeln bedeckt ist.

Der nächste Bus ist bei seiner Ankunft ebenfalls leer, abgesehen von zwei Teenagern, die auf den hinteren Plätzen sitzen und die Köpfe über einem Gameboy zusammenstecken. Im Bus ist es schwül, und Samuel ist bald eingeschlafen, sein schwerer Kopf drückt Maggies Arm gegen das Fenster, während sie den Kanal und den Himmel betrachtet, die sich zu beiden Seiten des Busses auftun und ihn mit Licht durchfluten. Für einen Moment ist es ein gutes Gefühl, wieder über dem Wasser zu sein, unterwegs zu sein. Dann fällt ihr ein, wohin sie fahren, und ein mulmiges Gefühl breitet sich in ihrem Körper aus, während sie den Jungen fester an sich drückt.

Als sie den Busbahnhof von Bangor erreichen, muss sie Samuel wecken. Eine Weile trägt sie ihn, nach der Hälfte des Weges in die Stadt versucht sie jedoch, ihn zu überreden zu laufen. Er schreit so laut, dass sie ihn sofort wieder hochnimmt und noch ein paar Schritte schafft, bevor sie aufgibt. »Du musst ein bisschen laufen, Sammy«, sagt sie. »Gi-Gi ist müde.« Diese Erklärung nützt nichts. Er reißt sich den Hut vom Kopf und wirft ihn auf den Boden, sein Gesicht läuft rot an. Aus Angst, dass er wieder nach seiner Mutter schreit, nimmt Maggie ihn noch einmal hoch und kämpft sich langsam am Ein-Pfund-Laden von Gregg und Sue Ryder vorbei – sie überlegt kurz, ob sie vielleicht einen billigen Buggy haben – zu ihrem Ziel.

Im Sonnenschein sieht es ganz anders aus, die großen Fenster funkeln, die riesigen gelben Buchstaben strahlen hell. Gemächlich schieben Rentner Einkaufswagen durch die automatischen Türen, einige paarweise, andere allein, alle wirken zufrieden bei der Aussicht, die nächste Stunde oder so in den

Gängen des Supermarktes zu verbringen. Maggie holt sich einen Einkaufswagen. Samuels Windel ist extrem nass; als sie ihn in den Sitz hebt, fühlt sie den strammen Beutel vollgesogenen Vlieses. Sie steuert auf den Wickelraum zu. Zuerst die Windel. Dann das Café. Dann Neil.

Im Wickelraum betrachtet Maggie zum ersten Mal seit zwei Tagen ihr Gesicht im Spiegel. Ihre ohnehin blasse Haut sieht unter der Neonröhre totenbleich aus, unter den Augen hat sie dunkle Ringe. Auf ihrer Wange ist ein großer trockener Fleck, schrumpelig wie die Schale eines uralten Apfels. Sie blinzelt und reibt ihr Gesicht kräftig, um die Durchblutung anzuregen. Ihre Haare sind strähnig, und die Milch, die darauf getropft ist, beginnt allmählich, nach Erbrochenem zu riechen. Samuel, der mit bis zu den Knöcheln heruntergezogener Hose auf dem Wickeltisch liegt, blickt zu ihr auf und packt eine Faust voll Haare, wie immer, wenn sie seine Windel wechselt. »Gi-Gi Haare, Gi-Gi Haare«, sagt er verträumt, und das ist normalerweise das Stichwort für sie, sich über ihn zu beugen und ihn mit den Haarspitzen im Gesicht und am Bauch zu kitzeln. Aber als sie sich vorbeugt, zieht er so kräftig daran, dass sie beinahe das Gleichgewicht verliert. »Nein«, sagt sie, »nicht ziehen.« Aber er hört nicht auf, und bevor es ihr bewusst ist, schreit sie ihn an: »Samuel! Nein!«

Sofort fängt er an zu weinen, erschrocken über den seltsamen Lärm, den Maggie in dem kleinen Raum produziert hat. Während sie bewusst ein- und ausatmet, um sich zu beruhigen und nicht noch einmal zu schreien, beobachtet sie, wie seine Augen hinter einer angstverzerrten Maske verschwinden, aber diesmal hat sie nicht die Kraft, ihn zu trösten. Sie lässt ihn weinen, beendet den Windelwechsel und trägt ihn aus dem Wickelraum, den Einkaufswagen zurücklassend. Er ist so erschrocken über ihr Schweigen, dass er ihren Hals anfasst und sein Schreien in Wimmern übergeht.

Maggie findet das Café, kauft zwei Käsesandwiches und zwei Tüten Apfelsaft und setzt sich an einen Plastiktisch. Samuel wimmert immer noch auf ihrem Schoß, vergräbt sein Gesicht in ihrem T-Shirt. Erst als sie ihr Sandwich gegessen und ihren Saft ausgetrunken hat, ist sie in der Lage zu sagen: »Alles gut«, und zu lächeln. Sie öffnet die zweite Sandwich-Packung, bricht ein Stück von dem weißen Brot ab, das die Beschaffenheit und Konsistenz von Schaum hat, und bietet es ihm mit zitternder Hand an. Er schnappt es sich und isst, dabei wendet er die Augen nicht von ihrem Mund, als wollte er sichergehen, dass er sich nicht öffnet und wieder diese schrecklichen Laute ausstößt.

Während der Junge sie beobachtet, wird Maggie bewusst, dass noch ein weiteres Augenpaar auf ihr Gesicht gerichtet ist. Als sie aufblickt, sieht sie rotblonde Haare und rote Wangen. Aber es ist nicht Neil. Es ist eine junge Frau mit einem Tablett. Als die Frau unsicher lächelt, sieht Maggie weg. »Mach schon, Samuel«, sagt sie und gibt ihm noch ein Stück von dem Sandwich. »Iss auf. Wir müssen gleich gehen.«

Aber die Frau ist an ihren Tisch gekommen. Auf ihrem Tablett stehen eine Schale hellroter Suppe und ein großer Pappbecher mit Coke. »Kenne ich Sie nicht?«, fragt sie und kneift die Augen etwas zusammen.

»Ich glaube nicht«, murmelt Maggie, wischt Samuels Gesicht und Hände grob mit einer Serviette ab und schiebt ihren Stuhl zurück. Samuel schreit aus Protest und reißt ihr den Rest des Käsesandwiches aus der Hand.

»Sie gehen nicht zu Cheeky Monkeys, oder?«

»Wir sind gerade erst hergezogen«, sagt Maggie und hebt Samuel auf ihre Hüfte. »Wir sind ein bisschen in Eile.« Sie drängt sich an der Frau vorbei. Samuel winkt über ihre Schulter und ruft zwischen zwei Bissen Brot und Käse: »BYE-BYE!«

»Warten Sie!«, ruft die Frau.

Maggie sieht den Ausgang. Ein paar Schritte, und sie sind da, noch ein paar mehr, und sie sind draußen auf der Straße. Was hatte sie sich dabei gedacht, noch einmal hierherzukommen? Orte wie diese sind jetzt nicht möglich.

Die Frau ist entschlossen. »Warten Sie!«, ruft sie.

Andererseits ist jetzt so wenig möglich.

Maggie geht schneller, aber Samuel beginnt ebenfalls zu schreien: »Waten!«, und im nächsten Augenblick spürt sie eine schwere Hand auf ihrem Arm. Sie hält an, schließt die Augen. *Noch nicht, noch nicht, noch nicht*, denkt sie. Es muss einen anderen Ort geben, wohin wir gehen können. Einen anderen Ort, wo wir zusammen sein können. Nimm ihn mir noch nicht weg.

»Die haben Sie vergessen«, sagt die Frau und hält ihr die Wickeltasche hin.

Maggie starrt darauf, starrt auf die hübsch manikürte Hand der Frau an ihrem Griff, und ein Schluchzer schnürt ihr die Kehle zu.

»Sind Sie sicher, dass wir uns noch nicht begegnet sind, meine Liebe?« Die Frau klingt jetzt sanft und freundlich.

Maggie kann nur mit dem Kopf schütteln.

»Nicht leicht, oder?«, sagt die Frau. »Sie können kleine Nervensägen sein, stimmt's?«

Während Samuel immer noch schreit: »WATEN, WATEN!«, und ihr Sandwichkrümel in die Haare spuckt, sagt Maggie: »Danke. Vielen Dank.« Sie nimmt die Tasche und steuert auf den Ausgang zu.

NULA STRECKT DIE HAND AUS, um das Ohr des gestohlenen Esels zu streicheln. Seit wann sind Kuscheltiere so weich? Sie erinnert sich, dass ihre eigenen Teddys ziemlich hart waren, ihr Fell rau verglichen mit diesem seidigen Stoff. Während sie, so schnell sie kann, durch die engen, grauen Städte von Nordwales fährt, denkt sie an Samuel, denn sie ist sich jetzt sicher, dass sie bald wieder mit ihm zusammen sein wird. Sie hatte den Esel bestimmt nicht umsonst gestohlen. Bei dem Gedanken an Samuel entfährt ihr ein Wimmern. Sie schluckt die Tränen hinunter, froh, dass sie abbremsen und an einer Ampel halten muss, wo eine Mutter ein schreiendes Kleinkind vor ihrem Auto über die Straße zerrt und das Kind anschreit: »Los, beeil dich«, die Gesichter von beiden rot vor Wut.

Während sie tief Luft holt und weiterfährt, erinnert sie sich daran, wie Samuel einmal so einen Anfall hatte. Schreiend und tretend hatte sie ihn vom Auto zum Haus getragen. Er war beinahe eingeschlafen gewesen, als sie zu Hause ankamen, und wütend, dass seine Mutter ihn störte. Drinnen waren alle ihre Bemühungen vergeblich: ihr besonders besänftigender Ton, ein Schokoladenkeks als Bestechung, die Aussicht auf Fernsehen. Schließlich hatte sie ihn sich auf dem Boden des Wohnzimmers vor Wut krümmen lassen, bis er zu müde war, um weiterzumachen. Als er fertig war, war er zu ihr zum Sofa herübergewatschelt, hatte sich vollkommen erschöpft an sie gelehnt und seinen heißen Kopf auf ihr Knie gelegt. »Mummy«, hatte er gesagt.

Da hätte sie am liebsten geweint, nicht nur weil der Lärm aufgehört hatte, sondern weil plötzlich die reine Not aus ihm sprach. Eine Not, die zu groß schien, als dass sie ihr gerecht werden könnte.

Hinterher hatten sie sich eine heiße Schokolade geteilt, und sie hatte ihm kleine Schlucke von dem milchigen Schaum mit ihrem Löffel eingeflößt. Als sie fast fertig waren, hatte er ihr den Löffel weggenommen und ihn an ihren Mund gehalten, bis sie den Mund geöffnet hatte und so tat, als würde sie schlucken. Da hatte er vor Freude gekreischt, und sie hatten es noch viele Male wiederholt. Als sie ihn an diesem Abend ins Bett brachte, war er fast eingeschlafen, bevor sie sein Zimmer erreichten. Völlig schlaff hing er in ihren Armen, fast zu schwer für sie, aber sie schaffte es zum Sessel und setzte sich mit ihm auf dem Schoß hinein. Sie ließ zu, dass er sich völlig fallen ließ, und sah zu, wie er hilflos in den Schlaf sank.

V

»WIR KÖNNEN HIER NICHT MEHR viel tun, Maggie.«

Im letzten Monat war sie jeden Nachmittag zum Bootshaus gekommen, und jetzt waren die Schulferien fast vorbei. Sich auszuziehen und nackt in der warmen, feuchten Luft auszustrecken, war zur Gewohnheit geworden, und statt auf jede Bewegung Ralphs zu achten, wenn er sie umkreiste – manchmal hockte er sich hin und schaute mit zusammengekniffenen Augen eine Stelle ihres Körpers an, manchmal starrte er aus solcher Nähe auf ihr Fleisch, dass sie seinen Atem spürte –, hatte Maggie angefangen, die Augen zu schließen und den Geräuschen des Bootshauses zu lauschen, wie sie es bei den ersten Besuchen getan hatte. Jetzt hörte sie nicht bloß das unterschiedliche Tupfen und Wischen von Ralphs Pinsel, sondern auch das Meer draußen, wie es sich hob und die Steine neu ordnete, und hin und wieder den weißen Pfau im Pfarrhausgarten am Ende der Straße. *Hör mir zu*, schien er zu sagen. Hör mein abgehacktes Kreischen, und stell dir meine atemberaubende, sinnlose Schönheit vor. Hör nicht auf ihn. Hör mir zu.

»Noch ein paar Sitzungen, und wir sind fertig.« Mit gerunzelter Stirn betrachtete er die Leinwand.

Sie setzte sich auf. So viel hatte er seit Tagen nicht mehr gesagt. »Nicht bewegen.«

Sie legte sich wieder hin. Kein einziges Mal hatte er angeboten, ihr zu zeigen, was er machte, oder ihr sein Vorgehen erklärt. Nicht, dass sie tatsächlich erwartet hatte, dass er eins von beidem tun würde. Sie hatte jedoch gedacht, vielleicht etwas als Gegenleistung dafür zu bekommen, dass sie jeden Tag hierherkam und sich auszog.

»Unterbrechung um fünf, okay?«

Nach der Hälfte des Nachmittags machten sie immer diese Pause. Ralph blieb dann gewöhnlich im Bootshaus und rauchte, während Maggie in dem übergroßen T-Shirt, das sie für diesen Zweck mitbrachte, draußen an der Mauer saß und auf den Kanal hinausblickte und sich fragte, wie lange sie ihn warten lassen konnte. Aber heute ging Ralph ungeduldig hinter ihr auf und ab, während sie auf die Berge starrte. An klaren Tagen schienen sie so nah, als könnte man hinauflaufen. Wenn es bedeckt war, versanken sie in den Wolken und schienen so unerreichbar wie ferne Planeten.

»Wenn du fertig bist«, sagte sie, »kann ich's dann mal probieren?«

Ralph blieb stehen. Er drückte seine Zigarette aus und warf den Stummel über die Mauer auf die Steine darunter.

Sie rechnete damit, dass er ausweichen würde, indem er so tat, als würde er nicht verstehen, was sie meinte. Er schien sie jedoch sehr gut zu verstehen. »Wenn ich fertig bin«, sagte er, »ist es Zeit für dich, wieder zur Schule zu gehen. Du hast noch Jahre vor dir, in denen du es *probieren* kannst.«

Maggie verschränkte die Arme vor der Brust.

»Jetzt ist es Zeit weiterzumachen«, sagte er. »Ich will dieses Ding fertig kriegen.«

Sie rührte sich nicht.

Er seufzte. »Sieh mal«, sagte er und setzte sich neben sie an die Mauer. »Die Sache ist die. Du brauchst mich nicht. Du kannst es einfach machen. Allein.«

Als sie protestieren wollte, setzte er seine Brille ab, nahm ihr

Kinn in die Hand und sah sie so konzentriert an, dass sie einen Moment lang dachte, er würde sie küssen. Stattdessen sagte er: »Ehrlich. Vertrau mir. Der ganze Unterricht ist Quatsch. Und ich bin ein besonders schlechter Lehrer.«

»Wir gehen besser wieder rein«, sagte sie.

Es entstand eine Pause. Er betrachtete immer noch prüfend ihr Gesicht, als hätte er es noch nie zuvor gesehen. »Es wird ein gutes Bild werden«, sagte er. »Und das liegt an deiner *bemerkenswerten* Art, auf dem Sofa zu liegen.«

Maggies Vater hatte angekündigt, dass Fionas fünfundvierzigster Geburtstag besonders gefeiert werden müsste. Er wollte ein Abendessen machen, und sie würden alle zusammen draußen auf der Terrasse essen, an dem neuen Tisch mit Stühlen, die er im Gartencenter in Pentraeth gekauft hatte. Nur Familie natürlich, aber die Familie sollte auch Nula und Ralph einschließen. Gekränkt wegen Ralphs Weigerung, ihr irgendetwas zu zeigen, hatte Maggie ihm gesagt, an diesem Nachmittag werde sie nicht kommen, weil sie ihrem Vater bei den Vorbereitungen für den Abend helfen müsse. Ralph hatte erwidert, er habe das Bild ohnehin fast fertig und könnte wahrscheinlich genauso gut ohne sie weitermachen.

Aber jetzt saß sie in ihrem Zimmer und schaute sich das Buch über Paula Rego an, das sie sich aus der Bücherei ausgeliehen hatte. Wenn nicht gerade das Geheul des Staubsaugers das Haus erfüllte, konnte Maggie ihren Vater »You Ain't Seen Nothin' Yet« singen hören und *na-na-na*, wenn er den Text nicht wusste. Er hatte Fiona den Tag über ins Spa des Nobelhotels Tre-Ysgawen geschickt und putzte gerade wie versprochen rasch alles durch. »Er sieht aus wie der dämliche Freddie Mercury«, war Joes Kommentar Maggie gegenüber gewesen, als er seinen Vater mit einer Schürze sah. Maggie hatte angeboten zu helfen, aber Alan hatte jede Hilfe abgelehnt.

Sie blätterte um. Sie hatte vorgehabt, Ralph nach seiner Meinung zu Rego und vielen anderen Künstlern zu fragen. Vorgehabt, ihn zu fragen, wie er selbst Künstler geworden war. Wie er wusste, was er malen wollte. Was seiner Meinung nach überhaupt der Sinn der Malerei war. Aber es war schwierig, sich richtig zu unterhalten, wenn man nackt war. Und es war schwierig, sich überhaupt zu unterhalten, wenn der andere so vertieft in seine Arbeit war.

Ihr Vater erschien in der Tür. »Kannst du mir einen Gefallen tun?«, fragte er.

Maggie nickte.

»Ich habe vergessen, Papierservietten zu kaufen, und kann den Kuchen eigentlich nicht allein lassen ... Könntest du kurz für mich zum Spar gehen?«

Sie hatte nur auf eine solche Ausrede gewartet, um aufzuspringen und das Zimmer zu verlassen.

Sie ging nicht zum Spar, sondern die Straße hinunter zum Bootshaus, die Rego hatte sie mitgenommen. Heute würde sie sich nicht ausziehen. Sie würde ihn fragen, was er über das Werk von Paula Rego dachte. Beim Gehen stellte sie sich die Szene vor: Sie könnten zusammen an der Mauer mit Blick auf den Kanal sitzen. Sie könnten ein paar abgedroschene, aber anerkennende Bemerkungen über den Blick tauschen. Sie könnte eine Zigarette mit ihm teilen und ihm erzählen, dass sie Regos Verwendung von Hell und Dunkel so erstaunlich fand. Dass sie das Werk auf wunderbare Weise zutiefst beunruhigend fand. Und er könnte sagen, dass er fast so weit wäre, ihr zu zeigen, wie sie auf seinem Bild aussah.

Das Sonnenlicht kroch über ihre Schultern, während sie ging. Sie hatte schnell ihr Strandkleid angezogen, bevor sie das Haus verlassen hatte. Ein Träger hing herunter, aber sie machte sich nicht die Mühe, ihn hochzuschieben. Als sie sich dem Haus näherte, hörte sie die Rufe von Touristenbooten auf dem Kanal. Der weiße Pfau war nirgendwo zu sehen oder zu hören. Es war Flut, und der Strand war komplett unter Wasser.

Die Tür war verschlossen. Sie blieb auf den Stufen stehen, überrascht, dass er sie nicht offen gelassen hatte wie sonst, auch wenn er sie nicht erwartete. Nach kurzem Zögern klopfte sie laut. Drinnen ein Scharren – das unverwechselbare Geräusch seiner Stiefel auf den Dielen. Dann war es lange still.

»Ralph?«, rief sie.

Auf dem Kanal schrie jemand mit gespielter Angst. Eines der Boote vom Plas Coch Hotel. Maggie klopfte noch einmal. Niemand kam. Sie blickte über den Kanal und wusste nicht, was sie denken oder tun sollte. Er war da drin. Sie hatte ihn gehört. Sie legte das Rego-Buch hin (sie hatte Papierstreifen zwischen die Seiten gelegt, um die Bilder zu kennzeichnen, die sie besonders mochte), griff nach dem Türgriff und versuchte, ihn zu drehen. Er bewegte sich nicht. Sie nahm ihn in beide Hände und versuchte es noch einmal. Noch immer bewegte er sich nicht. Als sie daran rüttelte und immer ärgerlicher wurde, dämmerte Maggie, dass jemand oder etwas auf der anderen Seite der Tür ihr Widerstand leistete. Jemand oder etwas hielt den Griff fest.

»Ralph?«, wiederholte sie. »Ich bin es. Maggie.«

Keine Antwort.

»Ich hab dich gehört«, sagte sie.

Nichts.

Und dann kam ihr der Gedanke, dass er mit Nula da drin

war. Er war mit seiner Tochter da drinnen, und Nula hielt den Türgriff fest. Sie hatte Joe vereinnahmt, und jetzt würde sie ihr auch noch dies wegnehmen.

Maggie ließ den Türgriff los und ging ums Haus. Das grelle Licht des Wassers machte es schwierig, durch das Fenster zu sehen. Erst als sie eine Hand über die Augen legte, nahm sie allmählich die Umrisse im Zimmer wahr. Von hier aus war es zwar unmöglich zu erkennen, wer oder was hinter der Haustür war, aber auf dem Sofa, wo sie für gewöhnlich nackt lag, sah sie etwas, das aussah wie die Handtasche ihrer Mutter. Und mitten auf dem Fußboden die grünen Sandalen ihrer Mutter, die Riemchen noch geschlossen, so als wären sie hastig abgestreift worden. Eine Sekunde lang starrte Maggie auf diese Dinge, verwirrt, was sie bedeuten könnten. Wo war Nula? Warum waren die drei da drin?

Dann begriff sie. Nicht Nula war im Bootshaus, sondern ihre Mutter. Sie schob den Träger hoch, der von der Schulter hing, ließ das Buch, wo es war, und rannte weg vom Haus die Straße hinauf.

Zu Hause war ihr Vater inzwischen dabei, die Toilette zu putzen. Auf den Knien und mit Gummihandschuhen von der Farbe gekochter Leber an den Händen schrubbte er unter dem Rand. Maggie stand hinter ihm und beobachtete, wie sich Alans frisch gefärbter Kopf auf und ab bewegte.

Er drehte sich zu ihr um, lächelte kurz und widmete sich dann wieder der Toilette. »Hübsches Kleid«, sagte er. »Trägst du es zur Party?« Mit erneutem Elan machte er sich über die Schüssel her.

»Vielleicht sollten wir das Ganze abblasen. Sie haben keine Papierservietten beim Supermarkt. Und es sieht nach Regen aus.«

Alan lachte. »Bisschen spät dafür. Die Pastete muss nur noch in den Ofen. Der Kuchen ist fertig. Geschenke eingepackt. Keine Servietten, sagtest du?«

»Nein. Dad –«

»Ich glaube, das ist nicht so wichtig. Wir können Geschirrtücher nehmen, oder?«

Maggie setzte sich auf den Badewannenrand und sagte nichts.

»Anpfiff in einer Stunde. Mach den Fußboden nicht wieder schmutzig.«

Sie hielt sich die Hand vor den Mund.

»Tut mir leid«, sagte Alan. »Es ist nur, ich möchte, dass alles tadellos ist. Für deine Mum.« Er sah sie an. »Was ist los, Liebes?«

»Nichts.«

»Weißt du«, sagte er und warf die Gummihandschuhe ins Waschbecken, »hierherzuziehen war gut für diese Familie. Auf dem Land zu leben. Das ist Nahrung für die Seele. Du hast das Gefühl, ein Teil von etwas zu sein.«

Maggie betrachtete prüfend sein Gesicht. Es stimmte, zumindest was ihn betraf: Seine Haut war gebräunt, seine Schultern waren breiter von der Arbeit draußen. Ohne seine Krawatten und Nadelstreifen sah er jünger aus. Er schien jetzt immer Shorts und Polohemden zu tragen, auf denen so etwas wie »Surf«, »Wave« oder »Power« stand. Das Leben hier bekam ihm.

Und das traf vielleicht auch auf Joe zu, dachte Maggie: Hatte er nicht auf seinem Motorrad Freiheit gefunden und dazu noch Nula?

Vielleicht, dachte sie, traf es sogar auf ihre Mutter zu, die anscheinend einen guten Grund hatte, abwesend und zerstreut zu sein.

Sie alle ließen Maggie vollkommen allein.

Um sieben rief Alan seine Kinder und Nula zum Terrassentisch, auf dem eine Flasche Champagner und sechs Tulpengläser aus Plastik standen. An jeder erreichbaren Stelle hatte er rote Luftballons befestigt (an der Regenrinne der alten Milchküche, am Haken über der Hintertür, an der Wäschespinne) und die Stereoanlage in der Küche aufgebaut, damit sie durchs Fenster die *Total 70s Party!* hören konnten. Entgegen Maggies Erwartungen war der Abendhimmel klar, und es war noch immer warm. Die Hühner gackerten, und der Ofen brummte.

Als seine Frau durch die Hintertür kam, klatschte Alan in die Hände. Sie trug ein enges, schreiend grünes Top zu einer weiten schwarzen Hose und hochhackige Pantoletten. Maggie bemerkte zum ersten Mal in diesem Sommer, dass ihre Mutter abgenommen hatte. Fiona lächelte sie alle durch ihren Lippenstift an, ihr Blick glitt schnell über Maggies Gesicht.

»Herzlichen Glückwunsch, Liebling«, sagte Alan. Joe klatschte ein bisschen, Maggie und Nula nicht.

Alan schenkte den Champagner ein. »Ralph kommt auch noch«, sagte er und hob sein Glas.

Fiona nahm ihr Getränk und nickte, sehr schnell.

»Was zum Knabbern!«, erklärte Alan und reichte eine riesige Schüssel mit Kartoffelchips herum.

»Wie fühlt man sich mit fünfundvierzig, Tante Fiona?«, fragte Nula. Sie trug ein kurzes schwarzes Kleid und dieselben schwarzen Pumps wie bei ihrer Ankunft. Ihre gebräunten nackten Beine glänzten, während sie ganz nah bei Joe stand.

»Das Leben hat begonnen«, sagte Fiona mit einem kleinen Lächeln.

Alan legte einen Arm um seine Frau. »Darauf trinke ich«, sagte er.

Um Viertel vor acht war von Ralph immer noch nichts zu sehen, und Alan meinte, er werde jetzt lieber die Vorspeise servieren, sonst wäre die Pastete ruiniert. Der Himmel nahm ein schmutziges Gelb an, und es wurde allmählich kühl; Fiona hatte sich eine schwarze Strickjacke über die Schultern geworfen. Unter dem Tisch lag Joes Hand auf Nulas nacktem Knie, aber niemand außer Maggie schien es zu bemerken. Nicht einmal Nula, die an ihrem Champagner nippte. Als Alan die Avocadohälften mit einem Klacks Mayonnaise oben drauf herumreichte, schalt Maggie sich. Was hatte sie erwartet? Dass Ralph sie vielleicht irgendwie begehren könnte? Oder, was noch lachhafter war, dass er ihr genügend Respekt entgegenbrachte, um ihre Ambitionen ernst zu nehmen? Oder sogar genügend, um nicht mit ihrer Mutter zu vögeln? Seit Beginn des Abends hatte Maggie darauf gewartet, dass ihre Mutter ihr in die Augen sah. Bisher war es nicht geschehen.

Während sie beobachtete, wie Fiona ihre nicht ganz reife Avocado kaute, fragte sich Maggie, ob sie sich getäuscht und einen falschen Schluss aus dem gezogen hatte, was sie im Bootshaus gesehen hatte. Wenn etwas gewesen wäre, würde sich ihre Mutter nicht zu sehr schämen, um überhaupt zu erscheinen? Hätte sie nicht Unwohlsein vorgetäuscht, wäre vor Scham in Ohnmacht gefallen oder hätte sich übergeben? Aber da saß sie und schob sich gabelweise Avocado in den pflaumenroten Mund. Vielleicht war sie gar nicht in Ralphs Bett gewesen. Vielleicht war sie dort gewesen, um mit ihm zu sprechen. Das war doch möglich, oder? Möglich, dass ihre Mutter über die Sitzungen Bescheid wusste. Möglich, dass sie so besorgt um ihre Tochter war, dass sie selbst mit Ralph reden wollte.

Aber als Ralph kam, ohne sich für seine Verspätung zu entschuldigen, und Fionas Stimme in Gesang überging, als sie seinen

Namen sagte – zweimal – und sich für sein Kommen bedankte, drehte sich Maggie der Magen um. Vielleicht war ihre erste Annahme doch zutreffend gewesen.

»Bleibt sitzen«, sagte Ralph und setzte sich neben Nula. »Avocado! Mein Lieblingsessen.«

Maggie blickte auf ihren Teller.

»Herzlichen Glückwunsch zum Geburtstag«, sagte er und reichte etwas, das in Zeitungspapier eingewickelt war, über den Tisch.

»Was ist es?«, fragte Alan.

»Lass sie auspacken«, sagte Ralph und wedelte damit in Fionas Richtung.

Fiona errötete und sah verwirrt aus. Sie griff sich mit der Hand an den Hals und lachte. »Das wäre nicht nötig gewesen«, sagte sie.

»Du weißt noch nicht, was es ist«, sagte Ralph.

»Los, mach«, drängte Nula, »pack es aus.«

Fiona riss das Papier von dem Geschenk. Als sie sah, was es war, verschlug es ihr die Sprache. »Oh Ralph …«, begann sie, hielt dann inne und sah ihn an.

»Es ist ein Dankeschön«, sagte Ralph, »für deine Gastfreundschaft.«

Schweigend hielt Fiona es hoch, damit alle es sehen konnten. Maggie erkannte das kleine Bild sofort: Es war eine von Ralphs Studien des Kanals. Diese war ruhiger als die anderen: blaue und gelbe Strudel unter einem gräulichen Himmel. Maggie hielt sie nicht für die beste von denen, die sie gesehen hatte.

Nula sah Joe an. Joe sah Nula an. Alan sah seine Frau an, dann seinen Bruder. Ralph sah Maggie an.

»Es ist wunderbar«, sagte Fiona. »Es ist zu viel.«

Ralph hob abwehrend die Hand. »Es gehört dir.«

»Aber du gibst niemals eine Arbeit von dir weg«, sagte Nula.

»Unsinn«, sagte Ralph und lächelte alle am Tisch an.

Fiona betrachtete das Bild, drehte es hin und her und stieß leise Seufzer aus.

Alan blickte ihr über die Schulter. »Auf das Wesentliche beschränkt, oder?«

»Aber kraftvoll«, sagte Fiona.

Ralph grinste und langte zu. »Prima Avocado«, sagte er. »Genau richtig.«

»Hast du dein derzeitiges Bild schon fertig?«, fragte Maggie und fixierte ihren Onkel.

Es entstand eine Pause.

»Maggie«, sagte Fiona, »*dies* ist das derzeitige Bild.«

»Nein«, sagte Nula und schob ihre unberührte Avocado weg. »Es ist eine Studie. Eine Art Probelauf. Aber du hast Glück«, fuhr sie fort. »R.V. Wichelo ist nicht billig.«

Ralph legte seine Gabel hin und faltete die Hände. »In der Kunst gibt es keine Probeläufe«, sagte er. »Jede Arbeit ist ein wichtiger Teil des Prozesses.«

Nula schnaubte.

»Na ja«, sagte Alan und strich sich übers Ohrläppchen. »Was auch immer es ist, es ist ein tolles Geschenk. Danke.«

»Es ist nichts«, sagte Ralph. »Wirklich.«

Maggies Mutter starrte immer noch auf die Leinwand, als wollte sie herausfinden, was es bedeutete.

»Ich hole den Rest des Essens«, sagte Maggie, stand auf und ging schnell ins Haus.

In der Küche war es unerträglich heiß vom Ofen und dem dampfenden Gemüse auf dem Herd. Maggie lehnte den Kopf gegen die feuchte Wand und holte ein paarmal tief Luft. Sie hörte, wie ihr Vater Ralph fragte, wie es mit seiner Arbeit lief, und Ralph seine Fragen mit abweisenden Ein-Wort-Sätzen beantwortete. Unwillkürlich musste sie an den Tag denken, an dem ihr Vater ihr erlaubt hatte zu essen, was sie wollte, und sie alles erbrochen hatte, und wie er ihr hinterher leidgetan hatte. Und ihr fiel plötzlich ein, dass ihre Mutter nicht die Einzige war, die ihn betrogen hatte. Hatte sie nicht geheim gehalten, dass sie nackt Modell gesessen hatte? Als sie vor einer Woche die Ergebnisse ihrer Prüfungen erhalten hatte, hatte sie das Angebot ihres Vaters, sie zur Feier des Tages zum Mittagessen einzuladen, abgelehnt, weil sie es kaum erwarten konnte, zum Bootshaus zu kommen. Was würde er sagen, wenn er wüsste, dass sie, Maggie, Oberstufenschülerin, verwöhnte Tochter, nackt für seinen Bruder Modell gesessen hatte?

Als auf der Terrasse ein Plastikstuhl zurückgeschoben wurde, fuhr Maggie zusammen und richtete sich auf. Alan erschien in der Küche, die Stirn glänzend vor Schweiß. »Was macht die Pastete, Maggie-May?«

Als er sie aus dem Ofen holte, schlug ihnen ein ungeheurer Hitzeschwall entgegen. Maggie hätte weinen können. Huhn-Pilz-Pastete und selbst gezogenes Gemüse. Das war ein Winteressen. Daran war nichts zu ändern. Sogar ihr Vater sollte wissen, dass man Pastete und Soße nicht an einem Terrassentisch aus Plastik servierte. Sie sah voraus, dass der Enttäuschung ihrer Mutter prompt Triumph folgen würde, weil ihr Vater es mal wieder falsch gemacht hatte. Dabei war die Pastete schön, die Decke aufgegangen und goldbraun, gekrönt mit den Initialen ihrer Mutter, FW, aus Teig geformt.

»Ich nehme sie«, sagte sie und schnappte sich ein Paar hitzefeste Handschuhe. Er sah sie an, offensichtlich widerstrebte es ihm, ihr seine Schöpfung zu überlassen.

»Gib sie mir«, beharrte sie.

»Ich leg nur schnell eine Unterlage auf den Tisch«, sagte er, übergab ihr die schwere Form und drängte sich schnell an ihr vorbei, um vorauszugehen.

Sie folgte ihm nach draußen.

»Das Abendessen wird serviert!«, verkündete Alan.

Nula, Ralph, Joe und Fiona drehten sich zu Maggie um und sahen, wie sie die Hände öffnete und die Pastete auf den Boden fallen ließ. Es war mehr ein dumpfer Aufprall als das befriedigende Krachen, das sie erwartet hatte, als das Tongeschirr zerbrach, der Inhalt unten herausquoll und die perfekte Pastete auf den Terrassenfliesen jämmerlich in sich zusammenfiel.

NULA LENKT DAS AUTO UM EINE weitere scharfe Kurve. Die letzten zehn Meilen hat sie hinter einem Trecker festgesessen und es ist jetzt nach vier. Felsen ragen zu beiden Seiten des Nissans auf, an ihren Rändern weiden Schafe. Laut fluchend überholt sie ein weiteres langsames Auto. Diese Touristen, diese Berge, diese Steinbrücken, diese Massen von Schafen, diese plappernden Bäche – all das ist ihr lediglich im Weg. Sie muss nur durchkommen, all das hinter sich lassen. Jetzt, da die Insel nah ist, ist ihre Ungeduld kaum zu beherrschen. Sie schießt ihr die Beine hoch, in den Magen, die Arme entlang bis in die Fingerspitzen und bringt diese zum Zucken. Sie hatte gedacht, Zeit zu sparen, wenn sie die Autobahn um diese Zeit meidet, aber jetzt wünscht sie, sie hätte die andere Route gewählt. Schilder warnen vor Steinschlag, vor Schafen auf der Straße und vor Haarnadelkurven, aber sie behält ihre Geschwindigkeit von fünfundfünfzig Meilen bei. Sie wünscht sich Joes Motorrad anstelle dieser riesigen Blechkiste, stellt sich vor, wie es um die Kurven singt, sich Anglesey mit rasanter Geschwindigkeit nähert.

Aber es ist eine Fantasie: In Wirklichkeit war Joes Motorrad untermotorisiert, auch wenn es unbeschreiblich aufregend gewesen war, hinter ihm sitzend durch diesen Gebirgszug zu fahren. Es hatte eine Weile gedauert, bis sie den Mut hatte anzuschauen, was da alles an ihnen vorbeiraste, statt ihr Gesicht in Joes Jacke zu vergraben, aber dann war sie ergriffen von dem gefährlichen Zauber. Aus dem Auto ihres Vaters hatte die Landschaft ausgesehen wie ein hübscher Film, der sich vor ihr abspulte; von Joes Motorrad spürte sie die kräftige Frische des Windes, sah das Schimmern des Schiefers, roch den Regen das Tal heraufziehen. Sie hatte ihren Bauch gegen Joes Rücken gepresst und gehofft, dass alles gut geht.

Es war so schnell zu Ende gewesen, kaum, dass es begonnen hatte, aber noch immer berührt es sie, wenn sie an sie beide denkt, wie sie zu ihrer Stelle am Ufer des Kanals fuhren, wo sie durch überhängende Bäume geschützt waren. Ein paar Wochen hatte sie nur an Joe gedacht. Sie dachte an sein schüchternes Lächeln, seine geschickten Hände und seine Haare, die sich im Nacken hochringelten wie eine Lippe, aber sie dachte auch daran, wie er sie niedergedrückt und immer weitergemacht hatte, sie nicht losgelassen hatte, bis sie jene Geräusche von sich gegeben hatte, deren sie sich selbst jetzt beim bloßen Gedanken schämte.

Nicht einen Moment hatte sie gedacht, dass die Erfahrung mit einer Schwangerschaft enden würde.

Am Tag der Geburtstagsfeier ihrer Tante hatte sie beschlossen, es Joe zu sagen. Er war ernst und ungeduldig, eine Stimmung, die sie normalerweise liebte, denn es bedeutete, dass er nur eines im Kopf hatte. Als sie den Strand entlangliefen, über das Gras zu ihrer üblichen Stelle, zog er sie so fest an der Hand, dass sie ihn einige Male aufforderte, stehen zu bleiben, zu warten, nicht so zu rennen. Manchmal sah er sich um und lächelte oder nahm ihr Gesicht zwischen die Hände und küsste es, sagte aber nichts. Es war ein heißer Tag, und der Kanal lag ruhig im gelben Licht des Spätnachmittags. Als sie die Stelle unter den Zweigen gefunden hatten, hielt er sie fest, legte dabei die Hände unter ihr Top und fuhr mit dem Finger am Träger ihres BHs entlang. Sie machte sich los, setzte sich auf den Boden und zog die Knie an die Brust. Joe kniete sich neben sie und sah sie forschend an. Er wollte sie gerade wieder küssen, als sie sagte: »Ich bin schwanger.«

Eine volle Minute konnte sie ihn nicht ansehen, sondern konzentrierte sich auf die im Dunst liegenden Berggipfel. Einer ähnelte einem Elefanten, sagte Joe, aber sie konnte es nie erkennen.

Er berührte ihren Arm. »Was willst du tun?«

Sie hatte Entsetzensschreie erwartet oder dass er vielleicht einen Beweis fordern würde, statt dieser behutsam geäußerten Frage, auf die sie keine Antwort hatte.

»Bist du sicher?«

»Ich bin eine Woche drüber – das kommt bei mir nie vor –, deshalb hab ich einen Test gemacht …«

»Du brauchst Zeit, um darüber nachzudenken«, sagte er.

»Ja, ich glaub schon.«

»Es ist ein Schock.«

»Ja.«

Lange herrschte Schweigen. Joe ließ seine Hand auf ihrem Arm, und Nula hielt den Blick auf die Berge gerichtet.

»Tut mir leid«, sagte er.

»Warum?«

»Es ist meine Schuld, oder?«

»Eigentlich nicht«, sagte sie, legte sich zurück und schloss die Augen.

Nach einer Weile legte Joe sich neben sie. »Eigentlich«, sagte er, »tut es mir nicht leid.«

Sie griff nach seiner Hand. »Mir auch nicht.«

»Wirklich?«

Sie öffnete die Augen und sah ihn an. Er lächelte. Jetzt konnte sie es nicht mehr zurücknehmen. »Wirklich.«

Anschließend machte Joe Pläne, und Nula hörte ihm zu, während sie beobachtete, wie sich das Licht zwischen den Blättern über ihr veränderte. Er sollte in einer Woche mit einem Fotografiekurs an der technischen Fachschule beginnen, könnte aber stattdessen Arbeit finden, davon war er überzeugt. Er kannte die Jungs vom Fotoladen in Bangor ziemlich gut, und sie hätten erwähnt, dass es da vielleicht etwas gäbe. Und sie müsste nicht zurück nach Oxford, oder? Sie könnte ihre Leistungskurse hier machen. Was auch immer geschah, er würde für sie sorgen. Sie könnten im Bootshaus wohnen, schlug er vor; seine Eltern würden nicht viel Miete von ihnen verlangen.

An diesem Punkt setzte Nula sich auf. »Joe«, sagte sie, »hast du vergessen? Wir sind Cousin und Cousine.«

Sie sagte es ungläubig, als ob nur ein geistesgestörter Mensch so etwas vergessen würde, aber die Wahrheit war, dass sie selbst schon vor Wochen aufgehört hatte, daran zu denken. Sie hatten sich vor diesem Sommer so wenig gekannt, dass es ihr leichtfiel, ihre Blutsbande als weitgehend unbedeutend abzutun; es war schließlich nicht so, als würden sie Inzest begehen. Jedenfalls nicht die Art, für die der Begriff normalerweise verwendet wurde.

»Es ist nicht ungesetzlich«, sagte Joe. »Oder?«

Nula sah ihn an.

»Egal«, fuhr er fort, »wir könnten woanders leben.«

»Aber es gefällt dir hier.«

»Ich dachte an die andere Seite der Insel. Amlwch oder so. Dort wird es niemanden kümmern.«

Sein Gesichtsausdruck war so ernst, dass sie lachen musste. Dann lachte er ebenfalls los. Sie lachten, bis sie weinten, und anschließend lagen sie zusammen im roten Sand, bis ihre ineinandergeschlungenen Hände vor Kälte prickelten.

MAGGIE LIESS DIE PASTETE IHRES VATERS, mit der der ganze Terrassenboden bespritzt war, liegen, und rannte weg von ihrer Familie, immer weiter, aus dem Dorf hinaus, die Straße hinunter, vorbei an der Kapelle mit den Knochen, direkt zum Strand neben dem Bootshaus. Es war fast neun Uhr, und das Tageslicht schwand schnell. Rosa und graue Wirbel am Himmel über ihr. Sie bahnte sich ihren Weg durch Berge von getrocknetem Seetang, dessen raue Ranken an ihren Zehen piksten, und setzte sich nah ans Wasser. Sie nahm Hände voll Steine und schleuderte sie auf nichts. Einer von ihnen sah aus wie ein Gehirn, und sie starrte ihn eine Weile an und fuhr mit dem Daumen über die Mulden. Dann schleuderte sie auch ihn weg. Dabei drehte sie sich nicht zum Bootshaus um. Sie wusste nicht, ob sie gehofft hatte, dass Ralph oder ihre Mutter ihr gefolgt waren. Sie wusste nur, dass sie enttäuscht war, dass *niemand* es getan hatte. Seeschwalben und Austernfischer staksten im seichten Wasser, während sie weinte. Sie grub ihre Hände in einen Haufen nassen Seetang, drückte auf die harten Blasen, bis kleine Mengen warmer Flüssigkeit in ihre Fäuste rannen. Wo war ihre Mutter? Warum folgte sie ihr nicht, wenn sie wusste, was Maggie zu wissen glaubte? Maggie dachte wieder an die Schuhe und die Handtasche, die sie am Nachmittag gesehen hatte. Es musste nicht unbedingt das bedeuten, was sie dachte. Aber selbst wenn nicht, warum war ihre Mutter jetzt nicht hier bei ihr? Sie erinnerte sich daran, wie sie einmal hinten von Fionas

Fahrrad gefallen war, als sie klein war: den Schreck, als sie den scharfen Kies auf einer Seite ihres Gesichts spürte, das warme Blut, das über ihre Lippen tropfte, den offenen Mund ihrer Mutter, als sie einem vorbeigehenden Fremden zurief: »Helfen Sie mir!«; dann den hefigen Geruch ihres Schoßes hinten im Auto auf dem Rückweg vom Krankenhaus, als ihr, genäht und grün und blau, immer noch der Kopf schwirrte von der vielen Aufmerksamkeit, davon, ihre Mutter vor Erleichterung (war es das?) weinen zu sehen, als ihr Vater auftauchte und sagte: »Es geht ihr gut, Maggie geht's gut, natürlich ist es nicht deine Schuld.«

Joe kam. Er ging mit knirschenden Schritten über die Steine, setzte sich neben sie und legte den Arm um sie, als würden sie das immer tun bei solchen Gelegenheiten. Als ob kein anderer außer ihm in diesem Moment hätte kommen und sie trösten können. Er stellte keine Fragen. Er sagte eine ganze Weile gar nichts, sondern ließ sie sich an seiner Schulter ausweinen. Es war wunderbar, ihren Bruder als verlässliche Stütze neben sich zu spüren. Sie weinte vor Erleichterung, weil er gekommen war, und vor Wut, weil ihre Mutter nicht gekommen war.

»Na ja«, sagte er schließlich, »jedenfalls hast du die kleine Feier beendet. Gott sei Dank.«

Maggie konnte darüber nicht lachen.

Er schniefte und steckte die Hände in die Taschen, blieb aber nah bei ihr sitzen. Zusammen sahen sie zu, wie der Himmel die Farben wechselte, von Rosa zu Violett zu Tiefblau, und die Berge in der Nacht verschwanden.

Sie war gerade dabei, einen Satz zu formulieren, mit dem ihre Geschichte über Ralph, über Fiona, über sich selbst beginnen könnte, als Joe sagte: »Nula ist schwanger. Es ist von mir. Ich glaube, wir behalten es.«

Als sie ihn ansah, strahlte er übers ganze Gesicht, strahlte unverkennbar vor Glück und Hoffnung.

Joe redete und redete, während sie die Straße hinauf zum Haus zurückgingen. Er sprach davon, dass er und Nula in einem anderen Teil der Insel wohnen würden, dass er eine Arbeit in Bangor finden würde oder vielleicht Caerbarfon; dass sie, wenn das Baby älter war, vielleicht nach Cardiff ziehen und sich nach Betreuungsmöglichkeiten umsehen würden, damit Nula in der Medienbranche arbeiten könnte. Er würde nicht erwarten, dass sie zu Hause blieb. Er würde seinen Teil übernehmen. Und sie, Maggie, würde Tante sein. Konnte sie das glauben? Konnte sie sich das überhaupt *vorstellen?*

Maggie sagte: »Du bist achtzehn. Und Nula ist siebzehn.«

»Ja«, sagte er, fast als wäre es ein Vorteil.

»Was sagt Onkel Ralph dazu?«, fragte Maggie.

»Sie hat's ihm bestimmt noch nicht erzählt«, sagte Joe. »Aber es ist egal, was er sagt, oder? Es ist unsere Sache.« Allerdings klang selbst er ein bisschen unsicher, was das anging. Sie waren fast zu Hause, bevor einer von ihnen wieder etwas sagte.

»Joe«, sagte Maggie, fasste ihn am Arm und blickte ihn in der Dunkelheit mit zusammengekniffenen Augen an.

»Ich weiß«, sagte er im Gehen. »Es ist verrückt. Aber ich will es.« Er hielt inne und grinste. »Ich finde, das Baby sollte einen walisischen Namen haben – was meinst du?«

Maggie ließ den Arm ihres Bruders fallen und blinzelte ihn an.

»Du hast mir noch nicht gratuliert«, sagte er.

»Glückwunsch«, sagte sie. Sie war froh, dass die Schatten der Bäume ihr Gesicht verbargen.

Wie sie sich auch drehte, Maggie konnte nicht schlafen. Es war schwül, und da sie das Abendessen auf die Terrasse hatte fallen lassen, hatte sie Hunger. Nula schlief fest auf dem Campingbett. Maggie stand auf und öffnete die Tür, sodass das Licht vom Flur hereinfiel. Sie betrachtete das Gesicht ihrer Cousine. War es voller, erwachsener wegen der Schwangerschaft? Die Augenbrauen waren noch genauso kräftig, die Haut genauso glatt. Der Schlaf genauso tief, sie schlief wie eine Tote. Aber Maggie wusste, dass Nula jeden Moment aufstehen und zum Kühlschrank gehen konnte. Auch ihr eigener Magen knurrte. Sie würde ihrer Cousine zuvorkommen müssen.

Unten nahm sie ein Stück Käse und eine kalte Wurst und steckte sie zwischen zwei Scheiben Brot. Im Nachthemd am Tresen stehend, aß sie das Ganze schnell und kippte dann eine halbe Tüte Orangensaft hinterher. Sie schnappte sich einen Schokoriegel aus dem Schrank und öffnete die Tür nach draußen, nachdem sie sich Joes Lederjacke über die Schultern gestreift hatte und in die Flip-Flops ihrer Mutter geschlüpft war.

Sie ging die Straße hinunter, aß im Gehen. Der Mond stand hoch; Sternenhaufen leuchteten. Durch die Plastiksohlen spürte sie die Unebenheiten der Straße. Sie musste nur sichergehen, dass ihre Befürchtungen falsch waren, sagte sie sich.

Die Tür des Bootshauses war verschlossen, und alle Lichter waren aus. Maggie hämmerte mit beiden Fäusten gegen das Holz. Nachdem sie ein paar Minuten so viel Lärm gemacht hatte, wie sie konnte, kam Ralph in seinem zerschlissenen Bademantel und Stiefeln an die Tür.

»Himmel!«, sagte er. »Was zum Teufel ist passiert?«

Sie drängte sich an ihm vorbei und pflanzte sich mitten ins Zimmer. »Ist meine Mum hier?«

»Was?«

Sie suchte den Raum nach Spuren von Fionas Anwesenheit ab. Keine Handtasche. Keine Schuhe. Keine Spur von Poison. Nur Ralphs erdiger Schweißgeruch.

»Was hast du? Was ist los?«

»Sag du's mir.«

Ralph rieb sich das Gesicht. »Wie spät ist es?«

»Hast du eine Affäre mit meiner Mum?«

Unter seinen Händen stöhnte Ralph leise auf.

»Sie war heute hier, stimmt's?«

»Ich weiß nicht, wovon du sprichst.«

»Ich war hier. Ich hab versucht, die Tür zu öffnen. Aber es ging nicht. Ich weiß nicht, ob du sie zugehalten hast ...« Jetzt, da sie es aussprach, klang es albern. »Ich hab durchs Fenster geguckt und ihre Schuhe und Tasche gesehen.«

Ralph nickte bedächtig. »Setz dich, Maggie«, sagte er. »Bitte.«

»Ich will mich nicht hinsetzen.«

»Also, ich kann es dir sonst nicht erklären. Wir sollten auch etwas trinken, ja?« Er beugte sich zum Schrank unter dem Waschbecken, holte eine Flasche Scotch hervor und füllte zwei Tassen zur Hälfte.

»Setz dich«, sagte er und hielt ihr die Tasse hin.

Maggie starrte das Getränk an und zog die Jacke ihres Bruders fester um sich.

»Ich mag es auch nicht, hab's aber immer im Studio. Für alle Fälle.« Er nahm einen Schluck, verzog das Gesicht. »Okay. Okay. Also wenn ich es richtig verstehe, denkst du, weil du die Schuhe deiner Mutter hier gesehen hast, dass ich – dass wir – eine heiße Affäre haben. Richtig?«

»Ja.«

Ralph lachte kurz auf. »Na, da bin ich ja froh, dass ich meinen Ruf noch habe.«

»Das ist nicht lustig.«

»Tut mir leid. Lass mich erklären.« Es trat eine Pause ein. Maggie nippte an ihrem Whisky und hasste sich dafür, dass sie danach husten musste.

»Du wirst sehen, es ist wirklich ganz einfach.« Ralph fuhr fort, ihr Gehuste ignorierend. »Deine Mutter war hier, um mit mir zu sprechen. Als sie ankam, sagte sie, ihre Sandalen würden sie umbringen. Also zog sie sie aus. Es war ja ziemlich heiß, oder? Ganz untypisch für Wales.«

Maggie schluckte, nippte noch einmal an ihrem Getränk und schaffte es, nicht zu husten.

»Dann sind wir spazieren gegangen. Wir müssen unterwegs gewesen sein, als du hier warst.«

»Wie konnte sie ohne Schuhe spazieren gehen?«

»Sie hatte meine an. Ich habe erstaunlich kleine Füße.«

Er fixierte sie.

»Warum ist sie überhaupt hergekommen?«

Ralph nahm einen Schluck. »Sie wollte nicht, dass ich es jemandem erzähle.«

Maggie wartete.

»Sie hat mich ausdrücklich gebeten, nicht darüber zu sprechen.«

»Wie soll ich dir dann glauben?«

»Versprichst du, nichts zu sagen?«

Sie nickte.

»Deine Mutter denkt, Joe ist in Nula verliebt, und sie war hier, um mit mir darüber zu sprechen. Sie denkt, ich sollte Nula warnen, damit dein Bruder sich nicht, du weißt schon –«

»Was?«

»Gedemütigt fühlt, vermute ich. Nula ist sehr – wählerisch.« Er grinste. »Fiona glaubt nicht, dass es auf Gegenseitigkeit beruht. Sie macht sich nur Sorgen um ihren Sohn. Das ist alles, Maggie.«

Es wunderte Maggie nicht, dass ihre Mutter sich so getäuscht hatte, was die Beziehung von Joe und Nula anging, und sie wünschte, der Rest würde stimmen. Aber sie sagte: »Warum sollte ich dir glauben?«

»Aus dem einfachen Grund, weil ich dir die Wahrheit sage«, sagte Ralph. »Du glaubst doch nicht ernsthaft, deine Mutter würde – oder?«

Maggie nahm noch einen Schluck. Das Zeug war gar nicht so schlecht. »Es wäre nicht das erste Mal.«

Ralph beugte sich vor. »Wirklich?«

Sie blickte in ihre Tasse. Es entstand eine lange Pause. »Tut mir leid, dass ich dich geweckt habe«, sagte sie. »Ich sollte jetzt zurückgehen ...«

Aber Ralph dachte offensichtlich immer noch über Fionas Affäre nach. »Armer alter Alan«, sagte er und versuchte, ein Lächeln hinter seinem Becher zu verstecken. Aber für Maggie war alles ganz klar. Sie blickte nach unten und sah, dass die Flip-Flops ihrer Mutter winzig waren; sie passten ihr nur knapp und waren viel kleiner als Ralphs. Sie erinnerte sich an die Schritte hinter der Tür. Unvermittelt stand sie auf. »Ich muss gehen«, sagte sie.

Er fasste sie am Handgelenk. »Ich glaube, du hast Talent, Margaret Wichelo. Das weißt du, oder?«

Maggie machte sich von ihm los. »Woher willst du das wissen? Du hast dir meine Arbeiten noch nicht einmal angesehen.«

»Aber ich merke es, verstehst du. Ich wusste es in dem Moment, als du hierherkamst ...«

Sie ging zur Tür.

»Ich habe gehofft, du würdest wiederkommen, damit ich dir etwas beibringen kann, dich richtig unterrichten kann –«

Sie öffnete die Tür und sah hinaus in die Nacht. Bevor sie ging, drehte sie sich zu ihm um und sagte: »Nula ist schwanger. Es ist von Joe.«

MAGGIE LÄUFT ÜBER DEN PARKPLATZ des Supermarktes zurück auf die Straße. Samuel lacht über dieses Spiel, auf Maggies Hüfte auf und ab zu hüpfen. Er spuckt immer noch kleine Stücke des Sandwichs aus und ruft: »WATE!«, als sie eine Bushaltestelle an der Hauptstraße entdeckt und sich auf sie zukämpft. Sie hat keine Ahnung, wo sie hinfahren soll. Aber vielleicht hat sie eine Idee, wenn sie unterwegs ist. Sie müssen einfach immer weiterfahren.

Es ist ihr jetzt fast unmöglich, Samuels Gewicht noch länger zu tragen.

Noch nicht. Noch nicht. Noch nicht.

Abgelenkt durch den Verkehr beruhigt sich Samuel und jammert nicht, als sie ihn absetzt und sich schwitzend gegen den Unterstand aus Kunststoff lehnt.

Sie sieht in der Wickeltasche nach und stellt fest, dass noch genügend Geld für ein paar Busfahrten da ist, aber mehr nicht. Zwei Windeln. Eine halbe Packung Feuchttücher. Die leere Chipstüte. Der Akku ihres Handys ist leer. Sie hat noch die Milchflasche, und sie ist ein bisschen stolz, dass sie noch nicht darauf zurückgreifen musste.

Sie kniet sich vor Samuel, zieht ihn an sich und küsst ihn auf die Wange. »Gi-Gi ist so stolz auf dich«, raunt sie in seine Haare. »Du bist so ein braver Junge. Wir sind weit gekommen, oder?« Er hält ihren Hals noch fester und ruft noch einmal »WATE!« und lacht.

Als sie in den Bus nach Llanfairpwll steigen, achtet sie darauf, niemanden direkt anzusehen. Ein Mann mittleren Alters steht auf und bietet ihr seinen Platz an. »Lassen wir Mum mal sitzen, was?«, sagt er zu Samuel.

Maggie lässt sich auf den Sitz fallen und hievt den Jungen auf ihren Schoß.

Als sie Bangor verlassen, greift Samuel hoch und klatscht ihr mit beiden Händen ins Gesicht, sanft zuerst, aber dann kräftiger. Als sie ihn bittet, damit aufzuhören, lacht er. »Das tut weh«, sagt sie. »Samuel. Bitte nicht.«

»Weh«, sagt Samuel und schlägt sie wieder. »Weh.«

»Nein«, sagt sie.

»Weh!«

»Nein. Maggie will nicht weh.«

»Weh!«, schreit er wieder.

Andere Fahrgäste beginnen, ärgerliche Blicke in ihre Richtung zu werfen. Maggie hält Samuel fest und versucht, ihm die Arme an den Körper zu pressen, aber er entwindet sich und schlägt sie wieder, kräftig. Sie starrt ihn einen Moment an, ihre Wange brennt. Er sieht nicht weg. Seine Augen blitzen herausfordernd. Eine Sekunde lang würde sie am liebsten zurückschlagen.

In dem Moment begreift sie, dass all ihre Pläne, sofern es welche waren, zunichte sind. Ihr Bruder hat ihr die Unterstützung verweigert, die sie sich gewünscht hatte. Sie hat kein Geld mehr. Sie können sich nirgendwo verstecken. Aber schwerer wiegt, dass sie Samuel schlagen wollte. Das erschreckt sie so, dass ihr klar wird, dass die Sache ein Ende haben muss.

Einen Moment sitzt sie da, blickt in Samuels klare, herausfordernde Augen und weiß kaum, was sie fühlt. Alles bricht weg. Also fängt sie ganz leise zu singen an.

»Oh, the grand old Duke of York, tiddly pom …«

Samuel bringt seine Hände wieder in Stellung, hält dann inne, hört zu.

»He had ten thousand men, tiddly pom …«, singt Maggie.

Er erinnert sich an sein Stichwort. »POM!«

»He marched them up to the top of the hill …«

»POM!«

»And he marched them down again …«

»POM-POM-POM!« Sie singt weiter, die Augen auf Samuels Hände gerichtet, die in der Luft hängen, als würde er wieder auf eine Chance warten. Das Lied bringt sie zur Menai-Brücke. Maggie bemerkt die hohen Zäune auf beiden Seiten, die Selbstmörder abhalten sollen. Die gewaltigen Ketten sausen vorbei, ihre riesigen Eisenringe von Schmiere verkrustet. Als Samuel sie sieht, wird er still und macht große Augen. Schließlich lässt er die Hände in den Schoß fallen und lehnt sich entspannt an sie.

Auch Maggie starrt hinaus. Sie starrt die eleganten Bögen der Brücke an und versucht sich vorzustellen, wie das hier anders enden könnte. Aber das Einzige, woran sie denken kann, ist ihre Müdigkeit. Sie schließt die Augen und streichelt Samuel über den Kopf. Zum ersten Mal seit zwei Tagen sehnt sie sich nach ihrem eigenen Bett. Die letzten paar Stunden hat sie pochende Kopfschmerzen gehabt, und ihre Arme, Beine und Augen schmerzen jetzt noch stärker. Sie sehnt sich danach, getröstet zu werden, und es gibt nur einen Menschen, zu dem sie gehen kann, wenn sie Trost braucht.

Als sie Llanfairpwll erreichen, muss sie beinahe lachen. Da ist der Bahnhof mit der Aussicht zu entkommen, aber sie kann nicht mehr weiterfahren. Sie ist zu müde, und Samuel, dessen Kopf gegen ihre Schulter gesackt ist, ist es auch. Ihre einzige Möglichkeit ist wieder zurückfahren. Also trägt sie Samuel durch den Gang im Bus. Als sie an dem Mann vorbeigeht, der ihr seinen Platz überlassen hat, nickt sie und sagt mit so viel Begeisterung, wie sie aufbringen kann: »Diolch yn fawr – danke.«

»Croeso – gerne«, erwidert er.

Sie steigen aus dem Bus und müssen nicht lange auf den nächsten warten, der sie nur wenige Meter vom Farmhaus absetzen wird.

Die Türen des Busses schwingen auf. Er ist fast leer, und der Fahrer sieht Maggie kaum an, als sie sich abmüht, das passende Kleingeld zu finden und gleichzeitig den Jungen nicht loszulassen. Samuel, der jetzt ein erfahrener Busreisender ist, reißt sich los, läuft nach hinten und versucht, auf den Sitz zu klettern. Sie hilft ihm auf ihren Schoß, und der Bus rüttelt die baumbestandenen Straßen entlang, vorbei an Plas Newydd und ins Dorf; und da ist es, das Farmhaus, direkt an der Straße, mit den Feldern dahinter. Als sie noch dort wohnte, schien es Maggie immer absolut unmöglich, eine richtige Farm daraus zu machen, weil es direkt an der Straße lag. Richtige Farmen lagen am Ende kleiner Straßen, umgeben von Feldern. Sie lagen in Hügel eingebettet oder auf Berghängen. Sie wanden sich nicht an Straßenrändern entlang wie Läden oder Pubs. Von dem Moment an, als sie an jenem Tag aus dem Auto gestiegen waren und ihre Mutter mit zusammengekniffenen Augen zu den schmutzigen Fenstern hinaufgesehen hatte, hatte Maggie gewusst, dass es nicht das Richtige war.

»Das ist es, Sammy«, sagt sie. »Wir steigen jetzt aus.«

Sie kann schon sehen, wie sich die Vorhänge vorne bewegen, den Schatten ihrer Mutter am Fenster.

Die Tür ist neu in Tiefblau gestrichen. Auch die Klingel ist neu, aber die Vorhänge sind dieselben: lang, cremefarben, schlicht, die Gewebe wie geschroteter Weizen. Maggie steht auf der Stufe, Samuel auf dem Arm. Für den Bruchteil einer Sekunde überlegt sie, ihn an der Tür zu lassen und wegzulaufen. Sie könnte ein Auto anhalten und den Fahrer überreden, sie irgendwohin zu bringen. Vielleicht zu einem Schiff rüber nach Dublin, dann an irgendeinen Ort noch weiter weg. Aber der Duft von Samuels Haaren steigt ihr in die Nase, und sie kann sich nicht rühren.

Die Tür öffnet sich. »Kommt rein, bevor euch jemand sieht.«

Nachdem sie einen Blick auf die Straße geworfen hat, schließt ihre Mutter fest die Tür hinter ihnen. Sie stehen zusammen im Flur, Samuel versteckt sich hinter Maggies Beinen. Ihre Mutter trägt eine Brille mit goldenem Gestell, hat sich aber sonst nicht verändert: dieselben Haare, rotbraun wie Sirup-Pudding, dieselbe zierliche Figur und blasse Haut. Aber es ist der Geruch von Poison, Nescafé, Staub und Flash-Reiniger, der in Maggie das Bedürfnis auslöst, auf dem Teppich zusammenzubrechen und zu weinen.

»Euch ist nichts passiert. Gott sei Dank!« Fiona hält sich die Hand vor den Mund und holt Luft. »Kommt rein«, sagt sie. »Kommt rein und esst etwas.«

Maggie ist unfähig, sich zu rühren oder zu sprechen.

Fiona kniet vor Samuel. »Und wie heißt du?«

»Sammy«, sagt Samuel. Er blickt zu Maggie auf. »Und Stevie!«

»Na so was«, sagt Fiona und streicht ihm über die Haare. »Willst du Chips, Sammy und Stevie?«

Samuel nickt, und Fiona nimmt seine Hand. Dann sieht sie Maggie an, das Gesicht so sorgenvoll, dass Maggie erleichtert und beschämt zugleich ist und wegsehen muss.

Fiona führt den Jungen in die Küche, während Maggie, an die Raufasertapete gelehnt, im Flur stehen bleibt, um zu verschnaufen. Eine Weile hört sie zu, wie ihre Mutter Samuel fragt, welche Sorte er möchte, ob er auf ihrem Schoß sitzen will und ob er lieber Milch oder Saft will? Es ist das erste Mal seit zwei Tagen, dass er außer Sichtweite ist, und sie spürt, wie ihre Beine schwächer werden infolge der ungeheuren Befreiung, die es bedeutet, nicht länger allein für ihn verantwortlich zu sein.

Als sie es schließlich schafft, in die Küche zu gehen, sitzt Samuel in Fionas Armen zufrieden am Tisch und stopft Chips in sich hinein.

»Setz dich«, sagt Fiona. »Du musst Hunger haben.« Als hätte sie auf sie gewartet, sind Schinken-Sandwiches, ein Stück Cheddar und eine geöffnete Packung Kekse auf dem Tisch. Maggie starrt das Essen an.

»So«, sagt Fiona. »Du bist ein sehr hübscher junger Mann, Sammy und Stevie.«

Samuel sieht nicht von seinen Chips auf.

»Es ist sehr schön, dich kennenzulernen. Meinst du, Maggie ist müde? Ich denke, sie muss sehr müde sein, oder?«

Samuel nickt und grapscht sich mit der Faust noch eine Handvoll.

»Sollen wir sie schlafen lassen?«, fragt Fiona.

»Nicht schlafen!«, protestiert Samuel.

»Ich sag dir was«, sagt Fiona, steht auf und reicht ihm die Hand, »du guckst ein bisschen Fernsehen, während Maggie ein Schläfchen macht, okay?«

Samuel sieht sekundenlang Maggie an. Sie nickt und er folgt Fiona ins Wohnzimmer.

In ihrem Zimmer sinkt Maggie ins Bett unter ihre Decke mit den blauen Delfinen. Sie schläft unruhig und träumt von Nula. Wie sie mit ihren langen Beinen im kirschroten Pyjama die

Treppe herunter in die Küche kommt, wo Maggie wartet und die Kühlschranktür aufhält. Die Innenbeleuchtung fällt auf das glatte Gesicht ihrer Cousine, als sie wahllos nach etwas greift: eine dicke Scheibe des grob geschnittenen Schinkens, eine Ecke schwitzenden Käse, einen Becher Joghurt nach dem anderen. Sie langt immer wieder zu, bis nichts mehr übrig ist.

ALS NULA ZUM ERSTEN MAL auf die Insel gekommen war, waren ihr die Ketten der Menai-Brücke wie riesige Girlanden vorgekommen, die zur Begrüßung den Himmel durchkreuzen. Jetzt nimmt sie die schnellere Route über die Britannia-Brücke und beschleunigt, als sie durch die quadratischen Öffnungen der riesigen Steinpfeiler fährt. Es ist schon nach sechs, ihre Lippen sind trocken, und ihre Finger am Lenkrad zucken immer noch. Wieder klingelt ihr Handy, und wieder ignoriert sie es. Wenn Maggie zu Joe gefahren ist, sind sie im Bootshaus. Er wollte, dass sie dort leben – was absurd war –, bevor sie ging. Und schließlich hatte er dort allein gelebt, nachdem fast alle anderen weg waren.

Sobald sie das Wasser überquert hat, kommen ihr Zweifel: Auf ihrer Fahrt hierher war sie sich sicher gewesen, dass ihr Instinkt richtig war, sicher, ihren Sohn hier zu finden, aber jetzt kommt ihr der Gedanke, dass Maggie vielleicht schon fort ist, vielleicht schon über ein viel tieferes, größeres Gewässer gefahren ist. Wenn Maggie genügend Weitblick hatte, um ein Auto zu mieten, statt ihr eigenes zu benutzen, was könnte sie noch geplant haben? Sie könnte im Ausland sein und Samuel unter falschem Namen durch einen Hafen schleppen. In Russland vielleicht. Oder sie könnte in einem dieser Busse nach Polen sein. Die haben nicht mal Grenzkontrollen.

Sie fährt weiter zum Kreisel, zu schnell, sodass sie an der Ausfahrt nach Llanfairpwll beinahe mit einem Geländewagen kollidiert. Wieder beschleunigend passiert sie die Statue des Grafen von Anglesey, Plas Newydd und Plas Coch und kann nicht umhin, kurz die kleine, schattige Straße hinunterzublicken. Aber sie hält nicht an, sondern biegt in die Straße Richtung Llanidan ab. Ihr Herz schlägt schneller. Sie wird es zuerst beim Bootshaus versuchen. Dann beim Farmhaus.

Auf halbem Weg wird die Straße zu schmal für den Nissan, deshalb lässt sie das Auto an der Kirche stehen und läuft mit dem gestohlenen blauen Esel in der Hand Richtung Kanal. Sie muss an sich halten, um nicht laut seinen Namen zu rufen, während über ihr die Bäume rauschen und die Vögel ihr Abendlied singen. Alles ist in sanftes Licht getaucht, und die Schafe gucken unbekümmert. Sobald sie beim Haus ist, hämmert sie gegen die Tür und ruft jetzt, ruft immer wieder laut seinen Namen. »Samuel! Sammy! Sammy! Hier ist Mummy!«

Sie weiß beinahe sofort, dass das Haus leer ist: Kein Auto ist in der Nähe geparkt, drinnen ist kein Licht an, aber trotzdem ruft sie, denn sie hat das Gefühl, dass es lange her ist, dass sie einen Grund hatte, laut den Namen ihres Sohnes zu schreien. Sie späht durchs Seitenfenster, es sieht alles genauso aus wie zu der Zeit, als ihr Vater es als Atelier benutzt hatte: das zerschlissene Sofa, die unbehandelten Dielen, der Flickenteppich und die winzige Küche. Sie versucht noch einmal, die Tür zu öffnen, stemmt sich mit der Schulter dagegen, aber sie ist nicht stark genug, um sich gewaltsam Zutritt zu verschaffen. Sie geht wieder zum Fenster, sucht nach einem Hinweis, dass Maggie und Samuel dort gewesen sind. Zuerst kann sie nichts entdecken – keinen Leggy Monkey, keine Wickeltasche oder winzige Sandalen mit Klettverschlüssen, doch dann sieht sie eine Plastiktüte neben dem Mülleimer, aus der ein leerer Kinder-Joghurtbecher herauslugt. Nula schlägt mit der Handfläche gegen das

Fenster, unfähig weiterzuschreien. Klatsch. Klatsch. Klatsch. Sie schluckt. Er ist nicht da, aber er ist in der Nähe. Es gibt Hoffnung. Sie sinkt zu Boden, den Esel an sich gedrückt, um auf ihre Rückkehr zu warten.

JOES BEGEISTERUNG WAR ERDRÜCKEND. Am Tag nach der Feier redete er die ganze Zeit über die Zukunft: was sie tun würden, wie sie es schaffen würden. Er berührte Nula vorsichtig, küsste sanft ihren Bauch (bei dem äußerlich absolut nichts darauf hindeutete, was sich darin entwickelte), blickte ihr forschend statt mit unverhohlenem Verlangen in die Augen. Zuerst war sie erleichtert; es wäre viel schlimmer gewesen, wenn er ihr die Schuld gegeben oder darauf bestanden hätte, dass sie es wegmachte. Aber es dauerte nicht lange, bis sie Joes verändertes Verhalten ungeheuer lästig fand. Statt sich zum Strand bei Plas Coch davonzustehlen, um miteinander zu schlafen, schlug er vor, nach Bangor zu fahren, um Arbeit zu suchen, oder vielleicht nach Amlwch, um eine Wohnung anzusehen: Er erklärte ihr wieder, dass sie nicht zurückmüsste, dass er sich um sie und das Baby kümmern würde. Sie hasste es, dass er es ständig sagte, so leichthin. *Das Baby.* Als wäre es schon eine Realität.

Also besuchte Nula ihren Vater. Als sie zum Bootshaus kam, war die Tür offen. Als sie eintrat, verstand sie nicht ganz, was sie sah. Die einzigen Anzeichen, dass Ralph das Haus als Atelier genutzt hatte, waren ein paar rote Farbstriche auf dem Boden. Es war keine Leinwand zu sehen, die Möbel standen alle an ihrem Platz, und es gab keine Spur von seiner stählernen Werkzeugkiste, in der er seine Utensilien aufbewahrte. Er hatte alles weggepackt, obwohl sie erst am Wochenende abreisen sollten.

Dann erschien ihr Vater in der Tür zum Schlafzimmer, in seinen Shorts, einem schwarzen kurzärmeligen Hemd und abgetragenen Turnschuhen.

»Wo sind deine Sachen?«, fragte sie.

Er sah sie so lange an, bis sie schließlich die Augen niederschlug. »Du bist gekommen«, sagte er und ging langsam zu ihr und nahm sie in die Arme. Es war Jahre her, dass er sie so umarmt hatte, und zuerst erstarrte sie. Aber nach wenigen Augenblicken schlang sie unwillkürlich die Arme um seine Taille, Tränen standen ihr in den Augen. Er küsste sie auf den Kopf. »Ich wusste, du würdest irgendwann kommen«, sagte er. »Du brauchst nichts zu sagen, mein Liebling. Ich weiß alles.«

Sie versuchte, sich von ihm loszumachen, wischte sich die Nase mit dem Handrücken. »Wovon sprichst du?«, fragte sie schwach.

»Ich glaube, das weißt du, Nula.« Er hielt inne. »Hast du einen Test gemacht?«

»Ich ...« Sie versuchte immer noch herauszufinden, wie viel er wusste und was er wollte.

»Komm, wir setzen uns«, sagte er und führte sie zum Sofa. »Ich will niemandem die Schuld geben. Ich will nur helfen, in Ordnung?«

Sie starrte ihn an und konnte nicht verstehen, weshalb er so gelassen war. Schließlich fragte sie: »Wer hat es dir gesagt?«

»Das spielt keine Rolle. Das einzig Wichtige ist, was du tun willst.«

Nula schluckte und sagte nichts.

»Du musst darüber nachgedacht haben.«

»Wirst du es Mum erzählen?«

Er ergriff ihre Hand. »Hör mir zu. Es ist sehr wichtig. Mach es nicht wie deine Mutter. Wirf dein Leben nicht weg.«

Nula lachte ungläubig auf.

Ralph hob das Kinn. »Sie würde es nie so ausdrücken, das weiß ich, aber so war es. Sie war zwanzig, als sie mit deiner Schwester schwanger wurde. Sie musste die Kunsthochschule abbrechen und mich heiraten, obwohl sie Karriere als Künstlerin hätte machen können.«

Ihre Schwester hatte immer darauf beharrt. Nula hatte gedacht, ihre Eltern hätten sich kennengelernt, als ihre Mutter Ralphs Modell gewesen war, aber Hester erklärte ihr, dass das nicht stimmte. »Mummy war auch eine Künstlerin«, sagte sie immer. »Daddy hat ihre Kreativität unterdrückt.« Nula hatte immer beweisen wollen, dass ihre Schwester unrecht hatte. Als Liebling ihres Vaters wollte sie nicht, dass die Version ihrer Schwester der Wahrheit entsprach.

Jetzt öffnete sie den Mund, um etwas zu sagen, aber ihr Vater hob die Hand. »Ich weiß, was du denkst. Aber dieses Alles-haben-wollen-Gerede ist kompletter Blödsinn. Für Frauen ist es schwierig. Es ist heutzutage nicht mehr genauso, ich weiß. Aber so viel hat sich auch nicht geändert.«

»Joe will es behalten.«

Ralph hob die Augenbrauen. »Ich hab ihn immer gemocht.«

»Ich *fühle* mich nicht schwanger«, sagte Nula. »Glaubst du, das ist ein Zeichen?«

»Könnte sein.«

Es entstand eine Pause. Dann sagte Ralph: »Es ist ein kleiner Eingriff, weißt du. Du bist ganz schnell wieder draußen. Heutzutage können sie es mit Medikamenten machen, besonders wenn wir früh hingehen. Es liegt bei dir. Aber ich kann alles regeln. Falls du das willst.«

Woher wusste er das alles? Nula wollte diese Frage nicht stellen, nicht einmal sich selbst.

»Ich war ohnehin schon am Packen«, fuhr er fort. »Wir könnten das alles zu Hause herausfinden, oder?«

»Was ist mit Mum?«

»Sie braucht es nicht zu erfahren. Es dauert nur einen Vormittag. Und dann läuft alles weiter wie immer.« Wieder breitete er die Arme für sie aus, und sie ruhte mit geschlossenen Augen an seiner Brust, atmete den vertrauten Duft ein. »Mein Mädchen«, sagte er. »Du verdienst mehr als das.«

Er schien auf alles Antworten zu haben, und sie schienen alle vernünftig.

Sie packte ihren Koffer, unfähig zu entscheiden, ob sie Joe treffen sollte oder nicht.

Als sie ihre Kleider zusammenlegte, stellte sie sich vor, dass Joe hereinkam und sich dicht hinter sie stellte, wie seine Hände sich von ihrem Rücken zu ihrem Bauch vorarbeiteten, sein Kinn auf ihrer Schulter ruhte. Wenn er aufgetaucht, genau das geschehen wäre, hätte Nula vielleicht den Koffer wieder unters Bett gestopft und ihn umarmt. Aber er kam nicht.

Nachdem sie gepackt hatte, suchte sie ihn. Sie nahm den Bus, stieg an der Abzweigung nach Plas Coch aus und ging den ganzen Weg bis zu dem hausähnlichen Baum und hinunter zum Strand. Er war nicht da. Zurück im Farmhaus, versuchte sie, ihm etwas zu schreiben, aber sie hatte noch keinen Strich gemacht, als ihr Vater an die Haustür klopfte. Sie nahm den Ring, den Joe ihr geschenkt hatte, und legte ihn auf den Tisch in seinem Zimmer, überlegte es sich dann anders und steckte ihn in die Tasche. Dort blieb er den ganzen Weg zurück nach Oxford, und während sie auf dem Bett in der Klinik in Summertown lag und darauf wartete, von der Schwester untersucht zu werden, die ihr das Medikament verschreiben würde, von dem sie sich drei Stunden übergeben und sechs Stunden bluten würde, um anschließend ihr Leben weiterleben zu können.

AM TAG NACH DER FEIER hängte Maggies Mutter Ralphs Studie vom Kanal an die Wohnzimmerwand. Maggie versuchte jeden Tag, nicht hinzusehen und nicht zu beachten, wie ihre Mutter es ansah.

Nula und Ralph reisten ab, ohne sich zu verabschieden. Aus Joes langem Schweigen und den Bemerkungen ihrer Mutter schloss Maggie, dass Nula in nächster Zeit nicht zurückkommen und das Baby nicht behalten würde. Nicht lange danach brach Joe die technische Fachschule ab und zog aus dem Elternhaus ins Bootshaus.

Als Maggie ihn dort das erste Mal besuchte, starrte er an die Wand, von der die Farbe abblätterte, während sie versuchte, ihn davon in Kenntnis zu setzen, dass ihr Vater auszog, weil ihre Mutter gestanden hatte, mit Ralph geschlafen zu haben. Als sie ankam, war sie von selbstgerechtem Zorn erfüllt und wollte, dass er es auch war. Warum, wollte sie wissen, konnte sie nicht einfach mit ihrem Vater gehen? Warum musste sie hierbleiben und die Qual ihrer schamlosen, unglücklichen Mutter ertragen? Diese hatte Maggie gesagt, sie könnte nicht umziehen, weil das bedeuten würde, sich an einer anderen Schule einzugewöhnen. Es wäre besser, hatte sie gesagt, auf der Insel zu bleiben und ihre Ausbildung ohne Unterbrechung fortzusetzen. Ihr Vater hatte nichts dazu gesagt.

»Hättest du nicht getan, was sie getan hat?«, fragte Joe immer noch die Wand anblickend.

»Was meinst du?«

»Ich meine, hättest du nicht auch die Sache – mit Dad am liebsten beendet? Zuerst einmal hat er sie hier raufgeschleppt. Sie wollte nicht hierher. Seit Jahren hat sie sich mit seinen Launen abgefunden.«

»Er ist nicht derjenige, der im Unrecht ist«, sagte Maggie.

Joe schüttelte den Kopf. »So einfach ist es nicht, Kleines.«

»Seit wann nimmst du Neuigkeiten wie diese so gelassen auf?«

»Seit wann bist du ein Nacktmodell?«, schoss er zurück.

Maggie starrte ihn an.

»Nula hat es erwähnt. In ihrem Brief.«

»Woher wusste sie ...«

»Du wusstest über Mum Bescheid. Nula über dich. Leute, die danach suchen, finden solchen Mist heraus. Wie konntest du das tun, Maggie?«

Ich habe nicht mit ihm geschlafen, wollte Maggie sagen. Stattdessen blickte sie zu Boden.

»Hör zu«, sagte Joe. »Es ist mir mittlerweile ziemlich gleichgültig, was sie tun. Oder was du tust. Ich bin da raus. Ich spare gerade, weißt du. Für eine eigene Wohnung. Vielleicht wieder in Oxford.«

»Oxford?«, sagte Maggie. »Warum?«

Es entstand eine Pause, in der Maggie sich alle Mühe gab, den gegenwärtigen Gemütszustand ihres Bruders zu ergründen.

»Hat Nula dir was erzählt?«, fragte er. »Irgendwas?«

Sie schüttelte den Kopf. »Hat sie sich bei dir gemeldet?«

»Ein Brief«, sagte Joe. »Sie sagt, ihr Dad hat ihr geholfen – du weißt schon. Ich versteh das nicht. Es schien, als hätte sie ihn immer gehasst. Und wie sich herausstellt, aus gutem Grund.«

Maggie blickte aus dem Fenster auf den glitzernden Kanal.

Bis zu diesem Moment hatte sie sich nicht gestattet, darüber nachzudenken, welche Folgen es für Nula und ihren Bruder haben könnte, dass sie Ralph informiert hatte. Jetzt war es ihr klar: Sie hatte das ausgelöst. Nula hatte das Kind ihres Bruders abgetrieben, und es war ihre Schuld. Sie hatte Joes Leben ruiniert.

»Man weiß es einfach nie«, fuhr Joe fort. »Man weiß nie, was in den Menschen vorgeht. Nicht einmal bei den Menschen, die man liebt.«

Jeden Tag, wenn Maggie aus der Schule kam, saß ihre Mutter im Morgenmantel auf dem Sofa, umgeben von Fetzen nasser Papiertaschentücher, sah sich *Countdown* an und heulte. Ihre Augen waren blutunterlaufen, und ihre Nase glänzte rot. Sie schien nicht zu bemerken, dass ihre Tochter im Zimmer war. Maggie saß dann ein paar Stunden hilflos neben ihr, hielt ihre Hand, sagte nichts und atmete den honigsüßen Geruch ihrer feuchten Haut ein. Während des zweiten Monats, den sie weinte, hielt Maggie die Hand ihrer Mutter und sah fern. Wenn sie Hunger hatte, nahm sie Geld aus dem Portemonnaie ihrer Mutter und kaufte Fertiggerichte oder Tiefkühlpizza bei Spar. An der Kasse erinnerte sie sich daran, wie eingeschüchtert sie und Joe von Glen gewesen waren. Er war immer noch da, lehnte am Tresen und unterhielt sich. Jetzt war es ihr jedoch angenehmer, Glen zu sehen als ihre Mutter. Manchmal aß Fiona ein Stück Pizza, aber meistens trank sie Kaffee. Sie schrumpfte in ihrem Morgenmantel, der jetzt um ihren zerbrechlichen Körper hing. Maggie konnte jeden Knochen im Gesicht ihrer Mutter sehen.

Am Ende des dritten Monats, den Fiona weinte, ging Maggie hinauf in ihr Zimmer, ohne bei ihrer Mutter hineinzuschauen. Sie bat Fiona um ihre Kreditkarte und benutzte sie, um zum

Supermarkt nach Bangor zu fahren. Während sie durch die Gänge ging, überlegte sie lange, welche Dosensuppe oder Tiefkühllasagne sie kaufen sollte, um die Rückkehr zum Farmhaus – und den Anblick ihrer knochigen Mutter – so lange wie möglich hinauszuzögern.

Nach vier Monaten schien Fiona sich ein wenig zu erholen. Sie zog sich an. Sie brachte Joe Essen zum Bootshaus und nahm seine Wäsche mit zurück. Ralphs Bild blieb an der Wand, aber sie starrte es nicht mehr stundenlang an. Dann bekam sie wieder ihren früheren Putzjob, denn von Alans Zahlungen allein könnten sie nicht leben, wie sie betonte. Sie meldete sich zu Abendkursen über walisische Lyrik an, weil sie Maggies Liebe zur Literatur teilen wollte, wie sie sagte. Sie benutzte wieder Parfum. Maggie hasste diese Genesung beinahe mehr, als sie das Weinen gehasst hatte. Fionas Depression hatte sie verstanden; sie hatte damit gerechnet. Und verdiente ihre Mutter es nicht, nachdem sie ihren Mann so schlecht behandelt hatte?

Eines Tages, als Maggie von der Schule nach Hause kam, saß ihre Mutter am Küchentisch über ihren Kursbüchern. »Es scheint dir besser zu gehen«, sagte Maggie.

Fiona lächelte und sagte: »Wir kommen zurecht, oder? Nur wir beide. Es wird alles gut.«

Maggie starrte sie an. Sie hatte den gleichen Blick wie an dem Abend bei Browns, bevor sie auf die Insel gezogen waren. Den Blick einer vollkommen Fremden.

»Es dauert nicht mehr lange, bis ich zur Universität gehe«, sagte Maggie.

»Aber das sind noch fast zwei Jahre …«

»Zwanzig Monate. Und dann wirst nur noch du hier sein.«

Fiona sagte nichts mehr.

Joe kam nie zum Haus. Maggie besuchte ihn gelegentlich, aber sie konnte den Geruch von Gras und Speckfett nicht länger als eine halbe Stunde aushalten, und ihr Bruder wollte anscheinend nichts anderes als rauchen, während sie dort war. Er war dünner geworden und ließ sein Motorrad hinter dem Bootshaus verrosten. Er sprach nicht mehr davon, nach Oxford zu ziehen oder sich eine eigene Wohnung zu suchen. Sie sprachen nicht über den Sommer oder was mit ihren Eltern passiert war. Einmal, als ihr Bruder auf der Toilette war, hatte Maggie, ohne sich etwas dabei zu denken, die Tür zu seinem Schlafzimmer geöffnet und einen kurzen Blick hineingeworfen. Die ganze Wand neben seinem Bett war mit Fotos von Nula bedeckt. Einige waren unscharf, auf einigen war nur eine Hand und ein Knie. Es gab etliche Nahaufnahmen von ihrem schlafenden Gesicht und viele, viele Fotos von ihrem Mund, meistens wenn sie lachte, wie es Maggie schien, es konnte aber ebenso gut ein Schrei sein.

Auf dem Regal neben seinem Bett lag der Stein mit dem Loch, den sie ihm gegeben hatte, bevor ihre Cousine auf die Insel gekommen war. Maggie steckte ihn in die Tasche und ging hinaus. Sie ging nicht wieder zum Bootshaus.

Ihre Mutter brachte sie zum Bahnhof in Bangor. Fiona hatte immer wieder angeboten, Maggie die ganze Strecke nach Oxford zu fahren und zu bleiben, bis sie sich eingerichtet hatte. Aber Maggie bestand darauf, den Zug zu nehmen. Es war ein warmer Tag Anfang Oktober, und sie standen auf dem Bahnsteig im gleißenden Licht, atmeten Diesel- und Zigarettenqualm ein. Ihre Mutter, die immer noch Maggies Koffer festhielt, fragte noch einmal, wann der Zug kommen sollte. »Noch fünf Minuten«, sagte Maggie und blickte finster zur Anzeigetafel hinauf.

Sie könnte es nicht ertragen, wenn dieser Zug auch nur eine Minute Verspätung hatte.

Seitdem ihr Vater und Joe weg waren, hatte Maggie sich auf die Schule gestürzt, um diesen Moment zu erleben, den Moment, in dem sie sich auf dem Bahnhof in Bangor von ihrer Mutter verabschieden konnte. Während sie ihre Texte las und nüchterne, gut begründete Aufsätze über Dinge, die sie liebte, anfertigte, hatte sie sich die Szene viele Male vorgestellt: Sie würde einen Sitzplatz auf der anderen Seite des Wagens wählen, sodass sie ihre Mutter nicht sehen konnte, wenn der Zug den Bahnhof verließ. Sie würde nicht zurückblicken. Sie würde nicht winken. Die Küstenorte würden vorbeiziehen: Llandudno, Colwyn Bay, Rhyl. Die billigen Wohnwagen und Imbissstände und Spielhallen und das wunderschöne Meer. All das würde sie ignorieren und stattdessen an ihre Zukunft als Studentin der Englischen Literatur am Jesus College in Oxford denken.

»Ich werde dich vermissen«, sagte ihre Mutter.

Maggie nickte.

»Ich weiß, es war hart für dich, und ich bin froh, dass du es trotz allem so gut gemacht hast.«

Wegen allem, dachte Maggie.

»Du rufst an, wenn du da bist?«

»Ja.« Noch zwei Minuten.

Fiona räusperte sich und schien ein bisschen zu schwanken.

»Maggie …«

»Was?« Die Anzeigetafel wechselte, und der Zug nach Birmingham New Street um 10.25 Uhr stand jetzt ganz oben auf der Liste.

»Tut mir leid, aber ich muss mich hinsetzen.« Fiona entfernte sich von ihrer Tochter und stolperte durch die kleine Menge, die sich auf dem Bahnsteig versammelt hatte.

Maggie zog ihren Koffer zu der Metallbank, auf der Fiona saß und mit vor Schmerz leerem Blick auf die Gleise starrte. Sie griff nach Maggies Hand, und Maggie ließ es zu, dass die heiße Hand ihrer Mutter einige Augenblicke auf ihrer ruhte.

Eine Stimme kündigte die Ankunft des 10.25-Uhr-Zuges an.

»Mum«, sagte Maggie und versuchte, nicht gereizt zu klingen, »ich muss gehen. Das ist mein Zug.«

Es gelang Fiona zu nicken, aber sie umklammerte Maggies Hand mit festem Griff.

»Bye, dann«, sagte Maggie, zog ihre Hand weg und drehte sich zum heißen, verbrauchten Luftstrom des einfahrenden Zuges um.

Sie setzte sich nicht wie geplant auf die andere Seite des Wagens, sondern stellte sich neben die Türen, ihren Koffer an ihr Bein gelehnt. Der Gestank nach Reinigungsmittel und Urin von der nahen Toilette verschlug ihr fast den Atem. Sie suchte den Bahnsteig nach dem Gesicht ihrer Mutter ab. Fiona saß immer noch auf der Bank, den Kopf auf die Hände gestützt, die Schultern hochgezogen. Ein Mann mit Baseballkappe, der nicht weit entfernt stand, starrte sie an. Maggie berührte das schmutzige Fenster, als der Zug anfuhr, und sah zu, wie ihre Mutter immer kleiner wurde. Dann wischte sie sich die schmutzigen Finger am Hosenbein ab und machte sich daran, für die lange Reise, die vor ihr lag, einen Sitzplatz zu finden.

Ihr Zimmer am Jesus College war groß, holzgetäfelt und zugig. Das kleine Fenster ging zur Straße, und eine wackelige Stehlampe spendete ein schwaches Licht. In einer Ecke stand ein uraltes Waschbecken mit eisernen Beinen. Während der ersten paar Tage am College flüchtete Maggie sich in dieses Zimmer und versuchte, sich auf ihre Pflichtlektüre zu konzentrieren, während sie sich langsam durch die mitgebrachten Sandwiches und Früchte aß. Die unterrichtsfreien Stunden dehnten sich vor ihr aus. Nur ungern verließ sie ihr Zimmer, bis sie zu einem ihrer Seminare musste, und ging nur zur nächsten Toilette, wenn es unbedingt nötig war. Manchmal konnte sie nicht einmal das über sich bringen, zog stattdessen ihre Jeans und Unterhose runter, kletterte auf das Waschbecken und pinkelte hinein, wobei sie hoffte, dass niemand vom College auf der anderen Straßenseite in ihr Fenster sehen konnte.

Maggies erstes Trimester am Jesus College war in fast jeder Hinsicht verwirrend: das Lehrprogramm, die Regeln und Abläufe des Colleges, die anderen Studenten. Ein Mädchen namens Susie, die ebenfalls an einer Gesamtschule gewesen war, schloss sich Maggie an. Manchmal begleitete Maggie sie zu einem Antiquariat oder trank in ihrem Zimmer Tee mit H-Milch mit ihr. Als Susie Maggie nach ihrer Familie und ihren Freunden zu Hause fragte, zuckte Maggie mit den Schultern und sagte, es wäre alles so langweilig, da gäbe es wirklich nicht viel zu erzählen. Auf Anglesey geschah nie etwas, ihr zumindest nicht. Susie nickte dann, als würde sie verstehen, und fuhr fröhlich damit fort, Maggie mit endlosen Geschichten über ihren Freund zu langweilen, einen gläubigen Christen, der an die Uni nach Keele gegangen war. Wenig später erfand Maggie Ausreden, um sich nicht mit Susie treffen zu müssen.

Einmal die Woche rief ihre Mutter an. Maggie versicherte ihr, dass es ihr gut ging, und nein, sie bräuchte nichts, und ja, sie würde Anschluss finden.

In gewisser Weise machte es Maggie nichts aus, isoliert zu sein; sie hatte sich daran gewöhnt. Aber es machte ihr etwas aus, dass sie nicht gut im Studium war. Plötzlich kam ihr das Fach

Englische Literatur äußerst verwirrend vor. Statt genauer Interpretationen von Gedichten von Heaney, wie sie sie in der Schule so glänzend hinbekommen hatte, wurde von ihr erwartet, einen Kommentar zum kompletten Beowulf vorzubereiten und in einer Einzelsitzung mit ihrem Tutor, Dr. Edwin Jones, vorzutragen. Dr. Jones hatte ein rotes Gesicht, trug eine österreichische Trachtenjacke, rieb sich beim Sprechen ständig die Knie und lachte über seine eigenen unverständlichen Witze. Er lächelte Maggie an und schien nicht zu bemerken, dass sie zitterte, wenn sie ihre Essays laut vorlas. Die Wände seines schäbigen Zimmers im College waren mit geschmackvollen Aquarellen bedeckt, bei deren Anblick Maggie sich nach dem Chaos und der Düsternis von Ralphs Kanalstudien sehnte.

Wenn sie die Cowley Road entlangging, dachte Maggie manchmal daran, an Ralphs Haus vorbeizugehen. Ihre Wut auf ihn hatte sich etwas gelegt, war verdrängt von Wut auf ihre Mutter. Aber jedes Mal, wenn sie daran dachte, wie sie nackt auf dem Sofa gelegen und Ralphs Blick sie lebendig gemacht hatte, schwor sie sich, nie wieder die Cowley Road entlangzugehen.

An einem kalten Wochenende während des zweiten Trimesters erlaubte sie ihrer Mutter, sie zu besuchen. Fiona übernachtete bei einem alten Freund in Oxford, und sie wollten sich am nächsten Tag zu einem frühen Lunch in einem französischen Restaurant in Jericho treffen. Auf dem Weg dorthin drang die feuchte Kälte, die vom Pflaster aufstieg, durch die dünnen Sohlen ihrer Schuhe, und Maggie fragte sich, ob ihre Mutter gelogen hatte. Hatte sie die Nacht in Wirklichkeit mit Ralph verbracht? Suchte sie gerade in einem Hotelzimmer nach ihrem BH, während Ralph sie vom Bett aus beobachtete? Maggie wählte den langen Weg zum Restaurant. Früh dort zu sein war das Letzte, was sie wollte. Sie schaute kurz bei einem Oxfam-Buchladen rein und kaufte aus Protest gegen ihre schwer verdauliche Lektüreliste ein paar Taschenbücher von Edna O'Brien.

Fiona hatte einen Tisch für zwölf Uhr reserviert, und Maggie kam um zwanzig nach. Ihre Mutter wartete auf der Straße. Sie hatte hellen Lippenstift aufgetragen, der ihre Blässe noch unterstrich. Als sie Maggie sah, lächelte sie mit solcher Wärme, dass Maggie sich umarmen ließ. Für einen Moment atmete sie das Parfum ihrer Mutter ein und spürte, wie sich ihr Körper entspannte; dann ertappte sie sich dabei und machte sich los.

Sie wählten einen Tisch am Fenster. Fiona fuhr sich mit den Fingern durch die Haare und sah ihre Tochter genau an.

»Du bist dünner geworden«, erklärte sie entschieden.

Maggie warf einen kurzen Blick auf ihre Baggy-Jeans. »Ich habe manchmal einfach – vergessen zu essen.«

»Na«, sagte ihre Mutter, »dann können wir dich jetzt ein bisschen aufpäppeln.«

Ungeduldig überflog sie die kurze Speisekarte. »Was nimmst du? Wir haben keine große Auswahl.«

Obwohl Maggie nicht vorgehabt hatte abzunehmen, hatte sie sich in letzter Zeit dabei ertappt, dass sie das Gefühl genoss, wenn ihre neuerdings vorstehenden Hüftknochen an den steifen Bettlaken scheuerten. Es hatte etwas Befriedigendes, dass ihr Körper jetzt Ecken und Kanten hatte, und etwas Berauschendes, dass sie mit immer weniger Essen überleben konnte. Sie musste dabei an Nula in jenem Sommer denken, daran, wie sie nie mehr als die Hälfte von dem aß, was auf ihrem Teller war, und anscheinend immer bekam, was sie wollte.

Maggie bestellte einen Salat mit gegrillten Riesengarnelen und Fiona Steak mit Pommes frites. Fiona redete nervös über das Farmhaus; sie renoviere es gerade, lasse Heizung und Fenster in Ordnung bringen; schließlich wäre das alles eigentlich gar nicht so schwer. Wenn man alleine sei, müsse man einfach weitermachen. Sie sagte, es würde ihr jetzt auf der Insel besser gefallen; sie hätte sich mit einigen im Dorf angefreundet und angefangen in der örtlichen Schule auszuhelfen. Maggie nickte und nippte an ihrem Wasser.

Als ihre Mutter ausgeredet hatte, fragte Maggie: »Wie geht's Joe?«

Sie hatte seit Weihnachten keinen Kontakt zu ihm gehabt. Maggie war eine Woche zu Hause gewesen, aber Joe hatte jeden Tag außer am Weihnachtstag gearbeitet. An diesem Tag hatte sie im Fernsehen andere Familien streiten sehen, während ihre eigene sich um jeden Preis aus dem Weg ging.

»Ach, du kennst doch Joe. Er lebt in seiner eigenen kleinen Welt.« Fiona betrachtete ihre Handrücken. »Ich versuche, ihm zu helfen, aber ...«

Maggie schloss daraus, dass es keine Verbesserungen oder Entwicklungen im Leben ihre Bruders gegeben hatte.

Sie hütete sich, ihre Mutter anzusehen, als sie fragte: »Wirst du Dad besuchen, während du hier bist?«

Fiona entfaltete ihre gestärkte Serviette mit einer geschickten Bewegung und strich sie auf ihrem Schoß glatt. »Ich glaube, das wäre keine gute Idee – du vielleicht?«, fragte sie.

Ein Kellner mit einer zu großen weißen Schürze und einer schmalen schwarzen Krawatte, der im selben Alter war wie Maggie, wahrscheinlich ebenfalls Student, dachte sie, servierte ihr Essen mit einem mit starkem Akzent gesprochenen *»Bon appetit«*. Maggie fragte sich, ob sein Chef ihn angewiesen hatte so zu tun, als wäre er Franzose.

Fiona erkundigte sich, wie das Studium lief. Maggie wollte

schon »gut« sagen. Aber etwas in ihr war stärker, das Bedürfnis zu reden, und unwillkürlich gestand sie: »Es ist verdammt hart.«

»Es sollte anspruchsvoll sein, oder nicht?«, sagte Fiona, darauf konzentriert, ihre Pommes frites aufzuspießen. Sie waren sehr dünn und entwischten ihrer Gabel immer wieder. »Du warst so gut in deinen Leistungsfächern. Ich bin sicher, es wird alles gut, Liebes. Ich bin sehr stolz auf dich.«

Maggie schob ihren Teller weg, plötzlich angeekelt von den geschwärzten Beinen und hervorquellenden Augen der Garnelen. »Ich bin mir nicht sicher, ob ich damit weitermachen sollte.«

Fiona schluckte und wischte sich den Mund mit der Serviette ab. »Was meinst du damit? Willst du wechseln?«

Den ausdruckslosen Ton und leeren Blick imitierend, den ihr Bruder häufig einsetzte, sagte Maggie: »Ich dachte eigentlich eher daran abzubrechen.«

Es herrschte kurzes Schweigen. Fiona faltete ihre Serviette zusammen und nickte langsam. »Okay. Also, wir sollten nichts überstürzen …«

»Ich hasse das Studium. Ich verstehe überhaupt nichts. Ich will es abbrechen.«

Fiona langte über den Tisch und tätschelte die Hand ihrer Tochter. »Du weißt, wenn du eine Unterbrechung willst, kannst du immer zurückkommen, Maggie. Ich bin sicher, wir könnten mit deinen Tutoren sprechen – vielleicht könntest du ein Jahr aussetzen … Dann könntest du nach Hause kommen – was meinst du?«

Maggie sah, wie ein hoffnungsvoller Ausdruck über das Gesicht ihrer Mutter huschte, und dachte daran, was es bedeuten würde, nach Hause zu gehen. Joe, der im Bootshaus schmollte, noch immer umgeben von Fotos von Nula. Und ihre Mutter, die das Farmhaus herausputzte, mit Eimern von Farbe und Spachtelmasse verzweifelt versuchte, sich ein neues Leben aufzubauen. Und die ganze Zeit starrte sie von der Wohnzimmerwand Ralphs Studie vom Kanal an.

»Himmel!«, sagte Maggie. »Nein. Das habe ich nicht vor.«

Fiona blinzelte. »Woran hast du dann gedacht?«

»Vielleicht hierbleiben. Einen Job finden.«

Ihre Mutter lachte kurz auf. »Was für einen Job?«

Maggie blickte aus dem Fenster. Es hatte angefangen, heftig zu regnen; gebückt und vor den eisigen Tropfen Schutz suchend liefen die Leute vorbei.

»Ich habe daran gedacht, mit Kindern zu arbeiten. Kinderbetreuung oder so. Ich hab schon ein bisschen Erfahrung mit Babysitten, für einen meiner Tutoren.«

Das stimmte. Sie hatte den Aushang im Gemeinschaftsraum gesehen, die Nummer des Tutors gewählt, und am folgenden Freitag brachte sie Rosie, vier, und George, sieben, in einer gemütlichen viktorianischen Doppelhaushälfte in einer Nebenstraße der Woodstock Road ins Bett. George war besonders süß gewesen, hatte darum gebettelt, dass sie eine Geschichte nach der anderen vorlas. Sie konnte sich nicht daran erinnern, wann sie zuletzt so gerne vorgelesen hatte; sie genoss es, die Worte laut auszusprechen. George hatte mitgefiebert und gelacht, weil sie so lebendig vorgetragen hatte.

Maggies Mutter lehnte sich in ihrem Stuhl zurück und seufzte. »Du willst mir also sagen, dass du die Universität Oxford verlassen willst, um *Kindermädchen* zu werden?«

Maggie zuckte mit den Schultern. Ein junges Paar lief händchenhaltend am Fenster vorbei, beide durchnässt und kreischend. Sie sahen wahnsinnig glücklich aus.

»Du hast die Chance, Maggie. Du kannst etwas aus dir machen. Warum willst du sie vertun?«

Als Maggie nicht antwortete, wurde Fionas Ton schärfer. »Maggie? Du musst doch einsehen, wie albern das ist. Himmel, wenn ich die Möglichkeiten gehabt hätte, die du gehabt hast ... Na ja. Alles wäre ganz anders gewesen.«

Völlig gelassen sagte Maggie: »Es ist nicht albern. Es ist das, was ich gerne tun möchte.«

Fiona warf die Hände in die Luft und stieß einen leisen, unterdrückten Laut der Verzweiflung aus. Dann zog sie ihren Stuhl näher an Maggies und sagte leise: »Als dein Vater ging, dachte ich, das war's mit unserer Familie. Ich hatte alles ruiniert – ich weiß, dass alles meine Schuld war –, und das wäre das Ende und ich hatte es verdient. Aber dann hast du mir Hoffnung gegeben ...« Ihre Stimme zitterte, und sie legte sich eine Hand an die Kehle. »Du hast so verdammt hart gearbeitet. Du hast einen Studienplatz in Oxford bekommen! Wirf das jetzt nicht alles weg. Bitte tu's nicht.«

Maggie drehte sich zu ihrer Mutter und sah sie an. »Du denkst doch nicht etwa, ich hätte es für dich getan, oder?«

Fiona starrte sie mit großen Augen an.

»Ich habe es nicht für dich getan, Mum. Ich habe es getan, um von dir wegzukommen.«

Während sie ihren Stuhl zurückschob, konnte sie sich nicht verkneifen hinzuzufügen: »Warum besuchst du nicht Ralph, während du hier bist?«

Sie stand auf und sah auf die grauen Haaransätze ihrer Mutter hinab. Sie wollte gerade ihren Mantel holen, als Fiona ruhig sagte: »Ralph lebt hier nicht mehr.«

Maggie zögerte.

»Er hat Eleanor verlassen«, fuhr Fiona fort und streckte ihr

Kinn vor, »und lebt jetzt in Schottland. Auf irgendeiner Insel. Anscheinend ist er mit einer seiner Studentinnen zusammengezogen.«

Der unechte französische Kellner kam vorbei und fragte auf Englisch, ob sie die Rechnung wollten. Ihre Mutter sagte ja, sie würden jetzt gehen.

Maggie hatte keine Wahl, sie musste sich wieder hinsetzen und auf die Rechnung warten. Als sie kam, verzog sie das Gesicht, als ihre Mutter mit ihrem Portemonnaie kämpfte, es heftig schüttelte und hineinspähte.

»Das von Ralph wusste ich nicht«, sagte Maggie.

Während sie geräuschvoll Münzen auf den Tisch leerte, sagte Fiona: »Es spielt ja auch keine Rolle, oder?«

Als sie aufstanden, um zu gehen, hielt sie ihre Tochter am Unterarm fest. »Du kannst immer nach Hause kommen, Maggie. Das ist alles, was ich sagen kann. Alles andere liegt bei dir.«

Maggie schloss die Augen und wartete, bis ihre Mutter sie losließ.

Der Kellner erschien mit ihren Mänteln. Maggie entriss ihm ihren, während Fiona zuließ, dass er ihr hineinhalf. Während sie beobachtete, wie ihre Mutter rot wurde und sich bedankte, während sie sich abmühte, ihren Arm in den Ärmel zu schieben, fasste Maggie den Entschluss, das College so schnell wie möglich zu verlassen.

Es war verhältnismäßig einfach gewesen. Da sie bei ihrem ersten Job als Kindermädchen mit im Haus wohnte, konnte sie das College sofort verlassen. Es schien niemanden besonders zu kümmern, dass sie nicht mehr zu den Seminaren erschien, und nach einer Weile kamen auch keine offiziellen Briefe mehr von der Universität, die Fiona immer an Maggie weiterleitete. Jeden Morgen wachte Maggie in ihrem hellen Zimmer unterm Dach auf, schob die teuren, weichen Baumwolllaken ihres Einzelbettes zurück und freute sich darauf, den Tag mit dem dreijährigen Theo im Park oder in einer Krabbelgruppe zu verbringen. Theo war ein ungestümes, fröhliches Kind, das Kräne und Bagger liebte, und falls er einmal traurig war, musste Maggie nur mit ihm zu einer Baustelle gehen, um ihn aufzumuntern. Wenn Theo sie rief, dann mit lauter Stimme und auf eine Art melodisch, die ihre gefiel. »Mag-gie! Mag-gie!«, rief er. »Wo Mag-gie?« Und sie hörte ihn und kam ihm zu Hilfe. Theos Mutter sagte, Maggie sei die geborene wundervolle Ergänzung zu ihrer Familie. Für sie zu arbeiten gab Maggie ein ungeheures Gefühl, gebraucht zu werden und etwas gut zu können.

An den Wochenenden sah sie manchmal ihren Vater, aber er war besorgt wegen seiner Mutter, die langsam dement wurde. Wann immer Maggie Alan traf, sah er erschöpft aus und klang auch so – er hatte aufgehört, sich die Haare zu färben, sie waren jetzt dünn und hatten die Farbe alter Geschirrtücher – und meistens fiel es ihm schwer, sich auf das zu konzentrieren, was sie erzählte. Aber immer fragte er Maggie, ob sie von ihrer Mutter gehört hätte.

Manchmal ging sie ins Kino oder machte einen Spaziergang am Fluss. Sie begann wieder zu zeichnen, nahm ihren Skizzenblock mit in Cafés und Parks. Sie versuchte, nicht zu viele Bilder von Theo zu zeichnen, konnte aber nicht anders. Er war so hübsch mit seinen üppigen Locken, der sommersprossigen Nase und dem weichen, ausdrucksstarken Mund. Sie war mit ihren Zeichnungen nie ganz zufrieden, aber sie sagte sich, dass es jetzt gleichgültig wäre. Es würde sie ohnehin nie jemand sehen.

Da sie ihr Leben nicht wieder komplizieren wollte, beschränkte Maggie den Kontakt zu ihrer Mutter auf einen wöchentlichen Anruf. Manchmal fasste sie sich ein Herz und rief Joe an, aber er nahm selten ab und rief nie zurück. Schließlich fand sie es ehrlicher und einfacher, nur noch alle paar Monate zu Hause anzurufen und die Briefe ihrer Mutter nur selten zu beantworten.

Aber sie dachte oft an die Insel und erinnerte sich daran, wie sie mit Joe Krebse fischen war. Die Erinnerung war jedoch düster: Sie sah sich haltlos auf dem Gewirr von Seetang herumrutschen, als irgendeine Kreatur an ihrer Angelleine zerrte. Joe sah weder zu ihr, noch half er ihr, ihren Fang einzuholen, und ihre Mutter saß mit ihren grünen Sandalen schweigend am Strand und blickte hinüber zu den Bergen jenseits der Küste.

NULA HÖRT DEN VAN, bevor sie ihn sieht. Das lange Stottern stört den morgendlichen Vogelgesang und das Blöken der Schafe. Es folgt das Knirschen von Reifen und der Ruck einer Handbremse, die angezogen wird, und dann ist sie auf den Beinen, läuft über den Kies hinauf zum Weg, wo der Van angehalten hat. Joe steigt aus, allein. Sie bleibt ein paar Meter von ihm entfernt stehen. »Wo ist er?«, fragt sie.

Er starrt sie einen Augenblick sprachlos an, kann ihrem Blick aber nicht lange standhalten, sondern wendet den Blick ab und schaut zum Kanal. »Ich hab's ihr gesagt«, sagt er. »Ich hab ihr gesagt, sie soll dich anrufen …«

»Wo sind sie?«

»Hat sie nicht angerufen?«

Nula schüttelt den Kopf.

»Mist!«, sagt Joe.

Ein kalter Schauer läuft ihr vom Bauch aufsteigend über den Rücken und breitet sich über die Arme bis in die Fingerspitzen aus. »Sag … Sag's mir. Sag mir, wo mein Kind ist.«

»Es ist alles gut«, sagt er. »Es geht ihm gut. Er ist nicht weit …«

Sie verbirgt ihr Gesicht in den Händen, lässt den blauen Esel auf den Boden fallen. »Herrgott noch mal, wo ist er, Joe? Wo ist er? Wo ist mein Junge?«

»Es ist alles gut«, sagt er wieder. »Hör zu, ich bring dich hin.« Er geht auf sie zu und hebt das weiche Spielzeug auf.

»Komm, Nula. Komm mit.« Er hält ihr die Hand hin, und sie nimmt sie.

Sie sind gerade oben am Ende des Weges, als Joes Handy klingelt. Während er spricht, steuert er mit einer Hand. »Okay«, sagt er. »Verdammter Mist.« Und dann: »Alles in Ordnung. Nula ist hier. Ja, sie ist bei mir. Gut. Ich sag's ihr. Bis gleich.«

Er schleudert das Handy aufs Armaturenbrett. »Sie sind im Farmhaus. Bei Mum.«

Nulas Brust scheint vor Erleichterung einzufallen.

»Es geht ihnen gut«, sagt Joe. »Mum sagt, Samuel geht's gut. Er hat etwas gegessen und guckt jetzt Fernsehen.«

Sie nickt stumm.

Als sie ins Dorf einbiegen, fragt er: »Wenn Maggie nicht angerufen hat, woher wusstest du dann, dass sie hier sind?«

Sie sieht ihn an. »Ich wusste, sie würde zu dir fahren.«

Er wirft ihr einen überraschten Blick zu.

»Überleg doch mal, Joe. Zu wem sollte sie sonst gehen?«

Er seufzt. »Ich hätte mehr tun müssen. Ich hätte sie im Auge behalten müssen ...«

Aber Nula hört nicht zu, denn sie sieht schon Fiona mit Samuel an der Tür warten. Als der Van anhält, lässt Fiona seine Schultern los, und er saust zum Tor. Nula stößt die Tür des Vans weit auf und rennt ebenfalls los. Er lacht beim Laufen, sein Gesicht glüht vor Wiedersehensfreude, und sie streckt die Hände aus und nimmt ihn in die Arme. Es ist, als ob sie die vergangenen paar Tage nicht gewusst hat, was sie mit ihren Armen machen soll. Sie erinnert sich, ein ähnliches Gefühl gehabt zu haben, als sie das erste Mal wieder zur Arbeit gegangen war, der nagende Verdacht, dass sie etwas vergessen hatte, als ob sie beim Verlassen des Hauses noch etwas anderes tragen würde, ein Gewicht, das jetzt fehlte. Sie hält den kleinen Körper ganz fest, so lange, dass er sich schließlich aus ihren Armen herauswindet. Nachdem sie zugelassen hat, dass er sich von ihr losmacht, nimmt er ihr Gesicht in seine heißen Hände und sagt: »Mummy Mummy Mummy«, und sie sagt: »Ja, mein Liebling, ja.« Um zu verhindern, dass aus ihren Tränen ein Schluchzen wird, presst sie seine Finger an ihren Mund.

Sie blickt zur Tür des Farmhauses. Fiona und Joe sehen von der Eingangsstufe aus zu. Fiona lächelt, winkt sie herein. Nula will nur ihren Sohn hinten in den Nissan setzen und nach Hause fahren, ihn in sein Zimmer bringen, in den blau gestreiften Schlafsack stecken und die ganze Nacht seine Hand halten, während er schläft. Aber Joe kommt den Weg herunter und sagt: »Kommst du noch auf eine Tasse Tee herein? Du musst dich ausruhen«, und sie sollte Greg und Detective Walters anrufen, und ihr Handy ist leer, und ihr Rücken schmerzt, und ihre Blase ist voll.

»Ist Maggie drinnen?«, fragt Nula.

»Sie scheint zu schlafen. Es ist kalt draußen. Komm rein und ruh dich aus.«

»Eine Minute«, sagt Nula. »Nicht mehr. Ich kann ihr nicht gegenübertreten. Nicht jetzt.«

Während sie ins Haus gehen, ist Fiona voll des Lobes für Samuel, wie hübsch er ist und wie ausgeglichen, und dass Nula sich überhaupt nicht verändert hätte und wie schön es wäre, sie zu sehen, trotz der Umstände. Samuel bewegt sich im Haus, als ob er es seit Jahren kennen würde. Er zeigt Nula das Fernsehgerät und das Sofa und will noch mehr Chips haben. Nula hört kaum, was ihre Tante sagt; sie muss die ganze Zeit ihren Sohn ansehen. Sie hat in der kurzen Zeit vergessen, wie groß er geworden ist, wie groß sein Wortschatz ist, wie er ohne ihre Hilfe seine Bedürfnisse und Gefühle zum Ausdruck bringen kann. Und hatten seine Augen vorher dasselbe Grün?

»Natürlich«, sagte Fiona, »hat sie etwas Schreckliches getan, aber …«

Nula nimmt Samuel auf den Arm und steht in der Tür zum Wohnzimmer. Während er ein Kinderprogramm guckt, berührt er mit der Hand ihr Gesicht.

»Mum!«, warnt Joe.

»Ich kann es mir nicht anders erklären, als dass sie nicht bei klarem Verstand war …«

Samuels Finger erscheinen Nula länger, geschickter. Sie nimmt seine Hand und küsst sie wieder. Maggie ist oben, denkt sie. Das Mädchen, das meinen Sohn entführt hat, ist oben und schläft, und ich bin unten und unterhalte mich mit ihrer Mutter.

»Ohne Zweifel ist es zum Teil mein Fehler. Ich war nicht immer für sie da, aber sie hat mich fast vollkommen aus ihrem Leben verbannt, nachdem sie nach Oxford gegangen ist. Damals habe ich sie verloren, und ich hätte mehr tun müssen –«

»Wir sollten das nicht vor Samuel besprechen«, sagt Nula. »Ich will ihn einfach nach Hause bringen.«

»Ich habe so oft versucht, mit ihr Kontakt aufzunehmen.«

Sie sieht, dass Fiona den Tränen nahe ist, die Hände ringt, ihre Stirnfalten tiefer werden, während sie flach atmet. Sie sieht alt aus mit ihren schütteren Haaren und dem im Hals versinkenden Kinn.

»Ich muss die –« Nula zögert, wirft einen Blick auf Samuel. Seine Augen kleben noch am Bildschirm. »Die P-o-l-i-z-e-i«, sagt er klar und deutlich.

Fiona macht ein entsetztes Gesicht.

»Ich hab keine andere Wahl, das müsst ihr verstehen«, sagt

Nula. »Ich muss ihnen zumindest sagen, dass ich Samuel gefunden habe.«

Bei seinem Namen dreht Samuel sich um, sie lächelt ihn an, küsst seine Stirn, und er schmiegt sich wieder an sie.

»Ja, ja, aber –«

»Und ich muss auch Greg Bescheid sagen.« Sie setzt Samuel auf den Teppich. »Guck weiter«, sagt sie, »Mummy ist gleich zurück.«

Als Fiona Nula zum Telefon im Flur bringt, greift sie nach ihrem Ellbogen. »Bitte«, sagt sie leise. »Bitte. Bitte hilf ihr. Sorg dafür, dass sie nicht zu hart mit ihr ins Gericht gehen. Ich könnte es nicht ertragen.«

Nula beachtet sie nicht und beginnt zu wählen, wobei sie Samuel durch die offene Wohnzimmertür im Auge behält.

Fiona quetscht Nulas Arm. »Du könntest ihnen sagen, dass sie unter Stress stand, dass sie normalerweise sehr fürsorglich ist …«

»Bitte lass meinen Arm los«, sagt Nula.

»Du weißt jetzt, wie es ist, ein Kind zu verlieren.« Fionas Augen haben einen verzweifelten Ausdruck, als sie Nulas Gesicht durchforschen.

Nula wählt weiter.

»Ich will sie einfach nicht noch einmal verlieren«, fleht Fiona.

»Das liegt nicht bei mir«, sagt Nula, als Detective Walters abhebt.

Joe bietet an, sie zu ihrem Nissan zu bringen. Als sie im Van sitzen, fällt ihr der Esel ein, den sie für Samuel gestohlen hat, aber ihr Sohn umarmt immer noch Leggy Monkey, deshalb lässt sie das neue Spielzeug auf dem Rücksitz von Joes Wagen liegen.

Das Abendlicht zwischen den Bäumen wird schwächer, und Samuel schläft in ihren Armen ein.

Sie erreichen die Stelle bei der Kirche, wo der Nissan steht. Joe dreht sich zu Nula um und sagt: »Ich weiß, was sie getan hat, ist unverzeihlich, aber Maggie hat eine Menge hinter sich.«

Nula öffnet die Wagentür. »Ich bin diejenige, die eine Menge hinter sich hat, okay?« Sie kehrt ihm den Rücken zu und trägt den halb schlafenden Samuel zum Nissan. Als sie Samuels Gurte schließt und an den Schultern enger stellt, prüft, ob die Länge richtig ist, steht Joe neben dem Van, die Hände in den Taschen. Nula schließt Samuels Tür, geht an Joe vorbei und öffnet ihre eigene.

»Es war schön, ihn kennenzulernen«, sagt Joe. »Ich entschuldige Maggie nicht, aber –«

Sie bleibt stehen, die Hand an der Tür. »Joe. Deine Schwester hat meinen Sohn entführt.«

Er blickt zu Boden. »Es tut mir leid«, sagt er. Nach einer Pause fügt er hinzu: »Alles. Du weißt schon.«

Sie nickt. Wann kann sie endlich von hier wegfahren, ihren Sohn nach Hause bringen?

»Fahr vorsichtig, ja?«

»Danke.« Sie hat jetzt einen Fuß im Auto.

»Weißt du«, sagt er und blickt hinauf zu den Bäumen, »es war auch mein Baby.«

Ihr entfährt ein Ton, der etwas von einem überraschten »Oh« und einem wütenden Stöhnen hat.

Sie weiß, dass Joe in ihrem Gesicht forscht und etwas erwartet. Aber Nula kann nichts anderes tun, als den Kopf hängen lassen. Sie erinnert sich an den Tag, als er sie zum ersten Mal hierher, zu dieser Kirchenruine brachte; wie er ihr den Kasten mit den Knochen gezeigt und den Ring geschenkt hatte; wie er anscheinend ein Versprechen von ihr erwartet hatte, während sie nur daran interessiert gewesen war, ihn zu berühren.

Dann nimmt sie sich zusammen. »Ich fahre jetzt, Joe, okay?«, sagt sie und setzt sich auf den Fahrersitz.

»Tut mir leid«, murmelt er. »Ich hätte nicht davon anfangen sollen.«

Aber sie schließt schon die Tür.

Beim Losfahren blickt sie in den Rückspiegel und sieht ihn mitten auf dem Weg stehen und wie verrückt mit den Armen fuchteln.

Eine Sekunde lang will sie Gas geben und wegfahren, ihn in einer Staubwolke stehen lassen. Aber dann besinnt sie sich und tritt auf die Bremse.

Er keucht, als er am Fenster ist. »Du hast das hier vergessen«, sagt er und hält den blauen Esel hoch.

Sie schüttelt den Kopf. »Ich hab ihn nicht vergessen«, sagt sie. »Ich – hab ihn für ihn gekauft, aber ich glaube, er braucht ihn jetzt nicht.«

»Dann bewahr ich ihn auf«, sagt er. »Vielleicht kommst du ja wieder und holst ihn?«

Er hat den gleichen Ausdruck in den Augen wie damals, vor all den Jahren, als er ihr den Ring gab. Ein wundervoller flehender Blick.

Ein Teil von ihr will die Hand ausstrecken und sein Gesicht berühren, mit dem Finger die Linie seines Kinns nachzeichnen und ja sagen. Aber stattdessen sagt sie: »Ich werde nie wieder hierherkommen.«

»Dann bring ich ihn dir vielleicht.«

Sie schüttelt den Kopf. »Vielleicht.«

Nula beginnt zu zittern. Samuel ist in Sicherheit und schläft friedlich, sie ist schon meilenweit von der Insel entfernt, die Polizei hat sie darüber informiert, dass sie auf dem Weg zu Maggie sind, um sie festzunehmen, Greg erwartet sie ungefähr um Mitternacht zurück, aber sie kann nicht aufhören zu zittern. Ihr Kiefer zittert, ihre Zähne beginnen zu klappern. Die Haare auf ihren Armen stellen sich auf. Als ob sie einen Geist gesehen hätte, denkt sie. Nachdem sie überprüft hat, dass Samuel geräuschvoll schläft, fährt sie auf den Seitenstreifen. Es ist eine düstere Stelle mit überhängenden Bäumen und einer schroffen Felswand, übersät mit Kippen und leeren Plastikflaschen. Mit zitternder Hand das Handy haltend, ruft sie ihren Mann an. »Ich kann nicht fahren«, sagt sie, »ich kann es einfach nicht.«

Greg sagt, sie solle sich beruhigen, und fragt, wo sie sei. Fahr nach Chester, weist er sie an, nimm das beste Hotel, und dass sie ihn anrufen soll, wenn sie eingecheckt hat. Er wird einen Zug nehmen, einen Bus – irgendwie hinkommen –, und am nächsten Morgen fahren sie alle drei zusammen zurück.

Während ihr Mann spricht, beobachtet Nula die ungewöhnlich wenigen Fahrzeuge, die vorbeiflitzen. Er sagt, dass er sie liebt. Er sagt, dass sie nach dieser Sache eine richtige Familie sein werden, oder? Sie können das Ganze hinter sich lassen. Ganz neu anfangen. Er klingt so ruhig, so kontrolliert. Als hätte er nie bezweifelt, dass Samuel zurückkommt. Als hätte er überhaupt nie etwas bezweifelt. Während sie ihm zuhört, schließt sie die Augen, und das Zittern beginnt nachzulassen. Sein Ton erinnert sie an den ihres Vaters an jenem Tag im Bootshaus, als er ihr gesagt hatte, was sie tun solle. Sie war ein braves Mädchen gewesen und hatte alles getan, was er wollte.

Seit diesem Tag war Nula streng mit sich gewesen, hatte sich gesagt, dass sie nicht mehr daran denken dürfte, weil es nichts war. Sie müsste einfach jeden Tag weitermachen, als ob nichts geschehen wäre. Überhaupt nichts.

Im Moment kann sie nur Greg zuhören, seinem beruhigenden Ton nachgeben. Aber als sie ihr Handy wieder in die Handtasche steckt und sich umdreht, um Samuel anzusehen – der hier bei ihr ist, lebt und ihr Kind ist –, weiß sie, dass Gregs Hilfe nur ein zeitweiliger Schutz ist und dass sie und ihr Sohn nicht mehr länger in dessen Mauern bleiben werden.

ES IST NACH ACHT, als Maggie aufwacht. Sie blinzelt und versucht sich zu erinnern, wo sie ist und was sie unter all den Delfinen macht. Minutenlang betrachtet sie die blaue Farbe auf der Raufasertapete, die violetten Vorhänge, den mit den Überresten ehemaliger Sticker besprenkelten Kieferschrank. Alles neigt sich zu dem winzigen Fenster. Ihre Mutter hatte alle Zimmer im Haus renoviert, aber Maggies Zimmer war nicht angerührt worden. Dann greift sie hinüber, um Samuels schlafenden Körper zu suchen, und findet nur den Rand der Bettdecke. Sein Geruch ist weg. Seine Wärme. In der nächsten Sekunde ist sie auf den Beinen und stößt in der Eile, zur Tür zu kommen, mit dem Zeh gegen die Kommode.

»Sammy?«, ruft sie.

Auf der Treppe hört sie den Fernseher plärren, riecht Kaffee. Er muss auf dem Sofa schlafen, denkt sie; selbst wenn ihre Mutter Nula angerufen hat, kann sie nicht so schnell hier sein.

Sobald Maggie das Wohnzimmer betritt, weiß sie, dass Samuel weg ist. Allein sitzt Fiona aufrecht im Sessel, einen Becher in der Hand, der Schein der Lampe in der Ecke fällt auf ihr faltiges Gesicht. Als sie Maggie hereinkommen sieht, greift sie nach der Fernbedienung und stellt *Masterchef* leiser.

»Wo ist Sammy?«

»Komm und setz dich, Liebes.«

»Wo ist er?«

Fiona blickt in ihren Becher. »Was hast du getan?«, fragt sie ganz ruhig.

»Wo ist er, Mum?«

»Seine Mutter bringt ihn nach Hause. Er ist da, wo er hingehört.«

Maggie starrt zum Fernseher. Jemand produziert mit schnellen, kreisenden Bewegungen Zuckerwatte über einer Platte dunkler Schokolade. Die Fäden der Zuckermasse funkeln wie Goldfäden. »So ist es perfekt«, sagt jemand.

»Woher wusste sie –?«

»Ich hab sie nicht angerufen. Sie wusste, dass du ihn herbringen würdest.« Fiona stellt ihren Becher hin. »Natürlich wusste sie es. Sie hat es sich zusammengereimt.« Sie steht auf und breitet die Arme für ihre Tochter aus, aber Maggie stürzt zur Tür.

Sie ist aus dem Haus, bevor Fiona sich rühren kann. Den vorderen Weg entlang zum Tor und über die Straße. Da ist der Weg, sie nimmt ihn. Die Bäume, in vollem Grün, sperren den Juniabend aus und lassen Maggie verschwinden. Der Weg ist so schattig wie damals am ersten Tag, als sie ihn mit Joe gegangen war. Sie läuft und läuft den steinigen Weg entlang, an der Kirche mit den uralten Knochen vorbei. Der Lärm der Vögel um sie herum schwillt an. Alle Vögel rufen jetzt, besingen in einem letzten Getöse den Tag, während Maggie zum Kanal rennt.

Sie stürzt aus den Bäumen an den Strand, und da ist der Geschmack von klarer Luft, Wasser und Himmel. Sie blickt absichtlich nicht zum Bootshaus – sie weiß, es ist leer –, sondern geht weiter über die Steine zum Kies, zertritt die Überreste von Krebsen, rutscht über Berge von Seetang und rast hinunter zum Wasser, wo die Seevögel in ihrem abendlichen Hin und Her herumflattern. Sie geht weiter. Ihr Vater hatte ihr von den Tücken des Kanals erzählt, von den zwei Gezeiten, die einen leicht überraschen konnten, den Sandbänken, die sich unter Wasser verschoben, sodass man nie wusste, was Land und was Meer war.

Maggie geht ins Wasser. Es ist ein angenehmer Schock, als es in ihre Turnschuhe dringt und ihre Füße umspült. Ihre Beine sind so müde, nachdem sie einen ganzen Tag Samuel getragen hat, dass die kühle Flut eine willkommene Wohltat ist. Sie stolpert über die Steine und muss sich durch die dichten Seetangbüschel kämpfen. Ihre Jeans wird schwer. Sie reicht ihr bis zur Taille. Sie denkt an den Brief, den sie Joe schreiben wollte, denn sie hat von Anfang an an diese Möglichkeit gedacht. Sollte sie Samuel und Joe nicht im Bootshaus halten können, wäre der Kanal immer eine Möglichkeit. All die Jahre hat sie oft überlegt, was sie Joe schreiben würde, um ihm zu sagen, dass es ihr leidtut, und um sich zu verabschieden. Ihr war nie etwas Besseres eingefallen als: *Lieber Joe, ich habe versucht, es wiedergutzumachen, denn ich weiß, ich habe alles noch schlimmer gemacht, und es tut mir leid, denn du bist mein Bruder.*

Sie geht weiter, der Sand gibt unter ihren Füßen nach. Als das Wasser ihr Kinn erreicht, überläuft es sie kalt, und unwillkürlich reißt sie die Augen für einen Moment auf und sieht in der Ferne die Berge, so still und unbegreiflich. Als die Strömung um sie herumwirbelt, erinnert sie sich daran, wie gerne sie nackt im Bootshaus für Ralph Modell gelegen hatte. Sie verliert den Boden unter den Füßen und spürt sich noch einmal auf diesem Sofa liegen. Sie schließt die Augen, will nur ihren Körper spüren, sonst nichts. Ihre Arme und Beine kämpfen einen Moment, sie hustet und strampelt, und Arme klatschen, doch dann ergeben sie sich dem Wasser, und sie sagt sich, dass sie ihren Körper nur untergehen lassen muss, wieder und wieder, und sie wird ein Teil dieser Landschaft sein. Aber sie kann es nicht. Stattdessen kämpft sie darum, den Boden zu finden, und steht und blickt zu den Bergen, kann weder vor noch zurück.

Maggie.

Jemand ruft. Ist es möglich, dass er hier ist, hier im Wasser bei ihr? Es ist so kalt, und sie ist so müde, dass sie nicht mehr weiß, ob sie ihren Körper noch spürt oder nicht, ob sie noch einen Gedanken fassen kann oder sich etwas vorstellen. Sie versucht, sich auf die Stimme zu konzentrieren, aber da ist nur die Kälte. Sie hat es nicht geschafft, sich von der Strömung irgendwohin spülen zu lassen. Die Natur wird ihr nicht nachgeben.

Maggie.

Sie spuckt noch einen Mundvoll Salzwasser aus. Ihre Füße finden Halt an einem Fels, verlieren ihn dann wieder.

Maggie.

Die Stimme ihres Bruders. Aber da ruft noch jemand.

Maggie.

Die Stimme ihrer Mutter, die sie zurückruft.

Als sie sie herausgezogen und an den Strand geschleppt haben, in Handtücher und Decken gewickelt ins Bootshaus gebracht und ihr Brandy gegeben haben, sagen die Polizisten, sie könne einen Moment für sich haben, und gehen. Sie werden ein paar Minuten mit Joe draußen warten, bis sie sich erholt hat.

Als sie die Tür schließen, lässt Maggie sich halten. »Was hast du getan?«, fragt Fiona noch einmal sanft. »Was in aller Welt hast du getan?«

Maggie weiß keine Antwort. Die beiden halten sich lange. Maggie hört Sprachfetzen, Knistern und Rauschen von den Walkie-Talkies der Polizisten und kann nicht aufhören zu zittern. Ihre Zähne klappern laut in ihrem Kopf, ihre Arme und Beine zittern. Sie schließt die Augen und denkt daran, wie Samuel ihren Hals umklammert hat, wenn sie bei den Shaws am Fenster standen und beobachteten, wie seine Mutter verschwand. Sie atmet den Geruch des Meeres, der noch an ihren Händen ist, tief ein und spürt die Tränen ihrer Mutter an ihrem Hals, wie die Tränen, die Samuel all die Morgen geweint hatte und die sie wegwischen durfte. Sie war so glücklich gewesen, wenn er sich ihrer Umarmung ergab, aber jetzt fragt sie sich, ob vielleicht sie es war, die sich ihm ergeben hatte. Sie sieht sich aus der Hintertür in den Regen stapfen, außer sich vor Freude, mit einem dreizehn Monate alten Jungen nass zu werden, und umarmt ihre Mutter fester und sagt, dass es ihr leidtut.

Das Klopfen an der Tür ist so laut, dass sie auseinanderfahren und sich mit großen Augen anstarren. »Es ist Zeit, Maggie«, ruft jemand. »Komm jetzt raus.«

Ganz leise sagt Maggie: »Hilf mir, Mum. Bitte hilf mir.« Fiona sagt, sie werde alles tun, was in ihrer Macht steht. Dann nimmt sie Maggie an die Hand, und zusammen öffnen sie die Tür und treten hinaus.

DANKSAGUNG

Der Society of Authors danke ich für ihre Unterstützung in Form eines Stipendiums der Author Foundation.

Ich danke Katja Hofmann, dass sie mir erlaubt hat, dieses Buch zu schreiben.

Meiner Cousine Owena Roberts, dass sie mit mir auf die Insel gekommen ist und mir geholfen hat, unsere früheren Familiengeheimnisse aufzudecken, auch wenn sie nicht Eingang in diesen Roman gefunden haben.

Poppy Hampson und David Riding für ihre kontinuierliche Unterstützung und Freundschaft.

Ich danke meinen lieben Freunden: David Swann, dass er den ganzen Text gelesen und den Titel vorgeschlagen hat; Karen Steven für ihre scharfsinnigen Deutungen und Vorschläge; und Edward Hogan, der alles gelesen hat, mir gesagt hat, was daran nicht stimmt *und* wie es stimmig wird.

Ted danke ich für seine Nachsicht.

Und Hugh Dunkerley für seine Freundlichkeit, Geduld und Liebe.